BRENNENDE WELLEN

Der Autor

Jack Du Brul hat bereits mehrere erfolgreiche Thriller veröffentlicht, teilweise in Zusammenarbeit mit Clive Cussler. *Brennende Wellen* ist der erste Band einer Reihe um den Geologen und Abenteurer Philipp Mercer.
Jack Du Brul hat Internationale Politik an der George Washington University in Washington D. C. studiert und lebt heute mit seiner Frau in Vermont. Mehr über den Autor erfahren Sie unter www.jackdubrulbooks.com.

Jack Du Brul

BRENNENDE WELLEN

Roman

Aus dem Amerikanischen von Bernhard Liesen

Weltbild

Die amerikanische Originalausgabe erschien 1998 unter dem Titel
Vulcan's Forge bei Forge, New York.

Besuchen Sie uns im Internet:
www.weltbild.de

Copyright der Originalausgabe © 1998 by Jack Du Brul
Copyright der deutschsprachigen Ausgabe © 2013 by
Verlagsgruppe Weltbild GmbH, Steinerne Furt, 86167 Augsburg
Übersetzung: Bernhard Liesen
Projektleitung: usb bücherbüro, Friedberg / Bay
Redaktion: Sandra Lode, Speyer
Umschlaggestaltung: zeichenpool, München
Umschlagmotiv: www.shutterstock.com
(© Stanislav Komogorov; Makhnach_S;
Galyna Andrushko; Nejron Photo; Andrey Yurlov; ollyy)
Satz: Dirk Risch, Berlin
Druck und Bindung: CPI Moravia Books s.r.o., Pohorelice
Printed in the EU
ISBN 978-3-86365-309-5

2016   2015   2014   2013
Die letzte Jahreszahl gibt die aktuelle Ausgabe an.

*Ich widme dieses Buch in Dankbarkeit
jenen bemitleidenswerten Seelen,
welche die Lektüre der
ersten Entwürfe durchlitten haben.*

Danksagung

Da dies mein erster Roman ist, danke ich allen, die mich beeinflusst haben, denn ein bisschen von ihnen findet sich auf diesen Seiten wieder. Dies gilt für Familienangehörige und Freunde, aber auch für flüchtige Bekanntschaften, deren kluge Worte mich vielleicht angeregt haben. Besondere Erwähnung verdienen Elizabeth Ash, die mich in wissenschaftlichen Fragen kompetent beraten hat, und Dick Flynn, dem ich die Schilderung eines Herzinfarkts aus erster Hand verdanke. Ich wünsche mir jetzt, im Laufe der Jahre eine Liste mit den Namen derjenigen zusammengestellt zu haben, denen ich ebenfalls zu Dank verpflichtet bin.

Ich habe diesen Roman in großer Zurückgezogenheit geschrieben, dann aber lernen müssen, dass zur Veröffentlichung eines Buches viele Menschen beitragen. Ich danke daher Todd Murphy und dem anderen Jack Du Brul, die mir bewiesen haben, dass es nicht darauf ankommt, was man weiß, sondern wen man kennt, womit ich insbesondere meinen Literaturagenten Bob Diforio meine. Mein besonderer Dank gilt auch meiner Lektorin Melissa Ann Singer, die weiß, wie man einem Autor Mut zuspricht. Und zuletzt bedanke ich mich bei Ihnen, dem Leser, weil Sie mir eine Chance geben.

Hinweis des Autors: Aus Sicherheitsgründen dürfen auf der Pennsylvania Avenue vor dem Weißen Haus keine Autos fahren. Ich habe mir die dichterische Freiheit genommen, sie für den Verkehr zu öffnen.

23. Mai 1954

Die dünne Mondsichel am Nachthimmel erinnerte an einen zu einem ironischen Lächeln verzogenen Mund. Eine sanfte Brise von Osten vertrieb die Rauchfäden, die aus dem einzigen Schornstein des Erzfrachters *Grandam Phoenix* aufstiegen. Die Gewässer des Pazifiks waren ruhig und der Wind so sanft, als wollte er nur eine Hängematte an einem Sommernachmittag schaukeln. Das Schiff war zweihundert Meilen nördlich der Hawaii-Inseln unterwegs. Die nächtliche Stille sollte nur zu bald zerrissen werden.

Die *Grandam Phoenix* war auf ihrer Jungfernfahrt. Sie war vor zwei Monaten im japanischen Kobe vom Stapel gelaufen. Die Ausrüstungsphase war unter extremem Zeitdruck durchgeführt worden, damit das Schiff möglichst schnell Geld einbrachte, denn die Reederei hatte sich während des Baus stark verschuldet. Das Schiff entsprach den aktuellsten Sicherheitsstandards, war schnell und exemplarisch für die neuen, spezialisierten Frachtschiffe. Der Zweite Weltkrieg hatte die Ingenieure gelehrt, dass ein für seine Aufgaben exakt konstruiertes Schiff die höheren Baukosten schnell wieder hereinholte. Die Eigentümer der *Grandam Phoenix* wollten beweisen, dass dies auch für die zivile Schifffahrt galt. Der einhundertvierzig Meter lange Erzfrachter sollte das Flaggschiff der Reederei werden in einer Zeit, als es galt, die boomenden pazifischen Märkte zu erobern.

Kurz nachdem er das Kommando über die *Grandam Phoenix* übernommen hatte, erfuhr Kapitän Ralph Linc, dass die Eigentümer des Schiffes ganz andere Pläne hatten als jene, die sie der Versicherungsgesellschaft gegenüber angegeben hatten.

Seit man Handelsschiffe versichern konnte, hatten skrupellose Reeder und Besatzungen schon bald damit begonnen, Schiffe zu versenken, um beträchtliche Summen einzustreichen. Den Versicherungen blieb nicht anderes übrig, als zu zahlen, solange nicht irgendjemand ein schlechtes Gewissen bekam und mit der Wahrheit herausrückte. Aber die Besatzung des Erzfrachters *Grandam Phoenix* würde für das Versenken des Schiffes so viel bekommen, dass alle den Mund halten würden. Wenn der Betrug funktionierte, und es gab keinen Grund für die Annahme, dass es nicht so sein sollte, würden die Eigentümer mit der Versicherung nach einer Einigung suchen – nicht nur für das zwanzig Millionen Dollar teure Schiff, sondern auch für die Ladung, bei der es sich offiziell um Bauxit aus Malaysia, tatsächlich aber um wertlosen gelben Kies handelte.

Linc entsprach ganz dem Klischeebild eines Kapitäns. Er war ein harter Mann mit einer rauen Stimme, der man seinen Alkohol- und Zigarettenkonsum anhörte. Er stand breitbeinig auf der Brücke des Schiffes und trat gerade die Kippe seiner Lucky Strike aus. Um sich sofort anschließend die nächste anzuzünden.

Während des gesamten Zweiten Weltkrieges hatte Linc bei der nordamerikanischen Handelsmarine gedient, deren Verluste an Menschenleben nur noch von denen des Marine Corps übertroffen wurden. Die Handelsmarine schien nur etwas für Verrückte oder Lebensmüde zu sein, doch Linc hatte nicht nur überlebt, sondern auch Karriere gemacht. Seit 1943 war er Kapitän und hatte Truppen und Material zu den pazifischen Kriegsschauplätzen befördert. Im Gegensatz zu den meisten seiner Kollegen hatte er nie ein Schiff an den Feind verloren.

Nach Kriegsende fand er wie viele andere heraus, dass es zu viele Kapitäne und zu wenige Schiffe gab. Während der späten Vierziger- und frühen Fünfzigerjahre nahm er im Fernen Osten nahezu jede Kapitänsstelle an, die man ihm offerierte. Er beförderte zweifelhafte Frachten für dubiose Reedereien und lernte, den Mund zu halten.

Als die Eigentümer der *Grandam Phoenix* an ihn herantraten, glaubte er, ein Lebenstraum ginge in Erfüllung. Er würde sich nicht mehr um jeden Job schlagen und seine Ehrenhaftigkeit aufgeben müssen, um weiter zur See fahren zu können. Man bot ihm die Chance, wieder ein stolzer Kapitän zu sein. Erst als die Verträge unterzeichnet waren, erfuhr Linc, was für Pläne die Reederei tatsächlich mit dem Schiff hatte. Zwei Tage zögerte er, doch nachdem die Reederei mit einer beträchtlichen Summe nachgeholfen hatte, schluckte er seine Verbitterung herunter und sagte zu.

Jetzt stand er auf der Brücke. Der Kaffee in seinem Becher war nur noch lauwarm, und er starrte fluchend auf das dunkle Meer. Er hasste diese Geschäftsleute, die willkürlich beschließen konnten, dass ein so wundervolles Schiff versenkt werden sollte. Sie hatten keine Ahnung von der Verbindung zwischen einem Kapitän und seinem Schiff. Für sie gab es nur den Profit, ein Schiff zählte da nicht. Bei der bloßen Vorstellung wurde ihm übel. Er verfluchte sich dafür, dass er dem Plan zugestimmt hatte, dass er selbst in dieses abscheuliche Vorhaben verstrickt war.

»Position?«, bellte er.

Bevor die Position durchgegeben werden konnte, ertönte aus dem Lautsprecher die Stimme des Mannes am Radargerät. »Kontakt, zwölf Meilen direkt vor uns.«

Linc blickte auf das Chronometer an dem Schott zu seiner Linken. Der Kontakt musste das Schiff sein, das ihn und die Mannschaft an Bord nehmen würde, wenn die *Grandam Phoenix* versenkt war. Alles lief plangemäß.

»Gute Arbeit, Männer.«

Er hatte äußerst genaue und etwas merkwürdige Anweisungen erhalten, wo und wann das Schiff versenkt werden sollte. Vermutlich war die Wahl auf den Nordpazifik gefallen, weil hier das Wetter oft völlig unvorhersehbar war und von einer Minute auf die andere umschlagen konnte. Die Wellen waren dann plötzlich so hoch, dass selbst ein Schlachtschiff volllaufen, kentern und sinken konnte. Wenn die Versicherung ihre

Ermittlungen aufnahm, würde die Mannschaft des entgegen-kommenden Schiffes jede Story bestätigen, die sie sich aus-gedacht hatten.

Linc zündete sich am Stummel seiner Zigarette die nächste an. »Ihr wisst, was läuft, Gentlemen«, knurrte er in sein Mikrofon. »Alle Maschinen stopp. Kurs auf 97,5 Grad, Steuermann.«

Die Position des Schiffes würde genau Lincs letzten Anweisungen entsprechen. Begründet worden war die Entscheidung nicht, und Linc war klug genug, nicht weiter nachzufragen. Das Schiff verlor an Fahrt, und das rhythmische Pochen der Maschine wurde leiser, bis es praktisch nicht mehr zu hören war.

Der junge Steuermann riss das Ruder herum. »Wir nähern uns dem Kurs von 97 Grad, Sir, wie angeordnet.«

»Entfernung?«

»Elf Meilen.«

Linc griff nach dem Mikrofon des Funkgeräts und stellte den für die Besatzung bestimmten Kanal ein. »Hört gut zu. Wir haben unsere Position gleich erreicht. Alle Männer, die nicht im Dienst sind, begeben sich zu den Rettungsbooten. Maschinenraum, Notabschaltung der Dampfkessel. Auf meinen Befehl werden die Bordventile geöffnet. Bereitet euch darauf vor, das Schiff zu verlassen.«

Linc blickte sich auf der Brücke um, prägte sich jedes Detail ein. »Es tut mir leid, meine Süße«, murmelte er.

»Noch zehn Meilen«, gab der Mann am Radargerät durch.

»Bordventile öffnen, Schiff verlassen.« Linc klemmte das Mikrofon in seine Halterung und drückte auf einen Knopf auf dem Funkgerät. Eine Sirene begann zu heulen.

Der Schrei einer sterbenden Frau, dachte er.

Während die Crew sich an Deck versammelte, blieb Linc noch auf der Brücke, um sich von seinem Schiff zu verabschieden. Das Steuerrad aus Eichenholz zeigte noch keine Abnutzungsspuren und würde doch schon bald auf dem Meeresboden verrotten.

»Verdammter Mist«, sagte er laut, bevor er die Brücke verließ.

Heutzutage rettete sich eine Crew nicht mehr über Netze in auf dem Meer treibende Ruderboote. Die Reederei *Ocean Freight and Cargo* hatte keine Kosten gescheut, um ihr Flaggschiff technisch auf den neuesten Stand zu bringen. Eines der Rettungsboote war bereits voll besetzt und hing an einem schwenkbaren Kranbalken. Als Linc dem Mann an der Winde zunickte, ließ der das Rettungsboot zu Wasser.

Die warme nächtliche Brise blies Linc den Rauch seiner Zigarette in die Augen, als er in das zweite Rettungsboot kletterte. Die Männer, die ihn dort erwarteten, redeten nicht und blickten sich nicht an. Wieder nickte Linc dem Mann an der Winde zu.

Der legte einen Kippschalter um, und die Taljen begannen zu quietschen.

Als das Rettungsboot auf dem ruhigen Meer trieb, lösten zwei Männer die Drahtseile, die es noch mit dem sinkenden Erzfrachter verbanden.

Kapitän Linc griff nach der Ruderpinne und schaltete den im Leerlauf tuckernden Motor hoch. Die *Grandam Phoenix* blieb hinter ihnen zurück, und die Besatzungsmitglieder reckten die Köpfe, um das sinkende Schiff zu beobachten. Das Heulen der Sirene hallte unheimlich übers Meer.

Es dauerte eine Viertelstunde, bis die Krängung des Schiffs erkennbar war, doch dann sank es schnell. Das Heck hob sich aus dem Wasser, die beiden Schiffsschrauben glänzten im schwachen Mondlicht. Die Männer in den Rettungsbooten hörten, wie die Dampfkessel aus ihren Halterungen gerissen wurden und durch die Schotten des Maschinenraums brachen. Kurz darauf ergossen sich mit einem lauten Geräusch Tausende von Tonnen Kies ins Meer.

Linc konnte nicht hinsehen. Er blickte nach vorn, wo jetzt schwach die Lichter des entgegenkommenden Schiffes zu sehen waren. Wenn hinter ihm die Geräusche des Todeskampfes der *Grandam Phoenix* zu hören waren, zuckte er jedes Mal zusammen.

Das Schiff, das sie an Bord nehmen würde, war ein nur dreißig Meter langer Frachter mit einem Wald von Kränen an Deck. Der kastenförmige Aufbau mit dem Schornstein darauf befand sich in der Mitte des Schiffes.

Als die beiden Rettungsboote sich ihm näherten, erblickte Linc an der Reling ein Dutzend Männer.

»Kapitän Linc, nehme ich an?«, rief jemand gut gelaunt.

»Der bin ich.«

Die Antwort war ein Kugelhagel aus zehn PPSH-Maschinenpistolen sowjetischer Bauart. Es war ein ohrenbetäubender Lärm, die Menschen in den Rettungsbooten schrien. Auf den Bodenplanken standen Blutlachen, deren süßlicher Geruch sich mit dem beißenden Gestank des Schießpulvers mischte.

Linc blickte benommen und blutverschmiert zu dem Schiff hoch, erstaunt, dass er noch lebte. Seine Gefühle waren ein Durcheinander von Wut, Angst und Schmerz, doch dann versank alles in Finsternis.

Als die Magazine leer waren, ließen die Schützen ihre Waffen sinken.

Die Böden der Rettungsboote waren durchlöchert, das hereinströmende Wasser vermischte sich mit dem Blut der Verwundeten und Toten. Innerhalb weniger Minuten sanken die beiden Boote, Leichen trieben auf dem Meer, wo schon die Haie auf sie warteten.

Der einzige unbewaffnete Mann auf dem Deck hatte das Massaker teilnahmslos beobachtet. Obwohl nicht einmal dreißig, umgab ihn eine Aura von Autorität, über die nur wenige Männer verfügten, die doppelt so alt waren wie er. Als die Rettungsboote untergegangen waren, nickte er den Schützen zu und trat in den Aufbau des Frachters.

Einige Minuten später betrat er den Laderaum. Das Licht der Rechenmaschinen und Sonargeräte verlieh seinem Gesicht eine unheimliche Blässe.

»Tiefe des versenkten Schiffes?«, fragte er einen der Techniker an seinem Sonargerät.

Damit meinte er natürlich keines der Rettungsboote, sondern die *Grandam Phoenix*.

»Zweitausend Meter. Sie sinkt weiter mit einer Geschwindigkeit von etwa dreihundert Metern in sieben Minuten.«

Der Mann blickte auf die Uhr und schrieb ein paar Zahlen auf einen Notizblock. »Eine zweiminütige Abweichung von meiner Schätzung.«

In dem Laderaum war es laut. Die Geräusche der Dieselgeneratoren vermischten sich mit denen der Ventilatoren, mit denen die Rechenmaschinen gekühlt wurden und die so laut wie Flugzeugpropeller waren. Und doch kam es den sieben Männern während dieser zwei Minuten so vor, als herrschte Totenstille. Sie waren zu sehr auf ihre Aufgabe konzentriert, um sich durch irgendetwas ablenken zu lassen.

»Jetzt«, sagte der junge Mann mit einer Lässigkeit, die nicht gezwungen wirkte.

Ein anderes Besatzungsmitglied legte mehrere Kippschalter um. Nichts geschah.

Der Zivilist begann mit dem Countdown. »Vier … drei … zwei … eins.«

Die Druckwelle wurde gut zweitausend Meter unter der Wasseroberfläche ausgelöst; sie musste zehn Meilen zurücklegen, um das Schiff zu erreichen, und doch dauerte es nach der Detonation nur fünf Sekunden. Milliarden von Litern Wasser verdunsteten in einem Feuerball mit einer Temperatur von fast sechzigtausend Grad. Die erste Druckwelle stieg mit einer Geschwindigkeit von über zweihundert Stundenkilometern zur Oberfläche auf und schleuderte eine Wasserkuppel von achthundert Metern Durchmesser hoch. Sie hing für zehn Sekunden in der Luft, während die Schwerkraft mit der Trägheit kämpfte, und brach dann in sich zusammen. Das Wasser krachte in das tausendachthundert Meter tiefe Loch im Pazifik.

Der Frachter wurde wie bei einem Hurrikan hin und her geschleudert. In einem Moment ragte der Rumpf aus dem Wasser auf, dann war er wieder fast überschwemmt. Der junge Mann, der Architekt dieser Zerstörung, befürchtete für einen Augenblick, sich verschätzt zu haben, glaubte, dass sein Schiff dem Epizentrum zu nah war. Doch dann begann sich das Meer zu beruhigen.

Der junge Mann brauchte ein paar Minuten, bis er wieder an Deck war, denn das Schiff schlingerte immer noch gefährlich. Am Horizont hing Rauch in der Luft, der in dem schwachen Mondlicht unheimlich wirkte.

»Ich habe soeben das Fundament des Projekts Vulkanfeuer gelegt.«

Washington, D.C.
1998

Eigentlich mochte der neue Präsident der Vereinigten Staaten nur seinen Stuhl im Oval Office. Er hatte eine hohe Rückenlehne und eine Sitzfläche, die mit einem unglaublich weichen Leder bespannt war. Häufig saß er auf diesem Stuhl, wenn die Berater und Angestellten nach Hause gegangen waren, und dachte an seine unbeschwerten Jugendjahre. Er hatte den wichtigsten Job auf diesem Erdball, glaubte aber manchmal, einen zu hohen Preis dafür bezahlt zu haben. Seine Jugendliebe vom College, die er geheiratet hatte, war durch den Aufstieg ihres Mannes zu einer gefühllosen, automatisch lächelnden Puppe geworden. Und seine Freunde all dieser Jahre waren bloß noch Speichellecker, die Gefallen von ihm einforderten. Seine einst unverwüstliche Gesundheit ließ mittlerweile zu wünschen übrig. Er war zweiundsechzig, fühlte sich aber zehn Jahre älter.

In manchen Nächten saß er bei ausgeschaltetem Licht im Oval Office, damit die Personenschützer auf der anderen Straßenseite nicht glaubten, er würde bis spät in die Nacht hinein arbeiten, und dann dachte er an seine unbeschwerte Jugend in den Vororten von Cincinnati, als er mit seinen Freunden Bier getrunken und Poolbillard gespielt hatte, um aufgetakelten pummeligen Frauen zu imponieren. Damals konnte man noch ganz undiplomatisch seine Meinung sagen, wenn einen jemand nervte.

Und gerade deshalb sehnte er sich jetzt nach dieser jugendlichen Freiheit, weil ihm gegenüber ein Afrikaner in einem Gewand saß, mit Stirnband und Sandalen. Er war der Botschafter eines der neuen zentralafrikanischen Länder. Ein großer Mann, der sarkastisch und selbstzufrieden über alles zu denken schien, was sie erörtert hatten.

Jetzt gab der Botschafter mit einer wegwerfenden Handbewegung zu verstehen, dass es mit den Ermittlungen des Roten Kreuzes, der Vereinten Nationen und der CIA nichts auf sich habe. Seine Regierung habe nichts zu tun mit Völkermord, weil man die Leute verhungern lasse oder der Verbreitung von Krankheiten tatenlos zusehe. Seine Regierung fühle sich allen Stämmen des Landes verpflichtet. Alle würden leiden, nicht nur die Angehörigen der politisch weniger einflussreichen kleineren Stämme.

Was für ein Unsinn, hätte der Präsident beinahe geantwortet. Am liebsten hätte er dem selbstgefälligen Botschafter eine Ohrfeige verpasst, aber die Etikette hielt ihn davon ab.

Stattdessen musste er eine Plattitüde absondern, etwa diese: »Wir sehen die Situation nicht ganz so, werden uns aber weiter darum kümmern.«

Unter der Platte seines Schreibtisches leuchtete das rote Lämpchen, ein Signal seines Stabschefs. Er war erst seit sechs Monaten im Amt, und bisher hatte das Lämpchen nur während der wöchentlichen routinemäßigen Tests geleuchtet. Der letzte Ernstfall war der sowjetische Putsch im August des Jahres 1991 gewesen.

Mit einem aufgesetzten Lächeln stand er schnell auf, streckte die rechte Hand aus und entließ den afrikanischen Botschafter.

»Wie gesagt, wir sehen die Situation nicht ganz so, werden uns aber weiter darum kümmern. Vielen Dank, Herr Botschafter.«

»Danke Mr President, dass Sie mir Ihre Zeit geschenkt haben«, antwortete der Botschafter verschnupft. Man hatte ihm eine weitere halbe Stunde mit dem Präsidenten der Vereinigten Staaten zugesagt.

Sie gaben sich kurz die Hand, und der Botschafter verließ das Oval Office.

Der Präsident setzte sich wieder und rieb sich die Schläfen. Dann öffnete sich die andere Tür. Er rechnete mit seiner Stabschefin Catherine Smith, sah zu seiner Überraschung aber Richard Henna.

Dick Henna war der neue Direktor des FBI, einer der wenigen von ihm bestimmten Kandidaten für wichtige Ämter, die der Kongress bis jetzt bestätigt hatte. Wie immer hielten die Intrigen im Kongress die Arbeit der Bundesregierung auf, und das kostete den Steuerzahler Millionen.

Henna war ein erfahrener Mann, der es während dreißig Jahren beim FBI geschafft hatte, nie in ein Fettnäpfchen zu treten. Es war ihm nie um Publicity gegangen, doch er wurde allgemein respektiert. Er war ein vorbildlicher Familienmensch, wohnte in einem Vorstadthaus und hatte absolut keine Leichen im Keller. Da die Opposition im Kongress seinen guten Ruf kannte, hatte sie sich keine ernsthafte Mühe gegeben, sich mit seiner Vergangenheit zu befassen.

Der Präsident schätzte Henna wegen seiner Integrität und lächelte, als der FBI-Direktor sein Büro betrat. Aber sein Lächeln erstarb, denn Henna sah fürchterlich aus. Seine Augen waren geschwollen und blutunterlaufen. Er hatte sich mehrere Tage nicht rasiert, und sein Anzug war zerknittert. Sein Hemd sah so aus, als hätte er darin geschlafen, und seine Krawatte saß schief und war fleckig.

»Sie sehen aus, als könnten Sie einen Kaffee gebrauchen, Dick«, sagte der Präsident möglichst lässig, aber es war vergeblich.

»Ich denke, etwas Stärkeres wäre besser, Sir.«

Der Präsident wies mit einer Kopfbewegung zur Hausbar, und Henna schenkte sich einen dreifachen Scotch ein.

Dann ließ er sich auf den Stuhl vor dem Präsidentenschreibtisch fallen, auf dem eben noch der afrikanische Botschafter gesessen hatte. Er öffnete seinen Aktenkoffer und nahm einen dünnen violetten Schnellhefter heraus. Der Stempel verriet, dass er nur vom Präsidenten der Vereinigten Staaten eingesehen werden durfte.

»Was ist los, Dick?« Der Präsident hatte Henna noch nie so niedergeschlagen gesehen.

»In der letzten Nacht, Sir, direkt nach Mitternacht«, sagte Henna mit bebender Stimme, »hat die National Ocean and Atmospheric Administration ihr Schiff *Ocean Seeker* zweihundert Meilen nördlich von Hawaii als vermisst gemeldet. Sie haben Suchflugzeuge entsandt, aber es wurden nur Trümmer auf dem Wasser entdeckt. Ein in der Nähe fahrender Frachter hilft bei der Suche, aber es sieht nicht vielversprechend aus.«

Der Präsident war etwas blass geworden und verschränkte krampfhaft die Finger. Er war nicht übertrieben emotional und hatte einen kühlen und scharfen Verstand. »Das ist eine entsetzliche Tragödie, Dick, aber ich sehe nicht, was das mit Ihnen oder dem FBI zu tun haben sollte.«

Henna wäre überrascht gewesen, wenn der Präsident diese Frage nicht gestellt hätte. Er reichte ihm die Akte und trank einen Schluck Scotch. »Bitte lesen Sie die erste Seite.«

Der Präsident öffnete den Schnellhefter und begann zu lesen. Einige Augenblicke später wurde er bleich und starrte angespannt auf das Papier.

Bevor er mit der Lektüre fertig war, redete Henna weiter. »Ich habe davon vor zwei Tagen erfahren, nachdem sicher war, dass es Ohnishis Handschrift ist und dass er es nicht unter

Zwang geschrieben hat. Als ich die Papiere bekam, habe ich mit der Küstenwache und der Navy Kontakt aufgenommen. Die wussten nichts von Schiffen, die von Hawaii auslaufen oder dorthin fahren, und deshalb dachte ich, wir hätten eine kleine Verschnaufpause.« Seine Stimme brach. »Aber ich habe nicht mit der National Ocean and Atmospheric Administration gesprochen, habe das völlig vergessen. Man hatte mich gewarnt, dass jedes unserer von Hawaii auslaufenden Schiffe zerstört werden würde. Verdammt, es gab diese Warnung. Diese Menschen hätten nicht sterben müssen.«

Der Präsident blickte sein Gegenüber an. In Hennas Miene spiegelten sich Schmerz und Schuldgefühle, weil er versagt hatte. »Nehmen Sie es nicht so schwer, Dick. Wie viele Leute wissen davon?«

»Außer uns beiden drei – ein Angestellter der Poststelle, meine Stellvertreterin Marge Doyle und ein Grafologe.«

Der Präsident blickte auf die Uhr. »Zum Mittagessen bin ich mit dem Präsidenten des Kongresses verabredet, und wenn ich das absage … Ich darf gar nicht daran denken, was das für Konsequenzen hätte. Auch sonst bin ich heute den ganzen Tag ausgebucht. Wir lassen hier in Washington alles seinen gewohnten Gang gehen, aber ich werde den Schiffsverkehr unserer Marine um Hawaii herum einstellen lassen, ganz so, wie es in diesem Brief gefordert wird. Ich habe nicht vor, Ohnishi gegenüber nachzugeben, aber wir brauchen die Zeit. Außerdem werde ich für den Flottenstützpunkt Pearl Harbor die höchste Alarmstufe ausrufen lassen. Sie sind schon in Alarmbereitschaft, seit vor zwei Wochen die Gewalt aufflammte, doch jetzt ist die Lage noch ernster. Wir sollten uns heute Abend im Situation Room treffen, um über die Lage und denkbare Reaktionen zu diskutieren. Nehmen Sie den Tunnel vom Treasury Building aus, damit Sie keine Aufmerksamkeit erregen.«

»Ja, Sir.« Allmählich gewann Henna die Fassung zurück. »Kann ich in der Zwischenzeit etwas tun, das Sie für wichtig halten?«

»Ich nehme an, Sie haben bereits damit begonnen, alles über Takahiro Ohnishi herauszufinden.« Henna nickte. »Wir müssen genau wissen, wie er tickt. Wir alle kennen seine rassistische Einstellung, aber diese Aktion ist empörend. Ich will wissen, warum er überhaupt in der Lage ist, eines unserer Schiffe zu versenken. Irgendjemand versorgt ihn mit Waffen, und ich will, dass das aufhört.«

»Ja, Sir.« Henna verabschiedete sich und verließ das Oval Office.

Der Präsident drückte auf den Knopf der Gegensprechanlage und hörte umgehend die Stimme von Joy Craig, seiner persönlichen Sekretärin. »Setzen Sie für heute Abend um neun ein Treffen im Situation Room an. Benachrichtigen Sie den Vorsitzenden der Vereinigten Stabschefs, die Direktoren der CIA, NSA und NOAA sowie den Außen- und Verteidigungsminister.«

Die Nominierung der meisten dieser Männer war noch nicht vom Kongress bestätigt worden, doch in dieser Krise musste er ihnen trauen, als hätten sie ihren Amtseid schon geleistet.

Der Präsident lehnte sich zurück und starrte auf die amerikanische Flagge neben der Tür. Seine Hände zitterten.

Als das Taxi in Arlington, Virginia, vor einem Reihenhaus aus rötlich-braunem Sandstein hielt, wirkten die Regenfäden im Licht der Scheinwerfer wie Lametta. Der Fahrgast gab dem Chauffeur einen druckfrischen Fünfziger und sagte, er könne das Wechselgeld behalten. Die Hintertür öffnete sich, die Innenbeleuchtung ging an, und der Mann griff nach zwei ledernen Reisetaschen und stieg aus.

Philip Mercer hatte internationale Flughäfen immer als eine Art exterritoriales Gebiet gesehen, die wenig mit dem Land zu tun hatten, in dem sie sich befanden. Seine Maschine war vor anderthalb Stunden auf dem Flughafen Dulles International gelandet, doch erst jetzt hatte er das Gefühl, wieder in den Vereinigten Staaten zu sein.

Er stöhnte genervt, als er wieder mal versuchte, die Haustür mit dem falschen Schlüssel aufzuschließen. Mittlerweile fragte er sich schon gar nicht mehr, warum das immer so war, wenn er Gepäck dabeihatte.

Endlich wieder daheim, dachte er, als er in die Diele trat. Er musste lächeln. Seit fünf Jahren wohnte er hier, doch gerade hatte er das Haus zum ersten Mal wirklich als sein Zuhause gesehen.

»Du musst mehr zur Ruhe kommen«, ermahnte er sich.

Von außen war das aus den Vierzigerjahren stammende Reihenhaus so unauffällig wie die anderen fünfzehn Gebäude auf dieser Straßenseite, doch mit der Ähnlichkeit war es vorbei, sobald man über die Schwelle trat. Er hatte das zweistöckige Gbäude entkernen und komplett umgestalten lassen. Aus der hohen Diele sah man die im ersten Stock untergebrachte Bibliothek, weiter oben sein Schlafzimmer. Die Wen-

23

deltreppe stammte aus einem Pfarrhaus aus dem neunzehnten Jahrhundert.

Obwohl komplett möbliert, fehlten noch viele persönliche Dinge, durch die ein Haus zu einem wirklichen Zuhause wird. Auf Tischen und Regalbrettern standen keine Erinnerungsstücke, an den Wänden hingen keine Bilder. Die Innenarchitektur des Hauses verriet einiges über den Charakter seines Bewohners, doch viele persönliche Gegenstände schlummerten noch in nicht ausgepackten Pappkartons.

Mercer stellte seine Reisetaschen neben der Eingangstür ab und ging durch das wenig genutzte große Wohnzimmer. Er kam an einem mit Eiche getäfelten Billardzimmer und der Küche vorbei, bevor er in sein Büro trat, wo er seine Aktentasche auf den mit Leder bespannten Schreibtisch legte.

Er stieg über die hintere Treppe in den ersten Stock hinauf, als er den leise gestellten Ton des Fernsehers hörte. Das Licht an der Bar aus Mahagoni war gedämpft. Auf dem Sofa lag ein schnarchender Mann unter einer Decke. Mercer trat hinter die Bar und schob eine CD von Eric Clapton in den CD-Spieler. Dann drückte er grinsend auf »Play« und drehte die Lautstärke der Hi-Fi-Anlage voll auf.

Flaschen und Gläser klirrten auf den Regalbrettern hinter der Bar. Harry White wurde abrupt aus dem Schlaf gerissen.

Mercer schaltete die Anlage aus und lachte.

»Ich habe nicht gesagt, dass du gleich hier einziehen sollst.«

Harry blickte Mercer verschlafen an. Auf dem Couchtisch standen ein überquellender Aschenbecher, Teller mit Essensresten und zwei leere Flaschen Jack Daniel's.

»Willkommen daheim, Mercer«, sagte Harry mit tiefer Reibeisenstimme. »Ich hatte dich erst morgen erwartet.«

»So kann man sich irren.« Mercer grinste. »War's 'ne nette Party?«

Harry fuhr sich mit den Fingern durch sein kurz geschnittenes graues Haar. »Ich kann mich beim besten Willen nicht erinnern.«

Mercer lachte erneut, und trotz seines üblen Katers lächelte auch Harry.

Mercer nahm zwei Flaschen Heinekens aus dem aus den Fünfzigerjahren stammenden Kühlschrank, öffnete sie und trank die erste Flasche mit vier großen Schlucken aus. Dann setzte er die zweite an den Mund.

Harry steckte sich eine Zigarette an. »Wie war die Reise?«

»Schön, aber anstrengend. Ich habe in sechs Tagen in ganz Südafrika sieben Vorträge gehalten. Dazu kam noch ein Treffen mit Ingenieuren von einer der Rand-Minen.«

Der Regen schlug an die Fensterscheiben.

Philip Mercer war Bergbauingenieur und Unternehmensberater, der kompetenteste weltweit, wie einige aus der Branche meinten. Seine Ideen und Ratschläge waren überall gefragt. Er strich astronomische Honorare ein, doch die Firmen beschwerten sich nie, weil sich die Investition immer auszahlte.

Im Laufe der Jahre hatten Dutzende von Unternehmen versucht, Mercer fest einzustellen, doch der hatte die Offerten stets höflich abgelehnt. Er schätzte die Freiheit, Nein sagen zu können, wenn ihm danach war. Durch seine Unabhängigkeit hatte er den nötigen Spielraum, um nach seinen eigenen exzentrischen Vorstellungen leben zu können. Wenn ihm etwas nicht passte, konnte er jedem Firmenchef sagen, er könne ihn mal.

Natürlich hatte er sich diese Freiheit hart erkämpfen müssen. Direkt nach seiner Promotion hatte er eine Stellung bei der United States Geological Survey angenommen. Zwei Jahre lang hatte er größtenteils Routineinspektionen in Minen durchgeführt, die wegen seismischer Analysen mit der USGS zusammenarbeiteten. Die Arbeit war langweilig, monoton und sinnlos, und Mercer hatte Angst, dass sein scharfer Intellekt in einer bürokratischen staatlichen Institution abstumpfen würde. Er kündigte.

Der für seine Persönlichkeit charakteristische Unabhängigkeitsdrang ließ es nicht mehr zu, eine längerfristige feste Stellung anzutreten, und so beschloss er, sich selbstständig zu ma-

25

chen. Er selbst sah sich als Troubleshooter, der in schwierigen Situationen aushalf, doch für viele aus der Branche war er ein unerwünschter Eindringling.

Sieben Monate lang führte er zahllose Telefonate mit ehemaligen Lehrern von der Pennsylvania State University und der Colorado School of Mines, und schließlich bekam er seinen ersten Beratervertrag. Für ein Schweizer Investorenkonsortium beurteilte er Berichte über eine Goldader in Alaska, und er verdiente in drei Monaten doppelt so viel wie bei der USGS in einem Jahr. Von da an stand seine Entscheidung endgültig fest.

Der nächste Auftrag führte ihn zu einer Uranmine in Namibia. Innerhalb weniger Jahre gelang es ihm, sich einen Ruf aufzubauen, von dem er jetzt profitierte und der es ihm gestattete, jene hohen Honorare zu berechnen, an die er sich mittlerweile gewöhnt hatte.

Ironischerweise hatte er nun aber doch wieder eine zeitlich befristete Stelle bei der USGS angenommen. Sein Beratervertrag sah die Zusammenarbeit und Abstimmung mit großen amerikanischen Minenunternehmen vor, damit die neuen Umweltgesetze des Präsidenten reibungslos umgesetzt werden konnten. Vielleicht würden sich auch einige ausländische Firmen an diese Richtlinien halten. In gewisser Hinsicht schloss sich damit der Kreis, doch nach zwei Monaten war er wieder ein freier Mann.

»Du siehst ganz schön beschissen aus«, bemerkte Harry.

Mercer blickte an seinem zerknitterten Hugo-Boss-Anzug hinab. Sein Hemd war verschwitzt, sein Kinn stoppelig. Er hatte sich zwei Tage nicht rasiert. »Wenn du zwanzig Stunden im Flugzeug gesessen hättest, würdest du kein bisschen besser aussehen.«

Harry setzte sich auf den Rand des Sofas, griff nach einer fleischfarbenen Beinprothese und legte sie unterhalb des Knies mit einer Geschicklichkeit an, die man bei einem fast Achtzigjährigen nicht erwartet hätte. Dann zog er seine Hose über die Prothese und schlenderte lässig zur Bar, ohne auch nur ein bisschen zu humpeln.

Mercer schenkte ihm einen Whisky ein. »Ich habe dir hundertmal dabei zugesehen, und es läuft mir immer noch kalt den Rücken hinunter.«

»Dir fehlt der Respekt für ›Mitmenschen mit körperlichen Handicaps‹. Die Political Correctness schreibt heute vor, Behinderte so zu nennen.«

»Wahrscheinlich hat dir ein eifersüchtiger Ehemann das Bein weggeschossen, weil er dich mit seiner Frau im Bett erwischt hat.«

Die beiden Männer hatten sich am Abend jenes Tages kennengelernt, als Mercer in sein Haus eingezogen war. Bei Tiny's, der Bar an der Ecke, gehörte Harry zum Mobiliar. Mercer war dorthin gegangen, weil er keine Lust mehr hatte, Kartons mit dem Krempel auszupacken, der sich in zehn Jahren überall auf der Welt angesammelt hatte. Seit diesem Abend waren die beiden Männer gute Freunde. Das war jetzt fünf Jahre her, aber so betrunken Harry auch sein mochte, er hatte Mercer nie erzählt, auf welche Weise er sein Bein verloren hatte. Mercer respektierte es und fragte nicht weiter nach.

»Du bist nur neidisch, dass dein Körper im Bett kein so gutes Gesprächsthema abgibt.«

»Mir würde Behindertensex keinen Spaß machen.«

Harry bat Mercer, sein Glas nachzufüllen.

Hätte jemand dem Gespräch der nächsten Stunde zugehört, hätte er die beiden für erbitterte Feinde halten können. Es hagelte sarkastische Bemerkungen und bissige Kommentare. Die beiden Männer genossen diesen verbalen Schlagabtausch, oft sehr zur Erheiterung der anderen Gäste bei Tiny's.

Kurz nach Mitternacht zwangen der Whisky und sein Alter Harry, sich wieder hinzulegen, und er schlief sofort ein. Trotz des Jetlags und des Biers wusste Mercer, dass er noch keinen Schlaf finden würde, und er begab sich in sein Büro.

Das Büro war der einzige fertig eingerichtete Raum in dem

Haus. Mit den Ledermöbeln und dem polierten Holz und Messing entsprach es vielleicht einem Klischee, doch er mochte es so. Die Drucke an den Wänden zeigten schwere Maschinen in Minen, Schleppleinen, riesige Dumper und hohe Bohrtürme. Jeder Druck enthielt den schriftlichen Dank eines Industriellen, dessen Unternehmen Mercer geholfen hatte. Auf einem Sideboard lag, diskret von unten beleuchtet, ein großer blauer Stein. Mercer strich liebevoll mit dem Finger darüber, als er zu seinem Schreibtisch ging.

Vom Jan Smuts Airport in Johannesburg aus hatte er seine Sekretärin bei der USGS angerufen und sie gebeten, ihm all seine Memos und Briefe nach Hause zu faxen, weil er wusste, dass er nach einem Langstreckenflug nie Schlaf fand. Im Papierfach des Faxgeräts lagen mindestens fünfzig Seiten.

Die meisten davon konnten ein paar Tage liegen bleiben, wirklich wichtig waren nur wenige. Er blätterte den Stapel schnell durch und hätte fast eine Nachricht des stellvertretenden Direktors der National Oceanographic and Atmospheric Administration übersehen. Es war eine vor sechs Tagen eingegangene Einladung, an Bord des NOAA-Schiffes *Ocean Seeker* an der Erforschung eines unbekannten geologischen Phänomens vor der Küste von Hawaii mitzuwirken. Der stellvertretende Direktor hatte sich an ihn gewandt, weil er vor zwei Jahren einen Aufsatz über die Nutzung der Geothermie als einer künftigen Energiequelle publiziert hatte.

Er hatte von dem tragischen Untergang des Schiffes gehört. Es hatte keine Überlebenden gegeben. Diese Nachricht hatte es sogar in Südafrika in die Zeitungen geschafft.

Doch nicht die Einladung war der Grund dafür, dass sein Herz plötzlich schneller schlug. Darunter stand eine Namensliste von Spezialisten, die ihre Teilnahme bereits zugesagt hatten. Der erste Name war jener der Meeresbiologin Dr. Tish Talbot.

Er war ihr persönlich nie begegnet, doch ihr Vater war ein guter Freund, der ihm nach einem Flugzeugabsturz in Alaska das Leben gerettet hatte. Der Pilot war ums Leben gekommen, während er sich nur ein Bein, eine Hand und ein paar Rippen gebrochen hatte. Aber er hatte allein auf einem Geröllfeld gelegen. Jack Talbot, der auf den Ölfeldern in der Nähe von Prudhoe Bay arbeitete, hatte eine Woche Urlaub gehabt und in der Nähe der Absturzstelle gezeltet. Innerhalb von zehn Minuten war er bei Mercer gewesen und hatte sich um ihn gekümmert, bis es ihm gelungen war, mittels Leuchtspurmunition aus dem Flugzeugwrack einen Rettungshubschrauber zu alarmieren.

In den Jahren danach hatten sich die beiden Männer eher selten gesehen, aber ihre Freundschaft hatte Bestand. Und nun war Jacks einzige Tochter gestorben, als Opfer eines entsetzlichen Unfalls. Mercer wusste, welchen Schmerz Jack empfinden musste. Er kannte diesen Schmerz, denn er hatte als Junge seine Eltern verloren. Aber Eltern gehen nicht davon aus, länger als ihre Kinder zu leben. Oft heißt es, das sei der größte Schmerz.

Mercer schaltete die Schreibtischlampe aus und ließ Harry auf dem Sofa schlafen. Er wollte seinen Freund nicht um zwei Uhr morgens vor die Tür setzen. Er hatte immer noch keine Lust, ins Bett zu gehen, tat es aber trotzdem. Sein Schlaf war unruhig.

Hawaii

Jill Tzu trat auf die Bremse ihres Honda Prelude und hielt zwanzig Meter vor dem Tor von Takahiro Ohnishis Landsitz. Sie klappte den Rückspiegel herunter und trug eine dünne Schicht Lippenstift auf. Dann setzte sie ein professionelles Lächeln auf. Ihr Make-up war perfekt.

Als Journalistin wusste sie, wie wichtig gutes Aussehen war. Sie verabscheute diesen Sexismus, war aber pragmatisch genug, um zu wissen, dass sie allein an den Gegebenheiten nichts ändern konnte.

Und doch lag es nicht an ihrer Schönheit oder ihren wohlgeformten Beinen, dass ihr heute dieses Interview zugesagt worden war. Es lag an ihrer Herkunft.

Takahiro Ohnishi war mit Abstand der reichste Mann auf Hawaii. Tatsächlich war er der zwölftreichste Mann der Welt. Seine geschäftlichen Interessen reichten von Immobilien bis zur medizinischen Forschung, vom Schiffsbau bis zur Bergbauindustrie. Er unterhielt Büros auf sechs Kontinenten, hatte dort palastartige Häuser und beschäftigte fast dreißigtausend Angestellte. Aber obwohl er ein weltweit aktiver Unternehmer war, kannte er nur eine Tradition, nämlich die japanische.

An der Spitze seines Geschäftsimperiums standen Japaner oder reinblütige Japaner, die im Ausland geboren worden waren. Dann folgten Leute, in deren Adern zu drei Vierteln japanisches Blut floss, und nur die absolut niedrigsten Arbeiter waren nicht mehr japanischer Abstammung. Ohnishi bezahlte zwei Anwaltskanzleien, die sich mit Hunderten von Fällen beschäftigten, weil er Jobbewerber diskriminiere. Bis jetzt hatten sie noch keinen Prozess verloren.

Die Besessenheit mit seinem japanischen Erbe bestimmte auch sein Privatleben. Ohnishi hatte nie geheiratet, aber die zahllosen Mätressen, mit denen er sich während seiner siebzig Jahre vergnügt hatte, waren sämtlich Japanerinnen. Wenn in den Adern einer Frau auch nur ein bisschen anderes Blut floss, war die Affäre auf der Stelle beendet. Die Domestiken in seinen Häusern waren ausschließlich Japaner, und wenn er ausnahmsweise mal ein Interview gab, musste der Journalist oder die Journalistin zumindest zur Hälfte japanischer Abstammung sein.

Und damit wären wir bei mir, dachte Jill Tzu, die Tochter eines chinesischen Bankers aus Hongkong und einer japanischen Dolmetscherin.

Sie legte den Gang ein, als sich das Tor von Ohnishis größter amerikanischer Residenz öffnete. Das Haus lag dreißig Kilometer nordwestlich von Honolulu und war durch Zuckerrohrfelder und Ananasplantagen abgeschirmt.

Als er einmal gefragt worden war, warum er so abgeschieden lebe, hatte Ohnishi geantwortet: »Wenn ich mit jemandem sprechen will, muss er herkommen, warum sollte ich mich bemühen?«

Ein schlanker Wachtposten näherte sich ihrem Auto. Jill ließ das Fenster herab, und von draußen strömte warme Luft in das von der Klimaanlage gekühlte Wageninnere.

Zuerst fielen ihr die automatische Pistole am Gürtel des Mannes und der erstklassige Schnitt seiner Uniform auf.

»Ja, bitte?«, fragte er höflich.

»Ich bin Jill Tzu vom Sender KHNA und habe eine Verabredung für ein Interview mit Mr Ohnishi.«

»Ja, ich weiß.« Der Wachtposten drückte auf einen Knopf, und das Tor glitt leise auf.

Jill gab Gas. Sie war überrascht, dass sie nicht aufgefordert worden war, sich irgendwie auszuweisen.

Zu beiden Seiten der Auffahrt erstreckte sich ein riesiger Rasen mit Büschen und Baumgruppen. Der Landschaftsarchitekt hatte sie so angeordnet, dass man das Haus erst sah, wenn man um die letzte Kurve bog. Und als sie es erblickte, war sie völlig verblüfft.

Sie hatte mit traditioneller japanischer Architektur in größeren Dimensionen gerechnet, doch so etwas hatte sie noch nie gesehen. Takahiro Ohnishi lebte in einem Glashaus, das vage an die von Ieoh Ming Pei entworfene Pyramide des Louvre erinnerte, aber es war sehr viel größer. Stahlröhren trugen gläserne, manchmal geneigte, verwirrend angeordnete Ebenen. Man konnte durch das Haus hindurchblicken und sah das sich dahinter erstreckende Tal.

Noch immer benommen von dem Anblick, hielt sie unter dem Vordach und stieg aus.

Ihre Absätze klackerten laut auf dem weißen Marmorboden, als sie auf die gläserne Eingangstür zuging, die sofort von einem Diener geöffnet wurde.

»Mr Ohnishi erwartet Sie im Frühstücksgarten. Würden Sie

mir bitte folgen?« Der Butler war natürlich ein Japaner, und seine Livree erinnerte an den Beginn des Jahrhunderts.

»Danke.« Sie warf ihre Handtasche über die Schulter.

Auch das Innere des Hauses mit seinen gläsernen Böden und Wänden ließ sich mit nichts vergleichen, das sie bisher gesehen hatte. Das Foyer war ein riesiger offener Raum mit einer Kuppel. Die dekonstruktivistisch anmutende Architektur des Hauses schien die Gesetze der Schwerkraft auszuhebeln. Sie kannte sich nicht aus, glaubte aber, dass die orientalischen Aquarelle und Gemälde an den Wänden Unsummen wert waren.

Der Butler führte sie durch mehrere Räume, von denen einige im japanischen, andere im westlichen Stil eingerichtet waren. Vor dem offenen Aufzug gab ihr der Butler zu verstehen, sie solle allein nach oben fahren.

»Wenn Sie den Lift verlassen, erwartet Sie Mr Ohnishi in dem rechts gelegenen Raum.«

Der Aufzug setzte sich mit einem leisen Bimmeln in Bewegung.

Sie strich ihren beigefarbenen Rock glatt. Als der Lift anhielt, trat sie in eine luftige, lichtdurchflutete Loggia. Zu ihrer Rechten war ein Tisch gedeckt, auf dem das Silber funkelte.

Takahiro Ohnishi erhob sich. »Ich bin erfreut, gemeinsam mit Ihnen frühstücken zu dürfen, Miss Tzu.«

»Und ich bin erfreut, dass Sie mich eingeladen haben«, antwortete Jill.

Sie ging zu dem Tisch und streckte die Hand aus, doch Ohnishi ignorierte es. Verlegen erinnerte sie sich daran, mit wem sie es hier zu tun hatte. Sie verbeugte sich tief, und Ohnishi nahm es mit einem nur angedeuteten Nicken zur Kenntnis. »Möchten Sie sich nicht setzen?«

Ohnishi sah nicht wie ein Industrieller aus. Er war dünn und wirkte gebrechlich. Durch sein schütteres weißes Haar sah man die Kopfhaut. Sein Gesicht war hager und fahl, und er wirkte gesundheitlich mitgenommen. Seine knorrigen Hände waren mit Altersflecken übersät.

»Ich habe Sie nicht eingeladen, Miss Tzu, sondern mich nur irgendwann geschlagen gegeben, als Sie nicht lockerließen. Nach hundertvierzehn Anrufen und achtundsiebzig Briefen kapituliert jeder Mann.« Wahrscheinlich sollte das charmant klingen, doch seine tonlose Stimme war ihr unheimlich. Ihr war unbehaglich zumute. Ohnishi glich einem Toten auf Urlaub.

Sie setzte ihr routiniertes Journalistenlächeln auf. »Schön, dass Sie kapituliert haben. Wenn es so weitergegangen wäre, hätte der Sender verlangt, dass ich die Briefmarken selber bezahle.«

Ein Diener schenkte ihr Kaffee ein und gab einen Löffel Zucker hinzu. Jill blickte ihn verwundert an und fragte sich, woher er wusste, wie sie ihren Kaffee trank.

Ohnishi schien Gedanken lesen können. »Ich weiß noch viel mehr über Sie, Miss Tzu. Andernfalls hätte ich Sie gar nicht auf mein Grundstück gelassen.«

»Wurde ich deshalb nicht nach einem Ausweis gefragt und gefilzt, als ich hier eintraf?« Das sollte selbstbewusst klingen, doch irgendwie fühlte sie sich in die Defensive gedrängt.

»Sie wohnen in einer Eigentumswohnung in Muani, Blossom Tree Court Nr. 1123. Einer meiner Männer ist Ihnen von dort gefolgt. Tatsächlich habe ich Sie permanent beschatten lassen, seit ich diesem Interview zugestimmt habe.«

Ohnishi sagte das so beiläufig, dass es ihr für einen Augenblick die Sprache verschlug. In ihr stieg Zorn auf. »Und haben Sie etwas Interessantes herausgefunden?«, fragte sie sarkastisch.

»Ja. Eine so schöne und erfolgreiche Frau wie Sie sollte häufiger ausgehen.«

Jills Zorn verrauchte. »Dasselbe höre ich von meiner Mutter auch immer.«

Sehr viel später sollte sie begreifen, dass es kein Zufall gewesen war, dass er exakt die Worte ihrer Mutter gebraucht hatte.

»Es tut mir leid, wenn Ihnen meine Vorgehensweise unangenehm ist, aber ein Mann in meiner Position muss vorsichtig sein.«

33

»Es gefällt mir nicht besonders, aber ich verstehe es.«

Der Diener kam zurück und stellte eine Schale mit Früchten vor ihr auf den Tisch. Ohnishi servierte er nichts.

»Wie mein Assistent Kenji Ihnen am Telefon bereits gesagt hat, dulde ich auf meinem Grundstück keine Kameras, und Sie dürfen dieses Gespräch auch nicht mitschneiden.«

»Ich habe kein Diktiergerät dabei, ich versichere es Ihnen.« Sie setzte vorsichtig die zierliche Porzellantasse ab, sorgsam darauf achtend, nichts von dem Kaffee auf das makellose weiße Leinentischtuch zu verschütten. Sie wusste nicht, dass sie in Ohnishis Haus bereits zweimal durchleuchtet worden war, einmal an der Eingangstür und kurz darauf im Aufzug. Ihre Beteuerung war überflüssig.

»Ihr Haus ist wirklich erstaunlich«, sagte sie, um das Schweigen zu brechen.

»Ob Sie es glauben oder nicht, es wurde 1867 von einem unbekannten Architekten aus Tokio entworfen. Damals ließen sich seine Pläne technisch noch gar nicht umsetzen. Ein paar Monate nach der Fertigstellung seiner Zeichnungen hat er sich das Leben genommen, denn er wusste, dass sein Genie in seiner Zeit niemals gewürdigt werden würde. Ich persönlich denke, dass er glaubte, seine Arbeit würde durch seinen Selbstmord unsterblich werden.«

»Ich wusste gar nicht, dass Sie sich so für die Vergangenheit interessieren.«

»Alles, was wir wissen, ist immer schon Vergangenheit, Miss Tzu. Auch wenn das in den Schulen nicht gelehrt wird, bleibt es eine wichtige Erkenntnis.«

»Ich verstehe nicht ganz.«

»Lassen Sie es mich erklären. Die aktuellste Information kippt sofort in die Vergangenheit, ist Geschichte. Ich blicke auf die Anzeigetafel der Börse, während der Handel weitergeht, und die Aktienkurse sind sofort Vergangenheit. Auch wenn sie nur eine Sekunde alt sind, ist alles bereits geschehen, und ich kann nichts mehr daran ändern. Wenn ich aufgrund dieser Information beschließe, Aktien zu kaufen oder zu verkaufen, beruht diese Entscheidung auf meiner Interpretation der Vergangenheit. Alles Wissen kommt so zustande, und alle Entscheidungen werden auf diese Weise gefällt.«

»Und wenn ich beschließe, etwas aus einer reinen Laune heraus zu tun?«

»Was zum Beispiel?«

»Sagen wir, ich würde meinen Job kündigen.«

»In diesem Fall gäbe es bestimmt eine Vorgeschichte. Sie hätten wahrscheinlich in der Vergangenheit schlechte Erfahrungen mit Ihrem Job gemacht. Sie glaubten aufgrund Ihrer Erfahrung, dass Sie einen neuen Job finden würden, und wüssten, dass Sie genug Geld auf dem Konto haben, um bis zum Antritt der neuen Stelle überleben zu können. Ihre Entscheidung entspränge nur auf den ersten Blick einer Laune. Tatsächlich steckt dahinter Kalkül.«

»So habe ich das noch nie gesehen.«

»Deshalb bin ich im Gegensatz zu Ihnen auch achtfacher Milliardär.« Das war keine Angeberei, sondern schlicht und einfach die Wahrheit.

»Ich habe Ihren Assistenten gefragt, ob es bei diesem Interview irgendwelche Tabuthemen gibt. Er hat mir versichert, Sie würden auf alle meine Fragen aufrichtig antworten.«

»So ist es.«

Der Diener räumte die Fruchtschale ab und kam mit einem silbernen Tablett mit rohem Fisch, hauchdünn geschnittenem Rindfleisch und Reis zurück und legte ihr davon auf.

»Sie essen nichts?«, fragte Jill, nachdem der Diener erneut verschwunden war, ohne seinen Herrn zu bedienen.

»Nachdem vor einigen Jahren bei mir Krebs diagnostiziert wurde, hat man mir den Magen und einen Teil des Dünndarms herausgenommen, Miss Tzu. Ich werde intravenös ernährt. Vielleicht werde ich später von diesen Gerichten kosten, aber ich kann nicht schlucken. Ich versichere Ihnen, das ist kein angenehmer Anblick.«

Jill war dankbar, dass er nicht weiter ins Detail ging.

Sie zog einen Stift und einen Notizblock aus der Tasche. Jetzt begann das eigentliche Interview. »Über die wichtigsten Stationen Ihrer Biografie habe ich mich kundig gemacht. Geboren wurden Sie in Osaka, aber Ihre Eltern sind mit Ihren beiden Schwestern in die Vereinigten Staaten ausgewandert, als Sie noch ein Baby waren. Ihr Vater hat als Chemiker an der University of California in San Diego gearbeitet.«

»Stimmt«, unterbrach Ohnishi. »Meine Eltern und Geschwister sind während des Zweiten Weltkriegs gestorben, als Roosevelt alle hier lebenden Japaner internieren ließ. Meine Schwestern starben in sehr jungen Jahren an Typhus, meine Mutter kurz darauf ebenfalls. Bevor mein Vater sich das Leben nahm, hat er gesagt, ich dürfe sie nie vergessen. Damals war ich siebzehn.«

»Sie hatten einen Onkel, der Ihr Vormund wurde?«

»Ja. Er hieß Chuichi Genda.«

Jill blickte auf ihre Notizen. »Wenn ich das richtig recherchiert habe, wurde er im Januar 1943 aus einem Internierungslager entlassen. Eine Woche später wurde er verhaftet und bei Kriegsende aus dem Gefängnis entlassen. Später wurde er aufgrund verschiedener Anklagen immer wieder zu Haftstrafen verurteilt.«

»Ja, mein Onkel hatte seine eigene Meinung über Amerika und darüber, wie unsere Leute während des Krieges und später hier behandelt wurden. Er führte gewalttätige Proteste gegen unterschiedliche politische Maßnahmen an. Er wurde dreimal wegen Anzetteln von Unruhen angeklagt und zweimal verurteilt. Niemand in meinem Leben hat einen so großen Einfluss auf mich ausgeübt.«

»In welcher Hinsicht?«

»Hauptsächlich durch seine Ansichten zur Rassenproblematik.«

»Welche genau?« Jill wusste, dass jetzt der wichtigste Teil des Interviews kam.

»Als Journalistin sind Sie über meine Einstellung bestimmt im Bilde.«

»Ich weiß, dass nahezu jede gesellschaftliche Gruppe in den Vereinigten Staaten Sie für einen Rassisten hält und dass die Einstellungspolitik in Ihren Unternehmen einen an die nationalsozialistischen Gesetze zur Rassenhygiene denken lässt.«

Ohnishi lachte schrill, und Jill zuckte zusammen. »Mir fällt kein besseres Wort ein, Miss Tzu, aber Sie sind wirklich sehr naiv. So etwas wie Rassismus gibt es nicht.« Bevor Jill protestieren konnte, fuhr Ohnishi fort. »Glaubt man den Anthropologen, dann gibt es auf diesem Planeten nur vier Rassen: Asiaten, Schwarze, Weiße und Aborigines. Und doch gibt es Spannungen und Konflikte zwischen Hunderten verschiedener Gruppen. Sehen Sie das auch so?«

Er wartete nicht auf ihre Antwort. »Wenn die Rasse ein so wichtiger Faktor ist, wie es die Medien immer wieder behaupten, warum führen dann so viele afrikanische Länder Krieg gegeneinander? Warum gibt es den bewaffneten Konflikt zwischen Engländern und Nordiren? Warum haben die Nazis sechs Millionen Juden vergast? Der Grund dafür ist nicht Rassismus, sondern Tribalismus. Es mag nur vier Rassen geben, doch da sind Hunderte verschiedener Stämme, vielleicht Tausende. Viele Gruppen tragen noch den Stammesnamen, etwa die Apachen oder Zulus. Bei etlichen Gruppen ist das nicht mehr so, etwa bei den weißen Angelsachsen hier in Amerika, den nordirischen Protestanten oder der Oberschicht in Brasilien. Jede Gruppe kämpft darum, die Einheit ihres Stammes zu bewahren. Franzosen und Deutsche sind kulturell und religiös gesehen andersartige Völker, und doch gehören beide zur weißen Rasse. Es gibt nur eine Erklärung für die vier Kriege, die sie seit der Mitte des letzten Jahrhunderts gegeneinander geführt haben: Tribalismus. Die Notwendigkeit, die Sicherheit der eigenen Volksgruppe dauerhaft zu schützen und zu gewährleisten. Nur weil Zwist zwischen den Rassen sich in den Medien gut macht, ist das noch nicht die häufigste Form von Konflikten. Ich werde bis ans Ende meiner Tage abstreiten, ein Rassist zu sein. Die Rasse interessiert mich nicht. Ich bin Tribalist, und mir liegt nur mein Stamm am Herzen, die Japaner. Eigentlich sind Stämme so etwas wie große Familien, und wenn ich eine Führungsposition an einen Japaner vergebe, helfe ich im Grunde einem Verwandten. Das ist nichts anderes, als wenn ein Vater seinem Sohn sein Geschäft vererbt, eine überall auf der Welt gängige Praxis. Ich habe in fast dreihundert Prozessen mein Recht verteidigt, nach meinem eigenen Gutdünken Leute einzustellen und zu befördern, und bis jetzt hat mich noch niemand daran hindern können.«

Obwohl Jill abgestoßen war, versuchte sie gelassen und professionell zu bleiben. »Wenn Sie eine so pro-japanische Einstellung haben, warum haben Sie dann seit Kurzem Ihren Wohnsitz in die Vereinigten Staaten verlegt?«

»Dieses Haus habe ich schon vor sechs Jahren bauen lassen«, bemerkte Ohnishi.

»Aber Sie sind erst vor drei Monaten eingezogen.«

»Ich habe das Gefühl, hier am meisten gebraucht zu werden. Wie Sie wissen, sind die Japaner mittlerweile die größte ethnische Gruppe in Hawaii. Verzeihen Sie meine Arroganz, aber ich glaube, dass sie meine Hilfe benötigen.«

»Ihre Hilfe?«

»Wo immer ihre Arbeit sie hinführt, ich möchte, dass die Japaner Erfolg haben. Die Medien konzentrieren sich auf den Handel mit materiellen Gütern und eine unausgeglichene Handelsbilanz, ignorieren aber völlig den japanischen Intelligenzexport. Wir schicken nur unsere intelligentesten Leute ins Ausland, wodurch unsere Position in Übersee von Jahr zu Jahr stärker wird. Amerika schickt seine Studenten nach Afrika, um Hütten zu bauen, wir schicken Topmanager, um Unternehmen aufzubauen. Ich möchte meinen Teil dazu beitragen, dass diese Strategie erfolgreich ist.«

»Erstreckt sich Ihre Hilfe auch auf die Ureinwohner von Hawaii?«

»Sie sind schon sehr viel länger als wir von weißen Regierungen unterjocht worden, und natürlich möchte ich, dass sie auf diesen Inseln mehr Macht bekommen. Ethnisch gesehen stehen sie uns Japanern näher als ihren gegenwärtigen weißen Oberherren.«

»Sie übertreiben, wenn Sie einen Ausdruck wie ›Oberherren‹ benutzen, um die Regierung des Bundesstaates zu charakterisieren«, sagte Jill etwas nervös.

»Ganz im Gegenteil. Wie würden Sie denn eine Regierung beschreiben, in der niemand die Sprache der Ureinwohner spricht oder ihre Kultur und Religion versteht? Was geschieht denn, um die sozioökonomische Kluft zu überbrücken? Nichts. Wenn die Ureinwohner Hawaiis mit dem gegenwärtigen System wirklich so zufrieden sind, warum ziehen sie dann scharenweise auf die Insel Niihau, wo der traditionelle Lebensstil gepflegt wird und es Gesetze zum Schutz der Sprache und Kultur gibt? Aber in erster Linie helfe ich den Menschen japanischer Abstammung, Miss Tzu.«

»Schließt das auch Bürgermeister Takamora ein? Einige halten seine Entscheidungen für hochverräterisch.«

»Ich habe aus meiner Unterstützung für Bürgermeister Takamora nie ein Geheimnis gemacht. Ich glaube an sein Programm, durch das der Wohlstand Hawaiis gesichert wird. Es ist an der Zeit, dass die wahren Eigentümer dieses Bundesstaates beanspruchen, was ihnen gehört, statt überzogene Steuern nach Washington zu überweisen.«

Ohnishi bezog sich auf das von Takamora propagierte Referendum, über das im Moment im Kongress von Hawaii diskutiert wurde. Takamora wollte ein Gesetz, das Steuerbefreiungen für Ausländer vorsah, die in Honolulu Grundstücke oder Immobilien besaßen. Sie sollten sich verpflichten, das Geld in Sozialprogramme zu stecken, von denen ausschließlich Japaner und Amerikaner japanischer Herkunft profitieren würden. Wenn das Gesetz verabschiedet wurde, würden Millionen in die Hände japanischer Einwohner der Insel gelangen. Einige politische Beobachter nannten das Stimmenkauf, andere sahen darin den Versuch, den ganzen Bundesstaat zu kaufen.

Die Auseinandersetzungen um das Referendum, das in einer Woche stattfinden sollte, waren in einem kritischen Stadium. Wie bei jedem umstrittenen Gesetz war die Stimmung in dem Bundesstaat aufgeheizt, und es hatte bereits gewalttätige Zwischenfälle gegeben. In den letzten paar Wochen war die Zahl der Angriffe auf Touristen und weiße Einwohner sprunghaft angestiegen. Gangs japanischer Jugendlicher zogen nachts wie moderne Ninjas durch die Straßen und verbreiteten Angst und Schrecken.

»Was sagen Sie zu der zunehmenden Gewalt?«

»Natürlich billige ich nicht, dass diese Leute ihre Ziele mit Gewalt durchsetzen wollen, Miss Tzu, aber ich verstehe, worum es ihnen geht. Für Hawaiianer gibt es spezielle Notwendigkeiten und Überlegungen, die nur wir verstehen, und es ist vorrangig, dass wir mehr Kontrolle über unser Leben bekommen.«

»Manche Leute sehen dahinter das Ziel der Sezession.« Damit spielte Jill auf die Rede an, die der Vizepräsident am Vorabend gehalten hatte.

»Ja, schon möglich.« Ohnishi lächelte, doch sein Blick war kalt. »Das Interview ist beendet, Miss Tzu. Sie müssen jetzt gehen.«

Jill war überrascht, wie abrupt er das Gespräch abbrach, doch sie wusste, dass Protest zwecklos war. Sie warf ihren Stift und den Notizblock in ihre Tasche und stand auf.

»Danke, dass Sie mir Ihre Zeit geschenkt haben, Mr Ohnishi.«

»Ich frage mich, Miss Tzu«, sagte Ohnishi wie geistesabwesend, »welcher Teil Ihrer ethnischen Abstammung Ihnen wichtiger ist, der japanische oder der chinesische?«

Später war Jill überrascht, wie leicht ihr die Antwort über die Lippen gekommen war. »Das chinesische Erbe. Dadurch habe ich die Geduld, mit all den Verrückten klarzukommen, die mir in meinem Job begegnen.«

Damit verließ sie die Loggia. Ihre Absätze klackerten laut auf dem Marmorboden des Foyers, als sie mit schnellen Schritten aus dem Haus lief.

»Mal abgesehen davon, dass sie gut aussieht, wie denkst du über Miss Tzu?«, fragte Ohnishi, sobald sich die Türen des Aufzugs hinter Jill geschlossen hatten.

Wie aus dem Nichts tauchte ein schwarz gekleideter Mann auf, der mit katzenartigen Bewegungen den Raum durchmaß und auf dem Stuhl Platz nahm, auf dem gerade noch Jill Tzu gesessen hatte.

»Ich halte sie für gefährlich.«

»Du machst dir zu viel Sorgen, Kenji. Ihre Stimme wird von dem allgemeinen Medienlärm davongetragen. Sie wird in ihrem Beitrag präsentieren, was auch ihre Kollegen von der schreibenden Zunft bringen – ein Durcheinander von Halbwahrheiten und Übertreibungen. Doch das wird zwischen den reißerischen Beiträgen über Morde und den Baseballergebnissen untergehen.«

»Trotzdem …«

»Nichts trotzdem. Die Einwohner dieses Bundesstaates, die wirklich zählen, werden darauf pfeifen, was sie sagt. Der Bürgermeister und ich haben sie so aufgeputscht, dass ihr kleiner Beitrag wirkungslos verpuffen wird.«

»Vielleicht haben Sie und David Takamora eine Situation geschaffen, die außer Kontrolle geraten könnte und für die Umsetzung unseres wahren Ziels vollkommen entbehrlich ist.«

»Du klingst wie ein Lakai von Ivan Kerikow.«

»Das meinte ich nicht«, sagte Kenji mit einem ausdruckslosen Blick. »Aber wir haben ihm gegenüber eine Verantwortung, und Sie könnten die Beziehung zu ihm gefährden, indem Sie diese Jugendgangs finanzieren und mit Journalisten wie dieser Jill Tzu reden.«

»Du stehst in meinen Diensten, seit du ein Junge warst. Du dienst nur einem Herrn, ich dagegen habe zwei. Zuerst mein Gewissen und jetzt noch Kerikow, dieses Schwein. Ich weiß, wie ich beiden dienen kann. Kerikow wird diese Konzession bekommen, aber nur zu dem von mir verlangten Preis.«

»Diese Unruhen eskalieren zu schnell. Sie sind kein Bestandteil Ihres Abkommens mit ihm.«

»Aber sie sind Teil *meines* Plans, Kenji. Mehr musst du nicht wissen.« Ohnishis herrischer Tonfall ließ seinen Assistenten verstummen. »Ich frage mich, wie es um deine Loyalität bestellt ist, Kenji. Du verhältst dich nicht mehr wie mein Hachiko.«

Damit spielte Ohnishi auf einen Hund an, der in den Zwanzigerjahren jeden Abend auf einem japanischen Bahnhof darauf gewartet hatte, dass sein Herrchen von der Arbeit zurückkam. Eines Abends kam der Mann aber nicht zurück, weil er an seinem Schreibtisch in der Universität von Tokio gestorben war. Der treue Hund aber wartete noch zehn Jahre lang jeden Tag auf demselben Bahnsteig, und deshalb sind der Name Hachiko und das Wort Loyalität in Japan Synonyme.

»Vor zwei Tagen bist du über Nacht verschwunden, ohne mir etwas zu sagen«, fuhr Ohnishi fort. »Und jetzt ziehst du meine Befehle in Zweifel. Vergiss Jill Tzu und konzentriere dich auf deine anderen Pflichten. Heute Nacht beginnen wir mit den Bombenanschlägen. Es wird nichts Ernsthaftes passieren. Es ist nur eine kleine Demonstration für die Gegner des Referendums.«

Kenji stand auf. Seine flüssigen Bewegungen waren die eines Mannes, der die asiatischen Kampfsportarten perfekt beherrschte. »Ich werde mich persönlich darum kümmern.«

Als er die Loggia verließ, schienen seine Füße kaum den Boden zu berühren, und als Ohnishi ihn nicht mehr sehen konnte, spiegelte seine Miene keinerlei Unterwürfigkeit mehr. »Du schwachsinniger alter Narr«, murmelte er. »Du hast keine Ahnung, mit wem oder was du es hier zu tun hast.«

Er ging in sein Büro, um sicherzustellen, dass Jill Tzu ihr Interview mit Takahiro Ohnishi nie auswerten konnte.

Jill fuhr sich frustriert mit der Hand durch ihr dichtes Haar. Sie schürzte ihre vollen Lippen, formte einen verführerischen Kussmund und prustete dann verächtlich. Ihre Füße lagen auf der Kontrollkonsole im Schneideraum des Studios. Sie nahm die Beine herunter und kümmerte sich nicht darum, dass ihr Tontechniker so weit unter ihren kurzen Hosenrock blicken konnte, dass er es eine Woche nicht vergessen würde.

»So wird das nichts, Ken«, murmelte sie düster.

»Gib mir eine faire Chance, Jill, okay?«, sagte der bärtige Techniker. »Wir arbeiten jetzt seit sechs Stunden daran. Es ist ja auch nicht so, dass du einen Pulitzerpreis dafür bekommen wirst.«

»Ja, aber vielleicht ist das mein Ticket in die Zentrale des Senders. Stell dir das vor, Ken. Wer soll dich Tag und Nacht beschimpfen, wenn ich nicht mehr da bin?«

»Wenn du weiter diesen Hosenrock trägst, kannst du schimpfen und stöhnen, soviel du willst.«

»Vorsicht, ich kenne einen guten Anwalt, der sich auf Fälle von sexueller Belästigung spezialisiert hat.« Sie lächelte zum ersten Mal seit einer Stunde. »Okay, lass uns alles noch mal durchgehen.«

Dieser Tag im Schneideraum war der Höhepunkt ihrer dreimonatigen Beschäftigung mit Takahiro Ohnishi. Sie hatte mit der Story begonnen, als der menschenscheue Milliardär nach Hawaii gezogen und das Referendum 324 erstmals propagiert worden war. Mit ihren zweiunddreißig Jahren war sie schon zu zynisch, um noch an Zufälle zu glauben, und sie hatte nach einer Verbindung zwischen Ohnishi und David Takamora, dem umstrittenen Bürgermeister von Honolulu, gesucht. Bei der Durchsicht der Rechnungen und Unterlagen ihres Fernsehsenders hatte sie herausgefunden, dass Takamora sehr viel mehr Geld für Wahlkampfspots ausgegeben hatte, als er offiziellen Angaben zufolge zur Verfügung hatte. Allein bei ihrem Sender gab es eine Diskrepanz von fast hunderttausend Dollar, und sie wusste, dass er bei den anderen Kanälen genauso viele Spots geschaltet hatte. Woher war das Geld gekommen?

Sie hatte keine konkreten Beweise dafür, dass Ohnishi einen Großteil von Takamoras Wahlkampf finanziert hatte, war sich ihrer Sache aber trotzdem verdammt sicher. Ohnishi hatte sich mit seinen Milliarden eine Stadt gekauft.

Ein Publizistikprofessor hatte einst zu ihr gesagt, nur Staatsanwälte benötigten im Gerichtssaal Beweise. Eine Reporterin müsse nie etwas beweisen, sondern nur jemanden in eine Sache hineinziehen und darauf warten, dass er sich bei seiner Verteidigung selbst belaste. Und ein paar Jahre später hatte ein alternder Kollege bei seiner feuchtfröhlichen Abschiedsparty gesagt, Nachrichten würden stets fabriziert.

Ihr Beitrag über Ohnishi war fast fertig. Eigentlich hätte sie das Interview an diesem Morgen gar nicht führen müssen. Ihr war es nur darum gegangen, den Mann persönlich kennenzulernen, damit sie besser einschätzen konnte, wie er tickte.

Sie und Ken schauten sich schweigend die erste Hälfte des Beitrags an. Archivbilder von Ohnishi, David Takamora und den gewalttätigen Straßengangs, die in Honolulu weiße Touristen angriffen, wurden durch Nahaufnahmen von Jill unterbrochen, die vor dem Rathaus stand und die Ereignisse kommentierte. Als sie die Bilder von vier asiatischen Jugendlichen sah, die eine ältere weiße Frau zusammenschlugen, griff sie nach dem Mikrofon, um einen neuen Text aufzuzeichnen, der von ihrem Script abwich und von Herzen kam.

»Man nennt Hawaii den Aloha State. In der Landessprache steht das Wort zugleich für ›Goodbye‹ und für ›Love‹, und heute kann man hinsichtlich unserer Lage nur noch ›Goodbye Love‹ sagen. Es ist ein Abschied von allem, wofür unser Inselparadies gestanden hat, seit Kapitän Cook hier vor zweihundert Jahren an Land gegangen ist, ein Abschied auch von den alten Traditionen der Ureinwohner. Während wir einst zu einem Volk verschmolzen, wo es nicht ausschließlich Weiße, Polynesier oder Asiaten gab, ist die Gesellschaft heute geteilt. Man muss nur ein bisschen zu runde Augen oder etwas zu helle Haut haben, um auf der Straße angegriffen zu werden. Rassistisch motivierter Hass wächst hier wie ein Krebsgeschwür. Es ist eine Krankheit, für die es keine Heilung zu geben scheint. Dahinter stehen Männer wie Takahiro Ohnishi, dessen Vorstellungen von Rassenreinheit durch die Medien allgemein bekannt sind. In diesem Bundesstaat verläuft eine Grenze zwischen zwei Lagern – zwischen denen, die das Referendum 324 befürworten, und jenen, die sich davor fürchten, wie man sich früher vor der Tyrannei gefürchtet hat. Gestern Abend hat der Vizepräsident dieses Referendum den Beginn einer sezessionistischen Bewegung genannt, und vielleicht hat er recht. Als Amerika sich zum letzten Mal einer solchen Krise gegenübersah, verließen die Südstaaten die Union, weil sie an einen Lebensstil glaubten, der auf der Überzeugung beruhte, Menschen anderer Rassen seien minderwertig. Heute glaubt eine kleine Gruppe von Einwohnern Hawaiis, den Rest der Bevölkerung kontrollieren zu können, weil in ihren Adern japanisches Blut fließt. Sie glauben an die Überlegenheit ihrer Samurai-Kultur und versichern, die Ruhe auf den Straßen wiederherstellen zu können, wenn wir willens sind, in einem System zu leben, in dem die Meinungsfreiheit erstickt wird und nicht mehr gilt, dass alle Menschen gleich geschaffen sind. Nach meiner persönlichen Meinung klingt das stark nach Erpressung.

Während die *Ronin* heute in den Straßen Jagd auf Weiße machen, sitzt ihr Herr sicher in seinem Glashaus, hinter einer Wand aus Hass und Intoleranz. Seit seiner Ankunft hat sich die Lage verdüstert. Heute sind die Strandhotels, die Ferienwohnungen beim Diamond Head und die Kreuzfahrtschiffe leer. Die Menschen fürchten sich davor, nach Hawaii zu kommen.

Gestern hat mir ein Hotelmanager erzählt, Touristen würden schon jetzt Reservierungen für das nächste Jahr stornieren. Während zunehmend Touristen abgeschreckt werden, verlieren immer mehr Menschen ihre Arbeit und suchen Sicherheit und Verbündete in den Gangs, deren Gewaltbereitschaft wächst. Erst heute Morgen hat der Präsident die Soldaten in Pearl Harbor in höchste Alarmbereitschaft versetzt, damit sie notfalls die Interessen der Regierung der Vereinigten Staaten auf den Inseln wahren können. Wer beschützt unsere Interessen? Bürgermeister Takamoras Polizei sieht dem Treiben der Gangs tatenlos zu. Wird er jemals die Nationalgarde darum bitten, eine Situation unter Kontrolle zu bringen, mit der er nicht fertig wird? Mit Sicherheit sehen wir uns jetzt der ernstesten Krise gegenüber, seit die Japaner 1941 Pearl Harbor angegriffen haben.«

Jill schaltete wütend das Mikrofon aus. Auf einem Monitor lief eine vier Wochen alte Aufnahme. David Takamora hatte erklärt, im Herbst bei den Gouverneurswahlen kandidieren zu wollen.

Ken war zu verdutzt, um einen Kommentar abzugeben, und als er sich wieder gefangen hatte, stammelte er: »Mein Gott, Jill, das können wir nicht senden.«

»Selbstverständlich können wir es nicht senden«, sagte sie verbittert. »Es ist die Wahrheit, und im Moment ist es uns nicht erlaubt, die Wahrheit zu berichten.«

Das in die Konsole eingebaute Haustelefon klingelte. Jill strich sich das Haar hinters rechte Ohr und nahm den Hörer ab.

»Ich weiß, ich weiß, fünfundvierzig Minuten Sendezeit.« Nur ihr Produzent nahm es sich heraus, sie im Schneideraum zu stören.

»In fünf Minuten will dich der Chefredakteur sehen.«

»Was zum Teufel soll das heißen, Hank?«

»Du kennst die Regeln, Jill. Jeder Beitrag, der sich mit der Gewalt auf den Straßen beschäftigt, muss Hiroshi vorgelegt und von ihm gutgeheißen werden.«

Hiroshi Kyato war der neue Chefredakteur der Nachrichtenabteilung.

»Was für ein Bullshit. Du kannst mich mal mit deiner Fünf-Minuten-Deadline. Ich lasse mich nicht wie ein Bürger zweiter Klasse behandeln.«

»Tut mir leid, ich wollte nicht deine professionellen Fähigkeiten in Zweifel ziehen. Es ist nur, nun, du weißt schon …«

Jill war überrascht, wie schnell ihr Produzent den Rückzug antrat. Die Frage der Rasse wurde auch beim Sender immer wichtiger. Sie war zur Hälfte japanischer Abstammung, Hank ein Weißer aus New Jersey. Jetzt hatte er riesige Angst, sie beleidigt zu haben.

»Moment, Hank«, sagte sie schnell. »Mir geht es darum, dass ich keine blutige Anfängerin bin. Ich weiß, welche Grenzen nicht überschritten werden dürfen. Ich muss mir nicht von Hiroshi Kyato erzählen lassen, was ich sagen darf, wenn ich auf Sendung gehe.«

»Noch mal, Jill, es tut mir leid«, sagte Hank müde. »Bei mir liegen die Nerven blank, seit Kyato Bürgermeister Takamora zugesagt hat, durch zahmere Beiträge die Situation auf den Straßen zu beruhigen. Bis jetzt hast nur du darauf verzichtet, mich als Absolventen der Joseph-Goebbels-Journalistenschule zu beschimpfen.«

»Hast du nicht mit Kyato darüber gesprochen?«

»Doch, natürlich. Er hat gesagt, ich müsse ihm jeden Beitrag über die Gewalt auf den Straßen vorlegen oder freiwillig kündigen.«

»Okay, hör zu. Mein Beitrag ist noch nicht fertig, oder doch, er ist fertig, aber ich werde es nicht zulassen, dass dieser Hurensohn ihn zerstückelt. Ich werde ihn heute Abend mit nach Hause nehmen und etwas abmildern. Wenn schon Zensur, dann mache ich das selber. Wegen mir wirst du nicht deinen Job verlieren.«

»Das geht nicht, Jill. Rechtlich gesehen gehört dein Beitrag dem Sender. Er ist nicht dein Privateigentum.«

»Du kannst ja versuchen, mich daran zu hindern, Hank.«

Sie legte auf, nahm das Band vom Schneidetisch und steckte es in ihre über der Stuhllehne hängende Handtasche. Dann stand sie auf.

»Was hast du vor?«, fragte Ken.

»Ich weiß es noch nicht.« Damit verließ sie den abgedunkelten Schneideraum.

Der Mond stand am Himmel, die Grillen zirpten. Es war warm, doch in der Luft hing noch die Feuchtigkeit eines gerade abgezogenen Gewitters. Jill saß auf der Terrasse ihrer Eigentumswohnung, hatte die Füße auf den Tisch gelegt und spielte mit ihrem Rotweinglas.

Mittlerweile war sie seit zwei Stunden zu Hause, doch weder ein Bad noch eine halbe Flasche Wein hatten ihre Nerven beruhigen können. Drei Monate lang hatte sie an dem Beitrag über Ohnishi gearbeitet, elende drei Monate, und jetzt sollte er zerstückelt und seiner Brisanz beraubt werden. An der Verbindung zwischen Ohnishi und Takamora konnte kein Zweifel bestehen, und ihr Einfluss erstreckte sich auch auf ihren Chefredakteur. War außer ihr niemand immun gegen diesen rassistischen Wahnsinn?

Sie fragte sich, ob es die Mühe wert war. Sie hatte für ihre Karriere so viele Opfer gebracht, und jetzt sollte ihr Beitrag zerstückelt werden, weil er zu energisch auf der Wahrheit bestand.

»So ein Dreckskerl.« Wider Willen standen ihr Tränen in den Augen.

In ihrem Leben hatte sich immer alles um den Journalismus gedreht. Für den beruflichen Aufstieg hatte sie auf fast alles andere verzichtet. Nur mit wenigen ihrer Freunde war sie länger als einen Monat zusammen gewesen. Während ihres letzten Urlaubs hatte sie eine vorübergehende Beschäftigung als Sekretärin in einer Kläranlage angenommen, um Gerüchten über verunreinigtes Grundwasser nachzugehen.

Wenn sie hin und wieder mit ihrer Mutter sprach, ging es unweigerlich darum, dass sie nicht verheiratet war und keine Kinder hatte. Wenn sie mit einer sensationellen neuen Story prahlte, fragte ihre Mutter, wo die Enkel blieben. Dann beendete sie das Gespräch damit, dass sie noch einmal wütend ihre Karriere verteidigte, doch danach wurde sie von Schuldgefühlen geplagt, weil sie wusste, dass ihre Mutter zum Teil recht hatte.

Sie wollte heiraten und Kinder bekommen, aber trotzdem weiter als Journalistin arbeiten. Es schien unmöglich zu sein, beides in Einklang zu bringen. Wie viel von ihrem Beruf sollte sie für eine Familie aufgeben? Und auf wie viel Familienleben sollte sie wegen ihres Berufs verzichten?

Aber vielleicht war ihre Karriere jetzt sowieso beendet. Sie konnte sich weigern, ihren Beitrag dem Chefredakteur vorzulegen, und dann würde er sie wahrscheinlich entlassen. Oder sie konnte ihre Prinzipien über Bord werfen und ihren Beitrag selber verstümmeln.

Sie fragte sich, ob sie den Beitrag nicht direkt nach New York schicken sollte. Sie hatte ein paar Freunde in der Zentrale des Senders. Vielleicht konnte sie jemanden dazu bewegen, ihn sich anzuschauen und zu überprüfen, ob er gut genug war, um landesweit ausgestrahlt zu werden. Bei Gott, so etwas hatten sie aus Hawaii lange nicht mehr bekommen.

Das Telefon klingelte. Sie stand auf und ging zu dem Apparat, aber als sie den Hörer abnahm und sich meldete, war die Leitung sofort tot. Wahrscheinlich hatte sich jemand verwählt. Sie dachte nicht weiter darüber nach.

Sie trank den letzten Schluck Rotwein und stellte das Glas in die Spülmaschine. Sie hatte zwei der drei traditionellen weiblichen Methoden ausprobiert, um sich zu entspannen, das Bad und den Wein. Die dritte stand ihr nicht offen, denn da die Geschäfte geschlossen waren, konnte sie nicht shoppen gehen. Stattdessen entschied sie sich dafür, an diesem Abend auszugehen. Es war nicht ihre Art, zu Hause zu sitzen und zu brüten. Die Bearbeitung des Beitrags konnte bis zum Morgen warten. Jetzt brauchte sie eine Ablenkung, um nicht die ganze Zeit an den Job, ihre Mutter oder die ganze persönliche Misere zu denken.

In den Touristenhotels am Strand hingen immer jede Menge akzeptabler Junggesellen herum. Bevor sie in ihr Schlafzimmer ging, schob sie noch eine Aerosmith-CD in den Player und drehte die Lautstärke auf. Tiefe Bässe, ein schneller Rhythmus, es ging ihr sofort besser. Genau die richtige Musik für den Start in eine Nacht, in der sie einen Mann aufreißen würde.

Sie verbrachte eine geschlagene Stunde damit, sich anzuziehen und zu schminken. Schließlich war sie startklar. Ein eng anliegendes, schulterfreies Kleid von Nina Ricci, schwarze Dessous, eine Halskette mit einem Diamantanhänger. Da sie wöchentlich sechs Stunden im Fitnessstudio verbrachte, hatte sie eine Figur, nach der sich sogar ein Blinder umdrehen würde.

Plötzlich hörte sie Glas splittern. Als sie zu der Schiebetür herumwirbelte, stürmte ein schwarz gekleideter Mann in ihr Schlafzimmer, dicht gefolgt von zwei weiteren. Unter ihren Stiefelsohlen knirschten Scherben.

Sie schrie schrill auf. Ihre Panik war stärker als der natürliche Trieb zu fliehen, und dieses Zögern war verhängnisvoll.

Zwei Männer kamen mit gezückten Pistolen auf sie zu. Sie wollte zurückweichen, doch da schlug ihr jemand mit voller Wucht die Pistole ins Gesicht. Ihr Kopf wurde herumgerissen, und sie stürzte zu Boden und verlor sofort das Bewusstsein.

Der Mann, der sie mit seiner Waffe geschlagen hatte, nahm seine schwarze Skimaske ab. Es war Kenji, Takahiro Ohnishis rechte Hand.

»Fesselt sie«, befahl er.

Bald hatte er den Raum entdeckt, der Jill als Büro diente. An zwei Wänden stand teures Video-Equipment, mit dem sie auch zu Hause ihre Beiträge schneiden und bearbeiten konnte.

Hier musste sich auch der Film über Ohnishi befinden.

Kenji durchwühlte mit professioneller Sorgfalt den Aktenschrank und den Schreibtisch, fand aber nichts.

Wütend ging er ins Wohnzimmer. Auf einem kleinen Tisch neben der Tür lag ein dicker brauner Umschlag. Er riss ihn auf und zog eine Videokassette heraus. Zurück im Büro, schob er sie in einen Videorekorder.

Jill Tzus Film lief zum ersten und letzten Mal. Wie nicht anders zu erwarten, wurden Ohnishis rassistische, widergesetzliche Einstellungspraxis und seine Unterstützung von Honolulus Bürgermeister David Takamora gebrandmarkt, der im Herbst für den Posten des Gouverneurs kandidieren wollte. Weiter ging es um die zunehmende Gewalt auf den Straßen und darum, dass Ohnishi auch dahintersteckte. Er nahm die Kassette aus dem Videorekorder und ließ sie in der Innentasche seiner schwarzen Windjacke verschwinden.

Dann ging er ins Schlafzimmer, wo Jill bewusstlos auf dem Bett lag.

Ihre Hände waren hinter dem Rücken mit Handschellen gefesselt, und in ihrem Mund steckte ein Knebel.

»Exzellente Arbeit, Miss Tzu«, flüsterte Kenji ihr ins Ohr. »Sie haben in allen Punkten recht. Mr Ohnishi finanziert die gewalttätigen Ausschreitungen in Honolulu. Aber nicht mehr lange, das versichere ich Ihnen.« Er wandte sich seinen Handlangern zu. »Los, lasst uns verschwinden.«

Sie wickelten Jill in die Tagesdecke und schleppten sie wie einen aufgerollten Teppich aus dem Haus. Die Grillen verstummten, als sie sich durch die Büsche zwängten, hinter denen ihr Auto stand.

Dreißig Kilometer entfernt brandete im Kongresszentrum von Honolulu donnernder Applaus auf, als David Takamora die Bühne betrat. Zwölftausend Menschen waren gekommen, von denen viele Transparente schwenkten, auf denen sie ihre Unterstützung für den umstrittenen Bürgermeister von Honolulu bekundeten. Es lag eine knisternde Spannung in der Luft, als ihr Held die Hände über dem Kopf emporreckte und die Ovationen der Menge entgegennahm.

Im grellen Licht der Fernsehscheinwerfer wirkte Takamora sehr viel attraktiver, als wenn man ihm unter anderen Umständen begegnete. Die Schminke kaschierte seine Aknenarben, und die silbernen Strähnen in seinem dichten Haar fielen weniger auf.

Er hielt sich sehr aufrecht und zog den Bauch ein. Nach der Rede würde er mit ernsthaften Rückenschmerzen dafür bezahlen müssen.

Doch diese bei einem Mann über fünfzig verzeihlichen kleinen Schönheitsfehler waren nichts gegen Takamoras persönliche und moralische Defizite, die sich nicht durch ein bisschen Schminke übertünchen ließen.

Er war krankhaft ehrgeizig und hatte die gängige Meinung bestätigt, Politik sei ein schmutziges Geschäft. Zu Beginn seiner Karriere hatte er einen hohen Posten beim Bauamt der Stadt gehabt und allen Baulöwen klargemacht, dass sich durch Bestechung die Erteilung einer Genehmigung für ein Projekt deutlich beschleunigen ließe.

Nach ein paar Jahren hatte er so mehrere Hunderttausend Dollar angehäuft und verwendete das Geld für seine Bewerbung um den Posten des Bürgermeisters. Er führte einen beispiellos schmutzigen Wahlkampf. Seine Hauptkonkurrentin, eine Stadträtin von tadellosem Ruf, zog ihre Kandidatur zurück, nachdem ihre Tochter nach dem Verlassen eines Nachtclubs in Honolulu brutal vergewaltigt worden war. Takamora wusste nicht, ob es ein zeitlicher Zufall oder die Tat eines seiner übereifrigen Lakaien gewesen war.

Doch nun hatte er noch höhere Ziele. Er war der letzte Redner bei dieser Veranstaltung, die der Propagierung des Referendums 324 gewidmet war, und die Stimmung der Menge war bereits aufgeheizt.

Takamora hob die Hände, um das Auditorium zu beruhigen. Er hielt seine Rede auf Japanisch. »Meine Damen und

Herren, vor etwas über einem Jahr haben Sie mich zum Bürgermeister gewählt, damit ich dieser Stadt zu Wohlstand verhelfe, neue Arbeitsplätze schaffe und unseren Lebensstil verteidige. Seitdem habe ich alles in meiner Macht Stehende getan, um diese Erwartungen zu erfüllen. Aber in diesem Amt, das Sie mir anvertraut haben, kann man nicht schalten und walten, wie man will. Wir haben es geschafft, japanische Unternehmen für unsere Stadt zu interessieren, aber Aufsichtsbehörden auf gesamtstaatlicher und bundesstaatlicher Ebene behindern unsere Bemühungen. Als Ohnishi Heavy Industries in Honolulu eine Computerfabrik bauen wollte, hat die Regierung in Washington keine Einfuhrgenehmigung für die erforderlichen Baumaschinen erteilt. Als ich mit Ihrer Zustimmung unsere Polizei privatisieren wollte, sah der Supreme Court das als verfassungswidrig an, weil so aus der Polizei eine Privatmiliz werden könne. Ich möchte, dass unsere Steuergelder hier auf Hawaii bleiben, statt in dieser Washingtoner Jauchegrube zu verschwinden, und deshalb nennt man mich einen Sezessionisten. Beim Referendum 324 geht es nicht um Abspaltung, sondern um Gleichberechtigung. Unser Bundesstaat ist jetzt völlig unabhängig von fremder Hilfe. Wir treiben mehr Handel mit Japan als mit Kalifornien. Warum sollten wir unsere Steuern nicht für uns behalten dürfen? Außer inkompetenter Einmischung können wir uns von Washington nichts versprechen. Bis jetzt stützen wir ein System, das die Orientierung verloren hat, und ich sage: Ohne uns. Das Festland versinkt in einem Sumpf von Kriminalität und Drogenmissbrauch. Morde auf offener Straße sind so alltäglich, dass die Medien gar nicht mehr darüber berichten. Dreißig Prozent aller Kinder werden von Minderjährigen zur Welt gebracht. Während dort das Geld dafür draufgeht, Unterstützung an faule Sozialschmarotzer zu zahlen, haben wir aus eigener Kraft unseren Wohlstand vermehrt. Halten Sie es für fair, dass wir die Washingtoner Korruption finanzieren sollen?«

»Nein!«, brüllten die Zuhörer wie aus einem Mund.

»Ist es richtig, dass wir für ihre Exzesse bezahlen müssen?«

»Nein!«

»Gestern Abend hat mich der Vizepräsident einen Sezessionisten genannt.«

Die Menge verwandelte sich in einen aufgebrachten Mob, den Takamora kaum noch in Schach halten konnte.

»Ich antworte nur: *Führt mich nicht in Versuchung.*«

Takamora sprach die letzten Worte in einem leisen, drohenden Ton. Dann verließ er unter dem tosenden Beifall der Menge die Bühne. Einer seiner Berater reichte ihm ein Handtuch und eine Flasche Bier. Er trank einen Schluck und wischte sich die Schminke aus dem Gesicht.

»Hört sie euch an«, sagte er zu seinen Beratern. »Die sind zu allem bereit.«

Während Takamora sich hinter dem weinroten Vorhang am Gejohle der aufgeputschten Menge berauschte, zog einer seiner Berater ein klingelndes Mobiltelefon aus der Tasche. Er lauschte einen Moment und reichte es dann Takamora.

»Ja?«

»Glückwunsch, David, eine mitreißende Rede.«

»Danke, Mr Ohnishi. Ich bin beglückt, dass Sie sie hören konnten.« Die Rede war direkt in Ohnishis Haus übertragen worden. »Können Sie das Publikum hören, Sir?«

»Ja, Sie sind ganz ohne Frage der Mann der Stunde.«

»Nur durch Ihre Hilfe.« Das entsprach der Wahrheit, denn Takamora war durch den alternden Industriellen massiv unterstützt worden.

»Ich denke, dass es nun an der Zeit ist, unsere Kampagne etwas zu verschärfen, finden Sie nicht auch?« Das war eigentlich keine Frage, sondern ein Befehl.

»Ganz meine Meinung, Sir«, antwortete Takamora. »Woran denken Sie?«

»An ein paar Bombenanschläge und bessere Waffen für die Jugendgangs. Außerdem könnten sie sich ihre Opfer etwas gezielter aussuchen. Unser Tag rückt schnell näher, und daher muss alles besser organisiert werden. Kenji wird Sie morgen früh anrufen und über die Einzelheiten informieren.«

»Aber das Referendum findet erst in einer Woche statt. Übereilen wir da nicht etwas ein bisschen?«

»Einige unvorhergesehene Vorfälle könnten mich dazu zwingen, das Projekt des Referendums aufzugeben. Wen interessiert es denn schon, ob die Leute ihre Stimme abgeben oder nicht? Wir werden sowieso tun, was sie wollen. Mich interessiert Folgendes: Werden sich Ihre Einheiten der Nationalgarde während unserer ganzen Kampagne loyal verhalten?«

»Auf die können Sie zählen, Sir, zumindest auf jene Einheiten, die ich seit meinem Amtsantritt persönlich aufgebaut habe. Wie Sie wissen, bestehen die hier in Honolulu aus Amerikanern japanischer Abstammung, aus jungen Männern und Frauen, die unsere Ansichten teilen. Es ist nur eine Frage der Zeit, wann der Gouverneur ihren Einsatz anordnet, und dadurch wird er unfreiwillig noch mehr unserer Leute auf die Straße treiben. Ich versichere Ihnen, dass diese Einheiten Ihren Gangs nicht in die Quere kommen werden.«

»Und was ist, wenn der Präsident den Einsatz regulärer Truppen befiehlt?«

Takamora zögerte einen Augenblick. »Meine Eliteeinheiten von der Nationalgarde werden bereit sein, sich der Auseinandersetzung zu stellen. Vergessen Sie nicht, dass die Militärpräsenz hier auf der Insel äußerst unpopulär ist. Die Stimmung ist genauso wie damals auf Okinawa, als dort 1996 dieses junge Mädchen vergewaltigt wurde.«

»Gut. Und noch etwas, David. Ziehen Sie nie wieder eine meiner Entscheidungen in Zweifel.« Ohnishis Stimme klang verbindlich, hatte aber einen harten Unterton.

Takamora klappte das Mobiltelefon zu. Er war wütend, dass Ohnishi seiner Euphorie einen Dämpfer verpasst hatte. Als er dem Assistenten das Telefon zurückgab, wirkte er längst nicht mehr so selbstsicher wie zuvor.

Arlington, Virginia

Das leise Klingeln des alten Tiffany-Weckers riss Mercer sofort aus dem Schlaf. Er drückte auf den Knopf, schob die Decke zur Seite und setzte sich auf die Bettkante. Seine dunkelgrauen Augen wirkten bereits hellwach. Mercers Augen reagierten viel schneller auf Licht als die anderer Menschen. Grelles Licht ließ ihn kaum blinzeln, und an die Dunkelheit gewöhnten sich seine Augen so schnell wie die einer Katze. Das kam ihm in der unterirdischen Welt der Minen sehr zugute.

Nachdem er sich rasiert und geduscht hatte, ging er die Wendeltreppe hinunter. Auf dem Weg zur Bar kam er an der Bibliothek vorbei. In den dunklen Eichenregalen standen Kartons mit seiner riesigen Sammlung von Nachschlagewerken. Zum tausendsten Mal schwor er sich, die Bücher auszupacken und in die Regale zu stellen. Außerdem wollte er Dutzende von Zeichnungen und Gemälden aufhängen, die er im Laufe der Jahre gesammelt hatte. Im Moment lagen sie in Kisten in einem der Gästezimmer.

Er ging mit einer Tasse Kaffee in der Hand zur Haustür, um die *Washington Post* zu holen. Als er an die Bar trat, glitt sein Blick auf die Artikel unten auf der Titelseite.

Einer in der linken Ecke erregte seine Aufmerksamkeit. Er setzte sich auf einen Barhocker und las.

NACH UNTERGANG EINES AMERIKANISCHEN FORSCHUNGSSCHIFFES EINE ÜBERLEBENDE GEBORGEN

Hawaii. Dr. Tish Talbot, eine Meeresbiologin, die an Bord des NOAA-Forschungsschiffes *Ocean Seeker* war, wurde heute Morgen um 12:30 Uhr Ortszeit von einem finnischen Frachter entdeckt und gerettet. Bis jetzt sieht es nicht so aus, als hätte außer ihr noch jemand überlebt, als das Schiff vor drei Tagen sank. Die Besatzung untersuchte den mysteriösen Tod von zwölf Grauwalen, die letzten Monat an der Nordküste Hawaiis an Land gespült wurden. Dr. Talbots Gesundheitszustand wird als stabil beschrieben, aber sie leidet an Dehydration und Unterkühlung. Heute Morgen wurde sie mit dem Flugzeug in die Hauptstadt gebracht, wo sie nun zur Beobachtung im George Washington University Hospital liegt. Die Besatzung des Frachters *September Laurel* hatte seit dem rätselhaften Untergang des amerikanischen Forschungsschiffes gemeinsam mit der Küstenwache und der Navy nach Überlebenden gesucht.

Der Artikel ging noch weiter, doch Mercer sah nicht mehr richtig hin. Er war völlig verdutzt. An die Stelle der Trauer, die er letzte Nacht empfunden hatte, traten nun Freude und Erleichterung.

»Aufwachen, Harry.« Er konnte es gar nicht abwarten, seinem Freund die Neuigkeiten zu erzählen.

Harry öffnete stöhnend die Augen, gähnte und reckte die Glieder. »Wie spät ist es?«

Mercer blickte auf seine Tag-Heuer-Uhr. »Viertel nach sechs.«

»Himmel, meine Zunge fühlt sich an, als hätte ich einen Angora-Pullover abgeknutscht.«

Mercer schenkte ihm eine Tasse Kaffee ein. Harry erhob sich vom Sofa und setzte sich auf einen Barhocker. Zwischen seinen Lippen klemmte eine bereits angezündete Zigarette.

»Erinnerst du dich daran, dass ich dir von meinem Freund Jack Talbot erzählt habe, der mir in Alaska das Leben gerettet hat?« Mercer wartete nicht auf Harrys Antwort. »Gestern Abend habe ich erfahren, dass seine Tochter an Bord des NOAA-Forschungsschiffes war, das im Pazifik gesunken ist.«

»Mein Gott, Mercer, das tut mir wirklich leid«, sagte Harry

ernst. »Eigentlich hatte ich dich gestern fragen wollen, ob du von dem Untergang gehört hast.«

Mercer hielt die Zeitung hoch, und Harry las mit noch immer verschlafenen Augen. »Verdammt, da hat sie wirklich Schwein gehabt.«

»Da sagst du was.«

»Ob dein Freund es wohl schon weiß?«

»Wahrscheinlich wusste er nicht einmal, dass das Schiff gesunken ist. Als ich das letzte Mal von ihm hörte, arbeitete er auf einer Ölbohrinsel vor der Küste von Indonesien.«

Harry schaute Mercer einen Augenblick an und stand dann auf. »Ich sollte besser nach Hause gehen.« Bevor Mercer noch etwas sagen konnte, war er schon verschwunden. Nachdem er noch einen Moment über den abrupten Aufbruch seines Freundes nachgedacht hatte, nahm er sich wieder die Zeitung vor.

Um halb neun schlenderte er ins Vorzimmer seines Büros bei der U.S. Geological Survey. Seine Sekretärin Jennifer Woodridge lächelte und begrüßte ihn mit vollem Mund. Mercer wunderte sich immer wieder, wie viel sie in sich hineinstopfen konnte. Auf ihrem Schreibtisch lagen ständig halb gegessene Hamburger und zerknitterte Chipstüten, daneben standen mindestens drei Becher mit Softdrinks. Trotzdem wog sie keine fünfzig Kilo und hatte eine fantastische Figur.

»Morgen, Jen. Wie ich sehe, hat sich während meiner Abwesenheit nichts geändert.«

Sie trank einen Schluck Kaffee. »Schön, dass Sie wieder da sind. Sie können sich nicht vorstellen, wie erleichtert ich war, dass Sie in Südafrika und nicht an Bord des NOAA-Schiffs waren.«

»Glauben Sie's mir, nicht halb so erleichtert wie ich.«

Jen Woodridge war nicht immer so überaus freundlich zu ihrem zeitweiligen Boss gewesen. Als Mercer vor zwei Monaten seinen Beraterjob bei der USGS antrat, hatte sie ihm in rapidem Tempo eine lange Liste vorgelesen, auf der festgehalten war, welche Aufgaben sie als Bestandteil ihrer Arbeit sah und welche nicht. Da waren sie einander gerade erst vorgestellt worden. Mercer hatte ihr schweigend zugehört, und als sie fertig war, hatte er sich mit einem »Okay« begnügt.

»Was soll ich jetzt tun?«, hatte sie gefragt.

»Setzen Sie sich an Ihren Schreibtisch.«

»Und?«

»Nichts und. Setzen Sie sich an Ihren Schreibtisch. Gehen Sie nicht ans Telefon, und füllen Sie keine Formulare aus. Tun Sie einfach nichts.«

Es dauerte nur eine Dreiviertelstunde, bis sie zu Tode gelangweilt das Vorzimmer verließ und in Mercers Büro trat. »Ich hab's begriffen, und es tut mir leid. Gewöhnlich behandeln Consultants die Angestellten hier wie Sklaven.«

»Da ich noch nie eine persönliche Sekretärin hatte, weiß ich nicht, wie ich Sie behandeln soll.« Das war der Beginn einer großartigen Zusammenarbeit gewesen. Jetzt fragte Mercer: »Haben Sie von der Frau gelesen, die letzte Nacht gerettet wurde?«

»Ja, ist das nicht großartig?«

»Seltsam ist, dass ich sie kenne. Oder ihren Vater, um genauer zu sein.« Mercer öffnete die Tür seines Büros. »Kommen Sie und erzählen Sie mir, was passiert ist, während ich weg war.«

Mercer warf sein Jackett achtlos auf das Ledersofa, legte seine Aktentasche auf den Schreibtisch und setzte sich. Nachdem Jen sein Jackett mit einem mütterlich mahnenden Blick auf einen Bügel gehängt hatte, setzte sie sich auf den Stuhl vor dem Schreibtisch, um mit Mercer einen hohen Stapel Papiere durchzugehen.

Als Jennifer zum Mittagessen ging, blieb Mercer im Büro, um sich weiter mit dem Papierkram herumzuschlagen. Kurz darauf tauchte ein Sicherheitsbeamter in seinem Büro auf. Er blickte auf einen Zettel. »Sind Sie Dr. Philip Mercer?«

Mercer zuckte innerlich zusammen. Er hasste es, mit dem

Doktortitel angesprochen zu werden. Er grinste den Mann an. »Dann habt ihr mich also endlich dabei erwischt, dass ich auf der Herrentoilette Klopapier geklaut habe.«

Der Sicherheitsbeamte blickte ihn irritiert an und brauchte eine Weile, bis er bemerkte, dass Mercer es nicht ernst gemeint hatte.

Bei manchen dauert's etwas länger, dachte Mercer.

»Western Union hat dieses Telegramm unten im Büro abgegeben. Es ist an Sie adressiert.« Der Mann reichte Mercer den Umschlag und verließ ohne ein weiteres Wort das Büro.

Als Mercer sah, dass das Telegramm in Jakarta aufgegeben worden war, wusste er instinktiv, dass es von Jack Talbot kam. Aus irgendeinem Grund hatte er eine böse Vorahnung, als er das Blatt entfaltete.

Tish schwebt in Lebensgefahr. Hilf ihr. Die Ocean Seeker *wurde vorsätzlich versenkt. Werde versuchen, so schnell wie möglich nach Washington zu kommen. Jack.*

Innerhalb von Sekunden war Mercer klar, dass die Sache ernst sein musste. Jack Talbot neigte nicht zu Hirngespinsten oder zur Hysterie. Wenn er sagte, seine Tochter sei in Gefahr und das Schiff absichtlich zerstört worden, dann glaubte er ihm aufs Wort.

Er stand auf. Der Blick seiner grauen Augen wirkte hart und entschlossen, seine Körperhaltung angespannt. Fünf Minuten später raste er in seinem schwarzen Jaguar-XJS-Cabriolet durch die Innenstadt zum George Washington University Hospital.

Die Frau am Empfang sagte ihm, Tish Talbot liege auf Zimmer 404, dürfe aber keinen Besuch empfangen. Dann fügte sie noch hinzu, das Zimmer werde vom FBI bewacht.

Die Tatsache, dass die einzige Überlebende eines Schiffsuntergangs bewacht wurde, bestätigte Jacks Worte, dass seine

Tochter in Gefahr schwebe und dass die *Ocean Seeker* unter mysteriösen Umständen gesunken war.

»Nun, dann weiß ich ja Bescheid«, sagte Mercer mit einem charmanten Lächeln, das die Frau erröten ließ. »Wo bekomme ich hier eine Tasse Kaffee?«

»Da rechts und dann die Treppe hoch, Sir.« Sie zupfte an ihrem braunen Haar. »Die Cafeteria ist im ersten Stock.«

Mercer dankte ihr, stieg aber im Treppenhaus gleich in den dritten Stock hoch. Das Neonlicht, die gelb gestrichenen Wände und die Krankenhausgerüche genügten, damit es dem gesündesten Menschen übel wurde. Nach ein paar Sekunden hatte er die Station gefunden, auf der sich Zimmer 404 befand. Vor der Tür saßen an einem Tisch zwei stiernackige Männer, die ihm aggressive Blicke zuwarfen.

»Ich bin Dr. Mercer und muss zu Miss Talbot«, sagte er, während er eine Plastikkarte präsentierte.

Einer der beiden FBI-Beamten musterte ihn von Kopf bis Fuß und erblickte das Stethoskop, das aus seiner Jackentasche hervorschaute. Mercer hatte es in einem verwaisten Schwesternzimmer eingesteckt. Der andere sah das GWU-Logo auf der Karte und glaubte, das Foto zeige den Mann, der sich als Dr. Mercer vorgestellt hatte.

»Was wollen Sie denn bei ihr?«, fragte er mit ausdrucksloser Stimme.

»Ich bin Urologe«, antwortete Mercer. »Ich muss überprüfen, ob sie aufgrund anhaltender Dehydration einen Nierenschaden davongetragen hat.«

Einer der beiden winkte ihn sofort durch. Die Karte, die Mercer ihnen gezeigt hatte, war vom George Washington University Hospital ausgegeben worden, war aber nur der Behandlungsausweis eines Patienten. Hätte der FBI-Beamte genauer hingesehen, hätten die beiden ihn sofort ins J. Edgar Hoover Building mitgenommen.

Das sagte einiges über die Gründlichkeit des FBI.

Er warf einen Blick über die Schulter und sah, dass einer der beiden FBI-Beamten den Rest seines Popcorns aus der Tüte in den Mund schüttete. Da Tish in Gefahr schwebte, würde er es bestimmt nicht diesen beiden Idioten überlassen, auf sie aufzupassen.

Tish saß im Bett und las eine Illustrierte, die auf ihren angezogenen Knien lag. Nach dem, was sie durchgemacht hatte, war sie natürlich erschöpft. Sie war Anfang dreißig und wunderschön. Kurz geschnittenes dunkles Haar, volle rote Lippen, hohe Wangenknochen, gebräunte Haut. Die blauen Augen und den spitzbübischen Blick hatte sie von ihrem Vater geerbt.

»Miss Talbot, ich heiße Philip Mercer. Ich bin ein Freund Ihres Vaters. Tatsächlich hat er mir das Leben gerettet. Hat er Ihnen mal davon erzählt?«

»Unzählige Male, Dr. Mercer«, antwortete sie mit einem herzlichen, offenen Lächeln. »Es ist gut, hier einen Freund bei sich zu wissen.«

»Und wichtiger, als Sie ahnen«, sagte Mercer leise. »Wie fühlen Sie sich?«

»Müde, aber sonst okay. Ich weiß nicht, warum man mich hier festhält.« Ihre Stimme klang verärgert.

»Ob Sie es glauben oder nicht, Ihr Fall ist im Augenblick ziemlich wichtig. Wussten Sie, dass Sie bewacht werden?«

»Nein. Warum, zum Teufel?«

»Ich hatte gehofft, Sie könnten es mir sagen. Vor etwa einer Stunde habe ich ein Telegramm bekommen, das Ihr Vater in Jakarta aufgegeben hat. Er hat mich gebeten, auf Sie aufzupassen.«

Sie starrte ihn an.

»Er glaubt, dass die *Ocean Seeker* absichtlich versenkt wurde, und wenn das stimmt, sind Sie hier wahrscheinlich nicht in Sicherheit. Als das Schiff unterging, war ich in Südafrika. Deshalb bin ich über die Einzelheiten nicht informiert, aber ich glaube Ihrem Vater und nehme an, dass Sie in Lebensgefahr schweben.«

Sie schaute ihn weiter nur wortlos an.

»Können Sie sich irgendeinen Reim darauf machen?«

»Dr. Mercer, ich …« Bevor sie weiterreden konnte, öffnete sich die Tür, und ein Mann in einem weißen Kittel betrat das Krankenzimmer.

»Guten Tag. Ich bin Dr. Alfred Rosenburg, Ihr Urologe.« Sein Lächeln wirkte aufgesetzt, die Zähne waren vom Nikotin gelblich verfärbt.

Mercer warf einen Blick auf die Schuhe des Mannes und reagierte sofort. Er verpasste ihm einen harten Kinnhaken und rammte ihm unmittelbar darauf den linken Ellbogen ins Gesicht. Tish schlug die Hände vor den Mund, um einen Schrei zu ersticken, als Rosenburg gegen die Wand geschleudert wurde.

Mercer drehte sich zu dem Bett um. »Ziehen Sie sich an, ich bringe Sie hier raus.«

Rosenburg hatte sich hochgerappelt und hielt jetzt ein Stilett in der Hand. Mercer holte ihn mit einem Tritt von den Beinen, und er fiel erneut rückwärts gegen die Wand und brach zusammen. Mercer setzte einen Fuß auf seinen Bauch und trat ihm mit dem anderen ins Gesicht. Der Mann lag bewusstlos da.

Mercer blickte Tish an, die immer noch im Bett lag. »Er wird nicht allein sein. Ziehen Sie sich endlich an.«

Sie sprang aus dem Bett. Als sie nach dem T-Shirt ihre Jeans anzog, erhaschte Mercer einen Blick auf ihre wohlgeformten langen Beine und einen weißen Seidenslip.

Er öffnete die Tür einen Spaltbreit und blickte zum Tisch der FBI-Beamten hinüber. Die Blutlache darunter sagte ihm, dass beide tot waren.

»O mein Gott«, stöhnte Tish, während Mercer die Taschen der Toten durchsuchte. Er fand eine automatische Pistole und ein Reservemagazin. Er behielt die Waffe in der Hand, verbarg sie aber unter seinem Jackett.

Er ergriff Tishs Hand, als sie die Treppe zur Eingangshalle hinuntereilten. Ein schneller Blick in die Runde überzeugte

Mercer davon, dass der Killer von eben tatsächlich nicht allein gekommen war. Drei Männer standen direkt vor dem Eingang, drei weitere vor einem Anschlagbrett.

Mercer zog Tish zu einer Tür, auf der ZUTRITT VERBOTEN stand. Kurz darauf standen sie auf einer Laderampe. Ein Mann warf Tish einen etwas zu kritischen Blick zu, und Mercer rammte ihm das Knie in den Unterleib. Wenn er nur ein unschuldiger Arbeiter war, konnte er sich gleich hier im Krankenhaus behandeln lassen, und wenn es ein Kumpel des Killers von oben war, hatte es den Richtigen getroffen.

Sie rannten zu Mercers Jaguar, und er ließ sofort den Motor an. Er hatte gehofft, dass sie unbemerkt entkommen würden, aber zwei Männer sprangen von der Laderampe und nahmen die Verfolgung auf. Mercer legte den Gang ein und bog mit quietschenden Reifen auf die Straße ab. Ein paar Autofahrer hupten wütend, zwei Krankenschwestern mussten auf den Bürgersteig zurückspringen, um sich in Sicherheit zu bringen. Als er in die 23rd Street einbog und in Richtung Washington Circle weiterfuhr, wurden sie von drei identischen BMWs verfolgt.

Mercer drehte zwei Runden in dem Kreisverkehr und bog dann in die K Street, aber seine Verfolger hatten sich nicht abschütteln lassen, und er gewann allenfalls ein oder zwei Sekunden.

Er legte die Pistole des FBI-Beamten in seinen Schoß, als er einen Bus überholte. Die Heckler & Koch VP-70 war eine 9-mm-Pistole, deren Magazin achtzehn Patronen fasste.

Nachdem er die Waffe entsichert hatte, ließ er die Scheibe des Seitenfensters herab. Die Geräusche der Stadt drangen laut in das Auto. Er fragte sich, ob es vielleicht besser gewesen wäre, das Verdeck aufzuziehen, weil er dann mehr gesehen hätte, doch daran ließ sich im Moment nichts ändern.

Jetzt tauchte links neben ihm der erste BMW auf. Der Fahrer konzentrierte sich auf die Straße, doch der Mann auf dem Beifahrersitz hob eine kleine Beretta-MP und nahm ihn ins

Visier. Mit der italienischen Maschinenpistole konnte man fünfhundertfünfzig Schuss pro Minute abfeuern. Mercer reagierte blitzschnell. Er riss die Pistole hoch und drückte immer wieder ab. Die ersten fünf Kugeln zerrissen den Körper des Beifahrers. Als der vornüberfiel, tötete Mercer den Fahrer mit fünf Kopfschüssen. Der BMW verlor an Tempo, kam von der Straße ab, schrammte an einem der hohen Bäume entlang und schoss wieder auf die Fahrbahn. Im Rückspiegel sah Mercer, wie der Wagen schließlich gegen einen stehenden Wagen der Müllabfuhr prallte. Die Körper der beiden Toten brachen durch die Windschutzscheibe.

Tish war leichenblass und biss auf ihrer Unterlippe herum. Mercer nahm eine Hand vom Lenkrad und legte sie ihr beruhigend auf die Schulter. Mehr konnte er im Moment nicht tun, denn sie wurden noch immer von zwei Autos verfolgt.

An der Ecke K Street und Pennsylvania Avenue ignorierte er eine rote Ampel, doch die Verfolger hielten es genauso. Sie waren gerade am Sitz der Weltbank vorbeigekommen, als die ersten Kugeln in die Karosserie des Jaguars einschlugen. Tish ließ sich zu Boden sinken. Mercer fuhr im Zickzackkurs, doch der Wagen wurde noch mehrfach getroffen.

Der Verkehr wurde dichter. Einmal war er gezwungen, ganz stehen zu bleiben, doch glücklicherweise saßen die beiden BMWs ein gutes Stück hinter ihm fest. Als sie sich der Kreuzung an der 17th Street näherten, sprang die Ampel auf Gelb um. Er trat das Gaspedal voll durch, die Nadel des Tachometers machte einen Satz, und der Motor heulte laut auf. Als er wieder abbremste und die Ampel hinter ihm auf Rot umsprang, näherte sich auf der 17th Street die Blechlawine.

Er riss das Steuer nach rechts. Fußgänger sprangen zur Seite, als er ein kurzes Stück über den Bürgersteig raste. Dann bog er kurz vor dem Weißen Haus wieder auf die Straße. Ein BMW war gegen eine der dicken Betonbarrikaden vor der Präsidentenresidenz geprallt, der andere steckte im Verkehr fest.

Er hielt an der Ecke 16th Street. »Hier, nehmen Sie meine

Brieftasche«, sagte er. »Meine Adresse steht auf dem Führerschein, und das Geld reicht für ein Taxi.« Er zog den Hausschlüssel von dem Ring, der unter dem Zündschloss baumelte, und reichte ihn ihr. »Es gibt noch ein elektronisches Schloss. Rechts neben der Tür ist ein kleines Keypad. Sie müssen 36-22-34 eingeben. Ich werde mich bemühen, so schnell wie möglich zurück zu sein.«

»Ihnen wird doch nichts passieren?«, fragte Tish ängstlich.

»Keine Sorge. Steigen Sie jetzt aus.« Sie nickte, sprang aus dem Wagen und wurde sofort von der Menschenmenge verschluckt.

Mercer fuhr auf der 16th Street am Hotel Washington vorbei und bog dann vor dem Handelsministerium wieder in die Pennsylvania Avenue ab. Da sah er im Rückspiegel den dritten BMW. Sie folgten ihm immer noch, doch Tish musste mittlerweile in Sicherheit sein.

Er schlängelte sich geschickt durch den dichten Verkehr, raste am Willard Hotel und am Post Office Pavilion vorbei. Dann hörte er plötzlich wieder Schüsse aus automatischen Waffen. Kugeln schlugen in die Karosserie und die Heckscheibe des Wagens, und dann platzte der linke Hinterreifen.

Er verlor die Kontrolle über den Wagen und konnte kaum noch das Lenkrad festhalten. Den Jaguar konnte er vergessen. Der Wagen brach auf die Gegenfahrbahn aus, schrammte an geparkten Autos entlang und kam schließlich vor dem Eingang der U-Bahn-Station Archive zum Stehen. Jetzt hörte er aus allen Richtungen das Heulen von Polizeisirenen.

Er rammte das Reservemagazin in die Waffe, sprang aus dem Auto und rannte die Treppe hinab. Er stieß Pendler zur Seite, die sich lautstark beschwerten, und sprang über das Drehkreuz. Der Mann am Fahrkartenschalter war seine geringste Sorge. Als er auf dem Bahnsteig stand, sah er auf beiden Schienensträngen keinen Zug, und es waren nicht genug Leute da, um in der Menschenmenge untertauchen zu können. Er wirbelte herum und sah drei Männer auf sich zukommen, die sich kaum bemühten, ihre Waffen unter ihren Jacketts zu verbergen.

Ein blinkendes Licht und das Vibrieren des Bodens verrieten, dass gleich ein Zug einfahren würde. Auf der anderen Seite hatte sich noch nichts getan. Wenn er in den Zug stieg, würden sie ihn sofort niedermähen. Diese Männer hatten offenbar keinerlei Bedenken, in aller Öffentlichkeit zu morden.

Der Zug tauchte mit kreischenden Bremsen aus dem Tunnel auf. Seine Verfolger waren nur noch zwanzig Meter entfernt, einer zog bereits seine Waffe. Er hatte nur eine Chance zu entkommen und ergriff sie beim Schopf. Als der einfahrende Zug nur noch knapp zwei Meter entfernt war, sprang er.

Der Zugführer hupte und trat noch einmal voll auf die Bremse, doch Mercer nahm es nicht einmal wahr. Wenn er zu weit sprang, konnte er innerhalb des gegenüberliegenden Schienenstrangs auf dem stromführenden Kabel landen und an einem elektrischen Schlag sterben. Er hatte keine Lust, seinen Verfolgern die Arbeit abzunehmen.

Er landete sicher auf der niedrigen Plattform zwischen den beiden Schienensträngen und sah, dass nun auch aus der entgegengesetzten Richtung ein Zug auf ihn zukam. Er fuchtelte mit den Armen, um nicht das Gleichgewicht zu verlieren, und hätte es fast geschafft.

Der einfahrende Zug streifte seine Schulter, und er wurde gegen den ersten Zug geschleudert, der mittlerweile stand. Für einen Augenblick lag er benommen zwischen den beiden Zügen. Dann stand er auf und kletterte unter den geschockten Blicken der Fahrgäste auf das Dach eines Waggons des zweiten Zuges. Trotz der Schreie und der Trillerpfeifen der Polizisten hörte er das leise zweifache Bimmeln. Die Türen des Zuges schlossen sich.

Eine Kugel schlug neben seinem Kopf ins Zugdach ein. Er drehte sich auf den Rücken und richtete seine Pistole auf den Killer, der auf der über die Gleise führenden Fußgängerbrücke stand. Er drückte ab, als sich der Zug gerade in Bewegung setzte, und verfehlte sein Ziel deutlich. Der Mann auf der Brücke zielte erneut, und Mercer rollte bis ganz an den Rand des Dachs, um der Kugel auszuweichen.

Einen Moment später fuhr der Zug unter der Brücke hindurch. Er rollte wieder in die Mitte des Dachs. Zwischen der Brücke und dem Tunneleingang war eine gut einen Meter breite Lücke, durch die er den Killer sah. Er drückte ab und sah den Mann noch zu Boden gehen, bevor der Zug in der Finsternis verschwand.

Die Fahrt durch den Tunnel war ein Albtraum. Der Zug fuhr nicht besonders schnell, doch Mercer kam es so vor, als raste er mit Höchstgeschwindigkeit dahin. Er hatte Angst, vom Dach geschüttelt zu werden oder an der niedrigen Tunneldecke entlangzuschrammen. Der Lärm war ohrenbetäubend, und der Waggon wurde kräftig durchgerüttelt. Er biss die Zähne zusammen und hielt sich verzweifelt fest.

Nach zwei Minuten, die ihm wie eine Ewigkeit vorkamen, lief der Zug in die Station L'Enfant Plaza ein. Er suchte unter der Fußgängerbrücke Schutz. Wahrscheinlich warteten auch in dieser und der nächsten Station weitere Killer. Sie hatten ihn in die Enge getrieben. Wer immer »sie« waren.

Der Aufenthalt des Zuges in der Station zog sich in die Länge, weil Unmengen von Pendlern ein- oder ausstiegen. Er befürchtete schon, der Zug könnte wegen der Leiche in der Station Archive angehalten werden. Aber einen Moment später hörte er das Bimmeln, und die Türen schlossen sich mit einem zischenden Geräusch. Der Zug fuhr langsam an, und einen Moment später sah er den nächsten Killer, der auf der Brücke stand und seine Beretta-MP auf ihn richtete.

Er riss die VP-70 hoch und zielte. Doch keiner der beiden Männer konnte feuern, weil der Zug bereits in dem finsteren Tunnel verschwunden war. Mercers erhobene Hand krachte gegen die Betonwand. Die Pistole entglitt seinen Fingern, schlitterte übers Dach und fiel auf die Gleise.

Er rollte sich wieder auf den Bauch und verfluchte seine

Dummheit. Jetzt war er unbewaffnet und wusste nicht, wie viele Killer noch auf ihn warteten.

Als der Zug südlich des Jefferson Memorial aus dem Tunnel auftauchte und oberirdisch fuhr, begriff Mercer plötzlich, dass sich ihm eine Fluchtchance bot, wenn der Zug den Potomac River überquerte. Der Gedanke war alles andere als angenehm, aber ihm blieb keine andere Wahl. Er setzte sich auf und zog die Schuhe aus. Als der Zug auf die Sprengwerksbrücke raste, stand er auf. Der Wind ließ sein Jackett flattern. Er blickte auf das tiefblaue Wasser.

Und sprang.

Im freien Fall hörte er nur das laute Rauschen des Windes in seinen Ohren. Als er auf dem aufgewühlten Wasser aufschlug, hätte er fast das Bewusstsein verloren, aber wegen der Kälte hatte er schnell wieder einen klaren Kopf. Er war tief unter der Wasseroberfläche und schnappte verzweifelt nach Luft, als er endlich wieder auftauchte.

Er blickte zu der Brücke auf, doch der Zug war bereits nicht mehr zu sehen.

Zwanzig erschöpfende Minuten später zog er sich die Uferböschung hoch.

»Willkommen in Virginia«, keuchte er.

Pazifik

Ein modernes Atom-U-Boot ist seiner Natur nach ein idealer Ort für das Sammeln wichtiger Informationen. Da es für lange Zeit unter Wasser bleiben kann und keine Geräusche verursacht, kann es sich Wochen oder gar Monate unbemerkt vor der Küste eines potenziell feindlichen Landes aufhalten.

Dieses Atom-U-Boot wartete seit sieben Monaten in den Gewässern zweihundert Meilen nordwestlich von Hawaii, und abgesehen von einer kleinen Panne hatte nie die Gefahr bestanden, dass es entdeckt wurde. Die Mission würde nur noch ein oder zwei Wochen dauern, und die Stimmung an Bord, die auf einem Tiefpunkt gewesen war, wurde endlich wieder besser.

Die Besatzungsmitglieder, meistens Männer aus dem Norden, machten sich nicht mehr über den starken georgischen Akzent des Kapitäns lustig, was früher fast täglich vorgekommen war. Schon sehr bald würden die Männer die Wärme der Sonne auf ihrer Haut spüren, frische Luft atmen und wieder bei ihren Familien sein.

Der Kapitän, ein hagerer, humorloser Mann von Mitte fünfzig, blickte sich langsam in der Befehlszentrale um. Seit dem Beginn der Mission leuchteten die roten Alarmlichter.

Auch der Kapitän freute sich darauf, nach Hause zurückzukehren. Seine Frau war schon vor Jahren gestorben, aber er hatte eine Tochter, die während seiner Abwesenheit seinen ersten Enkel zur Welt gebracht haben musste.

Ein Junge oder ein Mädchen?, fragte er sich. Und wenn es ein Junge war, würde er auf seinen Namen getauft werden oder auf den ihres idiotischen Ehemannes?

»Kontakt, Käpt'n«, sagte ein Mann an einem Sonargerät. »Kurs zweihundertfünf Grad, Entfernung fünfzehn Meilen.«

Alle auf der Brücke waren gespannt und blickten den Kapitän an. Der schaute auf die Uhr und glaubte, dass es das Schiff sein könnte, das sie erwarteten.

»Können Sie das Schiff identifizieren?«, fragte er ruhig den Mann am Sonargerät.

»Die Entfernung ist noch zu groß, Sir, wir müssen warten. Eine Schraube, Geschwindigkeit dreizehn Knoten.«

Der Kapitän griff nach dem Mikrofon. »Feuerleitung, Ziel anvisieren. Torpedoraum, Rohre eins und zwei fluten, aber die Außenluken bleiben noch zu.«

Selbst auf der dreißig Meter entfernten Brücke hörte der Kapitän das Wasser in die Rohre strömen. Er konnte nur hoffen, dass da draußen niemand sonst war, der es ebenfalls hörte.

»Klappt es jetzt mit der Identifizierung?«, fragte er den Mann am Sonargerät.

»Ja, Sir.«

Der sündhaft teure Spezialcomputer des U-Boots analysierte die Geräusche des näher kommenden Schiffes. Er filterte das Drehgeräusch der Schiffsschraube und das stets präsente Hintergrundgeräusch der belebten See heraus, bis …

»Wir haben unser Ziel, das Signal kommt jetzt gut an. Wiederhole, das ist unser Schiff.«

Ein Ultraschallgenerator übermittelte ein Signal durch das Wasser, das nur von denen aufgeschnappt werden würde, die darauf warteten, es zu hören. Es war dieses Signal, nach dem der Computer suchte und mit dem der Kapitän rechnete.

Er griff erneut nach dem Mikrofon.

»Scheiße!«, schrie plötzlich der Mann am Sonargerät und riss sich den Kopfhörer herunter.

»Was ist los?«, fragte der Kapitän.

Dem Mann lief etwas Blut aus den Ohren, und er sprach unnatürlich laut. »Eine weitere unterseeische Explosion, Sir. Sehr viel stärker als jede andere.«

»Sie werden abgelöst«, sagte der Kapitän.

Die Sonargeräte waren mit einem Akustikpuffer ausgerüstet, um das Gehör der daran arbeitenden Männer zu schützen, und doch hatten jetzt vier von ihnen einen dauerhaften Gehörschaden davongetragen, weil sich die Explosion ganz in der Nähe ereignet hatte und der Lärm so intensiv gewesen war, dass der Akustikpuffer nichts dagegen ausrichten konnte. Auf so ein Ereignis war die Technik so wenig vorbereitet wie die Männer, die an den Sonargeräten saßen.

Arlington, Virginia

Der Taxifahrer war ein junger afrikanischer Einwanderer. Mercer tippte ihm auf die Schulter und gab ihm einen Zwanziger. »Der Rest ist für Sie, und das mit dem Sitz tut mir wirklich leid.«

Der Bezug des Sitzes des gelben Ford Taurus war durchnässt, genau wie Mercers Anzug. Als er auf Socken zu seinem Haus ging, wurde jeder Schritt von einem schmatzenden Geräusch begleitet.

Die Haustür war nicht abgeschlossen. Er atmete erleichtert auf, als er in der Diele stand. Seit er sich in der Nähe des Pentagons aus dem Fluss gezogen hatte, waren fast anderthalb Stunden vergangen. Zuerst hatte er hinter dem Wrack eines Busses seine Kleidungsstücke ausgewrungen, dann einen Freund von der Washingtoner Polizei angerufen.

Der hatte ihm versprochen, sein ramponierter Jaguar werde nach Anacostia gebracht, nicht zu dem großen Abschlepphof der Stadt. Außerdem versicherte er, der Papierkram würde zumindest für ein paar Tage »verloren gehen«. Es würde einige Zeit dauern, bis man ihn mit dem zerstörten Auto in Verbindung bringen konnte.

Jetzt hatte er eine kleine Verschnaufpause, um darüber nachzudenken, was zum Teufel eben geschehen war.

Als er den Fernseher hörte, wusste er, dass Tish Talbot sicher hergekommen war.

Er stieg die Treppe hinauf. Tish schlief auf dem Sofa in der Bar, unter einer dunklen Wolldecke, in die mit goldener Seide der Schiffsname *Normandie* eingestickt war.

Tish wachte auf und rekelte sich.

»Wie geht es Ihnen?«, fragte Mercer, dessen Kleidungsstücke immer noch tropften. Er trat hinter die Bar.

»Ich weiß nicht.« Sie sah seinen nassen Anzug. »Mein Gott, was ist denn mit Ihnen passiert?«

»Sagen wir einfach, dass ich so was nicht noch mal erleben möchte.« Er nahm zwei Bierflaschen aus dem alten Kühlschrank und öffnete sie.

»Nein, danke«, sagte Tisch. »Ich habe mir die Freiheit genommen, eine Flasche Wein aufzumachen.« Sie zeigte auf ein halb volles Glas auf dem Couchtisch.

»Ich habe Ihnen gar kein Bier angeboten«, sagte Mercer, der

schnell die erste Flasche leerte. »Ich muss duschen und mich umziehen. In ein paar Minuten bin ich wieder da.«

Zehn Minuten später tauchte er in Jeans und mit einem Pullover mit dem Emblem der Pittsburgh Penguins wieder in der Bar auf. Tish hatte die Decke zusammengefaltet und saß an der Theke.

»Sie haben ein wundervolles Zuhause. Meine Eigentumswohnung in San Diego ist kleiner als dieser Raum.«

»Eines schönen Tages werde ich mir eingestehen, dass es mein Zuhause ist, und ein paar Bilder aufhängen.«

»Ja, die Wände sind kahl«, sagte sie lächelnd. »Mein Gott, was haben Sie denn mit Ihrer Hand gemacht?«

Er hatte sich an der rauen Wand des U-Bahn-Tunnels am rechten Handrücken die Haut abgeschürft. Im Bad hatte er die Hand unbeholfen verarztet, und der Verband hatte sich wieder gelöst. Die Hand blutete, aber es waren nur ein paar Kratzer. Er griff nach einem hinter der Bar hängenden, sauberen Trockentuch, doch Tish nahm es ihm aus der Hand.

»Lassen Sie mich das machen«, sagte sie und wischte das Blut von seinem Handrücken.

Als sie ihn berührte, schnappte sie nach Luft, als hätte sie etwas Heißes angefasst. Sie studierte seine Hand mit wissenschaftlicher Akribie.

Seine Hände waren von seiner Arbeit gezeichnet. Sie waren schwielig und vernarbt. Der Nagel des kleinen Fingers war gebrochen. Trotzdem waren es wohlgeformte, männliche Hände.

Sie blickte ihn fragend an.

»Ich muss meine Brötchen verdienen«, sagte er grinsend. »Meine Hände sind mein Werkzeug.«

»Dann machen Ihnen diese Kratzer nicht viel aus?«

»Doch, ich will's nur nicht zugeben.«

Sie wandte den Blick ab, und als sie sprach, klang ihre Stimme ernst. »Ich möchte Ihnen dafür danken, dass Sie mir heute das Leben gerettet haben.« Sie kicherte. »Mein Gott, das hört sich an wie in einem schlechten Film.«

Er lächelte. »Ehrensache. Ihr Vater hat mir auch mal das Leben gerettet. Wie geht's Jack?«

»Er ist vor der Küste von Indonesien ums Leben gekommen. Die Ölbohrinsel, auf der er arbeitete, ist bei einem Taifun gesunken.«

Mercer war wie benommen. Fast hätte er sich an der Bar festhalten müssen. Er rannte die Treppe hoch und kam einen Moment später mit dem Telegramm zurück, das Jack Talbot geschickt hatte. Er hielt es Tish hin, doch die zögerte, als hätte sie Angst, das Papier zu berühren. Schließlich nahm sie es und las es schnell. Sie blickte ihn verstört an. »Ich verstehe das nicht.«

»Ich auch nicht«, sagte er bedächtig. »Ich auch nicht. Aber irgendjemand will mich da in etwas hineinziehen, und ich habe keine Ahnung, worum es geht. Und es stimmte, dass Sie in Gefahr schweben.« Er trank seine Bierflasche aus und nahm die nächste aus dem Kühlschrank. »Im Krankenhaus haben Sie gesagt, Sie wüssten nicht, warum Sie bewacht würden oder warum der Absender dieses Telegramms glaubte, dass Ihr Leben in Gefahr ist.«

»So ist es. Hören Sie, ich bin nur eine Meeresbiologin. Wer sollte mich töten wollen? Und übrigens, woher wussten Sie, dass der Mann in dem Krankenzimmer kein Arzt war?«

»Erstens hat er behauptet, er sei Urologe, und genau das habe ich auch gesagt, damit die beiden FBI-Beamten mich zu Ihnen ließen. Einer von ihnen wäre ins Zimmer gekommen, um sich meinen Ausweis noch mal anzusehen. Und zweitens würde kein Arzt bei der Visite so unbequeme Schuhe tragen.« Er zuckte die Achseln. »Wir müssen herausfinden, warum jemand Sie töten will. Offenbar hat es etwas mit der letzten Fahrt der *Ocean Seeker* zu tun. Erzählen Sie mir davon.«

Sie stand kurz davor, in Tränen auszubrechen, und atmete tief durch, um sich zu beruhigen. »Glauben Sie, dass all diese Menschen wegen mir sterben mussten?« Sie schluchzte einmal kurz auf.

Mercer kam hinter der Bar hervor und nahm sie in die

Arme. Ihr seidiges Haar roch nach Krankenhausseife. Nach einer halben Minute ließ er sie los und schaute ihr in die Augen. »Ich glaube nicht, dass jemand diese Fahrt überleben sollte. Erzählen Sie mir jetzt davon.«

Sie nahm sich einen Augenblick Zeit, um die Fassung zurückzugewinnen.

»Vor ein paar Wochen wurden am Strand westlich von Hana auf Maui sieben tote Grauwale gefunden. Ein Biologe der University of Hawaii hat eine Nekropsie vorgenommen.«

»Eine was?«, unterbrach Mercer.

»Eine Nekropsie. Das ist das, was man bei Menschen eine Obduktion oder Autopsie nennt«, erklärte sie, als müsste jeder das Wort kennen. »Der Verdauungstrakt der Wale war mit Mineralien verstopft. Fünfundfünfzig Prozent Kieselerde mit etwas Magnesium, Calcium und Eisen, nebst einiger Spuren von Gold.«

»Das ist die Zusammensetzung von Lava.«

»So hat der Biologe das auch gesehen. Seine Theorie lautete, die Wale seien von riesigen Planktonschwärmen angezogen worden, wie sie sich wegen der Wärme um einen neuen unterseeischen Vulkan bilden. Die Wale ernährten sich von dem Plankton, schluckten aber zugleich auch die im Wasser treibenden Lavapartikel. Schließlich war ihr Verdauungstrakt verstopft, und sie konnten sich nicht mehr ernähren.«

»Und was geschah dann?«

»Die NOAA wurde hinzugezogen, um der Sache auf den Grund zu gehen. Auf Luftaufnahmen der Gewässer nördlich von Maui war nichts zu erkennen. Keine neue Vulkaninsel, keine Asche- oder Dampfwolken. Dann wurden ein paar Sonarbojen abgeworfen, und innerhalb von zwölf Stunden hatten wir unseren neuen Vulkan gefunden, etwa zweihundert Meilen von den Hawaii-Inseln entfernt. Die *Ocean Seeker* ist am letzten Donnerstag spätabends ausgelaufen.« Sie schwieg für ein paar Augenblicke. »Vierundzwanzig Stunden später ist das Schiff explodiert. Als ich gerettet wurde, ging ich davon

75

aus, es sei ein Unfall gewesen, doch jetzt weiß ich nicht mehr, was ich denken soll.«

Mercer schenkte ihr Wein nach und öffnete für sich eine weitere Bierflasche.

Sie wechselte das Thema. »Warum stecken all diese verschiedenfarbigen Nadeln in der Weltkarte hinter der Bar?«

Obwohl er noch Dutzende von Fragen an sie hatte, glaubte Mercer, dass ein Themenwechsel sie beruhigen würde. »Sie markieren die Orte, wo ich mal war. Die Farben der Nadeln verdeutlichen, warum ich dort war. Grün steht für Urlaub, etwa auf den Karibikinseln, Rot für berufliche Reisen im Dienst der U.S. Geological Survey. Meistens waren das Konferenzen in Europa oder Afrika. Wo die blauen Nadeln stecken, hatte ich für verschiedene Minenunternehmen Beraterjobs.«

Sie bemerkte, dass die Arbeit als Consultant Mercer unter anderem nach Thailand, Namibia, Südafrika, Alaska und Neuguinea geführt hatte. Und in mindestens fünfzehn andere Länder. »Und Zentralafrika? Warum steckt da die weiße Nadel? Ich weiß nicht, welches Land das ist.«

»Ruanda«, sagte Mercer mit düsterer Miene. »Ich war 1994 für sechs Monate da, als die Welt tatenlos zusah, wie die Mehrheit der Hutu achthunderttausend Tutsi abschlachtete. Als die Gewalt ausbrach, hatte ich dort einen Auftrag als Consultant. Statt das Land zu verlassen, habe ich mich einer Gruppe von Soldaten angeschlossen, um flüchtende Dorfbewohner zu beschützen.«

»Mein Gott, warum tut man so was? Ich habe gehört, die Kämpfe seien absolut grausam gewesen.«

»Ich wurde dort geboren. Während der ersten Jahre der Unabhängigkeit des Landes lebte ich mit meinen Eltern in Ruanda. Ich war zu klein, um mich an das Massaker von 1964 erinnern zu können, aber ich hatte in jungen Jahren Freunde unter den Tutsi, die ich nie vergessen habe.«

Sie wusste, dass er ihr etwas vorenthielt, aber sie hakte nicht weiter nach.

»Und Irak? Da steckt auch eine weiße Nadel.«

Mercer lächelte. »Ich war nie dort. Wenn doch, so darf ich nicht darüber reden.«

Sie grinste spöttisch. »Wie James Bond, was?«

»So ungefähr.« Die Information, die er von dort mitgebracht hatte, war der Auslöser der Operation Desert Storm gewesen. »Erzählen Sie jetzt, wie es war, als Sie gerettet wurden.«

»Das Schiff ist Freitag am späten Abend explodiert«, sagte sie leise. »Ich überprüfte gerade ein paar akustische Geräte. Eine Explosion habe ich weder gehört noch gesehen. Eben stand ich noch dort, und im nächsten Moment trieb ich im Wasser. Überall waren Flammen. Ich erinnere mich, dass ich nichts hören konnte. Vermutlich war ich kurzzeitig taub.«

»Das kommt vor. Erzählen Sie weiter.«

»Ich sah ein aufblasbares Rettungsfloß und schwamm darauf zu.«

»War es bereits aufgeblasen?«

»Ja. Ziemlich merkwürdig, wenn man genauer darüber nachdenkt. Gewöhnlich werden die Rettungsflöße in Kunststoffbehältern aufbewahrt. Vielleicht hat die Explosion das Aufblasen des Rettungsfloßes ausgelöst.«

Für Mercer klang das etwas weit hergeholt, und er nahm sich vor, später darauf zurückzukommen.

»Ich trieb den ganzen nächsten Tag auf dem Floß dahin, bis die *September Laurel* mich gerettet hat. Ein paar Stunden später wurde ich von einem Hubschrauber der Navy abgeholt, in dem mir ein Arzt eine Spritze gegeben hat. Als ich wieder zu mir kam, lag ich in Washington im Krankenhaus.«

»Können Sie den Frachter beschreiben?«

»Ich weiß nicht, für mich war es einfach irgendein Schiff. Zur Länge kann ich nichts sagen. An Deck habe ich Kräne und Ladebäume gesehen. Auf dem Schornstein in der Nähe des Hecks war ein Emblem, ein schwarzer Kreis mit einem gelben Punkt.«

»Was können Sie mir noch erzählen?«

Sie runzelte die Stirn. Mercer sah, dass sie etwas sagen wollte, doch sie schien sich ihrer Sache nicht sicher zu sein.

»Ich habe Russisch gehört«, platzte es schließlich aus ihr heraus.

»Russisch? Sind Sie sicher?«

»Ich weiß nicht so genau.«

»Wann haben Sie es gehört?«

»Als sie mich an Bord des Frachters gezogen haben. Die Mannschaftsmitglieder haben sich auf Russisch verständigt.«

»Warum glauben Sie, dass es Russisch war? Einige skandinavische Sprachen klingen ähnlich.«

»Vor einem Jahr war ich mit einem Forscherteam in Mosambik, um die Lebensbedingungen der Garnelen vor der Küste zu untersuchen. An dem Projekt waren die NOAA, das Woods Hole Oceanographic Institute, die mosambikanische Regierung und ein russisches Team beteiligt. Ich hatte eine Affäre mit einem der Russen. Wenn wir allein waren, sprach er manchmal auf Russisch zu mir. Ich glaube nicht, dass ich den Klang dieser Sprache jemals vergessen werde.«

Sie fragte sich, wie Mercer jetzt über sie denken würde.

»Okay, Sie haben also Russisch gehört. Warum sollten auf dem Frachter keine Russen angeheuert haben? Was geschah, als Sie auf dem Rettungsfloß dahintrieben?«

»Nichts. Ich war bewusstlos und kam erst wieder zu mir, als der Frachter auftauchte, um mich zu retten.«

»Sie erinnern sich an nichts?«

»Ich bin durch die Explosion von dem Schiff geschleudert worden und war bewusstlos, woran zum Teufel soll ich mich da erinnern?«

Mercer glaubte, dass sie müde wurde. »Sie müssen immer noch erschöpft sein.« Er blickte auf die Uhr. Es war halb fünf am Nachmittag. »Warum legen Sie sich nicht ein bisschen hin? Ich wecke Sie um sieben, und dann gönnen wir uns ein Abendessen, das besser ist als der Fraß im Krankenhaus.«

»Ja, das wäre wunderbar.«

Er führte sie zu einem der beiden Gästezimmer, zeigte ihr das Bad und gab ihr Handtücher. Als er in die Bar zurückkehrte, hörte er Wasser in die Badewanne laufen.

Nachdem er zwei weitere Flaschen Bier aus dem Kühlschrank genommen hatte, ging er in sein Büro. Er knipste die Schreibtischlampe an und griff nach dem Telefon.

Kurz darauf meldete sich eine Frauenstimme. »Kanzlei Berkowitz, Saulman und Little.«

»Verbinden Sie mich bitte mit David Saulman. Mein Name ist Philip Mercer.«

Er hatte es in seinem Leben schon mit Dutzenden von Anwälten zu tun gehabt, aber David Saulman war der Einzige, den er mochte. Ende der Fünfziger- und Anfang der Sechzigerjahre war Saulman Schiffsoffizier gewesen, doch bei einem Unfall im Maschinenraum hatte er sich so schlimme Verbrennungen an der linken Hand zugezogen, dass sie amputiert werden musste. Er war gezwungen, die Handelsmarine zu verlassen und studierte Jura. Ein paar Jahre darauf war er eine Koryphäe auf dem Gebiet des Seerechts.

Dreißig Jahre später hatte seine in Miami residierende Kanzlei Niederlassungen in etlichen Städten, und wenn man von Saulman persönlich beraten werden wollte, kostete einen das fünfhundert Dollar pro Stunde. Mit seinen fünfundsiebzig Jahren war Saulman geistig noch voll auf der Höhe und einer der besten Kenner der internationalen Schifffahrt.

»Wie geht's Ihnen denn, Mercer? Ihre Stimme habe ich seit Monaten nicht gehört. Sagen Sie nicht, dass Sie in Miami sind und Ärger haben.«

»Nein, ich bin in Washington, aber Ärger habe ich tatsächlich.«

»Haben die Cops Sie eingebuchtet, weil Sie vor dem Weißen Haus die Hosen runtergelassen haben, um die Touristen zu schockieren?«

»Ich bin nicht zum Scherzen aufgelegt, Dave. Was wissen Sie über ein Schiff namens *September Laurel?*«

»Ist das ein offizieller Anruf?«

»Ja, schicken Sie die Rechnung für die Beratung an die NOAA.«

» NOAA? Wissen die davon?«

»Noch nicht, aber wenn ich mich nicht irre, wird es ihnen nichts ausmachen.«

»Die *September Laurel* ist doch der Frachter, der die Frau von dem gesunkenen Forschungsschiff der NOAA gerettet hat, oder?«

»Genau.«

»Die *September Laurel* gehört der Reederei Ocean Freight and Cargo, die ihren Hauptsitz in New York hat, doch alle ihre Schiffe fahren unter panamaischer Flagge und haben italienische Besatzungen. Das ist nur ein Trampschiff, das gewöhnlich im Nordpazifik unterwegs ist. Länge etwa hundertzwanzig Meter, dreißigtausend Bruttoregistertonnen. Von dieser Rettung abgesehen, hat man von dem Schiff noch nie etwas Außergewöhnliches gehört.«

»Machen Sie sich schlau, Dave. Frachtbriefe, Vertragsunterlagen und so weiter. Außerdem brauche ich Informationen über die Reederei. Und könnten Sie auch herausfinden, welche Schiffe in denselben Gewässern wie die *Ocean Seeker* gesunken sind?«

»Worum geht es denn?«

»Da bin ich mir selber noch nicht ganz sicher, und ich kann über meine Vermutungen nicht reden. Wissen Sie zufällig, was das Emblem auf dem Schornstein zeigt?«

»Ja, ein paar Lorbeerbäume.«

»Sind Sie sicher?«

»Ja, das ist bei Ocean Freight and Cargo immer so. Bei ihrem Schiff *August Rose* sieht man einen Strauß Rosen auf dem Schornstein, bei der *December Iris* Schwertlilien.«

»Also halten Sie es für ausgeschlossen, dass auf dem Schornstein ein schwarzer Kreis mit einem gelben Punkt darin aufgemalt ist?«

»Ja. Es sei denn, die Reederei hat mit einer vierzigjährigen Tradition gebrochen.«

»Danke, David, ich stehe in Ihrer Schuld. Faxen Sie mir die Informationen bitte nach Hause.«

»Wie wär's mit einer kleinen Quizfrage?«, sagte Saulman. Dieses Spielchen spielten sie schon, seit sie sich 1983 bei einem Empfang für die wenigen Überlebenden der *Titanic* kennengelernt hatten.

»Schießen Sie los.«

»Wer war der letzte Eigentümer der *Queen Elizabeth,* und auf welchen neuen Namen hat er das Schiff getauft?«

»C. Y. Tung, und der Name war *Seawise University.*«

Mercer hörte Saulman gerade noch fluchen, bevor er auflegte.

Er suchte die Nummer des Woods Hole Oceanographic Institute heraus. »Ständig muss man jemanden um einen Gefallen bitten«, murmelte er vor sich hin, während er wählte.

»Yo«, sagte eine vertraute, tiefe Stimme, als käme auch Mercer aus Harlem.

»Warum sagst du nicht einfach: Hallo, Spook?«

»Nur einer wagt es, mich so zu nennen. Bist du's, Mercer?«

»Nein, hier ist die Spendenwerbung des Ku-Klux-Klans.«

»Sehr witzig. Wie geht's dir?«

Vor drei Jahren war ein Bergbauunternehmen aus Pennsylvania an Mercer herangetreten, das im Bundesstaat New York eine Anthrazitmine aus dem späten neunzehnten Jahrhundert wieder in Betrieb nehmen wollte. Während der Erkundung der halb unter Wasser stehenden Mine hatten Mercer und ein kleines Team des Unternehmens einen Schwarm blinder Fische entdeckt. Mercer erkannte die Spezies nicht und hatte sich an das Woods Hole Oceanographic Institute gewandt, das zwei Meeresbiologen und mehrere Assistenten schickte. Die Mine war nie wiedereröffnet worden, aber Charlie Washington hatte durch die Forschungen ein Thema für seine Dissertation gefunden und sollte später bei Woods Hole eine feste Anstellung finden. Mercer hatte Washington den Spitznamen Spook gegeben, aber nicht etwa, weil er schwarz war und die Sprache des Ghettos imitierte, sondern wegen seiner Vorliebe für Stephen King und andere Gruselgeschichten, die er den anderen in der finsteren Mine erzählte.

»Man wird älter und steckt immer tiefer in den Schulden.«

»Scheiße, Mann, du solltest mal sehen, wie hoch ich mich für meinen neuen BMW verschuldet habe.«

»Früher trugen Wissenschaftler Jacketts mit Lederflicken unter den Ellbogen, hatten Bärte und fuhren einen verbeulten Saab.«

»Das sind die weißen Langweiler. Als cooler Schwarzer braucht man einen anderen fahrbaren Untersatz. Übrigens glaube ich mich zu erinnern, dass du einen Jaguar fährst.«

»Nur, um nicht zu den alten weißen Langweilern zu gehören.«

»Was ist los? Du rufst bestimmt nicht nur aus alter Freundschaft an.«

»Vor einem Jahr hat Woods Hole ein Team nach Mosambik geschickt, um vor der Küste die Lebensbedingungen von Garnelen zu erforschen. Weißt du etwas darüber?«

»Nein, aber ich kenne jemanden, der dabei war.«

Mercer hörte ihn nach jemandem rufen. Kurz darauf meldete sich eine leise Frauenstimme. »Dr. Baker.«

»Guten Tag, Dr. Baker, mein Name ist Philip Mercer. Ich arbeite als Geologe bei der USGS. Ich brauche Informationen über ein Projekt, an dem Woods Hole letztes Jahr in Mosambik teilgenommen hat.«

»Ja, Charlie hat es mir gerade erzählt. Ich war bei der Expedition dabei.«

»Erinnern Sie sich zufällig an die russischen Wissenschaftler, insbesondere an einen noch ziemlich jungen Mann? Es tut mir leid, ich kenne seinen Namen nicht.«

»Wahrscheinlich meinen Sie Valerij Borodin. Angeblich war er Biologe, schien sich aber vor allem in Geologie bestens auszukennen. Den größten Teil seiner Zeit hat er mit dieser Frau vom NOAA verbracht. Die Glückliche.«

»Was meinen Sie?«

»Ich bin sechsundsechzig und habe vier Enkel, doch meine alten Augen erkennen noch immer einen attraktiven Mann. Und Valerij Borodin war ein äußerst attraktiver Mann.«

»Und Sie glauben, dass er vielleicht Geologe war?«

»Genau. Wenn Sie mehr über ihn wissen wollen, würde ich Kontakt zu der Frau von der NOAA aufnehmen. Der Name fällt mir aus dem Stand nicht ein, aber ich kann nachsehen, wenn Sie einen Augenblick dranbleiben.«

»Schon in Ordnung, Dr. Baker, Sie waren sehr freundlich. Besten Dank, und bitte grüßen Sie noch einmal Dr. Washington.«

Mercer legte auf, lehnte sich zurück und dachte nach. Tote Wale. Eine Explosion auf einem Forschungsschiff. Ein Mordanschlag auf die einzige Überlebende. Ein Telegramm von einem toten Freund. Ein Frachter mit zwei verschiedenen Emblemen auf dem Schornstein. Eine italienische Mannschaft, die Russisch sprach. Ein russischer Biologe, der sich mit Biologie nicht auskannte und mit der Geschichte wahrscheinlich nichts zu tun hatte.

Er blickte traurig auf die leeren Bierflaschen. Es hätte der Beginn eines schönen Abends sein können.

»Mit anderen Worten, ich habe nichts in der Hand«, sagte er laut, bevor er die Schreibtischlampe ausknipste.

Bangkok, Thailand

Während viele Pazifikinseln von Besuchern als irdische Paradiese beschrieben werden, sind die in der Mitte des Südchinesischen Meeres gelegenen Spratly-Inseln völlig unspektakulär. Trotzdem werden sie von nicht weniger als sechs Nationen als Teil ihres Staatsgebietes beansprucht. Zu den Spratlys gehören mehr als hundert kleine Inseln sowie etliche Korallenriffe, Sandbänke und Atolle. Sie erstrecken sich über ein Gebiet von der Größe Neuenglands.

Um ihre territorialen Ansprüche zu untermauern, gingen die sechs Nationen so weit, auf einigen der Inseln Geschütz- stellungen einzurichten und Truppen zu stationieren. Manche werden bei Flut überschwemmt, sodass die Soldaten bis zu den Oberschenkeln im Wasser stehen. Vietnam hat fünfundzwan- zig dieser Inseln besetzt. China beansprucht zehn, die Philippi- nen acht, Malaysia drei und Taiwan eine. Der Sultan von Bru- nei will insbesondere eine winzige Insel beanspruchen, doch die steht für mehr als die Hälfte des Jahres unter Wasser.

Zunächst machten sich viele westliche Beobachter über die konfliktgeladene Situation lustig und sprachen vom »Arme- Leute-Imperialismus«. Doch diese Einstellung änderte sich, als im März 1988 bei einem Zusammenstoß zwischen China und Vietnam siebenundsiebzig Vietnamesen und eine unbekannte Zahl von Chinesen ums Leben kamen.

Der Grund des Zusammenstoßes der beiden kommunisti- schen Länder war nicht der Nationalstolz, sondern der nied- rigste aller Instinkte – Gier. Seit Mitte der Achtzigerjahre vor der Küste Südvietnams Öl entdeckt wurde, ist das Interesse der Anrainerstaaten sprunghaft angestiegen. Es gilt auch Kohlen- wasserstoffverbindungen, reichen Fischgründen und der stra- tegisch bedeutsamen Lage der Spratly-Inseln in der Mitte der Schifffahrtswege zwischen dem Pazifik und dem Indischen Ozean.

Um einen Dialog zwischen den Konfliktparteien zu begrün- den, lud die indonesische Regierung diese im Jahr 1992 in das knapp hundert Kilometer von der Hauptstadt Jakarta ent- fernte Bandung ein. Mehrere Wochen lang diskutierten die versammelten Minister über ihre Ziele. China versprach, über eine gemeinsame wirtschaftliche Entwicklung der Spratlys nachzudenken, doch dafür müssten die anderen Nationen ihre territorialen Ansprüche aufgeben. Malaysias Reaktion bestand im Kauf zweier britischer Korvetten, die mit Lenkflugkörpern ausgerüstet waren.

Das Treffen wurde ohne Einigung abgebrochen.

Seitdem hat sich die Lage weiter verschärft. China beschoss Schiffe, die sich dem Atoll Amboyna Cay zu sehr näherten, und Indonesien stärkte seine Position, indem es auf Terumbu Layang-Layang einen Flugplatz baute. Taiwan errichtete auf zwei weiteren Inseln Militärstützpunkte. Die Taiwaner wehrten sich gegen die Bedrohung durch ein chinesisches Kanonenboot, ein Zwischenfall, der fast zum Krieg zwischen den beiden Nationen geführt hätte.

Taiwans zunehmende Aggressivität, gekoppelt mit massiven Finanzspritzen seitens amerikanischer und europäischer Ölfirmen, veranlasste die thailändische Regierung zu einem neuen Versuch, eine friedliche Einigung herbeizuführen. Minister der sechs konkurrierenden Nationen sowie Abgesandte aus den Vereinigten Staaten und Russland folgten der Einladung des thailändischen Außenministers.

Das Treffen fand im Shangri-la-Hotel am Ufer des Flusses Chao Phraya statt, der die Hauptschlagader für Handel und Transport in Bangkok ist. Die acht Abgesandten sowie ihr Anhang von Beratern und Übersetzern hatten im neuen Kongresszentrum des Hotels sechs Wochen hinter verschlossenen Türen verhandelt, und es sah so aus, als könnte die Konferenz zu einem Erfolg werden.

Der chinesische Abgesandte, Minister Lujian, betonte seine Bereitschaft, auf den absoluten Souveränitätsanspruch seines Landes bezüglich der Spratly-Inseln zu verzichten, wenn diesem seitens der Vereinigten Staaten weiter die Meistbegünstigungsklausel gewährt werde. Im Gegenzug wurde dem stellvertretenden amerikanischen Handelsminister Kenneth Donnelly zugesagt, mehrere amerikanische Firmen dürften in bestimmten Bereichen der Spratly-Inseln an der Exploration von Erdöllagerstätten arbeiten.

Darauf konnten sich im Grunde alle Delegierten einigen,

doch der taiwanische und der russische Abgesandte brachten weiter juristische Spitzfindigkeiten zur Sprache, was Teil ihrer Verzögerungstaktik war. Das Abkommen von Bangkok war unterschriftsreif, aber Minister Tren und Botschafter Gennadij Perschenko schoben den letzten Akt weiter hinaus.

Botschafter Perschenko hatte während der Verhandlungen der letzten Wochen meistens geschwiegen, doch seit einigen Tagen hatte er seinen Platz an dem runden Tisch mit entschlossener Miene eingenommen und seitdem ohne Unterlass geredet. Zunächst hatte Minister Lujian geglaubt, Perschenko und Tren wollten Zeit gewinnen, damit die Taiwaner Truppen zusammenziehen konnten, doch Satellitenbilder und Auskünfte von in die Marinestützpunkte Kaohsiung und Chi-lung eingeschleusten Spionen erhärteten diesen Verdacht nicht. Kenneth Donnelly vermutete schließlich, hinter dieser Taktik stecke die Absicht der Russen, durch die Unterzeichnung des Abkommens ihre wirtschaftlichen Interessen auf den Spratlys durchzusetzen.

Perschenko bediente sich seiner fünfundzwanzigjährigen Erfahrung mit solchen Verhandlungen. Nachdem er erst den passiven Beobachter gespielt hatte, diktierte er nun die Bedingungen.

Ein mit einem M-16-Schnellfeuergewehr bewaffnetes Mitglied der persönlichen Leibwache des Königs schloss die schwere Tür des Konferenzraums und bezog links daneben Stellung. Prem Vivarya, der thailändische Außenminister, wartete noch einen Moment, bis alle Platz genommen hatten, um dann die morgendliche Sitzung zu eröffnen. Vor den asiatischen Delegierten standen dünnwandige, mit Lotusblüten dekorierte Porzellantassen. Sie tranken Tee, die Amerikaner und Russen hingegen starken Kaffee aus jenen weißen Tassen, die man in allen Hotels dieser Welt findet.

Durch die Fenster, vor denen die Jalousien nur zum Teil heruntergelassen waren, sah Minister Prem den funkelnden Betonturm des Hotels, dahinter das grünliche, träge dahinfließende

Wasser des Flusses, auf dem sich zur Hauptgeschäftszeit Motorboote, Lastkähne, Wassertaxis und Ruderboote drängten.

»Meine Herren, bei unserem gestrigen Treffen«, begann Prem, »hat der Abgesandte der russischen Delegation, Botschafter Perschenko, die Bedenken seiner Regierung gegenüber dem Abkommen artikuliert, über das wir gemeinsam nachdenken.«

Man hörte das Flüstern der Übersetzer. Prems Verärgerung über den Russen war offensichtlich. Perschenko, ein massiger Mann von Ende fünfzig, lächelte angespannt.

Im Jahr 1982 hatte Perschenko als Berater an dem bahnbrechenden Treffen in Caracas teilgenommen, bei dem die UN-Seerechtskonvention erarbeitet wurde. Dort waren über einhundertfünfzig Nationen vertreten gewesen. Es war die größte Konferenz dieser Art, die je stattgefunden hatte, ein wahrlich globales Ereignis. Es dauerte neun anstrengende Monate, bis das Abschlussdokument erarbeitet war. Es behandelte alle mit den Weltmeeren zusammenhängenden Themen – Umweltschutz, Fischereirechte, freie Passage von Schiffen, Ausbeutung unterseeischer Bodenschätze und so weiter. Letztlich wurde das Dokument von allen Teilnehmern unterschrieben, doch die Konvention war unmittelbar nach ihrer Geburt schon wieder tot, weil der Kongress der Vereinigten Staaten sich weigerte, sie zu ratifizieren und in Gesetzesform zu bringen.

Während der Ausarbeitung der UN-Seerechtskonvention war Gennadij Perschenko zu einem der besten Kenner der Materie geworden, und sein Wissen kam ihm nun bei den Verhandlungen über das Abkommen von Bangkok zugute. Oder besser dabei, die Unterzeichnung des Abkommens hinauszuzögern.

Nach Minister Prems einleitenden Worten begann Perschenko mit einem zehnstündigen Monolog, unterbrochen nur durch eine einstündige Mittagspause. Diese Rede, obgleich kenntnisreich, war völlig irrelevant. Perschenko referierte über einhundert Jahre alte Souveränitätsfragen, doch wenngleich auch der Streit über die Spratly-Inseln historische Wurzeln hatte, war dieses Thema schon in früheren Sitzungen erschöpfend erörtert worden.

Es gab keinen logischen Grund, jetzt erneut damit anzufangen. Als die anderen Delegierten merkten, dass Perschenko wieder mal auf Zeit spielte, schalteten sie den Ton der Übersetzungen ab und starrten ins Leere.

Mittlerweile monologisierte Perschenko seit drei Tagen, und was er heute sagte, war kein bisschen relevanter als seine Ausführungen von gestern und vorgestern.

Um sechs Uhr abends unterbrach Minister Prem den Russen höflich. »Es wird wieder spät, Botschafter Perschenko. Der Hotelchef hat mich wissen lassen, wir müssten heute pünktlich zum Essen kommen. Also wird es am besten sein, wenn wir hier abbrechen und unsere Beratungen am Morgen wieder aufnehmen.«

»Aber selbstverständlich, Herr Minister.« Perschenko lächelte freudlos. Nach seiner langen Rede klang seine Stimme immer noch beherrscht und ruhig, und im Gegensatz zu den anderen schien er sich kein bisschen unbehaglich zu fühlen oder zu langweilen.

Die Delegierten erhoben sich schnell und begannen den Konferenzraum zu verlassen. Perschenko blieb sitzen und zündete sich eine dünne holländische Zigarre an. Der stellvertretende Handelsminister Donnelly, ein grobschlächtiger Texaner, klopfte Perschenko herzhaft auf die Schulter. Das war freundschaftlich gemeint, tat aber trotzdem weh. »Wir sehen uns beim Abendessen, Kollege.«

Perschenko wartete, bis der Amerikaner den Raum verlassen hatte, und massierte seine schmerzende Schulter.

»Elender Cowboy«, murmelte er.

Er verzichtete auf das Essen, wie an den meisten Abenden zuvor, verließ schnell das Gebäude und stieg am Flussufer in eines der dem Hotel gehörenden Wassertaxis. Er nannte dem Pagen sein Ziel, und der informierte den mit einer Livree bekleideten Bootsfahrer. Perschenko setzte sich auf die Bank vor dem Motor des Bootes, der im Leerlauf tuckerte.

Der Fahrer fädelte das Riva-Motorboot in den dichten Schiffsverkehr ein. Sie kamen an dem im eleganten viktorianischen Stil erbauten Oriental Hotel vorbei, das wie das Shepherds in Kairo und das Mount Nelson in Kapstadt an das einst so mächtige und riesige britische Weltreich erinnerte.

Der Fahrer steuerte das Boot schnell in Richtung Norden, wobei er immer wieder geschickt anderen Schiffen auswich. Zu beiden Seiten des Flusses erstreckte sich die riesige Millionenmetropole Bangkok. An den Ufern waren in vier oder fünf Reihen nebeneinander Hausboote vertäut, schwimmende Wohnviertel. Die Kanäle, die sich einst durch die ganze Stadt gezogen hatten und Bangkok den Namen »Venedig des Ostens« eingetragen hatten, waren sämtlich verschwunden und verstopften Straßen gewichen. Vom Fluss aus konnten die Gegensätze der Stadt deutlich erkannt werden – einerseits glitzernde Wolkenkratzer, andererseits zwischen Lagerhäusern eingeklemmte, armselige Hütten mit Wellblechdächern.

Der scharfe Geruch des Wassers ließ einen fast die stinkende Dunstwolke vergessen, die über der Stadt hing. Durch Autoabgase und sonstige Luftverschmutzung versank Bangkok genauso im Smog wie Los Angeles oder Mexiko-Stadt.

Das Boot fuhr unter einer Brücke hindurch, auf der Autos und dreirädrige Tuk-tuks im Stau standen. Sie kamen an Wat Arun vorbei, dem »Tempel der Morgendämmerung«, ein typisches Beispiel für die traditionelle religiöse Architektur Thailands. Die letzten Sonnenstrahlen fielen auf den Sakralturm in Glockenform.

Das Wassertaxi kam am Königspalast vorbei, am Tempel des smaragdenen Buddha und am Tempel Wat Po. Je weiter sie nordwärts fuhren, desto älter wirkte die Stadt. Der westliche Einfluss verlor sich. Die Häuser standen so dicht beieinander, dass sie wahrscheinlich wie Dominosteine umgefallen wären, wenn man eines davon abgerissen hätte.

Schließlich erreichten sie das Royal River Hotel, das einzige große Hotel am Westufer des Flusses, das sich bei Europäern und Australiern großer Beliebtheit erfreute. Braun gebrannte Touristen in Shorts und mit am Kragen aufgeknöpften Hemden saßen an weiß gedeckten Tischen am Landungssteg des Hotels.

Gennadij Perschenko stand auf, ignorierte die ausgestreckte Hand des Hotelpagen und befahl dem Fahrer auf Englisch und in gebrochenem Thai, er solle warten. Perschenko verließ das Boot. Der Barkeeper hinter der Theke hatte ein pockennarbiges Gesicht und zurückgekämmtes Haar. Er trug einen Smoking und rief den Oberkellner, der Perschenko zu dem einzigen nicht besetzten Tisch führte. Dabei redete er leise, seine Lippen bewegten sich kaum.

»Ich habe noch nichts gehört, Sie sollten warten.«

Perschenko wurde wütend angesichts des Befehls dieses Mannes, der im Spionagegeschäft nichts als eine jederzeit ersetzbare Marionette war, ein Stück Dreck, und doch wusste er, dass der Mann recht hatte. Er musste warten.

Eine schlanke Kellnerin brachte ihm ein Glas Rum. Seit seiner Ankunft in Bangkok dachte Perschenko jeden Abend darüber nach, wie er in seine gegenwärtige Lage hineingeraten war.

Unter dem alten Sowjetregime war er ein erfolgreicher Diplomat gewesen, ein angesehener Funktionär, der es vielleicht eines Tages zum Minister gebracht hätte. Der gescheiterte Staatsstreich, der Zusammenbruch der Sowjetunion und die darauf folgende Schaffung der Russischen Föderation hatten seine Karriere ruiniert. In dieser Zeit abrupter, verwirrender Veränderungen fand er sich nicht mehr zurecht. Frühere Verbündete aus dem Politbüro verschwanden, andere wechselten ihre Ansichten so schnell, dass sie selbst nicht mehr wussten, welchen Standpunkt sie eigentlich vertraten. Hilflos musste er zusehen, wie alle Posten an andere vergeben wurden. Der traditionelle Nepotismus war ersetzt worden durch ein subtileres

System der politischen Patronage, in dem andere reüssierten, er jedoch nicht zum Zuge kam.

Dann streckte jemand eine rettende Hand aus, um ihn vor dem Untergang zu bewahren. Später sollte er feststellen, dass ihn der Teufel persönlich gerettet hatte: Oberst Iwan Kerikow, Direktor der Abteilung Sieben des KGB, Wissenschaftliche Operationen. Kerikow war eine geheimnisvolle Figur in der dunklen Welt der Spionage. Niemand behauptete, ihn zu kennen, doch die Liste jener, die ihn fürchteten, war lang.

Einen Monat vor der Ankündigung der Konferenz von Bangkok lud Kerikow Perschenko in sein Büro ein, das sich in einem unauffälligen Gebäude in der Nähe des Moskwa-Hotels befand, weit entfernt vom Hauptquartier des KGB. Perschenko erfuhr von dem bevorstehenden Treffen und erhielt das Angebot, als Kerikows Agent daran teilzunehmen. Falls er ablehne, so Kerikow, werde er nie wieder einen Posten beim auswärtigen Dienst bekommen.

Perschenko hatte keine Ahnung, woher Kerikow von den bevorstehenden geheimen Verhandlungen wusste, und fragte sich auch nicht, welche Bedeutung das Wort »Agent« in diesem Zusammenhang hatte. Er nahm die Offerte einfach an und bereitete sich auf seine Aufgabe vor.

Fünf Wochen später erfuhr er von seinem Vorgesetzten im Außenministerium, dass er bei der Konferenz in Bangkok die Russische Föderation repräsentieren würde. Er fragte, ob es eine letzte Anweisung von Kerikow gebe. Der Vorgesetzte bedachte ihn mit einem vernichtenden Blick und bestritt, den Namen Kerikow jemals gehört zu haben.

Das ganze Ausmaß von Kerikows Macht wurde in Bangkok ersichtlich, als der taiwanische Botschafter Perschenko zur Seite nahm und erklärte, er arbeite ebenfalls für Kerikow und werde Perschenkos Befehlen folgen. Ab diesem Augenblick begann Perschenko um sein Leben zu fürchten. Ihn als Teilnehmer der Konferenz einzuschleusen war eine Sache, aber Kerikow schien auch Leute außerhalb der Russischen Föderation

91

zu kontrollieren. Perschenko wollte lieber gar nicht wissen, wie weit sich sein Einfluss erstreckte.

Zuerst musste er nur bei den Treffen erscheinen und zuhören, doch vor einer Woche hatte sich die Lage geändert. Kerikow hatte über den Oberkellner des Royal River Hotel Kontakt aufgenommen und ihm befohlen, er müsse die Unterzeichnung des Abkommens hinauszögern. Eine Erklärung erhielt er nicht, und er hatte mittlerweile solche Angst vor Kerikow, dass er nicht weiter nachfragte. Wenn Iwan Kerikow wollte, dass er auf Zeit spielte, würde er genau das tun.

Also zog er die Dauer der Konferenz in die Länge und wartete auf Nachfragen seiner Vorgesetzten im Außenministerium. Ihr Schweigen, so nahm er an, war ein weiteres Indiz für Kerikows Einfluss. Er kam problemlos mit dem Druck klar, den die anderen Delegierten auf ihn ausübten, und die Unterstützung seitens des taiwanischen Botschafters machte alles noch einfacher. Trotzdem wollte er halbwegs verstehen, was Kerikow vorhatte. Welches Ziel verfolgte er?

Perschenko beobachtete den Oberkellner, der eine Gruppe holländischer Touristen zu ihrem Tisch geleitete, und wusste, dass er hier keine Antwort auf seine Frage bekommen würde.

»Ja« murmelte er. »Ich muss warten.«

Moskau

Oberst Iwan Kerikow wandte seinen harten, ausdruckslosen Blick von dem Gesicht des Mannes ab, der ihm an seinem Schreibtisch gegenübersaß. Er zündete sich an dem glühenden Stummel seiner Zigarette die nächste an. Nachdem er tief inhaliert hatte, drückte er die Kippe in einem überquellenden Aschenbecher aus und starrte durch die Rauchwolke wieder seinen Gast an, der unter seinem Blick zurückzuzucken schien.

Kerikow war sich seiner Einschätzung des Gastes sicher. Obwohl er den Mann zum ersten Mal sah, war er aus dem gleichen Holz geschnitzt wie so viele Bürokraten. Er glaubte ihn bestens zu kennen. Der Buchprüfer trug die Uniform eines Majors des KGB, doch sie war schlecht geschnitten und hing an seinen schmalen Schultern und der eingesunkenen Brust schlaff herunter. Die paar Orden zeugten nicht unbedingt von außergewöhnlichen Qualitäten. Seine Haut war teigig und bleich, und Kerikow war sich sicher, dass er eine Brille mit dicken Gläsern tragen würde, wenn er sich nicht einmal einer billigen Augenoperation durch sowjetische Ärzte unterzogen hätte. Er erinnerte sich angewidert an den schlaffen Händedruck seines Gastes.

Es hatte Kerikow nicht überrascht, als der Mann vor einer Stunde bei seiner Sekretärin vorstellig geworden war. Tatsächlich hatte er mit einer Buchprüfung seitens des Zentralbüros des KGB gerechnet. Wahrscheinlich war dieser Besuch nur der Anfang. Er rechnete mit etlichen weiteren Schnüfflern, die die Bücher durchwühlen und die Ausgaben seiner Abteilung überprüfen würden wie Jagdhunde, die eine Fährte gewittert hatten.

Die Buchprüfung hatte sich seit Langem angekündigt. Nach dem Zusammenbruch der Sowjetunion war alles auf den Prüfstand gestellt worden. Die Budgets, unter Breschnew und Andropow noch großzügig bemessen, waren unter Gorbatschow und Jelzin zusammengeschrumpft, und man musste zunehmend über die Ausgabe jeden Rubels und jeder Kopeke Rechenschaft ablegen. Finanzielle Unregelmäßigkeiten wurden nicht hingenommen. Es war ein Indiz für die Macht des KGB, dass er erst ganz am Schluss zum Opfer der Buchprüfer wurde.

Kerikow wusste seit sechs Monaten, dass die Buchprüfer sich für seine Abteilung beim KGB interessierten – Abteilung Sieben, Wissenschaftliche Operationen. Es war eine grausame Laune des Schicksals, dass die Buchprüfung in eine Zeit großer Ausgaben fiel, die er nun dem dünnen Major gegenüber rechtfertigen musste.

Während der Buchprüfer in seiner Aktentasche aus Kunstleder wühlte, dachte Kerikow sehnsüchtig an jene Zeiten zurück, als die Abteilung für Wissenschaftliche Operationen es einfacher gehabt hatte.

Gegründet worden war sie von Stalin persönlich während des Großen Vaterländischen Krieges gegen die Nazis, und ihr Ziel war es, feindliche Technologie für die sowjetische Armee nutzbar zu machen. Als die russischen Truppen in Deutschland einmarschierten, machten sich die Mitglieder der neu gegründeten Abteilung Sieben daran, Fabriken und Laboratorien unter die Lupe zu nehmen. Was ihnen interessant erschien, wurde in einen riesigen Gebäudekomplex in der Nähe des Schwarzmeerhafens von Odessa gebracht.

Ganze Fabriken wurden demontiert und die Einzelteile nach Russland verschifft, oftmals zusammen mit den Beschäftigten, die als Zwangsarbeiter schuften mussten. Auf diese Weise wurde vor den Toren von Berlin eine Deuterium-Fabrik demontiert und in Russland wiederaufgebaut, wodurch das Land nun eine Produktionsstätte für schweres Wasser hatte, das beim Bau von Atombomben unverzichtbar ist. Eine Fabrik außerhalb von Warschau, wo Zyklon B produziert wurde, jenes Nervengas, das in den Vernichtungslagern zum Einsatz kam, wurde ebenfalls demontiert und im Uralgebirge neu errichtet. Noch im Sommer 1945 wurde dort mit der Produktion chemischer Waffen begonnen. Offiziere der Abteilung Sieben tauchten in einem Heinkel-Flugzeugwerk auf, als die Ingenieure gerade dabei waren, ihre kompletten Unterlagen zu vernichten. Mithilfe der beschlagnahmten Papiere und Modelle wurde die MIG-15 entwickelt, der erste Düsenjäger der Sowjetunion.

Die westlichen Alliierten trafen vor den Russen im Raketenforschungszentrum Peenemünde ein. Was Erkenntnisse über moderne Raketentechnologie betraf, zogen die Mitarbeiter der Abteilung Sieben den Kürzeren, doch es gelang ihnen trotzdem, viele Spitzenwissenschaftler abzuwerben.

Aber die größte Beute wurde während der Besetzung Berlins gemacht. Während die Alliierten damit beschäftigt waren, Jagd auf Kriegsverbrecher zu machen, suchten die Sowjets nach geheimen Forschungsresultaten. Im Safe eines Ingenieurs von Messerschmitt fanden sie die Formel für die Herstellung eines synthetischen Öls, das für Turbinenantriebe unerlässlich ist. Im Tagebuch einer Führungskraft von Krupp entdeckten sie metallurgische Details hinsichtlich der Schubdüse der V-2-Rakete.

Auf diese Weise konnten sowjetische Wissenschaftler und die Rote Armee von fremden Erkenntnissen profitieren.

Im Sommer 1952 war die Bewertung der beschlagnahmten deutschen Technologie abgeschlossen. Vieles wurde übernommen, anderes verworfen. Damit war der ursprüngliche Auftrag der Abteilung Sieben erfüllt, und ihr Chef, Boris Ulinew, setzte sich neue Ziele.

Die Abteilung Wissenschaftliche Operationen beschäftigte weder Agenten im herkömmlichen Sinne, noch trat sie selbst mit innovativen technischen Entwicklungen hervor. Ulinew wollte das ändern. Da seine Mitarbeiter sich immer schon mit technologischen Entwicklungen beschäftigt hatten, die ihrer Zeit voraus waren, begann Ulinew mit der Planung von Projekten, die sich erst in ferner Zukunft realisieren lassen würden. Die sowjetische Regierung gab Millionen, und Ulinew befahl den achthundert unter ihm arbeitenden Wissenschaftlern, sich ganz darauf zu konzentrieren, den Stand der aktuellen Technologie zu überholen und Erfindungen zu entwickeln, die sich sonst auf keinem Reißbrett in der ganzen Welt fanden.

Wie Kelly Johnsons Abteilung »Skunk Works« bei Lockheed, die das Spionageflugzeug SR-71 schon lange vor dem Zeitpunkt entwickelte, als die für den Bau erforderlichen Materialien verfügbar waren, begannen die Mitarbeiter der Abteilung Sieben noch vor der Planung des Satelliten Sputnik mit der Entwicklung strategischer ballistischer Raketen mit mehreren Sprengköpfen. Ein Wissenschaftler hätte um ein Haar die Kohlefasern entdeckt. Ein Spezialistenteam begann an der Konstruktion von Schaltungsplatten für Computer zu arbeiten, als der Rest der Welt sich noch an der Vakuumröhre berauschte.

Insbesondere ein Projekt wurde zu Boris Ulinews Steckenpferd und später zu einem potenziellen Triumph für Iwan Kerikow.

Vorgestellt wurde es Ulinew von einem ehrgeizigen jungen Geologen namens Pjotr Borodin, und es war so ambitioniert wie alles, was die Abteilung Sieben bisher in Angriff genommen hatte. Vielleicht brauchte es selbst den Vergleich mit den größten Errungenschaften der Menschheit nicht zu scheuen, wenn es irgendwann realisiert werden würde.

Das Projekt mit dem Decknamen »Vulkanfeuer« hatte seinen Ursprung auf dem Bikini-Atoll, wo die Vereinigten Staaten am 25. Juli 1946 als Teil der Operation Crossroads den ersten unterseeischen Atomtest durchführten. Es dauerte vier Jahre, bis die Daten dieses Tests zur Abteilung Sieben gelangten. Gestohlen worden waren sie von einer Agentin, die auf dem White-Sands-Testgelände in New Mexico einen Labortechniker verführt hatte. Dort wurden alle Informationen über den Test und Tonnen von Proben aufbewahrt. Pjotr Borodin kam aufgrund der zufälligen Bemerkung eines Kollegen mit dem Projekt in Verbindung. Dieser hatte behauptet, bei der Bikini-Explosion sei eine bisher unbekannte Legierung entstanden. Das Ganze entwickelte sich bei Borodin schnell zu einer Obsession, und gegen Ende des Jahres 1951 verlangte er, mit einem U-Boot nach Bikini zu fahren, um zusätzliche Proben zu sammeln – Sand, Wasser und Trümmer jener vierundsiebzig Schiffe, welche die Amerikaner bei dem Test absichtlich versenkt hatten.

Anderthalb Jahre später konnte Borodin Boris Ulinew einen weitreichenden Plan präsentieren. Er schien wie maßgeschneidert für die neue Richtung, welche die Abteilung Wissenschaftliche Operationen einschlagen sollte.

Die Eröffnungsphase des Projekts Vulkanfeuer sah die Detonation einer Atombombe tief unter dem Pazifischen Ozean vor. Da alle atomaren Materialien der Kontrolle der Armee unterstanden, ließ Ulinew sein Team heimlich eine Nuklearwaffe bauen. Das allein dauerte länger als ein Jahr. Die Abteilung Sieben gründete eine Scheinfirma und schaffte heimlich Geld auf Konten in Europa und Asien. Starten konnte das Projekt erst im Frühling des Jahres 1954.

Nachdem der erste Schritt getan war, blieb nichts anderes, als zu warten und der Natur ihren Lauf zu lassen. Vierzig Jahre vergingen, in denen die Welt sich grundlegend veränderte. Der Kalte Krieg und sein Ende, die Öffnung Osteuropas, schließlich der Zusammenbruch der Sowjetunion. Boris Ulinew starb und wurde durch einen Nachfolger ersetzt. Dann wurde auch dieser ersetzt, bis schließlich Iwan Kerikow zum Chef der stark verkleinerten Abteilung wurde. Von allen Projekten, die Ulinew in den Fünfzigerjahren angestoßen hatte, blieb nur das mit dem Namen Vulkanfeuer übrig.

Nur war jetzt der Grund entfallen, aus dem das Projekt einst initiiert worden war. Der erbitterte Kampf zwischen Kommunismus und Kapitalismus war Geschichte. Der Rüstungswettlauf der Achtzigerjahre hatte die Sowjets wirtschaftlich in die Knie gezwungen. Mit Reagans Star-Wars-Projekt bimmelte für die Sowjets das Totenglöckchen. Gegenüber SDI konnte die Sowjetunion nur kapitulieren. Amerika bezahlte für die massive Aufrüstung mit einer vierjährigen Rezession, für die Sowjetunion kündigte sie das Ende an.

Nach deren Kollaps zog sich Russland in sich selbst zurück. Die Unterstützung Kubas wurde stark gekürzt, dann ganz eingestellt. Nach fünfzig Jahren wurden die russischen Soldaten aus Berlin abgezogen. Aeroflot stellte die meisten internationalen Flüge ein. Innerhalb Russlands wurden Institute geschlossen, Projekte abgeblasen. Die staatlichen Diamantenminen in Aikhal in Zentralsibirien wurden an ein Londoner Konsortium verkauft. Die Entwicklung der MIG-29 Fulcrum und neuer Flugzeugträger wurde eingestellt. Offiziere begingen Selbstmord, beim KGB wurde über die Hälfte der Mitarbeiter entlassen.

Für kühne Projekte wie das Vulkanfeuer gab es innerhalb

der Neuen Weltordnung keinen Platz mehr. Während seiner ersten vier Jahre als Chef der Abteilung Sieben – noch vor dem Zusammenbruch der Sowjetunion – hatte Kerikow das Projekt Vulkanfeuer aus reinem Patriotismus und Pflichtgefühl gehegt und gepflegt. Doch nun hatte er keine ideologischen Überzeugungen mehr, und er hielt das Projekt vor den Buchprüfern aus nackter Gier geheim. Er wollte sich des Projekts bemächtigen in einem Coup, der genauso brillant sein würde wie der ursprüngliche Plan, den Pjotr Borodin vor vierzig Jahren entwickelt hatte.

Die Zeit, einst im Überfluss vorhanden, wurde nun für Kerikow unglaublich knapp. Die Ankündigung der Bangkoker Konferenz war ihm zuerst als Geschenk der Vorsehung erschienen, doch nun war es notwendig geworden, die Verhandlungen hinauszuzögern. Dazu bedurfte es beträchtlicher Bestechungsgelder, die an den taiwanischen Botschafter, an Gennadij Perschenko und an dessen Vorgesetzten im Auswärtigen Dienst flossen.

Die Abteilung Sieben konnte sich große Ausgaben kaum noch leisten. Monatelang hatte Kerikow es geschafft, sich die Buchprüfer vom Hals zu halten, doch nun saß einer von ihnen in seinem Büro und stellte Fragen, die er nicht zu beantworten gedachte.

»Ah, da haben wir es ja«, sagte der Schnüffler, der ein paar Papiere aus seiner Aktentasche zog. »Es sieht so aus, als hätte Ihre Abteilung vor vier Jahren für die Neuausrüstung eines Kühlschiffes namens *August Rose* siebenundzwanzig Millionen Dollar bezahlt.

Ein Vorarbeiter einer Werft in Wladiwostok hat in einer eidesstattlichen Aussage zu Protokoll gegeben, die Sonarausrüstung auf dem Schiff sei derjenigen unserer strategischen Unterseeboote technisch weit überlegen gewesen. Würde es Ihnen etwas ausmachen, das zu erklären?«

Kerikow verspürte einen solchen Druck hinter den Augen, dass er glaubte, ihm würde der Schädel platzen. Die *August*

Rose war unter strengsten Sicherheitsvorkehrungen umgerüstet worden, und doch wusste sein Gegenüber über alles Bescheid. Der Zeitdruck wurde zu einem immer größeren Problem.

Er zog die oberste Schreibtischschublade zu seiner Rechten auf. »Ich habe hier etwas, das direkt mit Ihrer Frage zusammenhängt.«

Der Buchprüfer beugte sich erwartungsvoll vor.

In der halbautomatischen Makarow-Pistole steckte nur eine Patrone. Mit der Kugel hatte er sich selbst umbringen wollen, falls es irgendwann unvermeidlich war. Kerikow drückte ab. Die Kugel schlug in die Stirn des Buchprüfers ein, der sofort tot war.

Kerikow durchwühlte seinen Schreibtisch, bis er die Munitionsschachtel gefunden hatte. Er schob eine Patrone in die Pistole und legte sie wieder in die Schublade. Dann drückte er auf den Knopf der Gegensprechanlage.

»Ja, Oberst Kerikow?«, meldete sich seine Sekretärin.

»Ich musste meine Pläne etwas ändern, Anna.« Kerikow steckte sich eine weitere Zigarette an. »Sag Ewad Lurbud, dass er so schnell wie möglich nach Kairo fliegen soll. Ich glaube, er ist noch in meiner Datscha. Und ich möchte, dass du den nächsten Flug nach Bangkok für mich buchst. Ich nehme den auf den Namen Johann Kreiger ausgestellten Pass.«

»Was ist mit dem Buchprüfer?«, fragte Anna.

Kerikow entnahm ihrem Tonfall, dass sie den Schuss gehört hatte.

»Er wird sich hier eine Weile ausruhen. Sobald du Lurbud erreicht und meinen Flug gebucht hast, verlässt du das Gebäude. Wenn man dir Fragen stellt, sagst du, du wärst früh zum Mittagessen gegangen und wüsstest nichts. Alles Gute, Anna. Wir werden uns nicht wiedersehen.«

»Verstehe.« Wenn sie enttäuscht war, dass ihre vierjährige Affäre nun ein Ende fand, war es ihrer Stimme auf jeden Fall nicht anzumerken.

Kerikow nahm sich noch die Zeit, die Akten in seinem

Wandsafe durchzusehen, und zog ein paar heraus, die sich eines Tages als nützlich erweisen konnten. Er würde nach Bangkok fliegen und nie mehr nach Russland zurückkehren.

Pazifik

Valerij Borodin setzte sich abrupt in seiner Koje auf und schnappte keuchend nach Luft. Er war schweißgebadet, das dunkle Haar klebte an seiner Stirn. Sein Herz klopfte heftig, und er versuchte sich zu beruhigen.

Es dauerte fast zwei Minuten, bis er begriff, dass er nicht mehr der verängstigte sechsjährige Junge aus seinem Traum war. Dem war damals von gesichtslosen uniformierten Männern gesagt worden, sein Vater sei bei einem Unfall im Laboratorium ums Leben gekommen. Jetzt war er ein Mann, ein respektierter Wissenschaftler. Und doch glaubte er in seiner Kabine an Bord der *August Rose* noch immer das verzweifelte Schluchzen seiner Mutter zu hören.

Seit er vom Tod seines Vaters gehört hatte, verfolgte ihn dieser Traum. Er hatte nie davon erzählt, denn seine Mutter trauerte im Nachbarzimmer der kleinen Wohnung in Kiew, die ihnen die Abteilung für Wissenschaftliche Operationen nach dem tödlichen Unfall gelassen hatte.

Am schwierigsten war es für Valerij gewesen, den Schrei zu unterdrücken, der immer in ihm aufstieg, denn er wollte seine Mutter nicht beunruhigen. Russen zeigen ihre Trauer offen, er aber musste sie verbergen. Wenn er Jahre später seine Geschichte erzählte, weckte das bei den Zuhörern Mitgefühl, nie aber Verständnis. Irgendwie hatte er das Gefühl, dass die Leute glaubten, etwas mit ihm stimme nicht.

Erst im letzten Jahr hatte er in Mosambik einen Menschen kennengelernt, der ihn verstand, eine Amerikanerin, die in jungen Jahren ihre Mutter verloren hatte.

Er setzte sich auf die Kante der schmalen Koje. Hätte die

Regierung nicht so viel Interesse an seiner wissenschaftlichen Qualifikation gezeigt, wäre er mit Sicherheit Balletttänzer geworden. Er hatte kein Gramm Fett auf den Rippen und einen muskulösen, geschmeidigen Körper, den er von seinen Eltern geerbt hatte.

Er strich sich das schweißnasse Haar aus der Stirn.

An den Traum, der ihn während seiner Kindheit verfolgte, hatte er vor einem Jahr wieder denken müssen, im Büro eines Mannes namens Iwan Kerikow, von dem er nie gehört hatte, der aber alles über ihn zu wissen schien. Er erfuhr, dass dieser Mann der jetzige Chef jener Abteilung Sieben war, für die sein verstorbener Vater gearbeitet hatte. Kerikow hatte ihm ruhig erklärt, die Abteilung habe seine wissenschaftliche Laufbahn mit Interesse verfolgt und ihm zuweilen auch ohne sein Wissen geholfen. Als er noch dabei war, diese Neuigkeit zu verdauen, ließ Kerikow die nächste Bombe platzen.

Er drückte auf einen Knopf auf seinem Schreibtisch, und ein Mann betrat das Büro. Valerij war wie benommen, als Kerikow ihn als Dr. Pjotr Borodin vorstellte. Die letzten dreißig Jahre hatten seinen Vater altern lassen. Er war fülliger geworden, und sein Haar und der Bart waren grau, doch er war immer noch unverkennbar der Mann, dessen Foto auf dem Tisch in der Wohnung seiner Mutter stand.

In der folgenden Nacht träumte Valerij zum ersten Mal seit seiner frühen Jugendzeit wieder diesen Traum.

Erst bei ihrem nächsten Treffen hatte er sich so weit gefangen, dass er tatsächlich hörte, worüber sein Vater und Kerikow sprachen.

Als Pjotr Borodin vor vielen Jahren seinen Tod vorgetäuscht hatte, war das eine Sicherheitsmaßnahme gewesen. Seine Arbeit zu der Zeit war so geheim, dass eine so drastische Maßnahme erforderlich war. Nachdem die meisten seiner Mitarbeiter im Sommer des Jahres 1963 exekutiert worden waren, hatte Borodin allein das geheime Projekt betreut, das nun kurz vor seinem Abschluss stand.

Und deshalb bräuchten sie jetzt neue Wissenschaftler, erklärte Kerikow. Er fragte Valerij, ob er Interesse habe, als Stellvertreter seines Vaters in das Projekt einzusteigen.

Zu der Zeit arbeitete Valerij für die staatliche Energiebehörde. Er erforschte die Nutzungsmöglichkeit von Russlands riesigen Methangasreserven, die unter den Permafrostböden in West- und Zentralsibirien schlummerten. Als Geologe gehörte er zu jener neuen Generation russischer Wissenschaftler, die ihre Stellung Forschungsergebnissen verdankten, nicht der Fähigkeit, Parteidogmen herunterzurasseln.

Er sagte erst zu, nachdem Kerikow ihm versicherte, man habe ihm das Angebot wegen seiner wissenschaftlichen Qualifikation gemacht, nicht wegen seines Vaters. Pjotr Borodins Zurückweisung einer solchen Annahme war entsetzlich schmerzlich für Valerij. Sein Vater tat so, als sei er gar nicht sein Sohn.

Zwei Wochen nach diesen Treffen nahm er an einer Exkursion nach Mosambik teil, angeblich als Meeresbiologe, doch es war ein Urlaub in der Sonne nach den langen Monaten in Sibirien. Er sollte sich für die kommenden Aufgaben erholen.

Kerikow hatte es geschafft, einige der klügsten Köpfe innerhalb der Russischen Föderation für sein Projekt anzuwerben und ihnen die fortschrittlichste Technologie zur Verfügung zu stellen.

Valerij zog eine Jeans und ein olivgrünes T-Shirt an. Es war kurz nach Mitternacht, aber er wusste, dass er keinen Schlaf mehr finden würde.

In der Kombüse war nur der Küchengehilfe. Auf dem Tisch stand eine Thermoskanne mit starkem Kaffee. Valerij schenkte sich einen Becher ein und trank einen Schluck. Er nickte dem Küchengehilfen zu, der gerade Pfannen spülte, und machte sich auf den Weg zur Schaltzentrale der *August Rose.*

Das Schiff war im Jahr 1979 von Hitachi-Zosen als Bulkcarrier gebaut worden und unter dem Namen UT-20 gefahren. Als es 1983 von Ocean Freight and Cargo gekauft und auf den Namen *August Rose* umgetauft wurde, ließ die Reederei es zu einem Kühlschiff umbauen. Der Laderaum für Massengüter wurde um fast dreißig Prozent verkleinert, um für die Kühlhäuser und die spezielle Ausrüstung Platz zu schaffen, die benötigt wurde, um gefrorene Güter zu transportieren.

Die Umrüstung war in den Büchern der japanischen Werft, welche die Arbeiten durchgeführt hatte, gut dokumentiert, darüber hinaus auch in den Unterlagen der Versicherung Continental Insurance und denen der finnischen Bank, bei der Ocean Freight and Cargo die meisten seiner Kredite aufnahm. Die nächste Umrüstung der *August Rose* vollzog sich dagegen in aller Heimlichkeit.

Im Frühling des Jahres 1990 lag das Schiff für sieben Wochen in einem Trockendock in Wladiwostok. Äußerlich ähnelte es noch immer seinem ursprünglichen Aussehen. Es war hundertzwanzig Meter lang und hatte ein Gesamtzuladungsgewicht von zwanzigtausend Tonnen. Der Bug war hochgezogen, der hohe Aufbau befand sich vor dem Heck. Doch in den Rumpf der *August Rose* wurde eine technische Ausrüstung eingebaut, die sie zu einem hochmodernen Forschungsschiff machte.

Der große Frachtraum wurde in ein geophysikalisches Laboratorium umgewandelt. Dazu kamen kleine Labors, Büros und Räume für Speichereinheiten. Die Kühlzellen wurden beibehalten, dienten aber nun dazu, die Temperatur des Computersystems konstant zu halten.

Die Computer selbst waren riesige Mainframes, dazu kamen jede Menge Peripheriegeräte. Die Rechenleistung an Bord der *August Rose* überstieg die des Weltraumbahnhofs Baikonur, des russischen Gegenstücks von Cape Canaveral. Es blieb ausreichend Frachtraum übrig, um die *August Rose* offiziell weiter als Kühlschiff fahren zu lassen, doch nicht genug, um damit noch Profit machen zu können. Aber der Trick sorgte dafür, dass das Schiff unbehelligt den Pazifik befahren konnte.

Valerij ging durch ein Labyrinth enger Gänge und stand schließlich vor der Tür des großen Laboratoriums, die durch

103

ein Magnetkartenschloss gesichert war. Ein Wachtposten notierte die Zeit und nahm ihm die Karte ab, die durch die von der technischen Ausrüstung in dem Labor erzeugten magnetischen Felder gelöscht worden wäre.

Obwohl es nach Mitternacht war, arbeiteten noch ein Dutzend Wissenschaftler, Techniker und Assistenten und beobachteten auf Bildschirmen die Aufzeichnungen der zahlreichen Sensoren, die an zwei vertäuten Haltevorrichtungen unter dem Kiel des Schiffes hingen. In der Mitte des Raums stand ein großer Metalltisch mit einem Plotter darauf. Darüber hing an einem schwenkbaren Arm ein holografischer Laserprojektor, der an einen monströsen Bohrer eines Zahnarztes erinnerte. Bündel von Glasfaserkabeln verliefen von dem Projektor zu dem Mainframe und zu dem Tisch.

Pjotr Borodin saß in einem viel zu großen weißen Kittel an der Konsole neben dem Projektionstisch. Valerij atmete tief die gefilterte, sterilisierte Luft ein und trat zu ihm.

»Wieder mal Überstunden, Vater?«

Auch wenn er zwanzig Jahre älter war als die anderen Wissenschaftler, absolvierte Pjotr Borodin ein weitaus größeres Arbeitspensum als die anderen, was auch seinen Stellvertreter einschloss. Gewöhnlich verbrachte er anderthalb Tage am Stück in dem Computerraum, bevor er sich sechs Stunden Schlaf gönnte. Sein mitgenommenes Aussehen beunruhigte Valerij.

»Hast du deine Medikamente genommen, Vater?«

»Nein«, erwiderte Pjotr Borodin gereizt. »Dieses Coumadin ist nichts als Rattengift, und Vasotec, der Betablocker, beeinträchtigt wegen des Airconditioners meine Atmung. Und jetzt nerv mich nicht weiter wegen meines Herzens. Sieh dir das an, die Kamera läuft wieder.«

Valerij blickte auf den Monitor und sah so etwas wie die Hölle auf Erden. Direkt über dem zentralen Schlot des am schnellsten wachsenden Vulkans der Welt hing an einem Kevlar-Kabel eine Kamera mit einem Gehäuse aus hitzebeständigem Material. In einem nie endenden Strom wurde geschmolzenes Gestein durch die extreme Hitze tief im Inneren der Erde durch die Öffnung in der Erdkruste gepresst. Um die Austrittsstelle bildete sich eine große Gaswolke. An die Kamera war kein Mikrofon angeschlossen, doch Valerij glaubte fast zu hören, wie die Erde ihre Eingeweide ausspie.

»Die Eruption ist schon wieder stärker geworden.«

»Und?«

»Der Magmastrom fließt jetzt eher nach Westen.«

»Genau, in Richtung des Nordäquatorialstroms, ganz wie ich es vorausgesagt habe.«

»Aber diese Strömung hat mit Sicherheit keinen nennenswerten Einfluss auf die Bildung des Vulkankegels.«

»Normalerweise nicht, aber die Eruption des Vulkans ist so mächtig, dass zwei Kräfte den Lavafluss verändern. Das ist eine einfache Vektoraddition. Ich bin froh, dass du hier bist, Valerij. Der Computer hat die Daten der letzten vierundzwanzig Stunden fast verarbeitet und liefert uns gleich eine Wachstumsprognose.«

Aufgrund der riesigen Menge der von den Sensoren gesammelten Rohdaten und der unvermeidlichen Wechselfälle der Natur waren für eine realistische Vorhersage des zukünftigen Wachstums des Vulkans leistungsstarke Großrechner erforderlich, die aber trotzdem volle vierundzwanzig Stunden benötigten, um die genaue Position des Vulkans unter dem Schiff zu bestimmen und vorherzusagen, wo der Kegel durch die Wasseroberfläche des Pazifiks brechen würde.

Die Uhr auf dem Computermonitor zeigte an, dass sie in einer Minute und zwanzig Sekunden die holografische Projektion sehen würden. Valerij und sein Vater warteten schweigend. Beide zogen es vor, auf die Kamerabilder zu schauen, statt leere Worthülsen auszutauschen. Pjotr Borodin schien das angespannte Verhältnis zu seinem Sohn gar nicht zu registrieren, doch Valerij litt darunter.

Schließlich war der Countdown beendet, und Pjotr Borodin aktivierte die holografische Darstellung. Das auf den Projektionstisch geworfene dreidimensionale Bild war zunächst nur ein kegelförmiger Umriss, doch es baute sich schnell auf und wurde schärfer. Alle Details waren mühelos zu erkennen. Die Projektion wirkte so solide wie ein Gipsabdruck, setzte sich aber nur aus Laserstrahlen zusammen.

»Ich aktiviere jetzt die Extrapolations-Logarithmen.«

Der Computer hatte bereits Milliarden von Rechenoperationen durchgeführt, um die Entwicklung des Vulkans zu prognostizieren, und deshalb änderte sich das Bild sofort. Sie sahen eine schimmernde blaue Fläche, und der Vulkankegel brach schnell durch die Wasseroberfläche. Die Simulation zeigte auch, wie kleine Wellen an die öden Basaltküsten schlugen.

Borodin drückte auf mehrere Knöpfe auf der Konsole. Längen- und Breitengrade schoben sich präzise über die Projektion.

»Dies ist jetzt die dritte aufeinanderfolgende Prognose, bei der der Vulkankegel gut tausend Meter außerhalb der Zweihundert-Meilen-Zone von Hawaii durch die Meeresoberfläche bricht«, sagte Pjotr Borodin zufrieden. »Ich denke, es ist an der Zeit, Kerikow zu informieren.« Er wandte sich einer Assistentin zu. »Sagen Sie dem Kapitän, dass wir noch vierundzwanzig Stunden hierbleiben.«

Sie hätte sich fast verbeugt, als sie das Labor verließ. Borodin richtete sich an die anderen Mitarbeiter. »Sensoren- und Computer-Reset. Ich möchte sofort mit der nächsten Simulation beginnen.«

Als Valerij gerade gehen wollte, packte sein Vater seinen Arm. »Du musst die jüngsten Resultate des Gasspektrometers sehen.«

Gemeinsam verließen die beiden das Labor. Borodin hielt noch immer den Arm seines Sohnes fest, als befürchtete er, dass der davonlaufen könnte.

Das Spektrometer-Labor war vollgestopft mit technischen Geräten und mehreren Computermonitoren, die an den Mainframe angeschlossen waren. Das Gasspektrometer war so groß wie ein Auto, von der Konstruktion her aber unendlich kom-

106

plizierter. Es dekodierte aus dem Lichtspektrum verdampften Materials dessen chemische Zusammensetzung.

»Wassilij, zeigen Sie meinem Stellvertreter, was Sie mir schon am frühen Abend vorgelegt haben.« Borodin nannte Valerij nie seinen Sohn.

Der Wissenschaftler drückte Valerij einen Stapel Papiere in die Hand. Darauf waren Streifen in den Farben des Regenbogens zu sehen, durchbrochen von unterschiedlich dicken schwarzen Linien, die den Wellenlängen des Lichts entsprachen, das von den verdunsteten Materialien absorbiert wurde.

Valerij blätterte die Seiten durch und verstand sie so mühelos wie ein Geograf, dem man eine topografische Karte vorlegt. Er registrierte keine Abweichung von der normalen Zusammensetzung des astenosphärischen Magmas, doch dann sah er die letzten Bilder des Spektrografen.

Er erkannte die Linien, die für Basalt, Kieselerde und Eisenmagnesium standen, doch es gab auch eine Reihe Linien, die auf das Vorhandensein von Vanadium hindeuteten. Und daneben erblickte er ein Gewirr von abwechselnd dicken und dünnen Linien, das er noch nie gesehen hatte.

»Die frühesten Schriften über Alchemie stammen aus der Mitte des fünften Jahrhunderts und sind in arabischen und chinesischen, aber auch in europäischen Manuskripten überliefert«, sagte Borodin, der über die Schulter seines Sohnes auf die Ausdrucke blickte. »Während der nächsten zwölf Jahrhunderte waren Alchemisten die besten wissenschaftlichen Köpfe ihrer Zeit. Sie haben die moderne Chemie und Pharmakologie begründet, es aber nicht geschafft, die Aufgabe zu lösen, die sie sich selbst gestellt hatten. Keinem von ihnen ist es gelungen, Blei in Gold zu verwandeln.

Heute, in der Epoche der Großrechner, der Satelliten und der Atomspaltung, kehren wir zu den allerersten Anfängen der Wissenschaft zurück. Wir haben geschafft, was in der Vergangenheit niemand sonst zustande gebracht hat. Zur Zeit der großen Alchemisten stand Gold für die wirkliche Macht auf dieser Welt. Heute dreht sich auf diesem Planeten alles um Energie. Wir haben etwas verwirklicht, was die Menschheit als hoffnungsloses Projekt aufgegeben hatte. Es ist uns gelungen, Erde in die wertvollste Substanz in diesem Universum zu verwandeln, und zwar nicht in irgendein Metall mit begrenzten Anwendungsmöglichkeiten, sondern in eine sich immer wieder erneuernde, unerschöpfliche Energiequelle. Unsere Macht ist so groß, Valerij, dass nie jemand stark genug sein wird, um uns herauszufordern.«

Valerij wurde es bei den Worten seines Vaters unbehaglich zumute. Er legte die Papiere auf den Tisch und verließ das Labor. Er erinnerte sich an eine Stelle aus der Mythologie der Hindus, wo Shiva verkündet: »Ich bin der Tod, der Zerstörer der Welten.« Es waren dieselben Worte, die auch Robert Oppenheimer nach dem Test seiner Erfindung in der Wüste von New Mexico ausgesprochen hatte.

Arlington, Virginia

Mercer erwachte um kurz nach sechs morgens. Von dem Jetlag, mit dem er gerechnet hatte, war nichts zu spüren, vielleicht wegen der aufregenden Ereignisse des letzten Tages. Er stand mit steifen Gliedern auf und betastete vorsichtig die schmerzenden Prellungen an beiden Schultern. Nachdem er sich rasiert und geduscht hatte, ging er in die Bar und braute sich einen starken Kaffee. Es gelang ihm nicht, sich auf die Morgenzeitungen zu konzentrieren. Während der Nacht war er immer wieder aufgewacht. Er hatte sich Fragen gestellt über das, was Tish ihm erzählt hatte, aber keine Antworten darauf gefunden. Er musste abwarten, was für Informationen David Saulman aus Miami ihm faxen würde.

Um Viertel nach sieben – der Kaffee war kalt geworden –, faltete er die Zeitungen ungeduldig zusammen und warf sie auf die Theke. Hinter der Bar, zwischen zwei Flaschen – Remy

Martin und Glenfiddich – lag ein etwa dreißig Zentimeter langes Stück einer Eisenbahnschiene. Eine Hälfte war verrostet, die andere fast spiegelblank.

Er nahm das schwere Eisenstück aus dem Regal, schob ein Handtuch darunter und legte beides auf die Theke. Daneben stellte er einen Schuhkarton, der sonst neben dem alten Kühlschrank stand und Bürsten und Lappen enthielt. Konzentriert begann er das Eisenstück zu polieren, ganz so, als wäre nichts sonst auf dieser Welt von Belang. Während Dreck und Rost nach und nach verschwanden, dankte er insgeheim Winston Churchill, der ihn zu dieser meditativen Tätigkeit inspiriert hatte. Wenn der britische Premierminister so unter Stress stand, dass selbst seine legendäre Gelassenheit nicht mehr damit fertig wurde, baute er Backsteinmauern im Garten hinter Downing Street Nr. 10. Die gleichförmige Tätigkeit erlaubte es ihm, seine Gedanken von den chaotischen Ereignissen des Zweiten Weltkrieges zu lösen und sich ganz auf ein spezielles Problem zu konzentrieren. Wenn er eine Lösung gefunden hatte, riss ein Angestellter die Mauer nieder, kratzte den Mörtel von den Backsteinen und schichtete sie ordentlich auf, damit das Spielchen bei der nächsten Krise von Neuem losgehen konnte.

Begonnen hatte Mercer mit dem Polieren von Eisenbahnschienen, als er an der Colorado School of Mines studierte. Er tat es etwa eine Stunde lang vor wichtigen Prüfungen, um einen klaren Kopf zu bekommen und seine Gedanken ganz auf die bevorstehende Herausforderung zu konzentrieren. Er schwor, dass es an diesem Ritual gelegen hatte, dass er das Studium als elftbester Absolvent seines Jahrgangs abgeschlossen hatte.

Die Erinnerung ließ ihn lächeln. Er schätzte, dass er seit seinem Studium annähernd sechzig Meter Eisenbahnschienen poliert hatte.

Er war immer noch ganz bei der Sache, als um kurz nach neun Tish in die Bar trat.

»Guten Morgen«, sagte sie.

Er legte seinen Polierlappen in den Schuhkarton und machte sich nicht die Mühe, seine Tätigkeit zu erklären. »Guten Morgen. Wie ich sehe, passen die Klamotten.«

Sie drehte eine Pirouette vor ihm, und der dünne schwarze Rock umspielte ihre wohlgeformten Waden. Darüber trug sie ein schlichtes weißes Top von Armani. Er hatte die Kleidungsstücke am Vortag in einer Mall gekauft, als sie nachmittags geschlafen hatte.

»Da ich Sie nicht für einen Transvestiten halte, bin ich davon ausgegangen, dass die Sachen für mich bestimmt sind«, sagte sie grinsend, während sie ihren Rock glatt strich.

»Stimmen die Größen?«

»Bis hin zur Körbchengröße des BHs. Danke, dass Sie so aufmerksam hingeschaut haben.« Sie warf ihm ein kesses Lächeln zu. »Riecht es hier nach Kaffee?«

»Ja, aber ich sollte neuen kochen. Der Kaffee, den ich trinke, ist so stark, dass er Tote aufwecken könnte.«

»Klingt gut.« Sie trank einen Schluck und zuckte zusammen.

Er machte sich daran, frischen Kaffee für sie zu kochen.

»Warum haben Sie mich gestern nicht zum Abendessen geweckt?«

»Ich glaubte, dass Sie den Schlaf nötiger brauchten als mein Essen.«

»Meiner Erfahrung nach sind die meisten Junggesellen exzellente Köche.«

»Tut mir leid, ich bin die Ausnahme von der Regel. Ich reise so viel, dass ich das Kochen aus Zeitgründen nie gelernt habe.«

Er sah, dass ihr Blick auf die Karte hinter der Bar gerichtet war.

»Ich habe nur an ein paar Exkursionen teilgenommen. Den größten Teil meiner Zeit verbringe ich in einem Labor in San Diego. Es muss aufregend sein, so viel zu reisen.«

»Am Anfang war es so, aber jetzt … Flugzeugsitze mit zu

wenig Beinfreiheit, Pizzen aus Pappschachteln und langweilige Konferenzen.«

Sie hakte nicht weiter nach. »Irgendwelche neuen Ideen, in was wir da hineingeraten sind?«

Mercer blickte auf die Uhr. Nach halb zehn. Eigentlich hätte er schon im Büro sein müssen. Er trat hinter die Bar und nahm eine Flasche Bier aus dem Kühlschrank. »Nachdem Sie sich gestern hingelegt hatten, habe ich ein paar Telefonate geführt. Von einem meiner Gesprächspartner müssten wir bald etwas hören. Bis dahin halte ich es für angebracht, dass Sie hierbleiben. Müssen Sie sich bei jemandem melden? Haben Sie einen Freund?«

»Nein.«

»Gut. Ich hoffe, dass wir bis heute Nachmittag etwas erfahren, das uns die Richtung weisen wird. Im Moment bleibt uns nichts anderes übrig, als zu warten.«

»Müssen Sie nicht zur Arbeit?«

Mercer lachte. »Ich habe nur einen Zeitvertrag als Consultant bei der USGS. Wahrscheinlich rechnen sie damit, dass ich unzuverlässig bin.«

Sie unterhielten sich noch etwa eine Stunde. Er vermied es, von sich zu erzählen, und deshalb redete meistens Tish. Sie hatte ein ansteckendes Lachen und ein paar süße Sommersprossen auf den Wangen. Sie war nie verheiratet gewesen, nur einmal verlobt, doch das war schon länger her. Sie sympathisierte mit den Demokraten und engagierte sich im Umweltschutz, stand aber sowohl den Kandidaten ihrer Partei als auch den ökologisch orientierten Bürgerinitiativen mit Distanz gegenüber. Ihre Mutter hatte sie nie gekannt, was er bereits wusste. Und sie idealisierte ihren verstorbenen Vater, was er vermutet hatte. Sie mochte ihren Job bei der NOAA und hatte noch keine Lust, sesshaft zu werden und als Biologiedozentin zu arbeiten. Ihre letzte ernsthafte Beziehung war vor sieben Monaten gescheitert. Deshalb musste sie sich im Moment eigentlich nur um ihre Blumen und Pflanzen kümmern.

Eine Nachbarin hatte versprochen, das zu übernehmen, als sie nach Hawaii gereist war.

Gegen elf klingelte in seinem Büro das Telefon, doch er machte keine Anstalten, den Anruf anzunehmen. Ein paar Sekunden später begann das an dieselbe Telefonleitung angeschlossene Faxgerät zu surren. Als das Geräusch verstummte, ging er ins Büro und kam mit einem Dutzend gesendeten Seiten zurück.

Er las die erste Seite und reichte sie Tish. So ging das für zwanzig Minuten weiter. Während sie lasen, stöhnte Mercer gelegentlich, oder Tish schnappte nach Luft.

»Die Frage am Ende des Berichts verstehe ich nicht.«

»Dave Saulmann und ich stellen uns immer Quizfragen. Ist eine alte Tradition.«

Sie las die Frage laut vor. »›Wer war der Kapitän der *Amaco Cadizo*?‹ Ich glaube nicht, dass ich den Namen dieses Schiffes jemals gehört habe.«

»Das war ein Riesentanker, der im März 1978 voll beladen im Ärmelkanal auf Grund gelaufen ist. Aber der Name des Kapitäns will mir partout nicht einfallen.«

Tish warf ihm einen befremdeten Blick zu und wechselte dann das Thema. »Was für einen Reim machen Sie sich auf diese Informationen?«

»Ich bin mir noch nicht sicher.« Er öffnete die nächste Bierflasche.

Ocean Freight and Cargo, jene Reederei, deren Schiff Tish gerettet hatte, hatte ihren Hauptsitz in New York, doch das Geld kam von einem finnischen Konsortium, an dessen Spitze ein Unternehmen stand, von dem einst vermutet wurde, es sei eine Scheinfirma des KGB. Ihre Schiffe fuhren meistens im Pazifik und beförderten Standardfrachten zu den üblichen Anlaufhäfen. Saulman hatte in allen Verträgen von OF & C für das Kühlschiff *August Rose* eine seltsame Klausel entdeckt, die es erlaubte, einen Vertrag mit einer Frist von nur zwölf Stunden zu kündigen, vorausgesetzt, die Ladung war noch nicht an

112

Bord. Saulman beschäftigte sich seit Ewigkeiten mit dem See-recht, hatte aber noch nie eine solche Klausel gesehen und konnte sich auch nicht vorstellen, was für einen Sinn sie haben sollte. Seit 1989 hatte sich OF & C mehrfach auf diese Klausel berufen und sich geweigert, die *August Rose* in den Vereinigten Staaten beladen zu lassen.

Im Moment lag das Schiff nördlich von Hawaii wegen eines Maschinenschadens vor Anker. Saulmans Quellen sagten, es sei keine Hilfe angefordert worden, und das Schiff werde in-nerhalb von fünfzehn Stunden weiterfahren.

Die *August Rose* sollte tiefgefrorenes Rindfleisch nach Seattle bringen, das gerade auf ein Schiff von Lykes Brothers umge-laden wurde.

Mercers Frage nach Informationen über Schiffe, die in den-selben Gewässern gesunken waren wie die *Ocean Seeker,* hatte eine überraschende Antwort gefunden. Während der letzten fünfzig Jahre waren dort nicht weniger als fünfzig Schiffe gesun-ken, auch wenn es seit den Siebzigerjahren seltener vorge-kommen war. Mercer vermutete, dass das auf die besseren Wettervorhersagen zurückzuführen war. Meistens waren Fi-scherboote, Vergnügungsdampfer oder Segelschiffe gesunken. Er kreuzte die bemerkenswerten Ausnahmen mit seinem Waterman-Füllfederhalter an.

Ocean Seeker, NOAA-Forschungsschiff, Juni dieses Jahres. Eine Überlebende.
Oshabi Maru, japanischer Trawler, Dezember 1990. Keine Überlebenden.
Philipe Santos, chilenisches Wetterschiff, April 1982. Keine Überlebenden.
Western Passage, amerikanischer Frachter, umgebaut zu einem Kabelleger, Mai 1977. Keine Überleben-den.
Curie, französisches ozeanografisches Forschungs-schiff, Oktober 1975. Keine Überlebenden.

Colombo Princess, Containerschiff aus Sri Lanka, März 1972. Einunddreißig Überlebende.
Baltimore, amerikanischer Tanker, Februar 1968. Vierundzwanzig Überlebende

Zwischen dem Verlust der *Baltimore* im Jahr 1968 und dem Untergang eines Erzfrachters namens *Grandam Phoenix* im Jahr 1954 waren nördlich von Hawaii keine großen Schiffe gesunken. Große Schiffe, die vor 1954 gesunken waren, konnten mit den Ereignissen des Zweiten Weltkrieges in Verbindung gebracht werden.

»Ich weiß nicht, was ich davon halten soll«, sagte Tish.

»Wenn das Schiff, dessen Besatzung Sie gerettet hat, irgendetwas mit dem KGB zu tun hat, könnte das erklären, warum Sie an Bord Russisch gehört haben.«

Er blätterte die Seiten noch einmal durch, kehrte aber immer wieder zu der Liste der gesunkenen Schiffe zurück. Dabei fiel ihm auf, dass es auch beim Untergang der *Grandam Phoenix* keine Überlebenden gegeben hatte. Da war etwas …

»Mein Gott.«

»Was ist?«

Ihm war nicht bewusst gewesen, dass er laut gesprochen hatte. »Ich muss ins Büro.«

»Warum?«

»Ich habe da so eine Ahnung.« Er griff nach dem Telefon und wählte. Kurz darauf meldete sich die Reibeisenstimme von Harry White. »Hallo?«

»Ich bin's, Harry, Mercer. Du musst herkommen und auf eine Freundin von mir aufpassen. Nein, komm allein, und ja, ich habe noch eine Flasche Jack Daniel's … Okay, wir sehen uns in ein paar Minuten.«

Er legte auf und wandte sich Tish zu. »Sie haben es gehört, in ein paar Minuten wird einer meiner Freunde hier auftauchen. Ich möchte, dass Sie das Haus nicht verlassen. Nicht, solange ich nicht mehr weiß.«

Sie warf ihm einen flehenden Blick zu. Mercer wusste nicht, ob sie beruhigt werden oder mehr wissen wollte. »In ein paar Stunden bin ich wieder zurück. Wenn meine Vermutung stimmt, haben wir diese Geschichte heute Abend aufgeklärt, und Sie können morgen in ein Flugzeug steigen und nach Hause fliegen. Außerdem ist Harry ein amüsanterer Gesprächspartner als ich.«

Harry hatte einen eigenen Schlüssel, und zehn Minuten später trat er in die Bar, wie meistens mit einer filterlosen Zigarette zwischen den Lippen.

»Mein Gott, Mercer, kein Wunder, dass du mich herbestellt hast. Diese Frau ist zu schön, um aus freiem Willen hier zu sein. Du musst sie entführt haben.«

»So ist es. Tish, diese mitleiderregende Kreatur heißt Harry White.« Mercer blickte seinen Freund an. »Ihr voller Name ist Tish Talbot.«

Harry fuhr sich mit der Hand durchs Haar. »Selbst wenn ich zwanzig Jahre jünger wäre, wäre ich immer noch alt genug, um ihr Vater sein zu können. Trotzdem schön, Sie kennenzulernen.«

Mercer sah, dass Tish sofort Gefallen an Harry fand. Der alte Charmeur hatte es immer noch drauf. Sie würde in guten Händen sein, während er weg war.

»In ein oder zwei Stunden bin ich zurück.«

»Lass dir ruhig Zeit«, antwortete Harry. »Ich habe den ganzen Tag nichts zu tun und bin sicher, dass diese Lady sich nach angenehmer Gesellschaft sehnt.«

Mercer wandte sich Tish zu. »Wie gesagt, es wird nicht lange dauern. Lassen Sie sich nicht von ihm einwickeln.«

»Du kannst jetzt gehen«, knurrte Harry, der Tish tief in die Augen schaute.

Mercer hörte noch ihr Lachen, bevor er die Haustür hinter sich schloss.

***

Jennifer Woodridge blickte geschockt auf, als Mercer in das Vorzimmer seines Büros trat.

»Wo waren Sie seit gestern?«

»Das Mittagessen hat sich in die Länge gezogen, Jen, und irgendwann habe ich die Zeit ganz aus den Augen verloren.«

»Schon klar. Wenn es das nächste Mal passiert, lassen Sie es mich am besten einfach vorher wissen, damit ich mir eine Ausrede für Sie ausdenken kann. Howell wollte unbedingt mit Ihnen reden.«

Wie aufs Stichwort klingelte das Telefon. Es war Richard Harris Howell, der korpulente, ständig jammernde stellvertretende Direktor der USGS, Mercers direkter Vorgesetzter.

»Dr. Mercer, Sie müssen sofort in mein Büro kommen. Ich habe hier ein paar Spesen- und Reisekostenrechnungen vorliegen, über die wir reden müssen.« Mittlerweile war Howell eher Buchhalter als Wissenschaftler. »Es sieht so aus, als hätten Sie während Ihrer Reise nach Südafrika Gelder des Steuerzahlers verschwendet.«

Mercer hielt den Hörer von seinem Ohr weg, während Howell noch eine Minute auf diese Art fortfuhr. »Sie haben recht«, sagte er dann. »Hören Sie, ich habe hier noch etwas zu klären, bin aber in zehn Minuten bei Ihnen.«

Mercer legte auf, um weiteren Tiraden zuvorzukommen. »Ich bin sicher, dass er gleich hier hereinschneien wird«, sagte er zu Jen. »Sagen Sie, ich sei auf der Toilette.«

»Und wo wollen Sie wirklich hin?«

Mercer setzte sich auf die Ecke des Schreibtischs. »Ich kann Sie in diese Geschichte nicht hineinziehen, Jen«, sagte er in einem gespielt ernsthaften Ton. »Was, wenn Howell Sie foltert?« Sie kicherte. »Sobald dieser kleine Kobold wieder verschwunden ist, nehmen Sie sich für den Rest des Tages frei. Oder besser für die ganze Woche. Ich glaube nicht, dass ich oft hier sein werde.«

»Kann ich Ihnen irgendwie helfen?«

»Halten Sie mir einfach Howell vom Hals.«

116

Er holte seine Aktentasche aus dem Büro und stieg die Treppen in den Keller des USGS-Gebäudes hinab, wo das weitläufige Archiv untergebracht war.

Obwohl Mercer Chuck Lowry, dem Chefarchivar der USGS, noch nie persönlich begegnet war, hatte er doch schon viel von ihm gehört. Die meisten Männer, die im Vietnamkrieg gekämpft hatten, waren sich einig, dass sie sich durch ihren Einsatz stark verändert hatten. Howell war zweimal dort gewesen und hatte wichtige Erfahrungen gesammelt, war aber kein auch nur halbwegs normaler Mann, sondern ein Exzentriker. Er trug Achthundert-Dollar-Jacketts, zerrissene Jeans und ein schwarzes Brillengestell ohne Gläser. Sein Bart war sorgfältig gestutzt, das Haar aber völlig zerzaust. Er fluchte wie ein Lastwagenfahrer, verfügte aber über einen außergewöhnlichen Wortschatz.

Als Mercer den Computerraum des USGS-Archivs betrat, saß Lowry mit einem dicken Trivialroman in der Hand hinter seinem Schreibtisch. Neben dem Telefon stand ein Messingschild: »Nehmen Sie Abstand davon, sich verworren auszudrücken.«

Lowry hielt das Buch mit der kitschigen Umschlagillustration hoch. »Das habe ich gestern gekauft, zusammen mit einem Päckchen Kondome und einem Riesenglas Vaseline. Die Kassiererin hat nicht einmal die Augen niedergeschlagen. Diese Zeit befruchtet ein wahrhaft abnormes Desinteresse der Menschen an ihren Nächsten. Aber das Buch ist wunderbar, wenn man einmal davon absieht, dass die Autorin die Brüste der Heldin als ›üppig‹ charakterisiert und der Körper des Helden immer glänzt durch männlichen Schweiß. Wenn ich das noch ein einziges Mal lesen muss, werde ich sie finden und mich rächen. Wer sind Sie?«

»Philip Mercer. Ich habe einen Zeitvertrag als Consultant.«

»Ach ja, Jen Woodridge arbeitet für Sie.«

»Sie kennen sie?«

»Nur als potenzielles Stalking-Opfer.«

Mercer hoffte, dass Lowry nur einen Scherz gemacht hatte.

»Sie sind der Typ, der Howell das Leben zur Hölle macht, stimmt's?«

»Sagen wir einfach, dass wir nicht gut miteinander auskommen.«

»Das ist sein Problem, seit er zum ersten Mal durch unsere Pforte trat. Er kommt nicht gut klar mit den anderen. Außerdem ist er ein verdrießlicher kleiner Stümper und Arschkriecher. Was führt sie in meine dunkle Unterwelt?«

Mercer ignorierte seine seltsame Ausdrucksweise. »Ich muss die Unterlagen über seismische Erschütterungen in und um Hawaii für den Mai 1954 sehen.«

»Eine etwas stumpfsinnige Bitte, aber ich kann Ihrem Wunsch entsprechen. Kommen Sie morgen wieder, dann habe ich alles zusammengesucht, was Sie brauchen.«

»Tut mir leid, Lowry, aber so lange kann ich nicht warten. Howell sitzt mir schon wieder im Nacken. Ich muss so schnell wie möglich von hier verschwinden.«

»Wird Ihre Recherche diesen Schwanzlutscher richtig ärgern?«

»Höchstens, weil sie absolut nichts mit unserem Vertrag zu tun hat.«

»Okay, kommen Sie mit.« Lowry stand auf und schlurfte in einen Hinterraum, wobei er perfekt die Bewegungen des Stummfilmstars Lon Chaney imitierte.

Er setzte sich vor einen mit dem Großrechner verbundenen Computer und zog ein dickes Nachschlagwerk aus der Schublade unter der Tastatur.

Er blätterte es langsam durch, wobei er die Titelmelodie der Sitcom *Gilligan's Insel* vor sich hin pfiff. Es dauerte einige Minuten, bis er das Buch zur Seite schob und auf die Tastatur einzuhämmern begann.

»Ich tippe immer eher fortissimo statt pianissimo. Der elende Computer soll wissen, was für ein Maestro ich bin.«

Mercer musste grinsen.

Nach einigen Minuten begann der Computer zu piepen. »Da, die Unterlagen über seismische Erschütterungen um die Hawaii-Inseln im Mai 1954. Was Sie damit wollen, werde ich nie begreifen. Lassen Sie mich jetzt den Roman von Bimbo St. Trollop weiterlesen. Ich kann's gar nicht abwarten, wie's mit ihrem Helden weitergeht, dem Furcht einflößenden Major Tough Roughman.«

Als Lowry verschwunden war, setzte Mercer sich auf den Stuhl vor dem Computer. Wegen der permanenten vulkanischen Aktivitäten auf und um Hawaii herum hätte es – auch wenn es nur um einen Monat ging – tagelang gedauert, die Unterlagen durchzusehen, aber er dachte an ein spezielles Datum.

Zwanzig Minuten später schaltete er den Computer aus und dankte Lowry für seine Hilfe.

Lowrys Antwort war ein Zitat aus dem Trivialroman. »Tough riss das Mieder von ihrem jungen Fleisch und sah ihre üppigen Brüste.« Er blickte auf. »Die Schlampe wird sterben.«

Mercer lächelte, verließ das Archiv und nahm die Treppe, die direkt zum Ausgang führte. Weil der Jaguar – oder das, was von ihm übrig war – immer noch auf dem Abschlepphof stand, musste er mit dem Taxi nach Hause fahren.

Tish und Harry waren nicht da, aber am Fernseher in der Bar klebte ein Zettel, auf dem stand, sie seien in Tiny's Bar. Für einen Augenblick war Mercer wütend, doch dann sah er ein, dass Tish dort genauso in Sicherheit war wie in seinem Haus. Bevor er sich zu ihnen gesellen konnte, musste er allerdings noch in New York anrufen, um etwas einzuleiten, von dem er hoffte, dass sich ein Plan daraus ergeben würde.

Ocean Freight and Cargo, der KGB oder wer immer sonst hinter der ganzen Geschichte stand, hatten ihn in etwas hineingezogen.

Jetzt sollten sie ihn kennenlernen.

Weißes Haus, Washington, D.C.

»Unser Mann heißt Mercer«, verkündete Dick Henna, als er ins Oval Office trat. »Dr. Philip Mercer.«

»Das wurde auch Zeit«, sagte Paul Barnes, der amtierende CIA-Direktor.

Die beiden Männer konnten sich nicht ausstehen. Außer ihnen waren noch der Präsident und Admiral C. Thomas Morrison anwesend, der zweite Afroamerikaner in der Geschichte der Vereinigten Staaten, der den Posten des Vorsitzenden der Vereinigten Stabschefs innehatte. Er machte keinen Hehl aus seinen politischen Ambitionen.

»Wer ist dieser Mann, Dick?«, fragte der Präsident.

»Er ist Geologe und arbeitet zurzeit als Berater für die USGS. Es gibt einen Grund dafür, dass wir so lange nicht auf ihn gekommen sind. Ein mit ihm befreundeter Polizist hat seinen Jaguar zu dem Abschlepphof in Anacostia bringen lassen. Hätte ich nicht mehr Männer hinzugezogen, hätten wir ihn nie gefunden.« Henna setzte sich. »Ich muss davon ausgehen, dass die Frau bei ihm ist.«

»Warum kommt mir der Name bekannt vor?«, sagte der Präsident eher zu sich selbst.

»Er hat direkt vor dem Golfkrieg an einer Operation der CIA teilgenommen, Sir«, antwortete Barnes. »Ich bin sicher, dass mein Vorgänger seinen Namen erwähnt hat.«

»Stimmt. Ich saß damals im Streitkräfteausschuss des Senats.«

»Ja, Sir. Dr. Mercer war mit einem kleinen Team von Elitesoldaten der Delta Force im Irak. Sie sollten herausfinden, ob die Iraker waffenfähiges Uran hatten. Die Internationale Atomenergie-Behörde versicherte, dass die Iraker kein Uran aus anderen Quellen bekommen hatten, aber wir mussten wissen, ob das in der Nähe von Mosul gewonnene gut genug war, um zu Plutonium 239 angereichert zu werden. Mercers Team kam mit der Erkenntnis zurück, dass unsere Soldaten keiner atomaren

Bedrohung gegenüberstehen würden. Das war die letzte Information, die Präsident Bush benötigte, um den Startschuss für die Operation Desert Storm zu geben.«

»Wenn ich mich richtig erinnere, sind bei der Mission Menschen ums Leben gekommen«, sagte der Präsident.

»Ja. Vier unserer Elitesoldaten wurden getötet, als sie in einen Hinterhalt gerieten. Wie wir später erfuhren, hat Dr. Mercer die Führung übernommen und die anderen sicher aus dem Land herausgebracht.«

»Scheint ein fähiger Mann zu sein«, bemerkte der Präsident.

»Stimmt, aber uns stellt sich immer noch die Frage, warum er Tish Talbot gekidnappt hat. Er hat ein halbes Dutzend Männer getötet, darunter zwei FBI-Beamte, die auf sie aufpassen sollten.«

»Nicht er hat meine Leute getötet«, schnaubte Henna. »Der Mann, der tot in dem Krankenzimmer aufgefunden wurde, hatte Blut unter den Fingernägeln. Das Blut meiner Männer, die im Flur Wache standen.«

»Und wer zum Teufel war der Mann in dem Krankenzimmer?«, fragte Admiral Morrison.

»In unseren Datenbanken haben wir ihn nicht«, antwortete Henna. »Aber Interpol glaubt zu wissen, wer er ist. Sie könnten auch in der Lage sein, die Leichen zu identifizieren, die auf der Straße und in der U-Bahn gefunden wurden. In etwa einer Stunde werde ich es erfahren.«

»Aber warum das alles?«, fragte Barnes säuerlich und mit zorngerötetem Gesicht.

»Nicht mehr lange, dann haben wir Mercer«, erwiderte Henna gereizt. »In seinem Büro ist er uns knapp entkommen, aber seit zehn Minuten ist sein Haus in Arlington von meinen Männern umstellt. Wenn wir ihn in Gewahrsam nehmen, werden wir erfahren, was hinter der Geschichte steckt. Ach, noch etwas. Die NOAA hat eine Rechnung von einer auf Seerecht spezialisierten Kanzlei in Miami erhalten – für Informationen, die in Philip Mercers Haus gefaxt wurden.«

121

»Was für Informationen?«, fragte der Präsident.

»Wir wissen es nicht, Sir. Die Kanzlei will nicht damit herausrücken. Wir besorgen uns gerade einen richterlichen Beschluss, um ihre Büros durchsuchen zu können. Wir sollten noch heute erfahren, was Mercer wissen wollte.«

»Ich muss schon sagen, bis jetzt hat Dr. Mercer sehr viel cleverer agiert als irgendeiner von uns.« Der Präsident sprach leise, ein sicheres Anzeichen dafür, dass er sein Temperament in Schach halten musste. »Und wenn Dr. Talbot bei ihm sein sollte, ist sie da wahrscheinlich in besseren Händen als bei uns. Er hat ihr mindestens einmal das Leben gerettet, und trotz all unserer Anstrengungen ist es ihm gelungen, uns zu entwischen. Jetzt stellt er eigene Nachforschungen an, die gezielter zu sein scheinen als unsere. Sehe ich das richtig?«

Niemand antwortete.

Der Präsident wandte sich an den FBI-Direktor. »Wenn Ihre Leute Dr. Mercer haben, will ich ihn hier sehen. Es wird keine Anklage gegen ihn erhoben. Vielleicht kann er etwas dazu sagen, was im Pazifik los ist. Hat von Ihnen noch jemand etwas zu sagen?«

»Nach unserer gestrigen Besprechung habe ich die Pazifikflotte in Alarmbereitschaft versetzt«, sagte Admiral Morrison. »Zwei Schiffsverbände fahren vom Korallenmeer in Richtung Hawaii. Der Flugzeugträger *Kitty Hawk* liegt dreihundert Meilen südlich von Hawaii, genau wie das Kampflandungsschiff *Inchon.*«

»Ich weiß nicht, ob das notwendig ist, aber es kann nicht schaden, Stärke zu demonstrieren.«

Der Präsident rieb sich die Schläfen. »Gentlemen, wir sehen uns einem Rätsel gegenüber und sind ahnungslos. Falls Ohnishi hinter dem Untergang der *Ocean Seeker* steckt, ist Dr. Talbot womöglich die einzige Person, die ihn belasten könnte. Wir müssen in Erfahrung bringen, was sie weiß. Bis dahin ist es ein Blindekuhspiel mit einem Feind, den wir nicht kennen. Das war's.«

Nachdem der Präsident Barnes und Morrison entlassen hatte, bat er Dick Henna, noch zu bleiben. »Dick, da sich diese Episode innerhalb unserer Grenzen abspielt, ist das FBI zuständig. Ich möchte wissen, wie Sie über diese Geschichte denken.«

Henna dachte ein paar Augenblicke nach. »Ich weiß es nicht«, antwortete er dann wahrheitsgemäß. »Der Brief, den wir vor ein paar Tagen erhielten, unterschied sich nicht von Hunderten anderer schwachsinniger Episteln, die jede Woche bei uns eingehen. Das galt zumindest bis zum Untergang der *Ocean Seeker*. Danach haben wir die Sache ernst genommen. Zwei Tage später wird die einzige Überlebende gekidnappt von einem Mann, den ich für einen guten Patrioten halte. Leichen säumen seinen Weg. Er will irgendwelche Informationen von einer auf Seerecht spezialisierten Kanzlei in Miami. Dann taucht er im USGS-Archiv auf und verlangt die Unterlagen über seismische Erschütterungen auf und um Hawaii im Mai 1954. Bitte fragen Sie mich nicht nach dem Grund – meine besten Leute haben keinen blassen Schimmer. Aber er hat irgendetwas vor, daran zweifle ich nicht.«

»Aber warum? Warum interessiert ihn das alles?«

»Sein Motiv könnte Rache sein. Er war eingeladen, mit dem NOAA-Team an Bord der *Ocean Seeker* zu gehen und an der Exkursion teilzunehmen, doch er war im Ausland. Ich habe Paul Barnes um die Akte gebeten, die die CIA damals vor dem Einsatz im Irak über ihn angelegt hat. Vielleicht steht da etwas Hilfreiches drin.«

»Und was sagen Sie zu dem Brief von Takahiro Ohnishi?«

»Wenn man heutzutage eine beliebige Zeitung aufschlägt, gewinnt man den Eindruck, dass jede kleine ethnische Gruppe auf dieser Welt einen unabhängigen Staat will, auch wenn sie lange friedlich mit ihren Nachbarn zusammengelebt haben. Das geschieht in Afrika, Europa, sogar in Asien. Warum sollten wir dagegen immun sein? Die Mehrheit der Hawaiianer ist japanischer Abstammung. Die meisten von ihnen haben die

Bundesstaaten auf dem Festland nie gesehen. Vielleicht haben wir nicht das Recht, ihnen unsere westlichen Ideen aufzuoktroyieren. Ich weiß es nicht.«

»Ist Ihnen bewusst, was Sie da sagen, Dick?«

»Ja, Mr President. Es gefällt mir nicht, aber ich weiß, was ich sage. Möglicherweise wird man nur einmal mit einer kritischen Situation konfrontiert, bevor man einem Präsidenten Rede und Antwort stehen muss.« Er stand auf. »Aber eine solche Situation, Sir, hat einmal einen Krieg ausgelöst, der fünf Jahre dauerte und mehr Opfer gekostet hat als alle anderen Kriege der amerikanischen Geschichte zusammen. Lincoln wurde zur Legende, aber vielleicht nur, weil er den Märtyrertod starb.«

Hawaii

Takahiro Ohnishi spießte mit einer von Frank Lloyd Wright designten Gabel ein Stück Rindfleisch auf, bestrich es mit Sauce Bernaise, schob es in den Mund und kaute nachdenklich. Honolulus Bürgermeister David Takamora betrachtete den alternden Industriellen, dem man den Magen herausgenommen hatte und der deshalb nicht schlucken durfte. Er war angewidert, wusste es aber gut zu verbergen.

Ohnishi kaute noch ein paar Augenblicke, beugte sich dann vor und spuckte das Fleisch, das er nicht verdauen konnte, in einen silbernen Sektkübel. Er tupfte sich mit einer Serviette die Lippen ab und winkte den Diener herbei, damit der die Porzellanteller aus Limoges abräumte.

»Sagen Sie dem Koch, dass ich mit dem Spargel nicht ganz zufrieden war und dass er gefeuert wird, wenn das noch mal passiert.« Ohnishi sprach leise, aber bestimmt. Er wandte sich Takamora zu. »Ich kann nicht glauben, dass Sie nicht mehr gegessen haben, David. Das Rindfleisch wurde heute Morgen aus Kobe eingeflogen.«

Takamora zuckte die Achseln. »Mein Appetit ist auch nicht mehr, was er mal war.«

»Hoffentlich ist Ihnen nicht durch meine Art zu essen der Appetit vergangen.«

»Aber nein«, antwortete der Bürgermeister zu schnell. »Es liegt an dem Druck, unter dem ich im Moment stehe. Es ist nicht einfach, so einen Coup zu planen.«

Zu Hause benutzte Ohnishi einen elektrischen Rollstuhl. Er fuhr zur Tür, weil er in seinem Büro mit dem Bürgermeister reden wollte. Takamora warf seine Serviette auf den Tisch und folgte ihm, noch immer angewidert von der abstoßenden Art und Weise, wie Ohnishi seine Mahlzeiten zu sich nahm.

Obwohl erst Ende fünfzig, glich Takamoras müdes Gesicht zunehmend dem vieler alter Japaner. Er hatte Ringe unter den Augen. Einst war er schlank und durchtrainiert gewesen, doch jetzt hatte er einen Bauch und eine krumme Haltung. Es schien, als könnten seine dünnen Beine den schweren Körper nicht mehr tragen.

Warmes Licht fiel auf die Bilderrahmen und die wundervolle Kirschholztäfelung in Ohnishis Büro. Ohnishi fuhr in seinem Rollstuhl hinter den Schreibtisch, Takamora setzte sich auf den Stuhl davor.

»Rauchen Sie nur, wenn Sie möchten.«

Das ließ sich Takamora nicht zweimal sagen. Sofort steckte er sich mit einem bunten Einwegfeuerzeug eine Marlboro an.

»Was haben Sie zu berichten?«

Takamora stieß eine graublaue Rauchwolke aus. Er sprach bedächtig, um die Anspannung zu kaschieren, die er immer empfand, wenn er mit Ohnishi allein war. »Wir sind fast so weit, um dem Präsidenten das Ultimatum schicken zu können. Ich habe zwei Divisionen loyaler Nationalgardisten zur Verfügung, die Pearl Harbor und den Flughafen blockieren können. Wenn der Gouverneur nächste Woche vom Festland zurückkehrt, werden wir ihn direkt nach der Landung seiner Maschine verhaften. Unsere Senatoren und Kongressabgeordneten können kurzfristig aus Washington zurückgerufen werden. Wenn sie gegen unsere Pläne sind, werden auch sie verhaftet. Senator Namura hat bereits Interesse bekundet, zu uns überzutreten.

Alle beteiligten Bürgerorganisationen haben zugesagt, bei Streiks und Protestmärschen mitzumachen. Die Medien sind informiert. Nach dem Start wird es für achtundvierzig Stunden eine vollständige Stilllegung des Sendebetriebs geben. Ausgenommen sind einzig die Nachrichten, in denen aber von unserem Umsturz nicht die Rede sein wird.«

Takamora griff in seine Jackentasche, zog ein Blatt Papier heraus und fuhr fort. »Ich habe hier eine Liste mit den Namen aller Satellitentechniker auf den Inseln, die ohne Genehmigung senden könnten. Ich werde sie festnehmen oder ihre technische Ausrüstung zerstören lassen.«

»Und die Telefondienste?«

»Unsere Truppen werden Funkmasten und Festnetzleitungen unter ihre Kontrolle bringen. Es wird sich nicht ganz vermeiden lassen, dass sich Nachrichten über unseren Umsturz verbreiten, bevor wir mit unseren eigenen Programmen auf Sendung gehen, doch diese Nachrichten werden sich nicht bestätigen lassen.«

»Gut gemacht, David. Es scheint alles in Ordnung zu sein, und doch gibt es ein kleines Problem.«

Takamora beugte sich vor. »Welches?«

Die Tür des Büros öffnete sich. Kenji, Ohnishis Assistent und Leibwächter, trat ein und baute sich bedrohlich hinter dem Stuhl des Bürgermeisters auf.

Takamora drehte sich kurz nervös um. »Welches Problem?«, wiederholte er.

»Der Brief, in dem ich dem Präsidenten das Ultimatum stelle, wurde aus meinem Büro entwendet. Ich muss davon ausgehen, dass er nach Washington geschickt wurde.«

Takamora war völlig verwirrt. »Wir brauchen noch immer mehr Zeit. Warum haben Sie ihn abgeschickt?«

»Ich habe nicht gesagt, dass ich den Brief abgeschickt habe, David, sondern dass er aus meinem Büro entwendet wurde. Es gibt nur eine Person, die von diesem Brief wusste und sich allein in meinem Büro aufgehalten hat, nämlich Sie. Folglich muss ich fragen, ob Sie den Brief ohne meine Erlaubnis an den Präsidenten geschickt haben.«

»Ich habe diesen Brief nur einmal gesehen, ich schwöre es.« Plötzlich wurde Takamora bewusst, in welcher Gefahr er schwebte. »Ich hätte ihn nie entwendet.«

»Ich würde Ihnen ja gern glauben, David, kann es aber nicht. Ich habe keine Ahnung, was Sie sich von dieser Aktion versprochen haben, aber ich kenne die Folgen.«

Auf Takamoras Stirn standen Schweißperlen. »Ich schwöre, dass ich den Brief nicht an mich genommen habe.«

»Außer Ihnen hat niemand Zugang zu diesem Büro, und Sie wissen, wo der Safe ist. Ich muss zugeben, dass Sie ein gewiefter Panzerknacker sind. Ich bin sehr beeindruckt.« Ohnishis Stimme verriet keinerlei Bewunderung. »Falls Sie glauben, dass Ihre Tat meine Bemühungen in irgendeiner Art behindert, haben Sie sich schwer getäuscht. Wir erwarten Waffenlieferungen, und ich bin dabei, eine hoch motivierte Söldnertruppe aufzubauen. Natürlich wäre es einfacher, Ihre Einheiten von der Nationalgarde einzusetzen, aber ich komme auch ohne sie klar. Sie hätten zum Präsidenten der jüngsten und vermutlich wohlhabendsten Nation auf dieser Welt werden können, wenn Sie nicht gierig geworden wären und mich betrogen hätten.«

»Das stimmt nicht«, erwiderte Takamora verzweifelt.

»Ich finde es bewunderungswürdig, wie Sie bis zum bitteren Ende Ihre Unschuld beteuern«, sagte Ohnishi traurig.

Er nickte Kenji zu.

Der legte Takamora mit einer flüssigen Bewegung eine dünne Nylonschnur um den Hals und zog sie mit erstaunlicher Kraft zusammen. Takamora griff verzweifelt danach, als die Schnur tiefer und tiefer in sein Fleisch schnitt. Seine dicke Zunge quoll zwischen den vom Nikotin verfärbten Zähnen hervor, und er gab nur noch ein dünnes, rasselndes Geräusch von sich, als das Leben aus seinem Körper wich.

Ohnishi sah dem grauenvollen Mord teilnahmslos zu.

Kenji zog die Schnur noch fester zusammen, doch Takamoras Lebenswille war bereits erloschen. Kurz darauf war der Bürgermeister von Honolulu tot.

Als Kenji die Schnur wegzog, sah Ohnishi eine hauchdünne blutige Linie, wo die Schnur tief in Takamoras Fleisch geschnitten hatte. Kenji wischte die Schnur an Takamoras Anzugsjacke ab, rollte sie auf und steckte sie in die Tasche seiner weit geschnittenen schwarzen Hose.

»Ich bin erleichtert, dass sich seine Eingeweide nicht entleert haben«, bemerkte Ohnishi naserümpfend. »Wirf ihn den Hunden zum Fraß vor und komm dann zurück.«

Nach einer knappen halben Stunde war Kenji wieder da. Obwohl er sich umgezogen hatte, glaubte Ohnishi immer noch den Gestank des Todes zu riechen.

»Alles erledigt«, sagte Kenji.

»Was hast du?«, fragte Ohnishi, der wusste, dass irgendetwas Kenji beunruhigte. »Lass dich von Takamoras Ehrgeiz nicht aus dem Konzept bringen.«

»Es geht nicht um seinen Ehrgeiz, sondern um Ihren.«

»Nicht wieder das Thema, Kenji«, warnte Ohnishi, aber Kenji redete weiter.

»Ich habe Ihre Befehle in dieser Sache befolgt, habe aber eine andere Meinung dazu. Was Sie mit Takamora vorhatten, war verglichen mit unseren wahren Zielen nur eine Nebensache. Trotzdem widmen Sie dieser Nebensache Ihre volle Aufmerksamkeit. Unsere Prioritäten liegen anderswo. Takamoras Betrug sollte Sie dazu bewegen, diesen törichten Umsturz abzublasen, der ursprünglich nur als Notplan gedacht war. Dieses Projekt hat keine Erfolgsaussichten, das sollte ihnen klar sein. Und es gefährdet, wofür wir wirklich arbeiten.«

»Hat unser russischer Freund dich so sehr eingeschüchtert, dass du mir nicht mehr vertraust, Kenji?«

»Nein, Ohnishi-San. Aber wir müssen uns zuerst auf unsere Verpflichtungen ihm gegenüber konzentrieren.«

»Lass mich etwas über unseren russischen Verbündeten sagen. Er wird uns genauso schnell hereinzulegen versuchen wie wir ihn. Wir sind eher Werkzeuge für ihn. Unsere Loyalität muss in erster Linie den Einwohnern von Hawaii gelten, nicht irgendeinem weißen Aufseher, der uns kontrollieren will.«

»Aber wir haben Versprechen gegeben …«

»Die bedeuten jetzt nichts mehr. Durch Takamoras Ehrgeiz hat sich alles geändert. Als ich den Brief schrieb, in dem ich unsere Unabhängigkeit erklärte, wusste ich, dass er abgeschickt werden würde, mit oder ohne Kerikows Befehl. Wir müssen mit unserem Projekt weitermachen. Durch Takamoras Betrug stehen wir unter größerem Zeitdruck. Ich bin sicher, dass der Präsident irgendeine Vergeltungsaktion plant. Deshalb müssen wir jetzt zuschlagen. Der Umsturz kann auch ohne Takamora erfolgreich sein. Wir können seine Leute kontrollieren.«

Kenji schwieg einen Moment und senkte den Blick. »Und die Waffen, von denen Sie sprachen?«

»Das ist ein Geschäft mit einem alten Freund, einem Ägypter namens Süleiman el-aziz Süleiman.«

»Und die Söldnertruppe?«

»Auch darum kümmert sich Süleiman. Harte Währung ist ein unschlagbarer Trumpf in solchen Angelegenheiten. Die Söldner werden Takamoras Einheiten von der Nationalgarde unterstützen – oder sie ersetzen, wenn die sich weigern, mir zu folgen.«

»Ich wusste das nicht«, sagte Kenji niedergeschlagen.

»Du bist wie ein Sohn für mich, doch selbst ein Vater muss manchmal Dinge vor seinem Sohn geheim halten. Dadurch ändert sich nichts zwischen uns. Sei nicht gekränkt.«

»Bin ich nicht.«

»Gut«, sagte Ohnishi mit einem dünnen Lächeln. »Ich möchte heute Abend feiern. Bist du in der richtigen Stimmung?«

»Ja, natürlich«, antwortete Kenji auf die rhetorische Frage.

Ohnishi kam in seinem Rollstuhl hinter dem Schreibtisch hervorgefahren und begab sich in sein Schlafzimmer im obersten Stock des Glashauses. Kenji half ihm beim Ausziehen und zog ihm einen Schlafanzug an. Dann hob er den gebrechlichen alten Mann mühelos auf das Bett und stopfte ein paar Kissen hinter seinen Rücken. Ohnishi legte eine Hand auf Kenjis Wange und lächelte ihn dankbar an. Seine Augen glänzten, als hätte er Fieber.

»Du musst wissen, dass du wie ein Sohn für mich bist.«

»Ich weiß es.« Kenji strich zärtlich über die alte Hand. »Ich brauche noch ein paar Minuten.«

Als Kenji das Zimmer verlassen hatte, wandte sich Ohnishi einer Kontrollkonsole neben seinem Bett zu und drückte schnell nacheinander auf mehrere Knöpfe. Gerade noch war Mondlicht durch die Glasdecke seines Schlafzimmers gesickert, doch nun wurde es hier und im ganzen Haus dunkel.

An der gegenüberliegenden Wand, hinter dem Fußende des Bettes, teilten sich schwere Samtvorhänge. Sie gaben den Blick auf eine gläserne Wand und ein dahinter liegendes kleines Schlafzimmer frei. Auf dem Bett lag eine nackte Frau mit kleinen Brüsten.

Aufgrund seines Alters konnte Takahiro Ohnishi keinen Geschlechtsverkehr mehr ausüben, doch sein sexuelles Verlangen hatte im Laufe der Jahre nur wenig nachgelassen. Anstatt sich mit dem körperlichen Verfall abzufinden, hatte er eine Methode des Voyeurismus entwickelt, die ihm eine gewisse Befriedigung verschaffte. Er bekam keine Erektion mehr, weshalb an eine Ejakulation schon gar nicht zu denken war, aber er konnte sich immer noch auf seine Weise amüsieren.

Geduldig wartete er darauf, dass Kenji auftauchte. Er erfreute sich am Anblick des schlafenden Mädchens mit den erigierten Brustwarzen. Als Kenji schließlich das Zimmer betrat, war er nackt und seine Erregung deutlich sichtbar. Er trat zu der schlafenden Frau – eigentlich noch ein Mädchen, denn sie war nicht mal fünfzehn – und rieb sein Glied an ihren ge-

130

öffneten Lippen. Man hatte ihr genau beigebracht, wie sie reagieren musste. Das Drehbuch dieser Inszenierung hatte Ohnishi geschrieben.

Das Mädchen tat immer noch so, als würde es schlafen, und nahm Kenjis Penis in den Mund. Ohnishi drückte auf einen Knopf, um auch die Geräusche aus dem Nachbarzimmer hören zu können. Das Mädchen gab vor, aus dem Schlaf aufzuwachen, und begann, eine ihrer Brüste zu streicheln.

Ohnishi beugte sich vor, ganz auf die Fellatio der jungen Japanerin konzentriert. Er glaubte, dass sein Körper doch etwas reagierte, und lächelte. Kenji kniff ihr in die andere Brust, und durch die Lautsprecher in seinem Schlafzimmer hörte Ohnishi das Mädchen aufstöhnen. Er widerstand der Versuchung, sich selbst zu berühren, denn er wusste, dass ihn eine Enttäuschung erwarten würde.

Kenji drückte die Beine des Mädchens auseinander, ihre Scham war noch nicht behaart. Er schob einen dicken Finger in ihre Vagina und durchbohrte das Jungfernhäutchen. Seine Hand und die Innenseite ihrer Oberschenkel waren blutig. Das Mädchen zuckte zusammen, schrie aber nicht auf. Kenji kletterte auf das Bett und achtete darauf, dass Ohnishi den bestmöglichen Blick hatte.

Er warf sich auf sie und drang brutal in sie ein. Ihr Becken war noch nicht das einer Frau, und obwohl sie Schmerzen haben musste, umklammerte sie Kenji stöhnend mit ihren dünnen Beinen. Ihr Oberkörper bäumte sich immer wieder auf. Jetzt konnte Ohnishi der Versuchung doch nicht mehr widerstehen. Seine Hand glitt unter die Bettdecke, und er entdeckte, dass er zumindest so etwas wie eine halbe Erektion hatte.

Nach ein paar Augenblicken wurde sein Glied wieder schlaff, und doch hatte er seit Jahren nicht so stark auf sexuelle Eindrücke reagiert. Doch sobald es vorbei war, verlor er jegliches Interesse an dem Akt hinter der Glasscheibe. Er drückte auf den Knopf, und die Vorhänge schlossen sich, doch er hörte noch immer die Geräusche aus dem Nachbarzimmer. Bevor er einschlief, nahm er sich vor, dieses Mädchen wiederkommen zu lassen.

Jill Tzu war erst seit vierundzwanzig Stunden eingesperrt, doch es kam ihr schon jetzt wie ein Jahr vor. Sie hatte die klassischen Stadien hinter sich, die praktisch jeder durchläuft, der gegen seinen Willen eingekerkert wird. Zuerst hatte sie vor Wut getobt, geschrien und mit den Fäusten gegen die verschlossene Stahltür getrommelt. Als sie genug davon hatte, untersuchte sie ihre Zelle, in der es nach Düngemitteln, Benzin und Öl roch.

Sie vermutete, dass es der Schuppen eines Gärtners gewesen war, bevor man ihn ausgeräumt hatte. Bestimmt hatten in den leeren Regalen Werkzeuge gelegen.

Nachdem sie unruhig eine Stunde auf und ab gegangen war, hatte sie sich schließlich neben dem tropfenden Wasserhahn auf den Boden gesetzt und abgestumpft beobachtet, wie die Wassertropfen sich sammelten und als dünnes Rinnsal in einem rostigen Ausguss verschwanden. Irgendwann schlief sie ein und vergaß die Fragen, die sich in ihrem Kopf jagten.

Als sie aufwachte, stand ein Tablett neben der Tür. Zwei Orangen, ein bisschen Weißbrot und Butter, ein Pappbecher mit kalt gewordenem Kaffee. Sofort bemerkte sie, dass auf dem Tablett nichts stand, das man zerbrechen und an dem Betonboden hätte schärfen können.

Der Eimer für die Notdurft war zu ihrer Erleichterung entleert und mit frischem Wasser gefüllt worden.

Jetzt saß sie ruhig und stoisch da, ganz so, als wäre sie schon zwanzig Jahre eingesperrt. Sie nahm das Verrinnen der Zeit ohne Erwartungen und Hoffnung hin. Für eine Weile versuchte sie zu verstehen, warum sie entführt worden war, doch dann wurde ihr klar, dass es ihr nichts nutzen würde, wenn sie die Wahrheit kannte. Sie glaubte, dass Takahiro Ohnishi hinter ihrer Entführung stand, doch unter den gegenwärtigen Umständen hatte sie nichts von diesem Wissen. Sie wollte nur irgendwie überleben.

Aber wahrscheinlich wollte Ohnishi sie gar nicht töten. Er wollte etwas von ihr.

Es musste etwas mit ihrer Glaubwürdigkeit als Journalistin zu tun haben. Wenn ihre Vermutung stimmte, dass Ohnishi und Bürgermeister Takamora durch einen Umsturz die Unabhängigkeit Hawaiis herbeiführen wollten, dann brauchten sie die Medien – ein vertrautes Gesicht und eine beruhigende Stimme auf dem Fernsehschirm, die den Leuten versichern würde, alles sei in Ordnung und unter Kontrolle. Man würde sie zwingen, falsche Informationen zu verbreiten, und niemand, der an ihre journalistische Integrität glaubte, würde jemals erfahren, dass er betrogen worden war.

Die Frage nach dem Berufsethos und ihrer Integrität hatte sie schon beschäftigt, bevor sie aus dem Studio gestürmt war, doch nun hatte sich die Lage geändert. Gestern war es um ihren Job gegangen, um ihre Karriere. Jetzt stand ihr Leben auf dem Spiel.

Den ganzen Morgen hatte sie darüber nachgedacht, doch am Nachmittag fühlte sie sich wie benommen und unfähig, sich zu konzentrieren. Sie überließ sich der Trägheit, wollte nur noch schlafen.

Dann öffnete sich plötzlich die Tür. Sie wurde aus ihrer Lethargie gerissen und zuckte zusammen, als sie eine dunkle Silhouette sah. Sie bemerkte, dass es wieder Nacht geworden war, doch sie kannte die Zeit nicht, da man ihr die Uhr abgenommen hatte.

»Entschuldigen Sie, Miss Tzu, ich wollte Sie nicht erschrecken«, sagte eine ausdruckslose Männerstimme.

Jill stand auf. »Ich kenne Sie, oder?«

»Wir sind uns nie persönlich begegnet, haben aber ein paarmal miteinander telefoniert. Ich heiße Kenji.«

»Ich wusste, dass Ohnishi hinter dieser Geschichte steckt.« In ihrer Stimme lag kein Triumph.

Kenji trat näher. Seine langsamen Bewegungen waren von bedrohlicher Eleganz. Er kauerte vor Jill nieder.

»Sie sind eine sehr scharfsinnige Frau und eine hervorragende Journalistin. Ich habe Ihren letzten Beitrag gesehen und muss sagen, dass Ihre Beurteilung meines Arbeitgebers und seiner Kooperation mit Bürgermeister Takamora mutig und hundertprozentig richtig ist. Sie haben recht mit Ihrer Annahme, dass die beiden ein unabhängiges Hawaii mit engen Bindungen zu Japan wollen. Allerdings irren Sie sich, wenn Sie vermuten, dass Ohnishi hinter Ihrer Entführung steht.«

»Wer dann? Sie?«

Kenji nickte.

»Warum?«

»Sie sind intelligent genug, um den Grund Ihrer Entführung zu kennen.«

»Sie brauchen mich für Propagandazwecke.«

»Genau, doch das, was Sie Propaganda nennen, wird nicht weit von der Wahrheit entfernt sein. Sie können sogar den Beitrag senden, den Sie kürzlich fertiggestellt haben.«

»Warum sollten Sie das wollen?«, fragte sie überrascht und verwirrt. »Ich enthülle Ihre Umsturzpläne.«

»Nicht meine, sondern Ohnishis Umsturzpläne, Miss Tzu.«

»Ich verstehe nicht.« Sie konnte nicht anders, als sofort wieder die Haltung der Journalistin einzunehmen.

Kenji schien zu ahnen, was ihr durch den Kopf ging.

»Fast mein ganzes Leben habe ich für Takahiro Ohnishi gearbeitet«, sagte er. »Ich verdanke ihm alles. Er ist mein Herr, und ich bin sein Sklave. Ich habe für ihn getötet und kleine Mädchen vergewaltigt. Auch heute Abend habe ich beides wieder getan. Es gibt nichts, das ich nicht tun würde, wenn er mich darum bittet. Aber da ist etwas, das er nicht weiß und wovon ich selbst viele Jahre nichts wissen wollte.«

Er schwieg einen Moment und lächelte.

»Angesichts seiner Vorstellung von Ehre glaube ich sogar, dass er meinen Verrat verstehen würde. Meine Eltern sind sich

134

nur zweimal begegnet. Beim ersten Mal wurde meine Mutter von meinem Vater vergewaltigt, der während des Zweiten Weltkrieges in Korea stationiert war. Meine Mutter wurde zur Prostitution gezwungen, wie so viele andere junge Frauen, die während der japanischen Besatzung das Pech hatten, zugleich gut auszusehen und arm zu sein. Ihr eigener Vater hatte sie verkauft, damit ihre Familie von dem Geld, das sie als Prostituierte verdiente, überleben konnte.

Sechs Jahre später begegneten sich meine Eltern zum zweiten und letzten Mal. Mein Vater kehrte nach Korea zurück, um mich ihr abzukaufen. Wegen einer Kriegsverletzung war er impotent, und so konnte nur in mir etwas von ihm fortleben. Bis zu seinem Tod hat er für Ohnishi-San gearbeitet, danach habe ich seine Stellung übernommen.

Den größten Teil meines Lebens habe ich mich selbst als reinblütigen Japaner gesehen. Ich schämte mich, weil meine Mutter Koreanerin war, und habe es verschwiegen. Doch während der letzten paar Monate ist etwas passiert – etwas, das mir einen Grund gegeben hat, auf mein koreanisches Erbe stolz zu sein. Sie verstehen das sicher. Sie sind halb Japanerin und halb Chinesin.«

»Ich bin Amerikanerin«, sagte sie bestimmt.

Kenji blickte sie an. Sein Gesicht war zugleich attraktiv und grausam. »Wir wollen hoffen, dass Sie davon absehen können, denn sonst werden unsere Beziehung und Ihr Leben sehr schnell beendet sein. Ohnishis Umsturzversuch steht unmittelbar bevor, und er muss scheitern. Bürgermeister Takamora ist tot, und Ohnishi wird bald sein Schicksal teilen. Dann brauchen wir Sie. Sie müssen Ihren Einfluss nutzen, um die Leute zu beruhigen, und helfen, die Gewalt zu beenden.«

»Ich bin Journalistin. Ich schaffe keine Fakten, sondern berichte nur über Neuigkeiten.« Sie musste an die Worte ihres früheren Kollegen denken.

»Ein Journalist oder eine Journalistin hat heute mehr Einfluss auf die Meinung der Leute und die Ereignisse als jeder Politiker.

Sie haben eine Macht, von der die Menschen nichts ahnen. Wenn die Zeit gekommen ist – in ein paar Tagen oder höchstens einer Woche –, werden Sie der Öffentlichkeit alles sagen, was Sie über Ohnishi und Takamora wissen. Da dann beide tot sein werden, wird man nichts von dem widerlegen, was Sie sagen. Ich werde Sie noch über eine Menge anderer Einzelheiten informieren. Die Leute müssen sich auf den Umsturzversuch konzentrieren. Er muss für etliche Wochen die Topstory bleiben.« Als Jill ihm einen fragenden Blick zuwarf, schüttelte Kenji den Kopf. »Der Grund dafür geht Sie nichts an. Wenn alles erledigt ist, werden wir Sie nie wieder behelligen, ich verspreche es. Ihre Zusammenarbeit mit uns wird nie ans Tageslicht kommen.«

»Und was ist, wenn ich mich weigere?«, fragte Jill mit aufgesetzter Tapferkeit.

»Sagen Sie es jetzt, dann bringe ich Sie auf der Stelle um«, stellte Kenji in einem sachlichen Tonfall fest. »Aber ich brauche jetzt noch keine Antwort. Ich möchte, dass Sie darüber nachdenken.« Er schwieg kurz. »Ich habe Sie ausgewählt, weil ich weiß, dass es Ihnen schwerfallen wird, eine Entscheidung zu treffen. Enttäuschen Sie mich nicht.«

Arlington, Virginia

Tiny's Bar war natürlich nach ihrem Inhaber benannt. Bei seinem ersten Besuch in der Bar, vier Straßenecken von seinem Haus entfernt, hatte Mercer damit gerechnet, einen Riesen hinter der Bar zu sehen. Aber Tiny, Paul Gordon, war tatsächlich klein, gerade mal knapp einen Meter sechzig groß, und wahrscheinlich wog er selbst mit Backsteinen in den Hosentaschen keine fünfzig Kilo.

Das Lokal war klein, acht Barhocker vor der Theke und vier Nischen für vier Personen. Der Linoleumboden schien seit Jahren nicht gewischt worden zu sein. Die Wände waren geschmückt mit Bildern von Pferderennen und Pokalen aus Saratoga, dem Belmont Park und dem Yonkers Raceway. Das waren nur einige der Rennbahnen, wo Paul als Jockey aktiv gewesen war. Er hatte es nie mit Willy Shoemaker aufnehmen können, war aber ein Jockey, an dessen Qualitäten kein Zweifel bestand. Aber er war dem Glücksspiel verfallen und hatte eine extrem lange Pechsträhne. Damit er seine Schulden zurückzahlen konnte, befahl ihm sein Kredithai, ein bestimmtes Rennen zu manipulieren.

Tiny hatte Mercer einst erzählt, das Pferd sei einfach zu gut gewesen, um das Rennen zu verlieren. Er brachte es nicht über sich, es zu zügeln und als Zweiter ins Ziel zu kommen. An diesem Abend wurde er von dem Eigentümer des Pferdes zu einer pompösen Siegesfeier eingeladen, doch am nächsten Morgen schickte der Kredithai seine Handlanger, die Tiny mit einer Brechstange beide Kniescheiben zerschmetterten. Während der folgenden Monate verfluchte Tiny das Pferd dafür, dass es so schnell gewesen war, doch er vergab der Stute Dandy Maid, nachdem er die Bar in seinem Geburtsort Washington eröffnet hatte.

Als Mercer die Bar betrat, winkte Tiny ihm zu und mixte ihm sofort einen Gimlet mit Wodka.

»Danke, den kann ich gebrauchen.« Mercer ging mit seinem Glas zu der Nische, wo Tish Talbot und Harry White saßen. Abgesehen von zwei Arbeitern aus der nahe gelegenen Großwäscherei war die Bar leer.

»Tut mir leid, dass wir nicht in deinem Haus geblieben sind, Mercer, aber der Jack Daniel's war alle.«

»Unter der Bar liegt noch eine volle Flasche.«

»Lag, Mercer, lag. Und überhaupt, wer sollte in diesem Loch nach ihr suchen?«

»Ja, kein Problem.« Mercer wandte sich Tish zu. »Wie geht's Ihnen?«

»Gut.« Sie kicherte, war offensichtlich beschwipst. »Aber ich bin nicht daran gewöhnt, schon nachmittags zu trinken.«

»Wenn Sie häufiger mit Harry und mir zusammen wären, würde sich das ändern.« Mercer lächelte. Vielleicht war es ganz gut, wenn sie für eine Weile alles vergaß. Sie musste Kräfte sammeln für das, was er mit ihr vorhatte.

»Was haben Sie in Ihrem Büro gefunden?«

»Ein paar neue Anhaltspunkte. Wir müssen heute Nacht noch etwas abchecken, und dann stellen wir uns den Behörden.«

»Wovon reden Sie?«

»Tish, Sie standen unter dem Schutz des FBI, als ich Sie entführt habe, und ich bin mir sicher, dass die noch mal mit Ihnen reden wollen. Außerdem muss ich mich zu den Leichen äußern, die meinen Weg gesäumt haben.«

»Oh.«

Tiny blickte durch das schmierige Vorderfenster. »Hey, Harry, da stehen zwei Anzugträger vor der Tür.«

Mercer warf Harry einen fragenden Blick zu.

»Tish hat mir erzählt, was gestern passiert ist. Deshalb habe ich Tiny vorsichtshalber gebeten, die Augen offen zu halten.«

»Eine gute Idee.« Mercer ergriff Tishs Hand. »Kommen Sie.«

Er führte sie in die kleine Küche hinter dem Schankraum, und sie bemerkten, dass man von dieser Seite durch den Spiegel hinter der Bar sehen konnte, was vorne vor sich ging. Zwei bullige Männer betraten das Lokal und zeigten ihre Dienstausweise. Mercer vermutete, dass sie nicht bei der örtlichen Polizei beschäftigt waren, sondern beim FBI.

»Philip Mercer?«, fragte Tiny. »Ja, ich kenne ihn. Ich habe ihn seit einer Woche nicht gesehen, wahrscheinlich noch länger nicht. Er reist viel.« Tinys dünne Stimme wurde etwas lauter. »Wenn ich ihn gesehen hätte, würde ich nicht immer noch auf den achtzig Dollar sitzen, die er mir schuldet.«

Tiny hielt einem der FBI-Beamten ein paar Bierdeckel unter die Nase. Mercer hoffte, dass der Mann nicht zu genau hinsah. Es waren alles offene Rechnungen von Harry.

»Ich habe Mercer gesehen«, rief Harry.

»Wo und wann?«, fragte einer der beiden Männer.

»1943, er war der Koch meiner Einheit. Kochen konnte er absolut nicht, auf Tarawa bekamen wir alle eine Lebensmittelvergiftung. Aber wer weiß, vielleicht war es auch auf Iwo Jima.« Harry trank einen großen Schluck Whisky. »Wenn es auf Iwo Jima war, muss es 1945 gewesen sein. Der arme Frank Merker ist in Okinawa ums Leben gekommen.«

»Aber wir suchen einen Philip Mercer.«

»An einen Philibert Mercy erinnere ich mich nicht«, sagte Harry mit schleppender Stimme und benebeltem Blick. Er sank auf der Bank der Nische zusammen. »Ich kannte mal eine Stripperin namens Phyllis … Wie hieß sie noch?« Sein Kopf fiel mit einem lauten Geräusch auf den Tisch, und kurz darauf begann er zu schnarchen.

Die beiden FBI-Beamten ermahnten Tiny, sie anzurufen, falls Mercer auftauchte, und verließen die Bar. Tiny und Harry warteten, bis sie sicher waren, dass die beiden wirklich verschwunden waren. Als Mercer Tish aus der Küche nach vorne führte, wurde ihm bewusst, dass er die ganze Zeit ihre Hand gehalten hatte. Es war ein gutes Gefühl.

»Harry, dafür hättest du einen Oscar verdient.«

Harry setzte sich auf und lächelte. »Ich kannte wirklich mal eine Stripperin, die Phyllis hieß. Phyllis Whithluv nannte sich dieser süße kleine Rotschopf, der mir in Baltimore über den Weg lief.«

»Wie geht's jetzt weiter?«, fragte Tish Mercer, bevor Harry eine schlüpfrige Geschichte erzählen konnte.

Mercer nippte an seinem nächsten Drink. »In mein Haus können wir nicht zurück, so viel ist sicher.«

»Wenn ihr wollt, könnt ihr mit zu mir kommen«, bot Harry an.

»Nein, ich mag keine Küchenschaben. Aber im Ernst, ich habe andere Pläne. Wir fahren nach New York.«

Tish blickte ihn überrascht an. »Wie bitte?«

»Ruf uns ein Taxi, Tiny. Der Fahrer soll uns am Safeway abholen.« Der riesige Lebensmittelladen war zwei Straßenecken entfernt. »Du bist ein großartiger Schauspieler, Harry. Besten Dank.« Mercer nahm eine Hundert-Dollar-Note aus seiner Brieftasche und legte sie auf die Bar. »Das sollte reichen, um deine Schulden zu tilgen.«

Er und Tish verließen die Bar durch die Hintertür.

»Was wollen wir in New York?«, fragte Tish.

»Als wir die Faxe lasen, ist Ihnen bestimmt nicht entgangen, dass David Saulman vermutet, Ocean Freight and Cargo könnte eine russische Scheinfirma sein. Wenn das stimmt – und ich glaube, dass es so ist, weil sie an Bord des Schiffes, das Sie gerettet hat, Russisch gehört haben –, ist es der nächste logische Schritt, dass wir uns ihre Büros mal genauer ansehen.«

»Sie meinen, wir schneien da einfach so rein und beschuldigen sie?«

»Absolut nicht.« Mercer lachte. »Wir brechen heute Nacht in die Räume der Reederei ein.«

»Meinen Sie das ernst?«

»Todernst.«

»Ihr meint das wirklich ernst?«, fragte Danny »Der Hut« Spezhattori.

»Ja, Danny, wir wissen, was wir tun.«

Der neue Plymouth, in dem sie saßen, war unten an der Fifth Avenue geparkt, ungefähr zehn Häuserblocks entfernt vom Firmensitz von Ocean Freight and Cargo.

»Meine Jungs sind da ruck, zuck drin, klauen, was immer ihr wollt, und sind wieder weg, bevor irgendwer was merkt. Ihr müsst da gar nicht reingehen.«

»Aber genau darum geht es, Danny. Sie sollen wissen, dass wir da waren.«

Zum ersten Mal, seit er Tish kennengelernt hatte, konnte Mercer die Initiative übernehmen. Bisher hatte er nur auf die Aktionen eines unbekannten Feindes reagiert. Jetzt würde er handeln.

»Mein Kleiner hat wieder mal Probleme«, sagte Danny mit einer wegwerfenden Handbewegung. Die Glut seiner Zigarette wirkte wie ein Komet in dem dunklen Auto.

Danny Spezhattori war ein professioneller Dieb. Seine Einbrecherbande hatte die reichsten Einwohner New Yorks im Laufe der Jahre um mehrere Millionen Dollar erleichtert. Dannys vierzehnjähriger Sohn hatte einst den Fehler gemacht, Mercer vor dem Gebäude der Vereinten Nationen die Brieftasche klauen zu wollen.

Mercer hatte ihn nicht angezeigt, sondern ihn gezwungen, den Namen seines Vaters zu nennen. Eine Stunde später hatte Mercer ihn kennengelernt.

Mercer hatte geglaubt, eines Tages davon profitieren zu können, wenn ein Mann wie Danny Spezhattori ihm einen Gefallen schuldete. Heute Nacht, drei Jahre später, würde die Rechnung aufgehen.

»Gib uns eine Stunde, und dann schickst du deine Jungs, Danny. Alles klar?«

»Wenn wir zuschlagen und Alarm ausgelöst wird, werden sie das Gebäude bewachen lassen.«

»Darauf zähle ich.«

»Du willst nicht etwa jemanden umlegen? Mit so was will ich nichts zu tun haben.«

»Wir haben ein Abkommen, Danny«, sagte Mercer kalt. »Hier werden keine Fragen gestellt. Deine Jungs tun, was ihnen gesagt wird, und sind in null Komma nichts wieder zu Hause. Keiner von ihnen geht ein Risiko ein.«

»Lass mich eins sagen, Mercer. Was gibt's denn da zu klauen, was so wichtig ist? Du hast Geld, das wissen wir beide. Das ist doch nur irgendeine beschissene Reederei.«

»Steck deine Nase nicht in Dinge, die dich nichts angehen. Erledige den Job, dann sind wir quitt.« Mercer spürte schon jetzt den Adrenalinstoß. »Ich weiß, was ich will.«

Er drehte sich zu Tish um, die auf der Rückbank saß. Sie war sehr bleich, doch ihr Blick verriet, dass sie ihm vertraute. Er blickte ihr tief in die Augen und sah kein Anzeichen von Angst. »Alles klar?«

»Ja«, flüsterte sie.

Sie öffneten die Türen und stiegen aus dem Auto, dessen Innenbeleuchtung defekt war. Wahrscheinlich hatte sie niemand gesehen, und innerhalb von ein paar Sekunden verschluckte sie die Finsternis.

Eine Stunde später, kurz vor ein Uhr morgens, kam ein ramponierter Camaro die Eleventh Street hinabgefahren. Das Motorengeräusch hallte laut auf der verwaisten Straße wider, und ein Hund begann zu bellen.

Der Fahrer konzentrierte sich auf die Straße, die wegen eines leichten Nieselregens glitschig war, doch der Beifahrer mit der schweren Schrotflinte in der Hand genoss den Augenblick. Durch das offene Fenster drang warmer, feuchter Wind. Durch den Adrenalinstoß waren all seine Sinne hellwach.

Er stand in Mercers Schuld. Das Fahren konnte er einem seiner Leute überlassen, aber schießen würde er selber. Als sie noch vier Häuser vom Firmensitz von OF&C entfernt waren, begann der Fahrer zu hupen und laut zu schreien.

Danny schob den Lauf der Remington-Pumpgun durch das offene Fenster und drückte ab. Das Fenster einer Erdgeschosswohnung zersplitterte.

Der zweite Schuss zerstörte die schwere Eichentür eines Backsteingebäudes, der dritte ein weiteres Fenster. Der Fahrer schrie und hupte immer noch, doch Danny hörte nichts davon. Er konzentrierte sich ganz auf sein nächstes Ziel.

Er feuerte, zog den Vorderschaft der Pumpgun zurück, lehnte sich weit aus dem Fenster und feuerte erneut. Die Tür des Hauptsitzes von OF&C war deutlich stabiler als die anderer Häuser, konnte der Salve aber trotzdem nicht standhalten und hing schlaff in den Angeln. Das Holz war völlig zersplittert.

In dem Gebäude ging sofort die Alarmanlage los, und das die Stille der Nacht zerreißende Heulen war lauter als die Hupe des Camaro. Nachdem er noch eine weitere Fensterscheibe zerschossen hatte, ließ Danny die Waffe sinken. Der Fahrer ließ die Hupe los, und der Wagen raste davon, um nur zwei Blocks weiter im dichten Verkehr zu verschwinden.

Innerhalb von sechs Minuten waren zwei Streifenwagen vor Ort. Die Polizisten sahen sich flüchtig um und nahmen die Aussagen einiger von Panik gepackter Anwohner auf. Die Cops glaubten, dass es ein paar Kids gewesen waren. New York war bekannt für grundlose Ausbrüche von Gewalt.

Greg Russo wusste, dass nichts von dem, was Ocean Freight and Cargo betraf, irgendetwas mit dem Zufall zu tun hatte. Als man ihn angerufen hatte, war er so schnell wie möglich gekommen. Er war der Stellvertretende Direktor von OF&C und verantwortlich für den Firmensitz in New York, doch einen Direktor hatte die Reederei nicht. Seine Stelle nahm die schwedische Gruppe ein, die aber nichts anderes als eine Stockholmer Briefkastenfirma war. Über Russo stand nur Iwan Kerikow, der Chef der Abteilung Sieben, Wissenschaftliche Operationen, KGB.

Russo sprach ein paar Minuten mit den Polizisten, hörte ihren Erklärungen aber kaum zu. Nach zwanzig Jahren beim KGB wusste er, dass fast nie etwas so war, wie es auf den ersten Blick schien.

»Noch einmal, Mr Russo«, sagte einer der Cops. »Ich glaube nicht, dass Sie sich Sorgen machen müssen. Das waren bestimmt nur ein paar Kids, die Randale machen wollten. Ich werde dafür sorgen, dass hier heute Nacht verstärkt Streifenwagen patrouillieren. Es wird keine weiteren Zwischenfälle geben.«

»Unsere Firma zahlt jede Menge Steuern, Sergeant«, sagte Russo in akzentfreiem Englisch. »Dafür erwarte ich den Schutz unseres Eigentums.«

»Es tut mir leid, aber ich kann keine Männer abstellen, um Ihren Firmensitz bewachen zu lassen. Wenn Sie möchten, nenne ich Ihnen den Namen einer privaten Security-Firma. Deren

Leute könnten in zehn Minuten hier sein.« Wenn seine Frau samstags ihre Mutter in Trenton besuchte, arbeitete der Sergeant schwarz für diese Sicherheitsfirma, um sich etwas dazuzuverdienen.

»Schon in Ordnung.« Russo wirkte besänftigt. »Wahrscheinlich bilde ich es mir nur ein, dass es jemand gezielt auf uns abgesehen hatte. Bestimmt haben Sie recht, wenn Sie sagen, dass es nur ein paar Kids waren.«

»Um Sie zu beruhigen, Mr Russo, habe ich einen Helikopter angefordert. In einer halben Stunde müsste er hier sein. Sie werden den Hinterhof Ihres Gebäudes mit einem Suchscheinwerfer ausleuchten, um sich zu vergewissern, dass alles in Ordnung ist.«

»Sie selber waren nicht dort?«

»Doch, Sir, wir waren im Hinterhof. Wir haben nur zwei Penner und einen Haufen Abfall gesehen.«

»Das mit dem Helikopter ist beruhigend.«

Ein paar Minuten später fuhren die beiden Streifenwagen davon. Die Gaffer, die immer da sind, wenn die Polizei auftaucht, kehrten in ihre Wohnungen zurück. Russo, der tatsächlich Gregorij Breschnikow hieß, wartete, bis die Straße verwaist dalag. Dann gab er dem Fahrer eines Lieferwagens, der kurz nach ihm eingetroffen war, ein Zeichen.

Zwei schwarz gekleidete, muskulöse Männer stiegen aus und gingen zu Breschnikow, wobei sie permanent die Straße im Auge behielten. Ihnen entging nichts.

So lange sie auch im Westen leben mögen, dachte Breschnikow, ein Killerteam vom KGB wahrt immer die Disziplin, die man ihm während einer jahrelangen Ausbildung eingehämmert hat. Diese beiden waren absolute Profis. Sie konnten mit fast jeder Waffe, aber auch mit bloßen Händen töten.

Die beiden Männer mit den grimmigen Mienen und kalten Augen traten zu Breschnikow.

»Durchsucht das Gebäude und achtet darauf, ob etwas nicht an seinem Platz ist«, sagte Breschnikow. »Danach schiebt ihr

Wache. Außerdem seht ihr euch den Hinterhof an. Da hängen zwei Penner rum, jagt sie fort. Bis morgen früh um neun betritt niemand das Gebäude. Ich werde als Erster da sein.« Breschnikow sah keinen Grund mehr, noch zu bleiben. Diese beiden Männer würden mit jeder Lage fertig werden.

Nach einem leisen Knistern hörte Mercer über seinen Kopfhörer eine Stimme. »Mercer, zwei der übelsten Typen, die mir jemals unter die Augen gekommen sind, haben gerade das Gebäude betreten. Sieht so aus, als wäre ihr Boss nach Hause gefahren.«

Mercer bestätigte, dass er die Information verstanden hatte. Sie kam von Cap, Dannys Sohn, der auf einem Dach auf der anderen Straßenseite stand.

»Machen Sie sich bereit«, flüsterte er Tish zu, die neben ihm lag. »Wahrscheinlich schauen sie hier hinten zuerst nach.«

Einen Augenblick später traten die beiden Killer mit gezückten Pistolen durch die Hintertür des OF&C-Gebäudes. Ihre Blicke suchten den dunklen Hinterhof ab, richteten sich dann auf die rückwärtigen Fenster der gegenüberliegenden Häuser, schließlich auf die beiden Penner, die neben einem Müllcontainer lagen.

Einer der Männer durchquerte den Hof. Mercer beobachtete ihn und erkannte einen echten Profi. Sein Kumpel versteckte sich in der Nähe der Tür und gab dem anderen Feuerschutz. Mercer war angespannt.

Der erste Mann trat zu einem der Stadtstreicher und riss ihn ohne Vorwarnung hoch.

Mercer zuckte zusammen, als hätte ihm jemand einen Schlag verpasst. Man musste sehr stark sein, um einen Betrunkenen so auf die Beine zu ziehen, doch bei diesem Mann hatte es völlig mühelos gewirkt.

Der »Penner« war einer von Dannys Männern. Er stand auf wackeligen Beinen da und brabbelte zusammenhangloses Zeug vor sich hin. Der andere Stadtstreicher, auch eher ein Mitglied von Dannys Bande, wachte so langsam auf, als hätte er einen ganz üblen Rausch ausgeschlafen.

»Hau ab.« Der Mann schüttelte den ersten Penner durch und versetzte dem zweiten einen Tritt. »Du auch. Verschwindet, bevor ich euch das Genick breche.«

Mercer, der sich in dem Müllcontainer versteckte, bemerkte den schweren Akzent des Mannes.

»Wir haben nichts getan«, sagte einer der Penner, bevor er sich mit einer schmierigen Hand den Mund rieb. »Wir haben Rechte.«

»Haut endlich ab.« Der Killer zog eine Pistole aus einem Holster hinter seinem Rücken. Als sie die Waffe sahen, verließen die beiden Männer hastig den Hof, wobei sie beinahe übereinander gestolpert wären, als sie sich der Seitengasse näherten, die zur Sixth Avenue führte.

Als sie verschwunden waren, stocherte der Killer mit dem Fuß in dem Abfallhaufen neben dem Müllcontainer herum. Zufrieden, dass sich nichts darunter verbarg, wandte er sich dem Müllcontainer zu, in dem Mercer den Kopf einzog.

Der Mann hob den Kunststoffdeckel hoch und zuckte angewidert zurück. Es stank nach Exkrementen und verdorbenen Lebensmitteln. Würgend ließ er den Deckel herunterfallen.

Mercer tastete nach Tishs Hand und drückte sie beruhigend. Durch den dünnen Schutzanzug konnte er ihre Haut nicht spüren, doch er wusste, dass ihr bestimmt genauso der Schweiß ausgebrochen war wie ihm. Er rückte die Sauerstoffmaske zurecht, die seine Nase und den Mund bedeckte, und atmete tief durch. Die Luft aus der kleinen Sauerstoffflasche an seinem Gürtel war trocken und kühl. Die Schutzanzüge und Sauerstoffmasken, die von Kanalarbeitern und in Kläranlagen getragen wurden, hatte Danny besorgt. Er wollte in eine Galerie einbrechen, die neben einem chinesischen Restaurant lag. Dahinter türmte sich extrem stinkender Abfall.

In der irrigen Annahme, die beiden »Penner« seien die einzigen Menschen in dem Hinterhof gewesen, brachen die bei-

146

den Männer ihre Suche ab und verschwanden in dem OF&C-Gebäude.

Zehn Minuten später öffnete Mercer den Deckel des Müllcontainers und kletterte heraus. Nachdem er Tish herausgeholfen hatte, zogen sie die Schutzanzüge aus, warfen sie in den Container und schlossen erleichtert den Deckel.

Tish grinste. »Ich hätte nie geglaubt, bei unserem ersten Date diese Seite New Yorks kennenzulernen.«

Mercer wollte sie warnen, nicht zu sprechen, doch er wusste, dass es sie etwas entspannen würde.

»Für Sie nur das Beste. Beim nächsten Mal gehen wir bei Mondschein im East River schwimmen, und zwar da, wo Industrieabwässer in den Fluss geleitet werden. Sehr romantisch um diese Jahreszeit.«

»Sie sind ein Charmeur.«

Mercer zog eine Tasche unter einem Müllhaufen hervor und öffnete den Reißverschluss. Er nahm ein Nachtsichtgerät heraus, das ebenfalls Danny besorgt hatte, und studierte die Rückseite des OF&C-Gebäudes.

Es war ein typisches vierstöckiges New Yorker Backsteingebäude mit einem Flachdach mit Schornsteinen und Fernsehantennen. Brandmauern trennten es von den Nachbarhäusern. Außer im Erdgeschoss, wo es nur eine Stahltür gab, sah Mercer in jedem Stockwerk vier Fenster. Die im zweiten und dritten Stock waren vergittert. Blieben die in der vierten Etage, aber Mercer wusste, dass das ganze Gebäude durch eine hochmoderne Alarmanlage geschützt war.

Zumindest hatte Danny das vermutet, und als professioneller Einbrecher hatte er vermutlich recht. »Wahrscheinlich wird nicht nur durch das Aufbrechen der Eingangstür Alarm ausgelöst«, hatte er gesagt. »Wenn die einzelnen Räume unabhängig voneinander gesichert sind, sitzt du in der Scheiße.« Mercer musste damit rechnen, durch das Knacken des Schlosses einer Bürotür erneut Alarm auszulösen.

Er sah keine Bewegungen hinter den dunklen Fensterscheiben, aber ein Beobachter war bestimmt nicht dumm genug, sich so leicht zu verraten. Er musste das Risiko eingehen. Er zog vier drei Meter lange Rohre unter einer Plane hervor. Danny hatte beides schon vor Stunden in dem Hinterhof deponiert. Die Rohre waren in regelmäßigen Abständen mit Sprossen versehen, und wenn man sie ineinanderschob, hatte man eine behelfsmäßige zwölf Meter lange Leiter.

Er trug die Leiter zur Rückwand des Gebäudes, stellte sie auf und schob das obere Ende zwischen die Mauer und ein rostiges Abflussrohr. Dann zog er seine Pistole, eine Browning Hi-Power, ein Souvenir aus dem Irak. Die 9-mm-Pistole fasste nicht so viele Patronen wie die Pistole von Heckler & Koch, die er in Washington in der U-Bahn verloren hatte, aber die Waffe war mit Hohlspitzgeschossen mit Quecksilber geladen, deren Mannstoppwirkung beängstigend war. Sie deformierten sich pilzförmig beim Aufprall, und wenn jemand davon getroffen wurde, starb er allein durch den Schock.

Er entsicherte die Waffe. Wegen des Schalldämpfers konnte man sie nicht so schnell ziehen, aber während der nächsten paar Minuten musste er beide Hände frei haben. Er schob die Pistole in das Holster und kletterte die Leiter hoch.

Während der Zugfahrt nach New York hatte er Tish seinen Plan erklärt. Zuerst war sie äußerst skeptisch gewesen, doch er konnte an ihrem Blick ablesen, dass sie dem Plan mehr und mehr vertraute. Er erzählte ihr, dass er vor seinem Einsatz im Irak vier Wochen von der CIA ausgebildet worden war, und das schien die meisten ihrer Ängste zu beschwichtigen. Bei dieser Ausbildung hatten meistens Schießübungen auf dem Programm gestanden, doch man hatte ihm auch beigebracht, wie man in ein Gebäude einbrach, und er vertraute seinen Fähigkeiten.

Das obere Ende der Leiter war auf einer Höhe mit einem Fenster im vierten Stock. Er spähte in den dunklen Raum und sah nichts Beunruhigendes. Aus seiner Hosentasche zog er einen Verlobungsring mit einem Zirkon-Schmuckstein von drei Viertel Karat hervor, den er zusammen mit den Kleidungsstücken für Tish gekauft hatte. Der Verkäufer in dem Schmuckgeschäft hatte verächtlich das Gesicht verzogen, aber er wusste nicht, dass der Ring kein Verlobungsgeschenk sein würde.

Bei einer Härte von 8,5 auf der Mohs'schen Härteskala ließ sich mit dem Zirkon-Schmuckstein problemlos Glas ritzen. Als er sich an die Arbeit machte, kam ihm das Knirschen des Glases sehr laut vor. Als ein rechteckiges Stück der Scheibe fast durchschnitten war, atmete er tief durch. Jetzt würde er herausfinden, ob auch durch den Einbruch in einzelne Räume Alarm ausgelöst wurde. Wenn es so war, würden er und Tish es nicht mehr schaffen, aus dem Hinterhof zu flüchten. Die Wachtposten würden schon auf sie warten. Er atmete noch einmal tief durch.

»Scheiß drauf«, murmelte er, als er leicht mit der Handkante gegen die Scheibe schlug.

Die feinen Drähte der Alarmanlage rissen, und das rechteckige Glasstück fiel leise auf einen weichen Teppich. Er glaubte, das Heulen einer Alarmanlage zu hören, doch das war eine Art Halluzination. Um ihn herum war alles still.

Er hörte das heftige Klopfen seines Herzens, doch dann war da noch ein anderes Geräusch. Er blickte zum Himmel auf und sah die Lichter eines näher kommenden Polizeihubschraubers. Er war vielleicht noch zehn Häuserblocks weit weg, und der grelle Suchscheinwerfer war bereits eingeschaltet.

Er versuchte das Fenster zu öffnen, aber es klemmte.

»Mist«, murmelte er leise. Er hämmerte unten gegen die Scheibe, und das noch im Rahmen steckende Glas schnitt schmerzhaft in seine Hand.

Nach ein paar energischen Stößen sprang das Fenster auf. Er machte sich keine Sorgen, dass es jemand gehört haben könnte. Der Polizeihubschrauber war so laut, dass jedes andere Geräusch verschluckt wurde. Als er sich durch das Fenster zwängte, wirbelte der Abwind der Rotoren im Hinterhof bereits Staub und Abfall auf. Der Lärm war ohrenbetäubend.

»Los, Tish«, schrie er.

Sie kletterte die Leiter hoch, während der Lichtstrahl des Suchscheinwerfers die dunklen Ecken des Hinterhofs ausleuchtete.

Als sie oben auf der Leiter stand, packte er ihre Handgelenke. Jetzt richtete sich der Suchscheinwerfer nacheinander auf jedes Fenster des OF&C-Gebäudes. Und es war nur noch eine Frage von Sekunden, wann der Lichtstrahl Tish erfassen würde. Mercer riss sie in den Raum. Sie schrie vor Schmerz auf, als ihre Brüste über die harte Fensterbank schrammten. Er konnte das Fenster gerade noch schließen, bevor der Lichtstrahl in den Raum fiel. Für einen Augenblick glaubte er, die Cops hätten sein Gesicht sehen müssen, doch der Lichtstrahl bewegte sich schnell weiter. Im Flur vor dem Büro sah er ein bizarres Schattenspiel. Aus dem Helikopter musste die Leiter wie ein Abfluss- oder Leitungsrohr aussehen.

»Mein Gott, tut das weh.« Tish massierte ihre Brüste.

»Eigentlich würde ich das gern übernehmen, aber dafür würde ich wahrscheinlich eine Ohrfeige kassieren.«

Ihr Lächeln sagte ihm, dass es ihr schon wieder besser ging. Er zog eine Taschenlampe aus der Jackentasche und schaltete sie ein. Eine rote Linse dämpfte das Licht, aber er sah genug. Bevor er mit der Suche begann, zog er seine Pistole.

Da er nicht wusste, wie lange sie sich in diesen Büros aufhalten würden, musste er die beiden Wachposten loswerden. Er durfte es nicht riskieren, überraschend entdeckt zu werden. Er machte sich keine Illusionen, was es hieß, zwei Profikiller in einem fairen Kampf ausschalten zu wollen, aber er hatte nicht die Absicht, fair zu sein.

»Haben Sie irgendwelche Zweifel an unserem Plan?«, fragte er.

»Wenn diese Leute etwas mit der Zerstörung der *Ocean Seeker* zu tun haben, verdienen sie ihre Strafe«, sagte sie mit eiserner Entschlossenheit.

»Also gut. Sie warten hier, bis es vorbei ist. Ich komme dann zurück, um Sie zu holen.« Jetzt war ihr Blick ängstlich. Er ergriff ihre Hand, die aber nur ein bisschen zitterte.

Im obersten Stock waren alle Lampen ausgeschaltet, doch im Treppenhaus drang etwas trübes Licht nach oben. Er gab Tish die Taschenlampe und ging los. Durch das Nachtsichtgerät sah er alles in einem unheimlichen grünlichen Licht.

In der dritten Etage befanden sich überwiegend leere Lagerräume, staubig und vernachlässigt. Er stieg leise die Treppe hinab. Im zweiten Stock war in dem engen, mit Teppichboden ausgelegten Flur eine Wandleuchte eingeschaltet. Die Türen waren sämtlich verschlossen, und es war niemand zu sehen. Er benetzte seine Finger und schraubte die Glühbirne aus der Wandleuchte.

Die alten Holzstufen knarrten, als er in den ersten Stock hinabstieg. Die ganze Etage war ein Großraumbüro, aufgeteilt in Arbeitsplätze, die durch Sperrholzwände voneinander getrennt waren. In jeder Nische standen ein Stuhl und ein Schreibtisch mit einem Computer darauf. Da hier viele Lampen eingeschaltet waren, legte er das Nachtsichtgerät auf einen Schreibtisch. Er war dankbar, auch wieder aus den Augenwinkeln sehen zu können.

Er legte sich auf den Boden und sah nur Tisch- und Stuhlbeine, nicht die Füße eines Wachpostens. Er bewegte sich wie eine Schlange durch den Raum, mit bis zum Äußersten angespannten Sinnen.

Der Ausbilder von der CIA hatte gesagt, oft höre oder rieche man den Feind, bevor man ihn sehe. Und tatsächlich stieg ihm nun der Geruch von Tabakrauch in die Nase. Es war so still, dass er sogar ein leises Zischen hörte, als der Wachposten an seiner Zigarette zog. Er stand etwa drei Meter weiter rechts, versteckt hinter einer dünnen Sperrholzwand.

Er blickte auf die Uhr. Es war schon über eine Viertelstunde vergangen, seit er Tish oben zurückgelassen hatte, und er musste sich beeilen. Nicht mehr lange, und sie würde von Panik überwältigt werden.

Er zog seine schwarze Lederjacke aus, weil er hoffte, dass sein schwarzes Hemd und die schwarze Hose dem Outfit der Wachmänner genug ähnelten, um den Mann für einen Augenblick zu täuschen. Er stand auf und begann fröhlich zu pfeifen. Sofort hörte er den Wachposten aufspringen.

Der Mann kam mit einer gezückten Maschinenpistole hinter der Sperrholzwand hervor. In dem Sekundenbruchteil, den er brauchte, um zu begreifen, dass Mercer nicht sein Kollege war, feuerte Mercer. Der Mann war sofort tot und konnte nicht mehr abdrücken. Sein Körper krachte gegen einen Schreibtisch, sein Arm riss einen Papierstapel zu Boden.

Mercer holte seine Jacke, ging zur Treppe und stieg ins Erdgeschoss hinab.

Die Eingangshalle nahm die ganze Etage ein. Im Wartebereich standen auf einem großen türkischen Teppich mehrere geschmackvolle Sofas und ein teurer Schreibtisch. An den lachsfarben gestrichenen Wänden hingen Bilder mit den Schiffen der Reederei. Die Halle war nur trübe beleuchtet.

Ein Mann lehnte am Rahmen der herausgeschossenen Eingangstür. In einem Holster an seiner Hüfte steckte eine Pistole. Für einen Augenblick fragte sich Mercer, ob er imstande wäre, einen Mann ohne Vorwarnung von hinten zu erschießen.

Als hätte ihn ein Instinkt gewarnt, wirbelte der Mann herum. Er zog mit einer flüssigen Bewegung seine Pistole und drückte ab. Die Kugel streifte Mercers Hosenbein. Er warf sich zu Boden. Neben seinem Kopf und Oberkörper schlugen Kugeln ein. Er schaffte es, sich hinter dem Schreibtisch zu verstecken, doch als er vorsichtig den Kopf hob, um zu sehen, wo der andere war, feuerte der erneut. Die Kugel traf den Schreibtisch. Holzsplitter bohrten sich in Mercers Kinn und in die rechte Wange.

Er wischte sich Blut aus dem Gesicht. »Dreckskerl«, murmelte er.

Plötzlich ging das Licht aus.

Mercer kam leise hinter dem Schreibtisch hervor und tastete

sich an der Wand entlang. Er hatte vor, den Schalter zu finden und das Licht wieder anzuknipsen. Er wollte das Überraschungsmoment nutzen, um seinen Gegner ins Visier zu nehmen. Als er die Hälfte der Strecke zurückgelegt hatte, stieß er gegen den Körper des Wachpostens.

Das kam für beide überraschend, und so hatte keiner einen Vorteil. Mercer wich zurück und sprang dann nach vorn wie ein Footballprofi. Seine Schulter rammte den Mann, dessen Knie nachgaben. Er fiel nach vorn, schlug Mercer aber noch die Pistole gegen die bereits blutende Wange. Mercers Faust traf mit voller Wucht den Oberschenkel des Wachmannes, dessen Bein für einen Augenblick gelähmt war. Mercer riss die Pistole hoch und zielte.

Der Wachposten trat ihm mit dem anderen Bein die Pistole aus der Hand, die auf den Marmorboden knallte. Es war zu dunkel, um sehen zu können, wohin die Waffe geschlittert war. Mercer versuchte es gar nicht erst und konzentrierte sich auf seinen Gegner. Er trat ihm in den Unterleib, und der Wachposten schnappte nach Luft. Mercer setzte schnell nach, doch der Mann wich aus, und er flog über eines der Sofas und krachte schmerzhaft mit der Schulter auf den Boden.

Er sah das Mündungsfeuer, als der Wachposten abdrückte, doch die Kugel verfehlte ihr Ziel deutlich. Durch das Licht des Mündungsfeuers wusste er, wo der andere war. Er hechtete auf ihn zu, aber der Mann war seitlich ausgewichen, und er stürzte erneut zu Boden und stieß gegen die Wand. Es war ein Katz-und-Maus-Spiel. Keiner der beiden konnte den anderen in der Dunkelheit sehen, und beide hörten nur die schweren eigenen Atemzüge. Mercer kroch vor, tastete den Boden ab und fand seine Pistole. Es war ein beruhigendes Gefühl, den kühlen Stahl zu berühren.

In diesem Moment gingen alle Lampen an. Mercers Augen gewöhnten sich einen Sekundenbruchteil schneller an das grelle Licht als die des Killers. Während der noch desorientiert blinzelte, sah er Tish. Eine Hand lag noch auf dem Lichtschaltern, die andere hielt das Nachtsichtgerät. Der Wachposten war etwa sechs Meter entfernt. Mercer nahm sich nicht die Zeit, sorgfältig zu zielen. Er feuerte aus der Hüfte. Die ersten beiden Kugeln gingen daneben, doch die nächsten sechs trafen und zerfetzten den Oberkörper des Mannes, der sofort tot war.

Mercer trat zu Tish und nahm ihr das Nachtsichtgerät aus der Hand.

Sie blickte zu ihm auf.

»Ich habe gesagt, Sie sollen oben auf mich warten. Von jetzt an hören Sie bitte nie wieder darauf, was ich sage, okay?«

Er nahm sie in den Arm und streichelte für einen Augenblick ihr Haar. »Jetzt sind wir quitt. Diesmal haben Sie mir das Leben gerettet. Danke.«

»Ich habe gewartet, bis Sie Ihre Waffe gefunden hatten und er Ihnen den Rücken zukehrte.«

Sie stiegen in den zweiten Stock, knipsten alle Lichter aus und benutzten das Nachtsichtgerät, um die Büros der Führungskräfte zu finden. Mercer las die Namen auf den Türschildern, und dann standen sie vor der verschlossenen Bürotür des Stellvertretenden Direktors von OF & C. Der Name ließ Mercer schmunzeln: Russo.

»Wie passend«, bemerkte er.

»Wenn es Russen sind.«

»Wer Sicherheitspersonal wie diese Typen beschäftigt, hat Dreck am Stecken.«

Es kostete ihn fünf endlose Minuten, das Schloss zu knacken. Er erinnerte sich an die Ausbildung bei der CIA, doch Theorie und Praxis waren zwei völlig verschiedene Dinge. Einer von Dannys Männern hätte es in zehn Sekunden geschafft.

Das Büro war mit Eichenholz getäfelt, auf dem Boden lag ein dicker Teppich. Das Fenster hinter dem großen Schreibtisch ging auf die Eleventh Avenue. Mercer zog die schweren Vorhänge zu und knipste die Schreibtischlampe an. An den Wänden hingen Bilder mit Schiffen der OF & C-Flotte. David Saulman hatte recht gehabt. Auf den Schornsteinen der Schiffe waren stets Blumensträuße zu sehen: *April Lilac, September Laurel, December Iris* und so weiter. An einer Wand stand ein großes Aquarium, in dem aber nur ein Fisch schwamm.

Er wandte sich den Aktenschränken zu, zog aufs Geratewohl eine Schublade auf und begann, die Schnellhefter durchzusehen.

»Nehmen Sie sich auch eine Schublade vor.«

»Wonach suchen wir denn?«

»Nach etwas, das Ihrer Erinnerung auf die Sprünge helfen könnte. Wir könnten hier etwas finden, das sie an Ihre Rettung erinnert. Einen Namen, irgendwas.«

Sie zeigte auf ein Bild an der Wand. »Ich denke, das ist das Schiff, das mich gerettet hat.«

Mercer erkannte die *September Laurel,* die auf dem Bild durch die ruhigen Gewässer eines fernen Meeres fuhr.

»Das mag das Schiff sein, das berichtet hat, Sie gefunden zu haben, aber ich glaube nicht, dass die Besatzung dieses Schiffes sie aus dem Wasser gezogen hat. Sie haben sich erinnert, einen schwarzen Kreis mit einem gelben Punkt darin auf dem Schornstein gesehen zu haben. Von einem Blumenstrauß haben Sie nichts gesagt. Außerdem meinte David Saulman, die Crew bestehe zum größten Teil aus Italienern. Von Russen war nicht die Rede.«

»Ich könnte mich geirrt haben, als ich sagte, ich hätte Russisch gehört.«

»Selbst wenn es so sein sollte, ist offensichtlich, dass hier etwas nicht stimmt. Lassen Sie uns die Akten durchgehen und sehen, ob wir etwas finden.«

Während der nächsten halben Stunde studierten sie die Unterlagen, ohne etwas Signifikantes zu entdecken. Merkwürdig war nur ein Etikett mit der Aufschrift »John Dory«, das nicht auf einer Akte klebte, sondern auf dem Boden einer Schublade lag, in der die Eigentumsurkunden der OF&C-Schiffe aufbewahrt wurden. Da alle OF&C-Schiffe nach einem Monat und einer Blume benannt waren, vermutete Mercer, dass

155

John Dory vielleicht der Name eines Kapitäns oder Schiffsoffiziers war, den die Reederei beschäftigte.

»Das alles war absolute Zeitverschwendung, oder?«, sagte Tish deprimiert.

»Ich weiß, dass ich recht habe. Es muss hier etwas geben, das uns entgangen ist«, beharrte Mercer. »Aber wir müssen verschwinden.«

»Haben Sie diese Wachtposten ohne einen Grund getötet?«

Mercer blickte von einer Akte auf. Das war eine Frage, die er sich nicht stellen wollte. War es möglich, dass er sich mit seinen Vermutungen über OF&C geirrt hatte?

»Nein, und ich sage Ihnen auch warum. Sehen Sie sich in diesem Büro um. Es gibt hier nichts Persönliches, keine Fotos, keine Diplome, nichts. Für manche Leute mag dies eine normale Reederei sein, aber der Mann, der in diesem Büro residiert, hat mit Schifffahrt nichts zu tun.« Er ging zum Schreibtisch und überflog das Adressbuch. »Da steht nicht ein Schiffsmakler oder -ausrüster drin. Mein Gott, der Mann hat nicht mal die privaten Telefonnummern seiner Kapitäne. Die meisten Reedereien werden von Individualisten aufgebaut, und das Geheimnis ihres Erfolgs sind persönliche Kontakte. Ich wette, dass dieser Greg Russo ein Klüsenrohr nicht von einem Loch in der Wand unterscheiden kann. Dieser Mann hat einen Job, doch der hat nichts mit der Schifffahrt zu tun.«

»Keine Bewegung«, befahl eine Männerstimme.

Mercer erstarrte. Dannys Sohn hatte gesagt, es hätten nur zwei Männer das Gebäude betreten, und die waren tot. Wer war dieser Typ?

»Treten Sie von dem Schreibtisch weg und drehen Sie sich langsam um.« Er verlieh seinem Befehl Nachdruck, indem er den Hahn eines Revolvers zurückzog.

In der Tür stand ein übergewichtiger Mann mit Pausbacken, ein verängstigter Mitarbeiter einer privaten Sicherheitsfirma. Er war bleich, und die Hand, die den Revolver hielt, zitterte.

»Sie haben eine Menge Fragen zu beantworten. Halten Sie die Hände so, dass ich sie sehen kann. Gehen Sie zu dem Aquarium.«

Mercer und Tish gehorchten. Tish hatte nicht geschrien, als der Mann auftauchte, und schien sich unter Kontrolle zu haben. Mercer wünschte, so ruhig zu sein, wie sie es zu sein schien. Der Mann hatte ihm eine Heidenangst eingejagt. Greg Russo musste Verstärkung angefordert haben, nachdem Dannys Sohn seinen Beobachtungsposten auf der anderen Straßenseite verlassen hatte. Er konnte nicht wissen, ob noch mehr Männer in dem Gebäude waren. Der Wachmann ging zum Schreibtisch, ohne Mercer aus den Augen zu lassen. Er richtete weiter die Waffe auf ihn und griff nach dem Telefon. Das war Mercers Chance.

Als der Mann auf das Telefon hinabblickte, ging er zum Angriff über.

Alles verlief wie in Zeitlupe. Mercers Sinne waren hellwach. Er sah die kleinste Einzelheit, roch den Schweiß des nervösen Mannes, hörte seine angestrengten Atemzüge. Er hechtete durch den Raum, den Blick auf den Revolver gerichtet, auf den Finger des Mannes, der sich um den Abzug spannte. Mercers Hände waren nur noch wenige Zentimeter von ihrem Ziel entfernt.

Der Schuss löste sich in dem Moment, als Mercer das Handgelenk des Mannes umklammerte. Er hallte wie Donner in dem kleinen Büro. Beißender Rauch stieg Mercer in die Augen, und er konnte nichts sehen. Neben Tish zersplitterte das Aquarium. Wasser und Sand spritzten auf den Teppich, auf dem sich auch der Fisch wand.

Der Rückstoß riss die Hand des Mannes über seinen Kopf, und Mercer stieß mit voller Wucht gegen seine ungeschützte Flanke.

Er spürte, wie die Rippen des Mannes brachen. Der Wachmann knallte auf den Schreibtisch und konnte die Waffe nicht mehr festhalten.

Mercer hob den Revolver auf. Er zielte auf den Mann, drückte aber nicht ab. »Da Sie nicht zu den anderen beiden gehören, müssen Sie auch nicht sterben.« Er wandte sich Tish zu. »Alles in Ordnung?«

»So halbwegs.«

»Wir müssen verschwinden. Irgendjemand wird den Schuss gehört haben.«

Er ergriff Tishs Hand. »Für einen Augenblick schaute er noch zu dem sterbenden Fisch auf dem durchweichten Teppich hinüber. Der Anblick erinnerte ihn an etwas. »Benoit Charleteaux«, murmelte er.

»Was haben Sie gesagt?«, fragte Tish, als sie vorsichtig wieder nach oben gingen, um auf der Leiter in den Hinterhof hinabzuklettern.

»Mir ist da etwas eingefallen«, sagte Mercer triumphierend.

Potomac, Maryland

Richard Henna kam gerade von einem nächtlichen Ausflug in die Küche in sein Schlafzimmer zurück, als das Telefon auf dem Nachttisch klingelte. Schon vor dem zweiten Klingeln nahm er den Hörer ab. Seine Frau Fay, seit fünfundzwanzig Jahren an nächtliche Anrufe gewöhnt, rührte sich nicht einmal.

»Henna.«

»Ich bin's Dick, Marge.« Margaret Doyle war seine Stellvertreterin, die Nummer zwei beim FBI und zugleich seine beste und älteste Freundin. Sie entschuldigte sich nicht dafür, so spät in der Nacht anzurufen. »Philip Mercer hat die Gegend um Washington verlassen.«

»Wie?«, fragte Henna verärgert.

»Mit dem Zug. Unsere Leute, die wir an der Union Station postiert hatten, haben ihn nie zu Gesicht bekommen, weil er in New Carolton in den Metroliner gestiegen ist. Wir haben es gerade erst über seine Kreditkarte herausbekommen. Er hat in

158

dem Zug beim Schaffner zwei Fahrkarten nach New York gelöst.«

»Mein Gott.«

»Was ist denn, Schatz?«, murmelte Fay.

Er bedeckte die Sprechmuschel mit einer Hand. »Nichts, Honey.« Dann telefonierte er leise weiter. »Okay, Marge, ruf in unserem New Yorker Büro an und sag ihnen, sie sollen ein paar Männer an der Pennsylvania Station postieren, nur für den Fall, dass er mit dem Zug zurückkommt. Fax ihnen das Foto von Mercer, das wir von der U.S. Geological Survey bekommen haben.«

»Ist bereits erledigt.«

»Wenn sie ihn schnappen, möchte ich sofort benachrichtigt werden. Dann will ich, dass er und Tish Talbot sofort zur Andrew Air Force Base geflogen werden.«

»Sollen wir die Überwachung seines Hauses einstellen?«

»Nein, denn ich wette, dass er uns wieder irgendwie entwischen wird.«

»Es tut mir leid, Dick.«

»Es ist nicht deine Schuld. Ich denke, wir alle haben Mercer unterschätzt.«

Henna legte auf und zog seinen Bademantel an. Ihm war klar, dass er keinen Schlaf mehr finden würde. Er ging nach unten, kochte sich eine Tasse Kaffee und trank sie in der verdunkelten Küche. Nach ein paar Minuten ging er in sein Büro, schaltete die Schreibtischlampe an und stöhnte, weil das Licht so grell war.

Er stellte die Zahlenkombination des Safes hinter dem Schreibtisch ein und nahm eine Akte mit der Aufschrift »Antebellum« heraus.

Sie enthielt seine persönlichen Gedanken über die Ereignisse, seit er Ohnishis Brief gesehen hatte.

Er las langsam, hauptsächlich deshalb, weil seine Schrift ziemlich unleserlich war. Die erste Seite war nur eine Chronologie der Ereignisse. Jetzt fügte er am Ende der Liste die Notiz hinzu, dass Mercer und Tish Talbot mit dem Zug nach New York gefahren waren.

Dann begann er auf einem neuen Blatt Papier, Flussdiagramme zu zeichnen, um die Ereignisse miteinander in Verbindung zu bringen. Nach ein paar Minuten war es ein unübersichtliches Chaos von Linien und Kreisen. Mit Sicherheit wusste er nur, dass Mercers Trip nach New York etwas mit den Informationen zu tun hatte, die ihm aus David Saulmans Kanzlei gefaxt worden waren.

Er las sie noch einmal. Das FBI war durch einen richterlichen Beschluss an diese Informationen herangekommen. Saulmans Kanzlei hatte widerwillig ein paar Listen mit Schiffsnamen und ein paar Fakten über Ocean Freight and Cargo herausgerückt.

Diesmal sah er es. Das Schiff, das Tish Talbot gerettet hatte, gehörte der Reederei Ocean Freight and Cargo, die ihren Firmensitz in Manhattan hatte. Er verschüttete seinen Kaffee, als er nach dem Telefon griff, ignorierte es aber und wählte die Nummer des New Yorker FBI-Büros.

»Federal Bureau of Investigations«, meldete sich eine müde Stimme.

Henna nannte sofort seinen persönlichen Code, der seine Identität zweifelsfrei bestätigte. In Situationen wie dieser konnte man durch den Zahlencode wertvolle Zeit sparen. Er hatte gehört, dass viele Verbrechersyndikate, gegen die das FBI kämpfte, ein ähnliches System benutzten. Er fragte, ob er Special Agent Frank Little sprechen könne.

»Es tut mir leid, Mr Little hat im Moment die Tagschicht, aber vielleicht kann ich Ihnen helfen. Mein Name ist Scofield.«

»Wer ist im Moment noch da?« Henna wollte mit jemandem reden, den er persönlich kannte, mit jemandem, der wegen dieses Telefonats nicht gleich einen Gefallen einfordern würde.

»Ich bin sicher, Sir, dass ich ...«

Henna schnitt dem Mann das Wort ab. »Sagen Sie, wer noch da ist.«

»Morton ist hier, außerdem …« Als Henna vor sechs Jahren das New Yorker Büro des FBI geleitet hatte, war Pete Morton ein junger Agent gewesen.

»Großartig, verbinden Sie mich mit ihm.«

Einen Augenblick später meldete sich Morton.

»Hier ist Dick Henna, Pete.«

»O Gott.«

»Bleiben Sie ganz ruhig. Sie müssen mir einen Gefallen tun.«

»Was immer Sie wollen, Mr Henna.«

»Rufen Sie bei einem Ihrer Kontakte vom New York Police Department an. Ich muss wissen, ob es heute Nacht in der Nähe der Eleventh Street irgendwelchen Ärger gegeben hat.«

»Ich verstehe nicht, warum …«

»Tun Sie einfach, worum ich Sie bitte.« Henna erinnerte sich, dass Morton immer jede Menge Fragen stellte. »Rufen Sie mich unter dieser Nummer an, wenn Sie sich erkundigt haben.« Er nannte ihm seine persönliche Telefonnummer. »Und vergessen Sie die Nummer sofort wieder.« Er legte auf.

Er nahm sich Philip Mercers Dossier vor, das die CIA im Jahr 1990 zusammengestellt hatte. Geboren worden war Mercer in Belgisch-Kongo. Sein Vater war ein amerikanischer Bergbauingenieur, der für Mines Belgique arbeitete, ein Unternehmen, das in der reichen Provinz Katanga Diamanten förderte. Seine Mutter war ein belgisches Mannequin. Mercers Eltern hatten sich bei einem Fotoshooting in Leopoldville kennengelernt, der Hauptstadt des Kongo. Philip war ihr einziges Kind. Beide Eltern waren 1964 in Ruanda bei einem Aufstand ums Leben gekommen, doch darüber gab es keine genaueren Informationen.

Mercer war von seinen Großeltern väterlicherseits in Barre in Vermont großgezogen worden. Sein Großvater arbeitete in einem Granit-Steinbruch, die Großmutter war Hausfrau. Philip schloss die Highschool als Klassenbester ab und beendete sein Geologiestudium an der Pennsylvania State University mit der Note »cum laude«. Danach nahm er ein Aufbaustudium an der Colorado School of Mines in Golden auf, das er wieder als einer der Besten seines Jahrgangs abschloss. Dann kehrte er für vier Jahre an die Pennsylvania State University zurück. Während dieser Zeit arbeitete er nebenher noch für mehrere Kohlebergwerke im Westen Pennsylvanias und erwarb schließlich den Doktortitel im Fach Geologie. Seine Dissertation über die Dynamik der Metamorphose von Gesteinen wurde von Examenskandidaten an seiner Alma Mater noch immer gelesen.

Nach seiner Promotion arbeitete er für die U.S. Geological Survey, hielt es dort aber nicht länger als zwei Jahre aus. Gespräche mit seinen Kollegen aus jener Zeit hatten ergeben, dass Mercer sich durch die Arbeit bei der USGS schlicht unterfordert gefühlt hatte.

Mercers Fall war nur ein weiteres Beispiel für die Unfähigkeit staatlicher Institutionen, Spitzenkräfte an sich zu binden. Henna wusste schon nicht mehr, wie viele Leute er beim FBI verloren hatte, weil sie zu privaten Sicherheitsfirmen gegangen waren. Es lag nicht nur am Gehalt oder den Sozialleistungen, dass die Leute den Job wechselten. Die Arbeit bei bürokratischen staatlichen Einrichtungen beraubte Menschen einfach ihres Elans.

Nach seinem Abschied von der USGS hatte Mercer sich selbstständig gemacht. Er evaluierte Lagerstätten von Bodenschätzen für Investoren, die eine Profitprognose wollten, bevor sie Riesensummen in ein Projekt steckten. Bald hatte Mercer innerhalb der Branche einen guten Ruf. Nach nur ein paar Jahren verdiente er in zwei Wochen bis zu fünfzigtausend Dollar, und in einigen Fällen kamen noch Aktien hinzu, wenn er eine Lagerstätte als extrem lukrativ einschätzte. In dem Jahr, als die CIA das Dossier erstellt hatte, belief sich Mercers Einkommen nach Auskünften der Steuerbehörde auf etwas mehr als siebenhundertfünfzigtausend Dollar. Laut Angaben der Zollbehörde war er seit der Ausgabe seines jetzigen Passes dreißig Mal ins Ausland gereist.

Der nächste Teil des Dossiers befasste sich genauer mit Mercers Zusammenarbeit mit der CIA und der Operation im Irak. Als der Plan für die Einschleusung des Spezialkommandos entwickelt wurde, beschloss der Auslandsgeheimdienst, dass die Elitesoldaten von einem Mann begleitet werden sollten, der zugleich Geologe und Bergbauingenieur war. Achtundvierzig Kandidaten wurden in Betracht gezogen. Mercer wurde als Achter zu einem Gespräch eingeladen, und nach der ersten Serie von Tests wurden die anderen Kandidaten wieder ausgeladen. Der Intelligenztest ergab einen IQ, der dem eines Genies gleichkam, und er bestand auch alle Erinnerungstests mit exzellenten Resultaten. Noch nach einem Tag konnte er sich an eine achtundvierzigstellige Zahl erinnern. Nachdem er zugesagt hatte, an der Mission teilzunehmen, wurde er in ein Ausbildungszentrum im ländlichen Virginia geschickt, wo er sich als Scharfschütze und auf der Hindernisbahn bestens schlug. Demgegenüber wurde seine kommunikative Kompetenz als nur durchschnittlich bewertet.

In dem beigefügten Bericht des CIA-Psychologen wurde Mercers starke Fixierung auf Selbstständigkeit hervorgehoben, aber auch seine tief verwurzelte Angst vor der Einsamkeit, die sich wahrscheinlich darauf zurückführen ließ, dass er früh seine Eltern verloren hatte. Er war die geborene Führungspersönlichkeit, hatte aber darauf verzichtet, dieses Talent zu entwickeln. Abschließend wurde in dem Bericht festgestellt. Mercers Entscheidung, sich dem Spezialkommando anzuschließen, beruhe darauf, dass er die permanente Herausforderung suche. Der Psychologe befürchtete, dies könne zu Alleingängen führen, aber er sprach sich für Mercer aus.

Mitte Januar 1991 sprangen Mercer und acht Elitesoldaten der Delta Force mit dem Fallschirm über dem nördlichen Irak ab, in der Nähe der Stadt Mosul. Nach dem Studium von Satellitenbildern war Mercer zu der Einschätzung gelangt, dass hier die größte Wahrscheinlichkeit bestand, dass der Irak an der Entwicklung von Nuklearwaffen arbeitete.

Er hatte schnell herausgefunden, dass nicht einmal annähernd die Gefahr bestand, die Iraker könnten zur Urangewinnung in der Lage sein. Die Qualität des Uranerzes war zu schlecht, um es für die Produktion von Atomwaffen verwenden zu können. Als das Spezialkommando das Gelände der Uranmine durch ein Loch im Zaun verlassen wollte, wurden die Männer vom Sicherheitspersonal der Einrichtung angegriffen. Bei dem darauf folgenden Feuergefecht waren zwei Elitesoldaten getötet worden. Ein Dritter starb kurz danach, als sie durch die bergige Wüste flüchteten.

Der Helikopter, der sie an Bord nehmen sollte, konnte sie nicht abholen, weil er unter schweren Beschuss geriet. Mercer führte die Männer durch ein Geröllfeld, wo sie nicht von Fahrzeugen verfolgt werden konnten, dann nach Mosul. Dort stahlen sie einen Lastwagen, mit dem sie nach einer abenteuerlichen Fahrt die türkische Grenze erreichten. Die Elitesoldaten waren sich einig, dass ihre erfolgreiche Flucht vor allem Mercer zu verdanken war und dass sie ohne ihn nicht überlebt hätten.

Zwei Tage nach Mercers Befragung durch die CIA hatte Präsident Bush den Start der Operation Desert Storm angeordnet.

Henna stand auf und ging mit gesenktem Kopf auf und ab. Bei der Lektüre des Dossiers hatte er erfahren, dass Mercer mit Tish Talbots verstorbenem Vater befreundet gewesen war. Das konnte erklären, warum er sie im Krankenhaus besucht hatte. Danach war vieles rätselhaft. Woher hatte er gewusst, dass der andere Mann in dem Krankenzimmer weder ein Arzt noch ein weiterer FBI-Beamter gewesen war? Warum hatte er sich nicht beim FBI gemeldet, nachdem er Tish Talbot sicher aus dem Krankenhaus herausgebracht hatte? Warum hatte er die Dinge selbst in die Hand genommen? Und was hatte er in New York über die Reederei herausgefunden?«

»Mein Gott, es gibt zu viele Fragen und nicht genug Antworten«, sagte er laut.

Das Telefon klingelte schrill, und er nahm den Hörer ab.

»Henna.«

»Hier ist Pete Morton in New York, Sir.«

»Hallo Morton, was haben Sie herausgefunden?"

»Woher wussten Sie, dass an der Eleventh Street etwas passiert war?«

»Überspringen wir die Frage. Sagen Sie einfach, was geschehen ist.«

»Heute Nacht hat jemand um kurz vor eins aus einem Auto heraus fünf Schüsse aus einer Schrotflinte abgegeben und Fensterscheiben und Türen zerstört. Dann ist das Auto davongerast. Es gibt weder Verdächtige noch Anhaltspunkte, was dahinterstecken könnte.«

»Gehört eines der Häuser zufällig einer Reederei namens Ocean Freight and Cargo?«

»Ja, aber woher wissen Sie …«

»Machen Sie sich darum keine Gedanken. Postieren Sie dort ein paar Männer, die jeden in Gewahrsam nehmen sollen, der da auftaucht. Rufen Sie zurück, wenn Sie das erledigt haben.«

»Ich kümmere mich persönlich darum, Sir.«

Henna legte auf und ließ sich auf seinen Bürostuhl fallen.

Was zum Teufel hatte Mercer vor?

Bangkok, Thailand

Das Eis in Iwan Kerikows Whisky schmolz schnell in der asiatischen Hitze. Der Wasserkrug mit dem Logo des Royal River Hotel war beschlagen, die Papierserviette unter dem Glas nass. Er trank einen weiteren großen Schluck des wässrigen Scotch.

Mittlerweile war er seit zwei Tagen in Bangkok, ohne dass etwas passiert wäre. Er erfreute sich an dem Luxus, der ihm in dem altehrwürdigen Oriental Hotel geboten wurde, wo er eine Suite gemietet hatte, und amüsierte sich an der Pat Pong Road mitten in Bangkoks berühmtem Rotlichtbezirk. Außerdem hatte er über seine übereilte Flucht aus Moskau nachgedacht und sich gefragt, ob er den Buchprüfer vom KGB nicht doch etwas zu voreilig exekutiert hatte. Im Nachhinein sagte er sich, er hätte vielleicht erst nach der Buchprüfung sein Heimatland verlassen sollen, doch der Mord war ihm wie ein notwendiger Abschluss erschienen.

Es hatte nie infrage gestanden, dass er Russland eines Tages den Rücken kehren würde, doch wegen seiner überstürzten Abreise hatte er ein paar offene Probleme zurücklassen müssen, um die er sich nun nicht mehr kümmern konnte. Sei's drum, dachte er, bevor er bei der attraktiven Kellnerin den nächsten Scotch bestellte. Er hatte allen Grund, bester Dinge zu sein, und wollte sich die Stimmung nicht durch Gedanken an die Vergangenheit vermiesen lassen.

In der letzten Nacht hatte Dr. Borodin von Bord der *August Rose* aus Kontakt zu ihm aufgenommen. Borodin berichtete, er habe die definitive Stelle für den Durchbruch des Vulkans durch die Wasseroberfläche gefunden, und sie liege knapp tausend Meter außerhalb der Zweihundert-Meilen-Zone um Hawaii, also außerhalb der amerikanischen Hoheitsgewässer. Damit war eine schwere Last von Kerikows Schultern genommen.

Als Dr. Borodin das Projekt Vulkanfeuer vor vierzig Jahren begründet hatte, bezog seine Suche nach dem geologisch optimalen Ort keine politischen Erwägungen mit ein. An der Stelle, für die er sich entschied, stimmte alles: die Umgebung für vulkanische Erscheinungen, die Meerestiefe, Temperatur und Salzhaltigkeit des Wassers, die Strömung und das Vorhandensein einiger notwendiger Mineralien. Unglücklicherweise war der Ort vierzig Meilen von der Insel Oahu entfernt. Folglich musste Borodin sich umorientieren. Er wollte seine Atombombe so weit wie möglich von den Hawaii-Inseln entfernt explodieren lassen, durfte aber andererseits nicht das Ergebnis seiner Arbeit gefährden.

Zu der Zeit konnte am Beitritt Hawaiis zu den Vereinigten Staaten schon kein Zweifel mehr bestehen. Damit würden die Inseln über die territorialen Rechte einer souveränen Nation verfügen, während ihr Status zuvor eher der einer Kolonie oder eines Protektorats gewesen war. Borodin kam nach sorgfältigen Berechnungen zu dem Resultat, dass die Explosion eigentlich innerhalb der Zweihundert-Meilen-Zone erfolgen musste, wenn das Projekt Vulkanfeuer ein Erfolg werden sollte. Boris Ulinew vertraute Borodins späterer Versicherung, aufgrund der Meeresströmung werde der Vulkan doch außerhalb der Zweihundert-Meilen-Zone durch die Wasseroberfläche brechen, aber der clevere Chef der Abteilung Sieben entwickelte sicherheitshalber einen Notfallplan.

Er protegierte einen in Japan geborenen Amerikaner, der schon viel mitgemacht hatte, aber unglaublich intelligent war. Ohne dass der junge Mann etwas davon wusste, sorgte Ulinew aus der Ferne dafür, dass er studieren konnte und einen guten Start ins Berufsleben fand. Mit den Mitteln des KGB ließ Ulinew ihm für viele Jahre große Summen zukommen und verschaffte ihm einflussreiche berufliche Stellungen. Er sorgte dafür, dass er Menschen kennenlernte, die seine Persönlichkeit prägten. Nach Ulinews Tod kümmerten sich seine Nachfolger weiter darum.

Der junge Mann hieß Takahiro Ohnishi, und er entwickelte sich zu einem fanatischen Rassisten und größenwahnsinnigen Geschäftsmann. Er war zu einem global operierenden Industriellen mit einem weitläufigen Geschäftsimperium geworden. Sein Leben lang war er aus der Ferne so programmiert worden, sein Ziel in der Abspaltung Hawaiis von den Vereinigten Staaten zu sehen, was unter Umständen für den Erfolg des Projekts Vulkanfeuer unerlässlich sein konnte.

Als Kerikow Chef der Abteilung Sieben wurde, hatte er Ulinews Notfallplan studiert und war innerlich zusammengezuckt. Aus Erfahrung wusste er, dass es einfach war, Menschen zu manipulieren, doch die Erfahrung zeigte auch, dass diese Leute später nur schwer zu kontrollieren waren. Sie handelten oft auf eigene Faust oder legten die Hände in den Schoß, wenn man sie brauchte.

Kerikow war erleichtert, dass dieser Teil von Ulinews ursprünglichem Plan sich erledigt hatte. Borodins Anruf hatte bestätigt, dass ein Umsturz in Hawaii nicht länger vonnöten war, um sicherzustellen, dass sie die Kontrolle über den Vulkan haben würden. Der KGB hatte etliche Millionen Dollar ausgegeben, um Ohnishi gegebenenfalls für seine Zwecke instrumentalisieren zu können, doch Kerikow war es egal, dass es jetzt so aussah, als hätten sie das Geld zum Fenster hinausgeschmissen. Der Vulkan war außerhalb von Amerikas Einflussbereich, und profitieren würde er persönlich.

Vor acht Monaten war Borodin routinemäßig an Bord der *August Rose* an dem immer größer werdenden Vulkan vorbeigefahren. Er werde aller Wahrscheinlichkeit nach außerhalb der Zweihundert-Meilen-Zone durch die Wasseroberfläche brechen, hatte Borodin berichtet, doch hundertprozentig sicher sei das für einige Zeit noch nicht. Kerikow nahm das zum Anlass, einen eigenen Notfallplan zu entwickeln.

Mit einer Million Dollar in bar und einer Zusage für weitere fünf Millionen hatte er einen hochrangigen persönlichen Mitarbeiter Ohnishis gekauft, der über alle Aktivitäten des exzentrischen Milliardärs berichten sollte. Für den Fall, dass der Umsturz in Hawaii nicht erforderlich war, wollte Kerikow sicherstellen, dass Ohnishi seinen Plan nicht weiterverfolgen konnte. Der Maulwurf war seine Garantie dafür, dass Ohnishi unter Kontrolle gehalten werden konnte. Für immer, falls nötig.

Zugleich entwickelte Kerikow einen Plan, wie er allein von dem Vulkan finanziell profitieren würde. Wäre die Sowjetunion jene Supermacht geblieben, die sie gewesen war, als Dr. Borodin das Projekt Vulkanfeuer gestartet hatte, wäre Kerikow stolz gewesen, sein Land von dem erfolgreichen Projekt profitieren zu lassen. Doch nun war Russland auf den Status eines Landes der Dritten Welt herabgesunken, dessen Überleben von Kreditbürgschaften der Vereinigten Staaten und westeuropäischer Nationen abhing.

Nachdem es im Jahr 1989 an der Niederlage im Kalten Krieg

keinen Zweifel mehr gab, erduldete Russland einen grausamen Frieden. Das Land wurde zu einem Markt für westliche Güter und zu einem Rohstofflieferanten, vergleichbar den früheren europäischen Kolonien in Afrika und Asien. Innerhalb einiger weniger Jahre war das Land von einer Supermacht zu einer Kolonie geworden, und der Niedergang war noch längst nicht beendet.

Kerikow hatte dem Niedergang emotionslos zugesehen. Russland verfügte nicht mehr über die politische Macht und die finanziellen Reserven, um ein Projekt wie das Vulkanfeuer weiterzuverfolgen. Er trat mit einer Gruppe von Männern in Verhandlungen, die diese Mittel hatten.

Die neun Mitglieder von Hydra Consolidated, einer milliardenschweren, in Südkorea ansässigen Dachgesellschaft, die ihr Geld auf dem Grundstücks- und Immobilienmarkt, im produzierenden Gewerbe, mit Unterhaltungselektronik sowie in der Informationstechnologie verdiente, erkannten das Potenzial des Projekts Vulkanfeuer, als Kerikow an sie herantrat. Sie schreckten nicht vor der Summe von hundert Millionen Dollar zurück, die Kerikow für diesen Vulkan forderte, der ungewöhnliche Profite versprach, weil das strategisch bedeutsame Metall, das er tief in seinem Inneren produzierte, seinen Besitzer zum mächtigsten Mann der Welt machen würde.

Eine Woche nach den ersten Gesprächen mit den Koreanern erfuhr Kerikow von der bevorstehenden Konferenz in Bangkok, auf der über die Zukunft der Spratly-Inseln verhandelt werden sollte. Als er erkannte, dass ein Abkommen seinem Plan förderlich sein konnte, forderte er ein paar Gefälligkeiten ein. Ein bisschen Bestechung und Erpressung trugen weiter dazu bei, dass Gennadij Perschenko zum russischen Delegierten für die Konferenz ernannt wurde. Außerdem brachte er den taiwanischen Botschafter dazu, in seinem Sinne zu agieren. Im Gegenzug dafür erhielt dieser Informationen, die es Minister Tren ermöglichen würden, Premierminister des Landes zu werden, wann immer er es wollte.

Noch vor dem Beginn der Konferenz wusste Kerikow, wie er seine beiden Agenten einsetzen musste, damit die Besitzverhältnisse klar waren, wenn der Vulkan durch die Wellen des Pazifiks brach.

Als der zweite Scotch serviert wurde, blickte er auf seine Piaget-Uhr. Perschenko musste jeden Moment da sein. Er schaute zu dem Oberkellner hinüber. Es war sein erster Abend im Royal River Hotel, aber ihm schien der Job zu gefallen.

Sein Vorgänger war an diesem Nachmittag nicht an seinem Arbeitsplatz aufgetaucht. Seine mit Betonblöcken beschwerte Leiche ruhte auf dem Grund eines etwa fünfzehn Kilometer von der Stadt entfernten Kanals.

Eine Stunde nach der Bestätigung durch Borodin hatte Kerikow den Oberkellner umgebracht, um ganz sicherzugehen, dass der nie etwas von seinen Beziehungen zu dem russischen Delegierten auf der Bangkoker Konferenz erzählen würde. Nachdem er die Leiche des jungen Thailänders entsorgt hatte, rief er Ewad Lurbud in Kairo an und befahl ihm, seine Hausaufgaben zu machen. Im Klartext hieß das, dass er einen ägyptischen Waffenhändler töten und dann nach Hawaii fliegen sollte, um sich um Takahiro Ohnishi und Kerikows Maulwurf zu kümmern.

Er mochte ein paar ungelöste Probleme zurückgelassen haben, als er Russland überstürzt verlassen hatte, doch in der Schlussphase des Projekts Vulkanfeuer würde er keinen Fehler machen und nichts dem Zufall überlassen. In ein paar Tagen würde er die hundert Millionen Dollar von den Koreanern haben, und es würde niemand von denen mehr leben, die wussten, wie er an das Geld herangekommen war.

Er sah, wie Gennadij Perschenko aus dem Wassertaxi auf den Landungssteg des Royal River Hotels sprang. Einen Augenblick später führte der neue Oberkellner den Diplomaten zu seiner letzten Besprechung mit Kerikow.

Washington, D.C.

Der Greyhound hielt direkt vor dem großen Busbahnhof in der Nähe des Kongresszentrums. Mercer folgte auf steifen Beinen Tish Talbot, die gerade die drei Stufen hinabstieg. Sein ganzer Körper schmerzte, und es lag nicht nur daran, was er in New York durchgemacht hatte, sondern auch an den unbequemen Sitzen, mit denen anscheinend alle Hersteller ihre Busse ausstatteten. Er massierte seinen steifen Rücken, aber es half nicht. Sie betraten den Busbahnhof. Fahrplanansagen hallten aus den Lautsprechern an den gekachelten Wänden, Fahrgäste kamen und gingen. Auf den Stahlbänken lagen Obdachlose, die hier die Nacht verbrachten.

»Ich verstehe immer noch nicht, warum wir mit dem Bus nach Washington zurückfahren mussten«, klagte Tish. Sie drehte den Kopf hin und her, um die Verspannung ihrer Halsmuskeln zu lösen. Sie hatten ein Taxi nach Newark genommen und waren dort in den Bus gestiegen.

Mercer zog eine Grimasse, als er sein stoppeliges Kinn rieb. »Weil das FBI mit Sicherheit die Bahnhöfe beobachtet. Außerdem brauchte ich Zeit zum Nachdenken, bevor wir uns stellen.« Er ging zu einer Reihe von Wandtelefonen und wählte die Nummer einer internationalen Vermittlung. »Und wir stellen uns nach diesem Anruf.«

Es dauerte volle fünf Minuten, bis die Verbindung hergestellt war. Mercer sprach Französisch, und da Tish die Sprache nicht verstand, setzte sie sich auf eine Bank.

»Alles erledigt«, verkündete er kurz darauf.

»Worum ging's?«

»Ich musste einen alten Angelfreund anrufen.«

Tish hatte sich daran gewöhnt, dass bei Mercer immer mit Überraschungen zu rechnen war. »Konnte er Ihnen sagen, was Sie wissen wollten?«

»Worauf Sie sich verlassen können.« Trotz seiner Erschöpfung lag in seinem Tonfall etwas Triumphierendes.

Sie stiegen vor dem Busbahnhof in ein Taxi, und Mercer nannte dem Fahrer seine Adresse.

»Warum fahren wir nicht direkt zum FBI?« Tish lehnte ihren Kopf an seine Schulter, wie sie es meistens auch während der sechsstündigen Busfahrt getan hatte.

»Wenn wir im Hoover Building auftauchen, würden sie Stunden brauchen, um unsere Identität zu überprüfen und uns zu der Person zu führen, die für Ihren Schutz in dem Krankenhaus verantwortlich war. So werden uns die FBI-Beamten, die mein Haus observieren, direkt zu ihm bringen.«

»Clever.«

Aufgrund des dichten Verkehrs dauerte die Taxifahrt fast eine Dreiviertelstunde. Der Fahrer weigerte sich, die Klimaanlage anzustellen. Heiße Luftstöße drangen durch die offenen Fenster und zerzausten Tishs Haar.

»Da Sie heute Morgen im Bus sofort eingeschlafen sind, möchte ich mich jetzt dafür bedanken, dass Sie sich in New York so gut geschlagen haben. Man hätte Sie für einen echten Profi halten können.«

Tish lächelte und entblößte dabei ihre perfekten Zähne. »Jack Talbot hat seine Tochter so erzogen, dass sie selbst auf sich aufpassen kann.«

Er lachte. »Daran habe ich nicht den geringsten Zweifel.«

»Was wird geschehen, wenn das FBI uns festnimmt?«

»Ich weiß es nicht, Tish. Meiner Meinung nach weisen uns die Informationen, die wir in den letzten beiden Tagen gesammelt haben, den Weg zu den Leuten, die für den Untergang der *Ocean Seeker* verantwortlich sind. Wenn wir dem FBI erzählen, was wir wissen, müssten wir eigentlich aus dem Schneider sein.«

»Und wenn sie uns nicht glauben?«

»Wir müssen nur dafür sorgen, dass sie es tun. Was ich ihnen zu erzählen habe, ist zu beängstigend, um es zu ignorieren.«

Das Taxi hielt vor Mercers Haus. Nachdem er den Fahrer

bezahlt hatte, schloss er die Haustür auf und gab auf dem Keypad daneben den Code ein. Als er die Tür fast schon wieder geschlossen hatte, hörte er hinter sich eine Stimme.

»Treten Sie bitte von der Tür weg, und legen Sie die Hände hinter den Kopf. Ich komme vom FBI, Dr. Mercer.«

Mercer drehte sich mit einem ironischen Lächeln zu dem FBI-Beamten um. »Der Typ, von dem ich so was zum letzten Mal gehört habe, liegt gefesselt und entwaffnet in einem New Yorker Büro. Und der hatte seine Knarre bereits gezogen.«

Der Mann hatte keinen Sinn für Mercers trockenen Humor und zog seine Dienstwaffe. »Ich habe gesagt, Sie sollen die Hände hinter den Kopf legen. Das gilt auch für Sie, Dr. Talbot.«

Der FBI-Beamte trat vor. Er war in Mercers Alter, hatte aber einen hellblonden Pony und ein Babyface. Die Pistole in seiner Hand zitterte nicht.

Ein zweiter FBI-Beamter tauchte auf. »Ich habe Anweisungen, Sie in die Stadt zu bringen. Sie sind nicht verhaftet. Kommen Sie bitte freiwillig mit.«

»Machen Sie's besser ganz offiziell«, sagte Mercer lächelnd. Er drehte sich um und ließ hinter dem Rücken die Hände sinken. Wie ein Roboter trat der zweite FBI-Beamte vor, um ihm Handschellen anzulegen. »Ihre Freunde werden schwer beeindruckt sein, wenn sie sehen, wie Sie uns in Ketten gelegt haben.«

Als sie in der braunen Limousine saßen und in die Stadt fuhren, flüsterte Tish: »Warum zum Teufel haben Sie das gesagt?«

»Wer immer mit uns reden will, ich bin gespannt, wie er reagiert, wenn er die Handschellen sieht. Das könnte mir eine Menge verraten.«

Der Wagen fuhr auf der unterirdisch geführten Route 66 nach Washington hinein, verließ den Tunnel nördlich des Lincoln Memorial und nahm die Constitution Avenue, die parallel zur Mall verlief, wo zahllose in der Hitze schwitzende Touristen die Denkmäler bestaunten. Wie Mercer vermutet hatte, bog der Fahrer in die 15th Street ab. Er war sicher, dass man sie zum J. Edgar Hoover Building bringen würde, dem Hauptquartier des FBI, doch kurz vor dem Treasury Building bremste der Fahrer ab und bog nach links in die East Executive Avenue ab. Kurz darauf fuhren sie durch ein Hintertor auf das Grundstück des Weißen Hauses. Mercer und Tish schauten sich sprachlos an.

Direkt hinter dem Weißen Haus fuhr der Wagen in eine Tiefgarage. Die beiden FBI-Beamten führten Mercer und Tish zu einem Aufzug, dessen Tür bereits offen stand. Dort wurden sie von zwei weiteren Mitarbeitern des FBI in Empfang genommen. Bevor sich die Tür des Aufzugs schloss, fiel Mercer auf, dass die Garage makellos sauber war. Wahrscheinlich wurde sie jeden Tag gewischt, damit nicht eine glühende Zigarettenkippe eventuell ausgelaufenes Öl in Brand setzte.

Der Lift hielt im Erdgeschoss, und sie traten in einen mit einem blauen Teppich ausgelegten Gang. Junge Regierungsangestellte mit Berichten und Faxen in der Hand eilten an ihnen vorbei, als hinge von ihrer Arbeit die Sicherheit der freien Welt ab. Was ja auch tatsächlich so war. Nur wenige bemerkten, dass Mercers Hände mit Handschellen gefesselt waren. Vielleicht hielten sie ihn für einen Kollegen, der wegen eines noch unbekannten Skandals geopfert wurde.

»Ich werde keinen von euch verraten«, rief er laut, um das Klingeln zahlloser Telefone zu übertönen.

Die FBI-Beamten stießen ihn durch den Korridor. Sie kamen an etlichen engen Büros vorbei und blieben dann vor einem Schreibtisch neben einer breiten Tür stehen.

»Das sind Philip Mercer und Tish Talbot, Miss Craig. Ist da drinnen alles vorbereitet?«

»Ja«, antwortete die pummelige Frau. Sie schaute Tish an und lächelte lieblich. »Ach, meine Ärmste, ich habe gehört, was Sie durchgemacht haben. Kommen Sie mit. Ich bin sicher, dass Sie sich etwas frisch machen möchten.«

Tish blickte Mercer an.

»Schon in Ordnung.«

174

Tish folgte der persönlichen Sekretärin des Präsidenten.

Mercer wandte sich den FBI-Beamten zu. »Okay, Gentlemen, bringen wir's hinter uns.«

Die Tür öffnete sich, und Mercer betrat das Oval Office.

Es war sehr viel kleiner, als er es sich vorgestellt hatte. Er hatte geglaubt, der Präsident würde das Land aus einem deutlich größeren Raum heraus regieren. In den blassblauen Teppich war das Präsidentenwappen eingewebt. Er blickte sich um. Einige der Anwesenden erkannte er. Admiral C. Thomas Morrison, Richard Henna, den Direktor des FBI, und Catherine Smith, die Stabschefin des Präsidenten. Er vermutete, dass der an einer Wand lehnende kahlköpfige Mann der Direktor der CIA war. Der Präsident saß hinter seinem Schreibtisch, seine großen Hände ruhten auf der mit Leder bezogenen Platte. Miss Smith trug ein dezentes Kostüm mit einer weißen Bluse und einer Schleife. Die Männer waren so gekleidet, wie es in Washingtoner Regierungskreisen obligatorisch ist – konservativer Anzug, weißes Hemd, dunkle Krawatte. Nur Admiral Morrison trug eine weiße Sommeruniform, und Mercer hatte immer noch die schwarzen Kleidungsstücke an, die er bei dem Einbruch getragen hatte.

»Mein Glückwunsch, Mr President.« Der Präsident warf ihm einen fragenden Blick zu. »Ich habe vor zwei Tagen in der Zeitung gelesen, dass der Hund der First Lady Junge bekommen hat.«

»Wir sind nicht hier, um über Hunde zu reden«, sagte CIA-Chef Barnes gereizt.

»Wir werden über gar nichts reden, solange ich nicht weiß, warum Tish Talbot nach Washington gebracht und vom FBI bewacht wurde.«

»Was mit ihr passiert, ist jetzt nicht mehr Ihre Sache«, erwiderte Barnes aggressiv.

»Ich glaube, ich mag Sie nicht, mein Freund.« In Mercers Stimme lag keine Boshaftigkeit, aber der Blick seiner grauen Augen verhärtete sich.

Der Präsident versuchte, die Situation zu entspannen. »Wir werden im Gegenzug auch Ihre Fragen beantworten, Dr. Mercer. Und Sie können beruhigt sein, Dr. Talbots schwere Prüfung ist nun beendet. Im Moment ist sie oben bei meiner Frau und den jungen Hunden, von denen Sie sprachen. Man kümmert sich um sie.«

»Mein Gott«, rief Henna aus, als er sah, dass Mercer mit Handschellen gefesselt war. Er wandte sich seinen Leuten zu. »Nehmt ihm die Dinger ab und verschwindet.«

Die beiden FBI-Beamten befolgten den Befehl und verließen das Oval Office. Mercer schenkte sich aus einer silbernen Kanne eine Tasse Kaffee ein, setzte sich auf den letzten freien Stuhl und trank einen Schluck.

»Sie wollten mich also sehen.«

»Sie müssen uns eine Menge erklären, Dr. Mercer«, sagte Henna. »Doch zuerst möchten wir Ihnen alle dafür danken, dass Sie Dr. Talbot in dem Krankenhaus das Leben gerettet haben. Woher wussten Sie, dass der Mann in dem Krankenzimmer ein Eindringling war?«

»Wir haben uns beide als Urologen vorgestellt, um in das Krankenzimmer zu gelangen«, antwortete Mercer. »Ich glaubte, Ihre Wachhunde würden einen, aber nicht zwei Urologen hereinlassen. Außerdem fiel mir auf, dass die Schuhe des Mannes zu unbequem waren für einen Arzt, der Visite macht. Es war ein kalkulierbares Risiko, aber im schlimmsten Fall hätte ich mit einer Anzeige wegen Tätlichkeit gegen einen unschuldigen Bürger rechnen müssen. Aber es stellte sich heraus, dass ich recht hatte. Wer war der Typ?«

»Josef Skadra, ein in der Tschechoslowakei geborener Agent, der für den KGB arbeitete.«

»Haben Sie eine Ahnung, in wessen Auftrag er unterwegs war, als er Dr. Talbot nach dem Leben trachtete?«

»Wir sind nicht sicher«, räumte Henna ein. »Aber vergessen Sie nicht, dass Sie ihn und seine Kumpels so zugerichtet haben, dass sie keine Fragen mehr beantworten konnten.«

Jetzt meldete sich wieder Barnes. »Dr. Mercer, Sie sind hier, um Fragen zu beantworten, nicht, um welche zu stellen.«

»Immer mit der Ruhe, Paul«, mahnte der Präsident. »Dr. Mercer ist unser Gast, kein Häftling.«

»Bevor Sie Ihre Fragen stellen, könnte ich Sie ja darüber informieren, was ich weiß«, sagte Mercer.

Der Präsident nickte, und Mercer legte los.

»In der Nacht des 23. Mai 1954 sank ein Erzfrachter namens *Grandam Phoenix* ungefähr zweihundert Meilen nördlich von Hawaii, im Zentrum der Musicians Seamounts, einer fünfhundert Meilen langen Kette unterseeischer Vulkane. Ich weiß nicht, ob das Schiff durch die nukleare Explosion zerstört wurde, die sich in dieser Nacht ereignete, oder ob es bereits sank. Die Bombe detonierte gut zweitausend Meter unter der Wasseroberfläche.« Mercers Zuhörer waren zu konsterniert, um etwas zu sagen, und so fuhr er fort. »Durch die Triangulierung von Zeitverzögerungen und abweichende Werte auf der Richterskala, die von sechs verschiedenen Messstationen in Asien und den Vereinigten Staaten registriert wurden, konnte ich das Epizentrum lokalisieren. Der extreme Ausschlag, den die Seismogramme zeigten, ist identisch mit jenen, die nach unterirdischen Atomtests gemessen wurden. Es gibt keine natürlichen Vorkommnisse, die da auch nur annähernd herankommen. Seit dieser Zeit sind in einem Umkreis von fünfzig Meilen um das Epizentrum der Explosion herum sieben große Schiffe gesunken, zuletzt das NOAA-Forschungsschiff *Ocean Seeker*.«

»Worauf wollen Sie eigentlich hinaus?«, fragte Henna.

»Lassen Sie mich ausreden, dann wissen Sie es. Dass so viele Schiffe in einem relativ kleinen Bereich gesunken sind, ist seltsam genug, doch es gibt eine Verbindung zwischen ihnen, die einen Zufall ausschließt. Bei den sieben Schiffsuntergängen gab es nur in drei Fällen Überlebende – bei einem Tankerunglück im Jahr 1983, bei der Havarie eines Containerschiffes 1972 und kürzlich bei der *Ocean Seeker*. Den vier anderen Schiffen, bei deren Untergang niemand überlebte, war gemeinsam, dass sie über äußerst moderne Sonargeräte verfügten, mit denen sich der Meersboden absuchen ließ. Die Trawler, die seit 1954 gesunken sind, benutzten sie, um Fischschwärme zu orten, ein 1977 gesunkener Kabelleger suchte weiche Pfade im Meeresboden, und ein chilenisches Forschungsschiff, das 1982 spurlos verschwand, kartografierte Tiefseebecken im Pazifik.«

»Kommen die Informationen von der Liste mit Schiffen, die Ihnen diese auf Seerecht spezialisierte Kanzlei aus Miami gefaxt hat?«, fragte Henna.

»Ja, und ich habe ziemlich lange darauf gestarrt, bis ich die Verbindung zwischen den Schiffen erkannte, bei deren Untergang es keine Überlebenden gab. Als ich sah, dass sie alle Equipment zur Untersuchung des Meeresbodens an Bord hatten, versuchte ich mir vorzustellen, was die Sonargeräte geortet haben könnten. Ich vermute, dass diese Schiffe alle versenkt wurden, damit niemand etwas von einem neuen Vulkan erzählen konnte, der immer größer wurde.

»Gibt es eine Verbindung zwischen der Entstehung dieses Vulkans und der nuklearen Explosion?«, fragte der Präsident.

»Für mich steht das fest. Ich glaube, dass die Explosion die Eruption des Vulkans ausgelöst hat. In der Gegend um Hawaii, inklusive der Musicians Seamounts, gibt es einen Hotspot. Ein Hotspot ist eine extreme Hitzequelle tief im Erdmantel, die Löcher in die Erdkruste bohrt, während sich eine tektonische Platte darüberschiebt. So entstehen Ketten von Vulkanen, die umso älter sind, je weiter sie von dem Hotspot entfernt sind. Lässt man eine Atombombe über einem Hotspot explodieren, zerstört das die Erdkruste noch mehr, und für das Magma aus der Lithosphäre gibt es eine neue, künstliche Austrittsöffnung.«

»Warum sollte jemand daran Interesse haben?«

»Keine Ahnung, aber es ist erwiesen, dass dafür Menschen sterben mussten.«

»Lassen Sie uns in die jüngere Geschichte zurückkehren«, sagte Henna.

»Das Team an Bord der *Ocean Seeker* sollte den Grund für den Tod einiger Wale herausfinden, die vor ungefähr einem Monat in Hawaii an Land gespült wurden. Im Verdauungstrakt der Tiere fanden sich Lavapartikel. Tish Talbot war zur Teilnahme an der Expedition eingeladen worden. Vierundzwanzig Stunden nach der Abfahrt explodierte das Schiff, und Tish wurde ins Meer geschleudert. Nach ihrer Rettung wurde sie zur Beobachtung ins George Washington University Hospital gebracht. Am Tag nach ihrer Einweisung ins Krankenhaus erhielt ich ein Telegramm, in dem stand, sie schwebe in großer Gefahr.«

»Wer war der Absender des Telegramms?«

»Angeblich ihr Vater, doch ich erfuhr später, dass der vor einem Jahr gestorben ist. Ich weiß nicht, wer mir das Telegramm geschickt hat, aber es ist offensichtlich, dass irgendjemand mich in diese Sache hineinziehen wollte.«

»Warum?«

»Das ist die Millionen-Dollar-Frage, Mr President.«

»Das ist doch alles Zeitverschwendung«, schnaubte Barnes. »Er hat mehr Fragen als Antworten.«

»Sie haben recht, mir stellen sich eine Menge Fragen. Warum wurde ausgerechnet Tish Talbot gerettet, als die *Ocean Seeker* zerstört wurde? Das Schiff war mit den modernsten Sonarsystemen ausgerüstet. Dass sie überlebt hat, passt nicht zu dem, was ich Ihnen eben mitgeteilt habe. Warum wurde sie ein paar Tage gefangen gehalten, bevor sie offiziell durch die Besatzung der *September Laurel* ›gerettet‹ wurde? Und warum wollte sie jemand ermorden lassen?«

»Hat sie Ihnen das alles erzählt?«

»Nein, das habe ich mir selbst zusammengereimt. Als das Schiff explodierte, wurde sie von der Druckwelle ins Meer geschleudert, und plötzlich treibt direkt neben ihr ein aufblasbares Rettungsfloß im Wasser.«

»Es könnte ebenfalls durch die Explosion dorthin geschleudert worden sein«, bemerkte Admiral Morrison.

»Ausgeschlossen. Das Rettungsfloß wäre nicht aufgeblasen, sondern zerfetzt worden. Sie hat mir auch erzählt, sie sei darauf zugeschwommen, hat aber eingeräumt, sie habe kaum etwas hören können. Wie hätte sie in dem aufgewühlten Wasser um ein sinkendes Schiff schwimmen können, wenn sie durch die Explosion völlig benommen war? Ich bin mir sicher, dass jemand an Bord war, der im Voraus von der bevorstehenden Zerstörung des Schiffes wusste und den Auftrag hatte, sie zu retten.«

Die Männer in dem Raum tauschten bedeutungsvolle Blicke aus. Mercer glaubte, dass sie etwas wussten, wovon er keine Ahnung hatte.

»Zurück zu Ihrer Frage, warum Dr. Talbot nach Washington gebracht und vom FBI bewacht wurde. Sie müssen wissen, dass wir zwei Tage vor dem Untergang der *Ocean Seeker* eine Warnung erhalten haben.«

»Wir glaubten, dass es weniger Aufsehen erregen würde, wenn wir sie in die Universitätsklinik statt ins Walter Reed Hospital bringen«, sagte der Präsident bedächtig. »Sie verstehen, sie ist die einzige überlebende Zeugin eines terroristischen Anschlags, der Amerika direkt ins Herz treffen sollte.« Er zog Takahiro Ohnishis Brief aus der Tasche und las ihn laut vor.

»An den Präsidenten der Vereinigten Staaten von Amerika. Nach dem Zweiten Weltkrieg mussten europäische Länder aus wirtschaftlicher Notwendigkeit Kolonien in die Unabhängigkeit entlassen. In einigen vollzog sich der Übergang reibungslos, in anderen gab es Bürgerkriege und Auseinandersetzungen mit den ehemaligen Kolonialherren. Dies ist ein schmerzliches, blutiges Kapitel der Menschheitsgeschichte.

Jetzt ist es an der Zeit, dass sich auch die Vereinigten Staaten der ökonomischen Realität stellen müssen. Die Kolonien, die Amerika noch hält, müssen in die Unabhängigkeit entlassen werden, und wir Hawaiianer fühlen uns, als wären wir eine Kolonie der Vereinigten Staaten. Eine Staatsverschuldung von vier Billionen Dollar ist eine Bürde, unter der die USA zusammenbrechen werden. Die aus der Not geborenen Maßnahmen, die Sie und Ihre Vorgänger ergriffen haben, konnten den völligen Zusammenbruch Ihres Systems allenfalls hinauszögern.

Während amerikanische Steuergelder in fremden Ländern und ausländischen Banken verschwinden, versinkt das Volk immer tiefer in Apathie. Das lässt sich auch durch unsinnige rhetorische Phrasen und aalglatte Medieninszenierungen nicht kaschieren.

Mr President, so kann es für uns nicht weitergehen. Die Hawaiianer sind ihrer Herkunft nach keine weißen Europäer und sollten folglich auch nicht von ihnen regiert werden. Wir sind ein eigenständiges Volk mit eigenen Ansichten und Werten, und es kann nicht sein, dass wir wegen eines sterbenden Systems Bankrott gehen, an das Sie sich so klammern.

Mittlerweile sollten Sie begriffen haben, dass das Konzept der multikulturellen Gesellschaft eine Illusion ist. Wir sind noch immer eine am Stammesdenken orientierte Spezies, und die Menschen fühlen sich unter ihresgleichen am wohlsten. Es ist töricht, das abstreiten zu wollen. Die Vorstellung, eine Gesellschaft sei ein *Schmelztiegel,* ist völlig überholt.

Ich befürchte, dass bald auch die Vereinigten Staaten zu den Ländern gehören, die durch gewalttätige interne Auseinandersetzungen zerrissen werden, und ich möchte, dass mein Volk davon verschont bleibt.

Hawaiis Übergang zur Unabhängigkeit muss sich friedlich vollziehen, aber er muss vollzogen werden. Schon jetzt gibt es sezessionistische Bestrebungen, durch die Hawaii zu einem souveränen Staat werden soll. Versuchen Sie nicht, dagegen vorzugehen. Ich fühle mich dem Frieden verpflichtet, aber nur, wenn Amerika nicht interveniert.

Als Beweis dafür, dass ich es ernst meine, verweise ich darauf, dass ich die Mittel zur Verfügung habe, in einem Umkreis von zweihundert Meilen um unsere Inseln herum jedes amerikanische Marine- oder Forschungsschiff zu zerstören. Sollte in den kommenden Wochen des Übergangs ein solches

Schiff entdeckt werden, werde ich nicht zögern, es zu versenken.

Bitte unterschätzen Sie weder meine Entschlossenheit noch die der Einwohner dieser Inseln. Wir haben ein gemeinsames Ziel, und wenn wir es erreichen, werden alle davon profitieren. Takahiro Ohnishi.‹«

Der Präsident legte den Brief auf seinen Schreibtisch und blickte Mercer an.

Der saß mit ausdrucksloser Miene da und versuchte zu verarbeiten, was der Präsident gerade vorgelesen hatte. Er kannte die Ansichten des exzentrischen Milliardärs, hatte sogar eines seiner rassistischen Bücher gelesen. Trotzdem hätte er dem Industriellen so etwas nie zugetraut. Die Beziehungen zwischen den Hawaiianern mit japanischen Wurzeln – der Bevölkerungsmehrheit – und den weißen Einwohnern der Inseln waren angespannt, doch was der Präsident gerade vorgelesen hatte, kam einer Unabhängigkeitserklärung gleich.

»Als wir den Brief erhielten, liefen in Pearl Harbor keine Schiffe ein oder aus, aber das NOAA-Forschungsschiff fuhr Richtung Norden. Dick hat mir den Brief erst gezeigt, nachdem die *Ocean Seeker* gesunken war. Zuvor hatte er ihn nur für einen schlechten Scherz gehalten. Seitdem habe ich eine Einstellung des Schiffverkehrs in einem Umkreis von zweihundert Meilen angeordnet, wie Ohnishi es in seinem Brief verlangt. Dr. Mercer, abgesehen von den hier Anwesenden sind Sie der Erste, der davon erfährt. Wir glaubten, dass Ohnishi all das erst kürzlich ausgebrütet hat, doch Ihre Informationen deuten darauf hin, dass es eine vierzigjährige Vorgeschichte gibt.«

»Und ich bin noch nicht einmal fertig, Mr President«, sagte Mercer. »Hier geht es um mehr als um einen verrückten Milliardär mit Ansichten, die einem Hitler alle Ehre gemacht hätten.«

Die Anwesenden blickten ihn gespannt an.

»Die *Ocean Seeker* wurde nicht von Takahiro Ohnishi versenkt, sondern von dem russischen Unterseeboot *John Dory*.«

Kairo, Ägypten

Obwohl es Abend wurde, war die Hitze in der Millionenstadt immer noch erdrückend. Die Araber in ihren langen weißen Gewändern schienen gegen die extremen Temperaturen immun zu sein, doch die Menschen aus dem Westen litten. Ewad Lurbud kaufte bei einem Straßenhändler einen Becher mit warmem Feigensaft. Er schmeckte grauenhaft, aber sein Körper brauchte die Flüssigkeit.

Lurbud stand auf der Shari al-Muizz Le-Din Allah, der Hauptstraße im Khan el-Khalili, einem riesigen Basar, den nicht nur knapp fünf Kilometer, sondern tausend Jahre von dem modernen Tahrir-Platz im Zentrum von Kairo zu trennen schienen.

Das Labyrinth von schmalen Gängen war verstopft mit Menschen, denn der Basar war das eigentliche Einkaufszentrum der Einheimischen. Auch gehetzte Touristen mit geröteten Gesichtern kamen hierher, nachdem sie sich die Pyramiden, die Nekropole von Memphis und das stets überfüllte Ägyptische Museum angesehen hatten.

Der Basar war 1382 von Sultan Barquqs Stallmeister Garkas al-Khalili als Rastplatz für Kamelkarawanen gegründet worden und seitdem ständig gewachsen. Als die Osmanen im Jahr 1517 Ägypten eroberten, konnte man in dem Basar sogar Waren aus dem fernen England kaufen. Der osmanische Sinn für Ordnung führte zu einer Aufteilung des Basars nach Zünften, die noch heute erkennbar ist. Parfümhändler bieten ihre Ware südlich der großen Kreuzung an. Gold und Silber werden an einer speziellen Stelle verkauft, die Teppichhändler residieren an einer anderen. Überall in dem Basar riecht es nach Gewürzen und Essen, und an seinem Rand gibt es Souvenirläden für die Touristen.

Autos waren in dem Basar nicht zugelassen, doch der Lärm der Menschen war genauso laut wie der von Motoren. Straßenhändler riefen ihre Waren aus, Kunden feilschten laut mit den Händlern. Aus den Lautsprechern der beiden Moscheen direkt neben dem Basar ertönte immer wieder das »*Allah Akbar*«.

Lurbud wusste, dass die Muslime bald ihre Läden und Stände schließen und für das Abendgebet die Moschee aufsuchen würden. Er verachtete die Vorstellung eines Gottes, insbesondere wenn dieser fünfmal pro Tag angebetet werden wollte. Dennoch respektierte er die Glaubensstärke der Muslime. Als Teilnehmer des sowjetischen Afghanistan-Feldzuges wusste er nur zu gut, dass die Stärke der Aufständischen ihrer Religion zu verdanken war. Die Mudschaheddin nannten ihren Widerstand einen »Heiligen Krieg« und formten aus den Mitgliedern verschiedener Stämme eine erstaunlich einheitliche Streitmacht, die gegen die größte Armee der Welt Widerstand zu leisten vermochte.

Bei seinem ersten Einsatz in Afghanistan war Lurbud im Auftrag des KGB dort gewesen. Er verbrachte Wochen und manchmal Monate außerhalb der relativ sicheren Hauptstadt Kabul, um einheimische Widerstandsgruppen zu infiltrieren. Wegen seiner dunklen Hautfarbe und seiner Sprachbegabung konnte er sich unbemerkt bei den Aufständischen integrieren, ihre Stärken und Schwächen einschätzen und künftige Pläne dieser und anderer Widerstandsgruppen ausspionieren. Wenn er seine Aufgabe erfüllt hatte, forderte er die gefürchteten Kampfhubschrauber an, die ein Feldlager unter Beschuss nahmen, wo die Menschen ihm vertraut hatten. Alle wurden getötet, Männer, Frauen, Kinder. Lurbud war während dieser Massaker immer zufällig gerade auf Patrouille. Während voller zwei Jahre hatten seine afghanischen Gefährten nie vermutet, dass er die Ursache der verheerenden Angriffe sein könnte.

Seine erstaunliche Nervenstärke fiel den KGB-Oberen auf, besonders Iwan Kerikow. Nach einem Angriff, bei dem es ihm nicht gelungen war, sich aus einem Dorf von Aufständischen zurückzuziehen, hatte er es trotzdem geschafft, das Feuer aus

184

den Kampfhubschraubern zu überleben. Kerikow zog ihn aus dem Feld zurück und machte ihn zu einem seiner engsten Mitarbeiter in Kabul.

Dort war es hauptsächlich seine Aufgabe gewesen, in den feuchten Gefängnissen der Sowjets Informationen aus gefangenen Aufständischen herauszupressen. Er lernte, dass man bei den Verhören davon profitieren konnte, was die Mudschaheddin zusammenhielt.

Ihr Glaube verbot es den frommen Muslimen, mit Schweinen in Kontakt zu kommen, und selbst die Drohung mit einem solchen Kontakt reichte aus, um den Widerstand des härtesten Rebellen zu brechen. Es erstaunte ihn, wie diese Kämpfer in Panik gerieten, wenn man ihnen mit der Berührung mit einem verwesenden Schweinekadaver drohte.

Was für ein Gott ließ Menschen Schweine fürchten, besonders wenn man bedachte, wie viele von ihnen selbst wie die Schweine lebten?

Aus den Lautsprechern hoch oben in den Minaretten tönte die Stimme des Muezzins, der die Gläubigen zum Gebet rief.

Lurbud verzog sich in einen Seitengang und versteckte sich hinter ein paar Säcken mit Gewürzen, während sich der Basar zu leeren begann. Der Geruch des Safrans war widerwärtig. Er blickte auf seine Füße und sah, dass er in einen Haufen Hundekot getreten war. Er wischte den Schuh an einem der Säcke ab.

Kurz darauf sah er den Mann, der seinen Laden auf der anderen Seite der Hauptstraße des Basars verließ. Das Schild über der Ladentür wies Süleiman el-aziz Süleiman als Juwelier aus, und die Größe seines Geschäfts ließ vermuten, dass er wohlhabend war. Lurbud wusste es besser.

Süleiman war nicht nur wohlhabend, sondern einer der reichsten Waffenhändler im Nahen Osten. Er protzte nicht mit seinem Reichtum und agierte im Verborgenen. Irgendwie hatte er es geschafft, seinen Geschäften nachzugehen, ohne dass die Vereinigten Staaten oder westeuropäische Länder ihm Einhalt

185

geboten. Obwohl seine Waffen in Beirut, Italien, Deutschland, Irland, Nordamerika und an zahllosen anderen Orten benutzt wurden, war er nie von irgendeiner Sicherheitsbehörde verhört worden.

Der fette Araber watschelte die Straße zur Moschee Sayyidna al-Hussein hinab. Sein Gesicht war rundlich und von einer fast kindlichen Offenheit.

Aus seinem KGB-Dossier ging hervor, dass Süleiman alles andere war als der Narr, für den man ihn aufgrund seines Äußeren leicht hätte halten können. Er hatte sich in zwei Kriegen gegen Israel ausgezeichnet und in den folgenden Jahren eine Geschäftsbeziehung zu nahezu jeder terroristischen Organisation auf dieser Welt aufgebaut. Der KGB schätzte, dass Süleimans persönliches Vermögen ungefähr zweihundert Millionen Dollar betrug.

Zu viel für einen stinkenden Araber, dachte Lurbud, als er die mittlerweile verwaiste Straße überquerte.

Er blieb vor der Ladentür stehen. Die leeren Straßen wirkten jetzt unheimlich. Seit dem Mittag hatte er Süleimans Laden von verschiedenen Beobachtungsposten aus observiert, und die ganze Zeit über war der Basar überfüllt und laut gewesen. Jetzt war niemand mehr zu sehen, und selbst die zahllosen Katzen hatten sich verzogen. Da Kriminalität in dem Basar praktisch kein Problem war, waren keine teuren Sicherheitssysteme erforderlich. Süleimans wackeliges Schloss war spielend leicht zu knacken.

Durch die Lektüre des Dossiers wusste er auch, dass der Araber nach dem Abendgebet immer noch für ein paar Minuten in sein Geschäft zurückkehrte, bevor er sich auf den Weg zu seinem Haus an der Shari El Haram machte, jener Straße, die zu den Pyramiden von Gizeh führt. Nachdem er noch einmal die leere Straße hinabgeschaut hatte, verschloss er die Ladentür von innen.

Der Goldschmuck in den Vitrinen glänzte in dem Licht, das durch die staubigen Sprossenfenster drang. Die untergehende

Sonne warf lange Schatten in dem Laden. Lurbud zog eine Makarow-Pistole aus dem Schulterholster unter seinem Jackett und zog den Vorhang auseinander, hinter dem sich Süleimans Büro befand.

In der Mitte des Raums stand ein ramponierter Holzschreibtisch mit Bücherstapeln und einer Goldwaage darauf. Auf einer niedrigen Bank an der Wand stand eine angelaufene Espressokanne. Es roch nach Staub und Haschisch. Lurbud setzte sich hinter den Schreibtisch, die Pistole lag in seinem Schoß. Zwanzig Minuten wartete er mit derselben Geduld wie die Sphinx vor den Toren der Stadt.

Er saß immer noch reglos da, als er hörte, wie sich die Ladentür öffnete und wieder schloss.

Kurz darauf zog der fette Araber den Vorhang auseinander und trat in sein Büro.

Süleiman griff nach einer Espressotasse und bemerkte den Eindringling erst, als er neben ihm stand. Er ließ die Tasse fallen, die auf dem Steinboden zerbrach. Süleiman wurde bleich und taumelte ein paar Schritte zurück.

»Ich habe in Ihrem Dossier gelesen, dass Sie im Basar nie einen Leibwächter dabeihaben«, sagte Lurbud in akzentfreiem Arabisch. »Sie haben geglaubt, dass Ihre Stellung hier Sie beschützen würde, oder?«

Süleiman erholte sich von dem ersten Schock. »Wer sind Sie?«, fragte er.

»Mein Name sagt Ihnen nichts, Süleiman el-aziz«, sagte Lurbud kalt. »Sie haben einen Auftrag, tausend Tonnen Waffen und Munition zu besorgen und nach Hawaii zu verschiffen. Habe ich recht?«

»Ich habe keine Ahnung, wovon Sie reden.«

»Das sehe ich anders. Der Auftrag wurde vor einigen Wochen oder auch Monaten von Takahiro Ohnishi erteilt.«

»Ich verstehe nicht. Ich bin nur ein Juwelier.«

Lurbud fuhr fort, als hätte Süleiman nichts gesagt. »Ich vertrete eine Gruppe, die nicht möchte, dass Sie den Auftrag erfüllen. Wir wollen nicht, dass diese Waffen nach Hawaii verschifft werden, und erwarten, dass Sie jede Verbindung zu Ohnishi abbrechen.«

»Wer sind Sie denn, dass Sie glauben, mir vorschreiben zu können, wie und mit wem ich Geschäfte mache?«, fragte Süleiman höhnisch.

»Also sind Sie doch nicht nur ein Juwelier«, bemerkte Lurbud mit einem eisigen Lächeln.

»Typen wie Sie kenne ich«, sagte Süleiman verächtlich. »Sie sind nur irgendein Glücksritter, der zufällig über diese Information gestolpert ist. Glauben Sie, Sie können Süleiman elaziz Süleiman erpressen?«

»Ich will Sie nicht erpressen. Ich bin hier, um Ihnen zu sagen, dass der Auftrag gestrichen ist.«

»Zu spät. Die Waffen sind auf einem Frachter, der schon die halbe Strecke nach Hawaii zurückgelegt hat.« Auf Süleimans Stirn standen Schweißperlen.

Der Araber log. Er hatte die Waffen noch nicht einmal gekauft. Im Moment benutzte er Ohnishis Geld, um den Aktienkurs einer Firma für hydroelektrische Energie in Sri Lanka in die Höhe zu treiben. Aufgrund seiner Kontakte zu Terroristen wusste er, dass tamilische Separatisten die Staudämme innerhalb von zwei Wochen in die Luft jagen würden. Indem er den Kurs hochtrieb und die Aktien dann kurz vor den Bombenanschlägen verkaufte, würde er das Geld vervierfachen. Erst danach würde er sich um Ohnishis Waffenbestellung kümmern.

»Ich glaube, dass Sie lügen, Süleiman«, sagte Lurbud, der den Araber zum ersten Mal die Pistole sehen ließ. »Aber um ehrlich zu sein, mich interessiert die Wahrheit eigentlich gar nicht.«

Angesichts seines Körpergewichts reagierte Süleiman unglaublich schnell.

Er hechtete durch den Raum, und sein fetter Körper schoss durch die Luft wie ein großer Zeppelin.

Erstaunlicherweise verfehlte Lurbuds erste Kugel den Fettwanst. Süleiman krachte neben der Bank gegen die Wand und riss mit einem Arm die Espressokanne zu Boden. Er griff nach einer Pistole, die hinter einer alten Teekanne versteckt war.

Lurbud sah den blutrünstigen Blick des Arabers, als der herumwirbelte und die Waffe auf ihn richtete. Aber Lurbud war schneller. Süleimans Schuss ging ins Leere, als Lurbuds Kugel seinen fetten Körper zerriss.

Der Waffenhändler konnte die kleine Beretta nicht mehr festhalten. Lurbud feuerte wieder und wieder. Süleimans Blick begann zu erlöschen. Lurbud kam um den Schreibtisch herum, direkt auf den Kopf des Arabers zielend.

Mit seiner freien Hand zog er eine Taschenflasche hervor, schraubte den Deckel ab und kniete vor dem sterbenden Muslim nieder.

»Noch etwas, Süleiman el-aziz Süleiman.« Lurbud goss die klebrige rote Flüssigkeit auf Süleimans Körper. »Wenn Sie Allah begegnen, sind Sie mit Schweineblut besudelt.«

Süleiman riss den Mund auf, um entsetzt zu schreien, und Lurbud feuerte eine Kugel in die klaffende Öffnung. Auf dem Boden vermischte sich das Blut des toten Muslims mit dem unreinen Schweineblut.

Lurbud steckte die Pistole weg und bemerkte erst jetzt den beißenden Geruch des Schießpulvers, der in der Luft hing. Doch es roch auch nach Blut, und dann war da noch der Gestank von Exkrementen. Süleimans Eingeweide hatten sich entleert.

An der Ladentür blieb er stehen. Es waren ein paar Leute auf der Straße, meistens alte Männer, die im Café ihre Wasserpfeife rauchen wollten. Die dicken Steinmauern des Ladens hatten den Lärm der Schüsse erstickt. Er ging aus dem Geschäft und mischte sich unter die Menschen. Zehn Minuten später hatte er den Basar verlassen und winkte ein Taxi herbei. Seine Maschine nach Hawaii startete in zwei Stunden. Bis dahin musste er nur noch die Pistole verschwinden lassen.

Weißes Haus, Washington, D.C.

Nachdem Mercer gesagt hatte, seiner Meinung nach habe das russische Unterseeboot *John Dory* die *Ocean Seeker* versenkt, herrschte im Oval Office verblüfftes Schweigen. Die Mienen der Anwesenden spiegelten erst Überraschung, dann Verwirrung, schließlich Zweifel.

Paul Barnes brach das Schweigen. »Wie kommen Sie darauf, die Russen könnten etwas mit dieser Geschichte zu tun haben? Die bloße Tatsache, dass der Killer, der hinter Dr. Talbot her war, früher mal für den KGB arbeitete, hat nichts zu bedeuten.«

Mercer war klar, dass er dem Direktor der CIA auf die Zehen getreten war.

»Tish Talbot hat mir erzählt, sie habe nach ihrer Rettung an Bord der *September Laurel* Besatzungsmitglieder Russisch sprechen gehört.«

»Mein Gott«, sagte Barnes. »Sie haben gesagt, sie sei wie betäubt von der *Ocean Seeker* ins Meer geschleudert worden. Wer weiß, was sie gehört hat. Zu dem Zeitpunkt war sie halb tot.«

»Mr Barnes, ich bezweifle, dass der heilige Petrus bei der Aufnahmeprüfung an der Himmelspforte Russisch spricht«, sagte Mercer ruhig. »Aber ich stütze mich nicht darauf. Ein Freund von mir hat eine auf Seerecht spezialisierte Kanzlei in Miami. Ich habe ihn gebeten, sich über Ocean Freight and Cargo kundig zu machen, jene Reederei, der die *September Laurel* gehört. Er hat herausgefunden, dass OF & C eine Scheinfirma des KGB ist.«

»Ich habe einen Gerichtsbeschluss besorgen lassen, der verlangte, dass Saulman alle Informationen herausrückt, um die Sie ihn gebeten haben.« Henna blickte Mercer ungläubig an. »Er hat sich zuerst einfach geweigert, dem FBI zu helfen.«

»Wenn Sie Dave Saulman kennen würden, würde Sie das nicht weiter wundern. Er ist ein Dickschädel, weiß aber über alles Bescheid, das mit der Schifffahrt zu tun hat. Was er sagt, stimmt immer.«

»Bleiben wir fürs Erste bei seiner Geschichte mit dem KGB«, sagte Barnes misstrauisch. »Wie kommen Sie auf Ihre Idee mit dem russischen Unterseeboot?«

»Ich habe einfach nachgedacht. In den Nachrichten hieß es, die Navy und die Küstenwache hätten gemeinsam nach der *Ocean Seeker* gesucht. Ich bin sicher, dass dabei die modernste Technik zum Einsatz gekommen ist. Trotzdem wurden keine Überlebenden gefunden. Die letzte Position der *Ocean Seeker* war durch ihre LORAN-Funksignale genau bekannt, und doch wurden bei der Suche nur ein paar Trümmer und ein Ölfleck entdeckt. Dann taucht zwei Tage später zufällig die *September Laurel* auf, ›hilft‹ bei der Suche und entdeckt wie durch ein Wunder Tish Talbot. Und die Crew dieses Frachters, der hundert Meilen von der *Ocean Seeker* entfernt war, als die in die Luft flog, bringt etwas zustande, wozu unsere Marine und die Küstenwache nicht fähig sind. Daran glaube ich nicht. Es gab zu dem Zeitpunkt keine Probleme mit dem Wetter. Keine Stürme, kein Nebel.«

»Da irren Sie sich, Dr. Mercer«, unterbrach Admiral Morrison. »Über der Wasseroberfläche lag dichter Nebel, und weil der Präsident eine Einstellung des Schiffsverkehrs angeordnet hatte, konnten wir nur von Flugzeugen aus suchen.«

»Mal ganz ehrlich, Admiral, gibt es einen logischen Grund dafür, warum die Besatzungen Ihrer Suchflugzeuge Tish Talbot nicht entdeckt haben sollten, ungeachtet des Nebels?«

Der Vorsitzende der Vereinigten Stabschefs fuhr sich mit der Hand durch sein welliges Haar. »Ja, wenn sie dort gewesen wäre, hätten meine Jungs sie gefunden.«

»Da es also keinen logischen Grund dafür gibt, warum sie nicht von der Navy oder der Küstenwache entdeckt wurde, habe ich nach einem unlogischen gesucht. Und da fällt mir nur ein U-Boot ein.«

Morrison wandte sich dem Präsidenten zu. »Das ist schon plausibel, Sir. Es hätte ein U-Boot vor Ort sein können. Wir hätten nie etwas davon mitbekommen. Bei der Suche nach

Überlebenden wurden keine Sonarbojen aus den Flugzeugen abgeworfen.«

Der Präsident nickte. »Haben Sie noch andere Gründe für Ihre Theorie, Dr. Mercer?«

»Da ich von David Saulman nichts Weiteres über Ocean Freight and Cargo erfahren konnte, musste ich die Initiative ergreifen. Tish Talbot und ich sind in die Büros von OF&C in New York eingebrochen.«

»Und was haben Sie gefunden?«, fragte Dick Henna.

»Zunächst habe ich im Büro des Vizechefs der Reederei ein großes Aquarium mit nur einem Fisch darin entdeckt.«

»Ja und?«

»Nun, bei OF&C ist es gängige Praxis, alle Schiffe mit einem Monats- und Blumennamen zu benennen, und die jeweiligen Blumen finden sich auf den Schornsteinen der Schiffe. Tish hingegen erinnert sich, auf dem Schornstein der *September Laurel,* die sie gerettet hat, keinen Lorbeer, sondern einen schwarzen Kreis mit einem gelben Punkt in der Mitte gesehen zu haben. Letzteres erinnerte mich an die Zeichnung der Haut von Sportfischen, die ich einst in Frankreich gefangen habe.«

»Wo liegt die Verbindung?«

»Der Name des Fisches ist John Dory, und in dem Aquarium im Büro von OF&C schwamm ein Prachtexemplar.«

»Das ist ja wohl extrem weit hergeholt«, bemerkte Barnes.

»Ich würde Ihnen zustimmen, wenn ich nicht in der Schublade mit den Besitzurkunden der Schiffe von OF&C ein Etikett für die Beschriftung von Akten gefunden hätte, auf dem ›John Dory‹ stand. Zu dem Zeitpunkt habe ich einfach geglaubt, jemand habe sich mit dem Namen vertan, doch es ist plausibler, dass die Reederei ein Schiff dieses Namens besitzt, über das es aber keine Unterlagen gibt. Nach meiner Rückkehr nach Washington habe ich den Freund angerufen, mit dem ich damals angeln war, und er hat den Namen des Fischs bestätigt. Das Symbol auf dem Schornstein verweist auf die Quelle des

Namens, und nach Fischen werden ausschließlich U-Boote benannt.«

Barnes kicherte. »Sie machen Witze.«

Mercer stand auf. »Mr President, Sie haben gesagt, ich sei hier ein Gast, kein Häftling. Wenn das stimmt, würde ich lieber gehen. Wenn man nicht hören will, was ich zu sagen habe, sehe ich keinen Sinn darin, zu bleiben und meine Ansichten zu erklären. Während der letzten Tage ist ein Dutzend Mal auf mich geschossen worden. Ich bin da auf etwas gestoßen, aber wenn Sie kein Interesse haben, gehe ich eben.«

»Bitte warten Sie noch, Dr. Mercer«, bat Henna. »Sagen Sie uns, was in New York passiert ist.«

Mercer erzählte ihnen von dem Einbruch, den bewaffneten Wachposten und den Eindrücken, die er in den Büros gewonnen hatte.

»Irgendetwas stimmt nicht mit Ocean Freight and Cargo, und bis jetzt deutet alles darauf hin, dass es etwas mit den Russen zu tun hat«, schloss Mercer. »Aber ich kenne den Grund einfach nicht.«

Henna wandte sich dem Präsidenten zu. »Sir, nicht lange nachdem Dr. Talbot und Dr. Mercer die Büros von OF & C verlassen hatten, habe ich dort ein paar FBI-Beamte hingeschickt. Der Tatort war gründlich gesäubert worden – kein Blut, keine Leichen. Aber meine Männer wussten, dass in dem Gebäude geschossen worden war. Der Geruchsverbesserer konnte den Gestank des Schießpulvers nicht überdecken. Ich kann nicht bestätigen, was Dr. Mercer gesagt hat, aber abstreiten kann ich es mit Sicherheit auch nicht.«

»Ich habe mich gerade an etwas erinnert«, sagte Barnes in einem etwas umgänglicheren Ton. »Die Einzelheiten sind mir entfallen, aber vor ein paar Jahren hatte ich einmal einen Bericht von einem Metallurgen aus Pennsylvania auf meinem Schreibtisch liegen. Was darin stand, lässt mich an das denken, was uns Dr. Mercer über die Explosion im Jahr 1954 erzählt hat. Der Mann hatte eine Probe von einem Element bekommen, an dessen Namen ich mich nicht erinnere, aber es hatte etwas mit radioaktiver Verseuchung von Meerwasser zu tun.«

»Erinnern Sie sich sonst noch an etwas?«, fragte Admiral Morrison.

»Abraham Jacobs«, antwortete Barnes nach einer Weile. »Der Name des Wissenschaftlers ist Abraham Jacobs. Ich bin sicher, dass er etwas darüber wusste, worüber wir hier reden.«

»Können Sie ihn finden?«

»Ja, Sir.«

»Ich möchte ihn heute Nachmittag hier in meinem Büro sehen«, sagte der Präsident mit einem Nachdruck, der die anderen erstaunte. »Die aktuelle Lage in Hawaii ist ernster, als wir zuerst angenommen haben. Falls Dr. Mercer recht damit hat, dass diese Geschichte über Ohnishis Coup hinausreicht und dass die Russen irgendwie involviert sind, möchte ich über die Konsequenzen nicht einmal nachdenken.«

»Es scheint mir zu weit hergeholt, dass Takahiro Ohnishi und die Russen dies seit den Fünfzigerjahren geplant haben sollen«, sagte Henna. »In dieser Welt hat sich zu viel geändert, um auf so lange Sicht einen Plan realisieren zu können.«

»Es könnte eine Allianz sein, von der beide Seiten profitieren und die erst kürzlich geschmiedet worden ist, als sich neue Konstellationen entwickelten.«

»Klingt plausibel«, stimmte der Präsident zu. »Aber wir müssen Kontakt zu Dr. Jacobs aufnehmen. Hoffentlich kann er uns genau sagen, was hier auf dem Spiel steht.«

»Sie meinen über die mögliche Abspaltung Hawaiis hinaus?«, fragte Henna. Der Präsident warf ihm einen vernichtenden Blick zu.

»Darf ich um etwas bitten, Mr President?«, fragte Mercer.

»Aber ja, Dr. Mercer, worum geht's?«

»Ich habe das Gefühl, dass wir unter Zeitdruck stehen. Ohnishi oder die Russen müssen wissen, dass wir ihnen in irgendeiner Weise auf der Spur sind. Wahrscheinlich sehen sie sich gezwungen, wegen unseres Einbruchs in New York schneller zu agieren. Ich befürchte, dass die Lage in Hawaii sehr schnell kritisch werden könnte.«

»Ich weiß, was Sie meinen, aber wir haben uns bereits darum gekümmert. Der Flugzeugträger *Kitty Hawk* und das Kampflandungsschiff *Inchon* sind bereits in Alarmbereitschaft versetzt und liegen dreihundert Meilen vor Hawaii.«

»Eine gute Idee, Sir, doch darum ging es mir nicht. Um besser zu verstehen, womit wir es zu tun haben, sollten Infrarotaufnahmen von dem Gebiet gemacht werden, wo die *Ocean Seeker* versenkt wurde.«

Der Präsident blickte zu Barnes hinüber, der gerade seine Aktentasche durchwühlte. »Hier, in dreizehn Stunden fliegt ein KH-11 über den Nordpazifik. Der Satellit ist mit den richtigen Infrarotkameras ausgerüstet, und es ist keine große Sache, seine Umlaufbahn so zu ändern, dass er nördlich von Hawaii vorüberfliegt.«

»Dreizehn Stunden können wir nicht warten«, sagte Mercer.

»Was schlagen Sie vor?«

»Entweder den Einsatz eines SR-71 Blackbird oder den eines jener neuen Spionageflugzeuge der Airforce, die es offiziell gar nicht gibt.«

»Paul?«

»Wir haben ein SR-71-Wraith-Spionageflugzeug in Edwards, aber ich benötige Ihre Genehmigung, um es starten zu lassen.«

»Hier ist sie. Wie lange wird es dauern, bis wir die Aufnahmen sehen?«

»Bei einem Tempo von sechsfacher Schallgeschwindigkeit wird die Wraith den Hin- und Rückflug in anderthalb Stunden schaffen. Dazu kommt noch ungefähr eine halbe Stunde für die Entwicklung der Aufnahmen, die dann hierher geschickt werden.«

»Dr. Mercer, ich muss Sie bestimmt nicht daran erinnern, dass Sie nichts von dem gehört haben, was hier besprochen wurde«, sagte der Präsident.

»Tut mir leid, Sir.« Mercer lächelte. »Ich habe nicht zugehört. Haben Sie etwas gesagt?«

»Sehr gut. An die Arbeit, Gentlemen.«

Die Anwesenden standen auf.

»In zwei Stunden treffen wir uns wieder«, sagte der Präsident. »Dr. Mercer, bitten Sie meine Sekretärin um einen Passierschein, falls Sie vorhaben, das Weiße Haus zu verlassen.«

»Wird gemacht, Sir.«

Mercer sprach mit Miss Craig und erfuhr, dass Tish in einem der Gästezimmer des Weißen Hauses schlief. Er schrieb eine kurze Nachricht für sie auf einen Zettel, für den Fall, dass sie aufwachte, während er weg war, und nahm dann in der Nähe der Pennsylvania Avenue ein Taxi. Zwanzig Minuten später war er zu Hause. Nachdem er schnell geduscht und noch schneller eine Flasche Bier hinuntergekippt hatte, ging er in sein Büro, wo er den großen bläulichen Stein berührte, der für ihn so etwas wie ein Talisman war. Dann setzte er sich an den Schreibtisch.

Er wählte, und nach dem zweiten Klingeln wurde am anderen Ende abgenommen. »Institut für Geologie, Carnegie-Mellon University.«

»Ich würde gern mit Dr. Jacobs sprechen.«

»Einen Augenblick.« Nach etwa einem Dutzend Augenblicken meldete sich dieselbe Stimme. »Tut mir leid, Dr. Jacobs hat eine Lehrveranstaltung.«

»Hier spricht Vince Andrews von der Hiller Foundation, der Stiftung, die Dr. Jacobs' Forschungen unterstützt«, sagte Mercer so überzeugend wie möglich. »Dr. Jacobs ist in ernsthaften Schwierigkeiten und wird wahrscheinlich unsere finanziellen Zuwendungen verlieren. Es ist unerlässlich, dass ich sofort mit ihm spreche.«

»Verstehe, bleiben Sie bitte dran.«

Eine Minute später meldete sich die Stimme eines älteren Mannes. »Ich weiß nicht, wer Sie sind, denn meine finanzielle Unterstützung kommt von Cochran Steel, aber Sie haben mein Interesse geweckt.«

»Hallo, Abe, hier spricht Philip Mercer.«

»Ich hätte es wissen sollen.« Abraham Jacobs lachte. »Lassen Sie mir einen Augenblick Zeit, damit ich in mein Büro gehen kann. Ich möchte nicht, dass mein Assistent mitbekommt, was für seltsame Freunde ich habe.«

Kurz darauf hatte der Assistent den Anruf in Jacobs' Büro durchgestellt.

»Also, womit habe ich die Ehre verdient, dass Sie mich anrufen? Und übrigens, besten Dank, dass Sie mich aus dem Seminar herausgeholt haben. Heutzutage sind die Studenten noch größere Idioten als damals in Ihrem Jahrgang, als ich noch an der Pennsylvania State University lehrte.«

Dort war Abe Jacobs Mercers Doktorvater gewesen. Seitdem hatte Mercer immer wieder den Rat seines ehemaligen Professors gesucht. Sie sahen sich nur noch selten, doch das Verhältnis zwischen Lehrer und Schüler war immer noch eng.

»Abe, ich habe gerade an einer Besprechung teilgenommen, bei der Ihr Name fiel.«

»Erzählen Sie mir nicht, dass Sie jetzt im Moralausschuss der Carnegie-Mellon University sitzen.«

»Aber Abe, wir wissen doch beide, dass Ihre Frau sie an einer so kurzen Leine hält, dass sie es gerade bis zu den Seminarräumen und Ihrem Labor schaffen.«

»Wohl wahr.«

»Aber heute könnte eine Überraschung auf Ihre Gattin warten, denn Sie werden zum Abendessen nicht zu Hause sein. Vor zwei Jahren haben Sie offensichtlich mal einen Forschungsbericht an die CIA geschickt.«

»Moment, Mercer. Woher wissen Sie das? Das unterlag der höchsten Geheimhaltungsstufe.«

»Paul Barnes hat es mir erzählt, der Direktor der CIA.«

»Aha.«

»Die CIA versucht Sie zu finden, aber wahrscheinlich brauchen Sie dafür ein paar Stunden. Sie halten Sie nicht für einen Geologen, sondern für einen Metallurgen. Ich habe mir gedacht, ich komme ihnen zuvor und erteile Paul Barnes eine Lektion. Sie wollen Sie so schnell wie möglich in Washington sehen und Sie wegen Ihres Berichts befragen.«

»Worum geht's denn? Das war im Grunde eine theoretische Arbeit. Was ich herausgefunden habe, ist undurchführbar. Es sei denn, man hat zwanzig Jahre Zeit für die Entwicklung.«

»Genau die Mühe könnte sich jemand bereits gemacht haben. Fahren Sie zum Flughafen von Pittsburgh. Ich miete einen Privatjet für Sie, der Sie hierher bringen wird.«

»Ich verstehe nicht, was …«

»Ich erkläre Ihnen alles heute Abend auf dem Weg zum Weißen Haus.«

Er legte auf, rief den Flughafen an und mietete den Privatjet. Er brauchte zwei Kreditkarten, um die Kosten zu begleichen, zuckte aber nur die Achseln. Er bekam noch reichlich Geld von der USGS, und die Rechnung für die Reparatur seines zerschossenen Jaguars würde höher ausfallen als die für den gemieteten Learjet.

Bangkok, Thailand

Minister Lujian, der chinesische Abgesandte, kritzelte seinen Namen in das dicke Buch, das ihm Minister Tren aus Taiwan über den polierten Mahagonitisch zugeschoben hatte. Lujian seinerseits reichte es an den links neben ihm sitzenden Botschafter Marco Quirino weiter, den Delegierten der Philippinen.

Mit jeder Unterschrift löste sich die knisternde Anspannung in dem Konferenzraum ein bisschen. Die wenigen zugelassenen Zuschauer murmelten, als der Botschafter das Vertragswerk signierte. Sie hatten nichts von den frustrierenden Verzögerungen mitbekommen, welche die Konferenz von Bangkok belastet hatten, sahen aber nun, welche große Leistung diese Diplomaten vollbracht hatten.

Das Vertragswerk wurde an den russischen Abgesandten Gennadij Perschenko weitergereicht. Ein aufmerksamer Beobachter hatte gemerkt, dass die Anspannung unter den Delegierten etwas zunahm. Für die große Frustration der letzten Wochen war der gerissene Russe verantwortlich gewesen, doch dann hatte er an diesem Morgen aus heiterem Himmel verkündet, er habe keine weiteren Einwände mehr. Weil die Dokumente für die Unterschriften der Delegierten schon zu Beginn der Verhandlungen vorbereitet worden waren, konnte Thailands Botschafter Prem nun die anderen auffordern, ebenfalls ihren Namenszug unter den Vertrag zu setzen.

»Ich hoffe, Sie wissen, was für ein Spiel Sie da während der letzten Wochen gespielt haben«, raunte Kenneth Donnelly, der stellvertretende amerikanische Handelsminister, Gennadij Perschenko zu.

»Ich habe überhaupt kein Spiel gespielt. Mir ging es nur darum, dass die Rechte aller Länder adäquat berücksichtigt wurden.«

»Unsinn«, hörte Perschenko den amerikanischen Delegierten murmeln, aber er enthielt sich eines Kommentars. Er hatte das Dokument kaum unterzeichnet, als alle Anwesenden in dem Konferenzraum zu applaudieren begannen. Perschenko quittierte den Beifall mit einem selbstgefälligen Lächeln und schob das Buch Donnelly zu.

Der unterschrieb mit einem verkniffenen Lächeln und klappte das Buch schwungvoll zu.

Es war bereits dunkel und regnete in Strömen. Das Rauschen des Wassers wurde nur von den Donnerschlägen übertönt, die in den Straßen der Stadt widerhallten. Das Gewitter und der Wolkenbruch konnten wenig gegen die extreme Hitze ausrichten, und Perschenko keuchte, als er zum Tempel Wat Arun rannte, um dort Schutz zu suchen.

Kerikow hatte ihm präzise Anweisungen gegeben – er sollte um acht Uhr abends an der niedrigen Mauer zwischen dem

Tempel der Morgenröte und dem Fluss Chao Phraya warten. Doch da war noch nicht abzusehen gewesen, dass es ein solches Unwetter geben würde.

Perschenko stellte sich bei einem der vier Türme unter, die den hohen glockenförmigen Sakralturm des Tempels umgeben. Sein Anzug war völlig durchweicht, die wenigen nassen Haarsträhnen hingen schlaff herab. Sein einstmals so gesund wirkendes Gesicht war bleich und wirkte mitgenommen. Er hatte dunkle Ringe unter den Augen, und die Haut an den Wangen und am Hals war schlaff.

Aus dem riesigen Tempel drangen leise die Gebete der Mönche an sein Ohr, und er hörte seine angestrengten Atemzüge, doch alle anderen Geräusche wurden von dem Unwetter übertönt.

»Was zum Teufel tue ich hier?«, stöhnte er laut.

»Sie haben meine Anweisungen nicht befolgt, Gennadij Perschenko«, sagte Iwan Kerikow, der wie aus dem Nichts rechts neben ihm auftauchte.

Kerikow schien der Regen nichts auszumachen. Er hielt sich sehr aufrecht, und sein Blick war wachsam. Perschenko hingegen ließ die Schultern hängen und blickte Kerikow an, als wäre er ein Gespenst.

»Ich habe gesagt, Sie sollten dort warten.« Er zeigte auf die Mauer, lächelte dann aber mitfühlend. »Aber bei dem Wetter …«

Perschenko entspannte sich ein bisschen, schaute Kerikow aber weiter misstrauisch und nervös an.

»Ich nehme an, dass alles gut gelaufen ist«, sagte Kerikow.

»Ja«, murmelte Perschenko. Schon am Vortag hatte er im Gartenrestaurant des Royal River Hotel große Angst vor Kerikow empfunden, doch nun, wo sie allein waren, wurde es noch schlimmer.

Gefürchtet hatte er sich vor Kerikow seit jenem Moment, als ihm bewusst geworden war, welch unbegrenzten Einfluss der Mann vom KGB hatte. Am Vortag hatte Kerikow seine Frage nach dem verschwundenen Oberkellner ignoriert und gesagt, es sei an der Zeit, das Bangkoker Abkommen zu unterzeichnen. Perschenko wollte ihn fragen, warum die Verzögerungstaktik notwendig gewesen war, hatte jedoch wegen seiner Angst kein Wort herausbekommen. Selbst in der entspannten Atmosphäre des Hotelgartens war ihm Kerikow als der bösartigste Mann erschienen, dem er jemals begegnet war.

»Entspannen Sie sich, Perschenko. Es ist vollbracht, und Sie haben triumphiert.« Er zog eine silberne Taschenflasche hervor. »Wodka aus der Heimat.«

Perschenko trank einen großen Schluck, und der warme Wodka rann mild seine Kehle hinunter. Kerikow bedeutete ihm, er solle noch einen Schluck nehmen, und Perschenko ließ es sich nicht zweimal sagen.

»Sagen Sie, haben Sie es geschafft, meinen Zusatzartikel in dem Vertrag unterzubringen?«

»Ja, schon vor Wochen. Das war eigentlich ganz einfach. Ich hatte mehr Probleme damit, die Unterzeichnung des Abkommens hinauszuzögern. Gegenüber dem taiwanischen Botschafter habe ich einige Zusagen gemacht, zu denen ich vielleicht nicht befugt war.«

»Schon gut, schon gut«, sagte Kerikow desinteressiert. »Aber mit meinem Zusatzartikel hatten Sie keine Probleme?«

»Der Wortlaut musste etwas abgeändert werden, um diesem Amerikaner Donnelly entgegenzukommen, aber alle haben zugestimmt.«

»Abgeändert?« Es lag keine Panik in Kerikows Stimme, aber sie wurde etwas lauter. »Wie?«

»Ich dachte mir, dass Sie danach fragen würden, und deshalb habe ich diesen Paragrafen des Vertrags mitgebracht. Perschenko zog ein Blatt Papier aus der Jackentasche und las laut vor:

Kein souveräner Staat hat das Recht, außerhalb der Zweihundert-Meilen-Zone auf See zusätzliches Terri-

torium zu beanspruchen, das durch Vulkanismus, neue Korallenriffe oder andere natürliche Prozesse entsteht. Die natürlichen Ressourcen von auf diese Weise entstandenem neuen Land dürfen durch jedes Land oder eine andere Partei erforscht und ausgebeutet werden, welche zuerst nach den Vorgaben Ansprüche angemeldet haben, wie sie in Paragraf 231 dieses Vertrages festgelegt sind. Jeder Streit um die besagten neuen Territorien wird vor den Internationalen Gerichtshof der Vereinten Nationen in Den Haag gebracht.

»Auf die Geschichte mit dem Internationalen Gerichtshof in den Niederlanden hat Donnelly bestanden.« Perschenko trank einen weiteren Schluck Wodka und wartete auf Kerikows Reaktion.

Der dachte ein paar Augenblicke nach und befand dann, der Text orientiere sich eng genug an dem ursprünglichen Wortlaut. Aufgrund dieses Zusatzartikels konnte er den Vulkan an das südkoreanische Konsortium verkaufen, ohne internationale Anschuldigungen befürchten zu müssen. Die Vereinigten Staaten und Russland hatten durch die Unterschriften ihrer Delegierten gerade auf jeden Anspruch auf den Vulkan und somit auf einen unvorstellbaren Profit verzichtet.

Kerikow war also aufrichtig, als er Perschenko versicherte, der Text sei akzeptabel. »Kommen Sie, ich habe ein Boot gemietet. Wir sollten Ihren Erfolg feiern.«

Sie liefen durch den strömenden Regen zu der Mauer am Fluss. Obwohl ihm Wasser in die Augen lief, sah Perschenko genug, um zu erkennen, dass am Kai kein Boot lag. Als er Kerikow gerade danach fragen wollte, schlug der blitzschnell mit einem kurzen Schlagstock zu. Aus einer Wunde über dem linken Auge rann Blut über Perschenkos Wangen und vermischte sich mit dem Regenwasser.

Perschenko brach zusammen, und Kerikow schleifte ihn mühelos zu der niedrigen Mauer, hinter der der Fluss schwarz wie ein Ölteppich war. Hinter ein paar Büschen an der Mauer hatte er eine Kühlbox aus Kunststoff versteckt. Daneben lagen zwei große Betonblöcke mit einer mit weichem Tuch umwickelten Kette. Die beiden Enden der Kette wurden nicht durch ein Vorhängeschloss zusammengehalten, sondern durch einen dicken Eisklumpen in der Kühlbox.

Kerikow rieb sich Regenwasser aus den Augen. Bei so einem nächtlichen Unwetter musste er nicht befürchten, von einem Spaziergänger entdeckt zu werden, aber es bestand immer die Möglichkeit, dass ein Mönch an den Fluss trat, um ein Opfer zu bringen. Er hievte den immer noch bewusstlosen Perschenko auf die niedrige Mauer und schlang ihm die Kette um den Hals. Er musste sich beeilen – das Eis schmolz schneller, als er erwartet hatte. Er warf Perschenko in das aufgewühlte dunkle Wasser, das seinen Körper verschlang. Er wurde von den Betonblöcken schnell auf den Grund des Flusses gezogen. Kerikow warf die Kühlbox hinterher und beobachtete, wie sie von der Strömung davongetragen wurde. Dann trat er den Rückweg zu seinem Hotel an. Er konnte sich gut vorstellen, was in dem Polizeibericht stehen würde, wenn die Leiche entdeckt wurde. Man würde vermuten, dass Perschenko den erfolgreichen Abschluss der Konferenz gefeiert hatte, und der Alkoholspiegel in seinem Blut würde zeigen, dass er zwar nicht betrunken, aber mit Sicherheit beschwipst gewesen war. Er war bei dem Regen ausgerutscht, mit dem Kopf gegen die Mauer geschlagen und in den Fluss gefallen.

Niemand würde Verdacht schöpfen, denn das weiche Tuch um die Kette verhinderte, dass Spuren an seinem Hals zurückblieben, und die Kette, die ihn mit den Betonblöcken auf dem schlammigen Grund des Flusses festgehalten hatte, als er ertrank, würde verschwunden sein. Der Eisklumpen, der die beiden Enden der Kette zusammengehalten hatte, würde in etwa zehn Minuten geschmolzen sein, und es würde nur noch Perschenkos Leiche im Wasser treiben.

Eine Stunde später saß Kerikow mit einem Glas Scotch im

Wohnzimmer seiner Hotelsuite. Er hatte geduscht und trug einen dezenten Anzug. Der Regen schlug auf den Balkon vor den hohen, durch Vorhänge verhüllten Fenstertüren. Die Beleuchtung in dem elegant möblierten Zimmer war gedämpft, nur über dem Sofa brannte eine helle Lampe, deren Licht auch auf die Papiere auf dem Couchtisch fiel. Während der letzten paar Tage hatte er sie ein Dutzend Mal studiert und kannte sie mittlerweile in- und auswendig. Sie waren seine Garantie für eine sorgenfreie Zukunft außerhalb Russlands, von der er früher nie zu träumen gewagt hätte.

Das Eis in dem Whiskyglas klirrte leise, als er einen Schluck trank. Er stellte das beschlagene Glas genau an die Stelle, wo es einen Wasserring auf dem Glastisch hinterlassen hatte, und griff aufs Geratewohl nach einem der Papiere. Darauf standen die Analysewerte des Erzes, die Dr. Borodin bei seinen Untersuchungen der letzten paar Monate erhoben hatte. Die Zahlen waren atemberaubend. In einer Tonne des vulkanischen Materials fanden sich acht Pfund brauchbaren Erzes. Wurde dieses aufbereitet, blieb ein Pfund hochwertigen Metalls mit absolut außergewöhnlichen Eigenschaften. Borodin hatte den Vergleich herangezogen, dass bei der Förderung von Diamanten pro Karat zweihundertfünfzig Tonnen Abraum entfernt werden mussten, ein Verhältnis von eins zu einer Milliarde.

Er griff nach Borodins Plan für die Förderung des Erzes. Ein mit einer großen Pumpe ausgerüstetes Schiff würde über einem weniger aktiven Schlot des Vulkans liegen. Ein Rohr aus Wolfram würde in die Austrittsöffnung gesenkt und die Pumpe eingeschaltet werden. Die Lava würde direkt aus dem Vulkan in den Frachtraum des Schiffes gesaugt werden, wo sie gekühlt und zerkleinert werden würde. Dann würde sie auf wartende Erzfrachter verladen werden, um in einer Schmelzhütte an Land aufbereitet zu werden. Kosten verursachte nur das Pumpschiff, und als er die Idee an die Koreaner verkauft hatte, hatten die das Schiff umgehend in Pusan bauen lassen.

Jemand klopfte an die Tür. Er stapelte die Papiere ordentlich aufeinander und öffnete. Vor ihm standen zwei junge Asiaten, beide mit einem großen Koffer. Er ließ sie wortlos herein.

Die Koreaner öffneten ihre Koffer, die vollgestopft waren mit technischen Geräten, die sie sofort aufzubauen begannen: Kamera, Monitor, computerisierter Transceiver. Einer brachte am Balkongeländer eine kleine Antennenschüssel an, die von der Straße aus nicht zu sehen war.

Als alles installiert war, begann einer der jungen Männer, auf einer Tastatur Befehle einzugeben. Die Geräte piepten und surrten, und auf dem Farbmonitor erschien ein Testbild. Der andere Mann hielt eine Pappkarte vor die Kamera, und in Pusan erschien dieses zweite Testbild auf einem riesigen, an der Wand angebrachten High-Definition-Bildschirm. Die beiden Techniker nickten einander zu und verließen die Suite. Einen Augenblick darauf verschwand das Testbild, und auf dem Monitor erschien ein wundervolles Zimmer.

Kerikow setzte sich direkt vor der Kamera auf das Sofa. Auf dem Bildschirm waren neun betagte Herren zu sehen, die an einem Tisch mit einer schwarz lackierten Platte saßen. Keiner von ihnen war unter siebzig. Sie haften faltige Gesichter und graue Haare, doch ihre Blicke wirkten hellwach. Hinter ihnen hing ein roter Wandteppich, der Dschingis Khans Eroberungszug in Asien darstellte. Zu beiden Seiten davon standen zwei große Terrakottavasen.

Kerikow verneigte sich leicht, um den neun Chefs von Hydra Consolidated seinen Respekt zu erweisen. Die Männer schlugen nur für einen Moment den Blick zu Boden. Nachdem er diesen schwachsinnigen östlichen Höflichkeitsritus hinter sich gebracht hatte, begrüßte Kerikow seine Geschäftspartner. »Guten Abend, meine Herren.«

»Guten Abend, Herr Kerikow.« Die über die Satellitenverbindung übertragenen Stimmen wurden zerhackt, und zugleich wurde alles Gesagte automatisch vom Koreanischen ins Russische und vom Russischen ins Koreanische übersetzt. Das funktionierte gut, solange die Sätze sprachlich und inhaltlich nicht zu kompliziert waren. Way Hue Dong sprach für das Syndikat, wie er das auch bei ihren bisherigen Verhandlungen getan hatte. »Ich hoffe, dass diese Form einer Verhandlung für Sie akzeptabel ist.«

»Ich bin jetzt bereit, dem Vorschlag zuzustimmen, auf den wir uns geeinigt hatten.«

»Wir wüssten gern, warum die Verzögerungstaktik notwendig war.« Die Verärgerung war Ways aus der Ferne übertragener Stimme nicht anzuhören, aber die Frage allein sagte alles.

»Sie war notwendig, das versichere ich Ihnen, meine Herren.« Kerikow war klar, dass bei diesen Männern mit einem beruhigenden Lächeln nichts auszurichten war, und folglich verzichtete er darauf. »Wenn Sie die Lokation der Erzlagerstätte sehen, werden Sie begreifen, dass aus Sicherheitsgründen wichtige Schritte erforderlich waren.«

»Ich hoffe, dass unsere zukünftigen Aktivitäten nicht gefährdet sind?«

»Nein, sind sie nicht«, antwortete Kerikow schnell. Da den Amerikanern und den Russen durch das Bangkoker Abkommen die Hände gebunden waren, war nur noch Takahiro Ohnishi ein Problem, doch der würde bald eliminiert werden.

»Dann ist also alles in bester Ordnung?«, fragte Way.

»Ja, ich werde Ihnen jetzt die letzten Daten senden«, antwortete Kerikow, der sich bemühte, seine Anspannung zu kaschieren.

»Und wir werden Ihnen die Kontonummer mitteilen.« Ways Lippen bewegten sich, bevor Kerikow die synthetische Computerstimme hörte. »Als Zeichen unseres guten Willens senden wir zuerst.«

Way nickte jemandem zu, der von der Kamera nicht erfasst wurde. Einen Augenblick später begann der an den Transceiver angeschlossene Fernschreiber zu drucken. Kerikow zwang sich, weiter in die Kamera zu schauen. Es wäre ein Gesichtsverlust gewesen, zu dem Telex hinüberzublicken.

Als die Übertragung beendet war, schob Kerikow mehrere

Seiten in ein an die Satellitenverbindung angeschlossenes Faxgerät. Diese Seiten enthielten die letzten Materialanalysen und Profitprognosen, und sie verrieten die genaue Position von Dr. Borodins Vulkan.

Kerikow sah, dass Way wieder jemanden anblickte, der nicht von der Kamera erfasst wurde, und er nutzte die Gunst des Augenblicks, um das Fernschreiben zu überfliegen. Soeben waren einhundert Millionen amerikanische Dollar auf das Konto bei der National Cayman Bank in der Karibik überwiesen worden. Die Überweisungs- und die Kontonummer standen unten auf der Seite.

Way Hue Dong hatte offenbar von einem Techniker eine Bestätigung erhalten und schaute wieder in die Kamera. »Die Informationen wirken überzeugend, Herr Kerikow. Ich glaube jetzt den Grund für die Verzögerung zu kennen und bewundere Ihre kluge Taktik.«

Dann kam die Überraschung.

»Sie müssen uns verzeihen«, fuhr Way fort, »aber wir haben es so eingerichtet, dass Sie nicht sofort Zugriff auf das Geld haben. Sie können erst darüber verfügen, wenn ich der Bank einen weiteren Code übermittelt habe.« Ways Miene verriet keinerlei Emotion, als er sein doppeltes Spiel offenlegte. »Sobald meine Ingenieure vor Ort sind und verifizieren, was Sie uns erzählt haben, wird das Geld freigegeben.«

Kerikow konnte seine Wut kaum unterdrücken.

»Sicher verstehen Sie, dass wir uns bei einer solchen Summe gegen Betrug schützen müssen. Sobald der Wert dieses neuen Erzes bestätigt ist, sende ich den zweiten Code, und das Geld gehört Ihnen. Guten Abend, Herr Kerikow.«

Der Bildschirm wurde schwarz. Die Kamera in Kerikows Hotelsuite lief und sendete weiter, und die neun Koreaner sahen, wie Kerikow mit voller Wucht gegen den Monitor trat und sich dann an dem Transceiver abreagierte. Die Übertragung brach ab, als ein weiterer Tritt Kerikows die Kamera gegen die Wand schleuderte.

»Was für dreckige Arschlöcher«, fluchte er. »Diese miesen Schlitzaugen.«

Er kochte noch weitere zehn Minuten vor Wut und stieß Flüche aus, die ihm seit seiner Zeit in Afghanistan nicht mehr über die Lippen gekommen waren. Als er sich endlich etwas beruhigt hatte, leerte er sein Glas und setzte dann die Whiskyflasche direkt an den Mund.

Irgendwie hatten die Koreaner herausgefunden, dass er nicht die russische Regierung vertrat, sondern auf eigene Faust agierte.

Sie mussten wissen, dass die hundert Millionen nicht in der russischen Staatskasse, sondern bei ihm landen würden. Da ihnen klar war, dass sie nicht den Zorn einer Regierung erregen würden, konnten sie die Freigabe des Geldes endlos hinauszuzögern, während sie zugleich Borodins Vulkan ausbeuteten. Solange er keine Armee zur Verfügung hatte, konnte er nichts tun, um ihnen Einhalt zu gebieten.

Er musste über sich selbst lachen, musste zugeben, dass er ausgetrickst worden war. Als sein Lachen verebbt war, lag ein böses Funkeln in seinem Blick. Er würde es nicht zulassen, dass diese koreanischen Dreckskerle ihn hereinlegten. Noch hatte er einen Trumpf im Ärmel.

Weißes Haus, Washington, D.C.

CIA-Chef Barnes saß zusammengesunken in seinem Sessel, als könnte er so in Deckung gehen. Der Präsident, normalerweise ein ausgeglichener Mann, war wütend. Paul Barnes hatte es nicht geschafft, Dr. Jacobs zu finden.

»Sir, es ist Jahre her, dass dieser Bericht auf meinem Schreibtisch lag«, sagte Barnes kleinlaut.

»Sie sind der Boss des mächtigsten Geheimdienstes der Welt und schaffen es nicht, einen Mann zu finden, der sich keine dreihundert Kilometer von Washington entfernt aufhält.«

Auf dem Schreibtisch des Präsidenten piepte die Gegensprechanlage. »Ja?«

»Die anderen sind zurück, Sir.«

»Danke, Joy. Schicken Sie sie zu mir.« Der Präsident wandte sich wieder Barnes zu. »Wir reden später weiter.«

Dick Henna und Admiral Morrison traten ins Oval Office. Sie wirkten mitgenommen und waren bleich. Henna schenkte sich einen Scotch ein.

»Wo ist Dr. Mercer?«, fragte der Präsident.

»Wahrscheinlich wird er in ein paar Minuten hier sein«, antwortete Henna. »Sollen wir auf ihn warten?«

»Nein, wir haben keine Zeit«, antwortete der Präsident. »Was gibt's Neues in Hawaii, Dick?«

»Tut mir leid, Sir, aber ich habe nicht viel zu berichten. Ohnishi hat sich nicht wieder gemeldet. Ein paar meiner Leute überwachen sein Haus aus der Ferne, doch bis jetzt ist ihnen nichts Verdächtiges aufgefallen. Wir hören sein Telefon ab, doch auch dabei ist bisher nichts herausgekommen. Und ich bezweifele, dass er in wichtigen Angelegenheiten eine nicht verschlüsselte Festnetzleitung benutzt.«

»Was ist mit der Verbindung zwischen Ohnishi und Bürgermeister Takamora?«

»Takamora hat Ohnishi gestern Abend in seinem Haus besucht, und vor einer Stunde hatte er es noch nicht wieder verlassen. Wir nehmen an, dass die beiden ihren Umsturzversuch vorbereiten. Angesichts seiner Popularität auf den Inseln wird Takamora wahrscheinlich die Rolle des Frontmanns spielen, während Ohnishi im Hintergrund die Strippen zieht.«

»Was haben Sie zu berichten, Tom?«

Morrison räusperte sich. »Ich habe mit dem Befehlshaber des Flottenstützpunkts in Pearl Harbor gesprochen. Seinen Worten nach demonstrieren etwa dreihundert Leute auf dem MacArthur Boulevard, direkt vor dem Haupteingang des Stützpunkts. Sie scheinen nicht bewaffnet zu sein, aber in der Menge halten sich auch Nationalgardisten auf.«

»Ich habe Zahlen gesehen, die aus einem Bericht des Pentagons über die Rekrutierung von Nationalgardisten auf Hawaii stammen. In den letzten beiden Jahren ist eine überproportional große Zahl von Bewerbern abgewiesen worden, fast alles Weiße, Schwarze oder Hispanics. Und während der letzten drei Jahre waren sechsundachtzig Prozent der neuen Nationalgardisten japanischer Abstammung. Für mich sieht das so aus, als hätte sich Takamora direkt unter unseren Augen eine Privatarmee aufgebaut.«

»Gibt es Notfallpläne für den Fall, dass die Situation eskaliert?« Die kühlen blauen Augen des Präsidenten blickten fragend in die Runde.

Nach einer kurzen Pause meldete sich Admiral Morrison zu Wort. »Der Flugzeugträger *Kitty Hawk* und das Kampflandungsschiff *Inchon* haben Position bezogen und können zuschlagen. In Pearl Harbor gilt die höchste Alarmstufe. Wenn Ohnishi versuchen sollte, die Inseln mit Gewalt unter seine Kontrolle zu bringen, werden wir nicht tatenlos zusehen. Seine Leute haben gegen uns absolut keine Chance.«

»Ich kann unseren Soldaten ja wohl schlecht befehlen, auf amerikanische Staatsbürger zu schießen«, sagte der Präsident aufgebracht. »Verdammt, ich bin der Oberkommandierende der am besten ausgebildeten und ausgerüsteten Armee der Welt, und doch sind mir die Hände gebunden.«

Die Anwesenden beobachteten den deprimierten Präsidenten und waren dankbar, dass nicht sie an seiner Stelle waren.

Admiral Morrison räusperte sich erneut. »Ein präziser chirurgischer Luftschlag gegen Ohnishis Haus würde das Problem aus der Welt schaffen. Wenn man der Schlange den Kopf abschlägt, ist sie tot.«

»Und wie soll ich das den Menschen in Hawaii erklären? Sie verehren Ohnishi. Mein Gott, der Mann spendet pro Jahr ungefähr zwanzig Millionen Dollar für wohltätige Einrichtungen. Wenn wir ihn töten, löst das an der Basis eine Revolution aus.«

»Wie wär's mit einer Kommandoaktion?«, fragte Barnes. »Und dann erzählen wir den Leuten von der Geschichte mit den Russen. Wir sagen es ganz offen und stellen Ohnishi vor Gericht.«

»Nach unseren Erkenntnissen wird Ohnishis Haus schwer bewacht«, antwortete FBI-Direktor Henna. »Bei einer Kommandoaktion unsererseits würde die Situation eskalieren. Die öffentliche Erregung wäre zehnmal schlimmer als bei dem Debakel von Waco im Jahr 1993. Angesichts der aktuellen Meinungsumfragen bezweifle ich, dass Ihre Administration das überleben würde. Nehmen Sie's nicht persönlich, Sir.«

»Ich werde mich bemühen«, sagte der Präsident düster.

Während der nächsten Stunde wurden im Oval Office verschiedene Ideen diskutiert, doch letztlich wurden alle verworfen. Am Ende stand immer dasselbe Resultat, das Ende der gegenwärtigen Regierung.

»Vielleicht ist das ganz und gar unvermeidlich«, sinnierte der Präsident.

Wieder piepte die Gegensprechanlage, und Joy Craig verkündete, Mercer sei eingetroffen, in Begleitung eines Gastes.

Als Mercer Dr. Abraham Jacobs vorstellte, warf der Präsident Barnes einen wütenden Blick zu, und Henna lächelte amüsiert.

»Wenn Ihr Vertrag bei der USGS ausläuft, können Sie gern beim FBI einsteigen, Dr. Mercer.«

»Ich sehe mich nicht als einen Ihrer Untertanen, Mr Henna«, antwortete Mercer. »Ich gehöre nicht zu den geborenen Befehlsempfängern.«

»Hat Dr. Mercer Ihnen schon etwas erzählt, Dr. Jacobs?«

Jacobs wirkte etwas benommen, weil er sich plötzlich im Büro des Präsidenten wiederfand, und nickte nur.

Mercer sah, dass sein Doktorvater sich unbehaglich fühlte, und kam ihm zu Hilfe. »Ich habe ihm erzählt, dass Sie ihn wegen des Berichts sprechen wollen, den er vor ein paar Jahren für die CIA geschrieben hat.«

»Ja, so ist es.« Jacobs hatte seine Stimme wiedergefunden, aber auf seiner Stirn und seiner Glatze standen Schweißperlen.

»Würden Sie uns bitte erklären, worum es in Ihrem Bericht ging?«, fragte der Präsident.

Dr. Jacobs hustete ein paarmal, räusperte sich und begann dann mit seinem Vortrag. »Vor acht Jahren wurde ich vom White Sands Testing Center gebeten, einige Proben zu analysieren, die nach den Atomwaffentests auf dem Bikini-Atoll im Jahr 1946 gesammelt worden waren und seitdem unbeachtet in einem alten Lagerschuppen gelegen hatten. Als der abgerissen wurde, wandten sich die Leute von White Sands an unabhängige Wissenschaftler im ganzen Land. In dem Schuppen lagen ungefähr achtzehntausend Proben. Die ältesten davon stammten aus den frühen Vierzigerjahren.«

Jetzt klang Jacobs' Stimme fest und selbstbewusst, denn er war in seinem Element.

»Ich sollte eine Kollektion von Steinen analysieren, die insgesamt knapp sechs Kilogramm wog und nach dem zweiten Atomwaffentest, bei dem die Bombe unterseeisch gezündet wurde, vom Meeresboden um das Bikini-Atoll herum geborgen wurden. Nachdem ich mit der Arbeit begonnen hatte, wurde mein Interesse geweckt, und ich forderte alle Ergebnisse der ursprünglichen Tests an, bei denen Erde, Steine und Wasserproben aus dem Jahr 1946 untersucht worden waren. Während der nächsten paar Monate sah ich zwölftausend Seiten durch. Danach begriff ich, dass nur eine Probe von potenziellem Wert war, ein zwei Pfund schwerer Gesteinsklumpen, der direkt im Epizentrum der Explosion gefunden worden war, ein Ballaststein von der LSM-60, jenem Schiff, unter dem die Atombombe angebracht war. Es war wahrlich ein Wunder, dass der Stein durch die Explosion nicht pulverisiert wurde. Zumindest glaubte ich das.«

Die Anwesenden beugten sich gespannt vor.

»Der Ballaststein bestand zum größten Teil aus Vanadiumerz, was überraschend ist, da Vanadium meistens in Nord- und

Südamerika sowie in Teilen von Afrika gefunden wird. Dass es auf einem im Pazifik fahrenden Schiff auftauchte, verdankt sich wahrscheinlich einem der bizarren Zufälle des Krieges. Nur für die, die es nicht wissen … Vanadium wird beispielsweise benutzt, um Stahl für Präzisionswerkzeuge zu härten. Es ist extrem hart. Das könnte erklären, warum es bei der Explosion nicht verdampft ist, doch das schien mir unwahrscheinlich. Ich zerkleinerte den Stein und untersuchte mit einem Spektrometer, welche anderen Bestandteile er enthielt. Das übliche Zeug, etwa Glimmererde, war mir egal, aber ich entdeckte etwas Interessantes. An dem Vanadium fanden sich Spuren einer Metalllegierung. Zuerst hielt ich das Metall für reines Vanadium, das durch die Hitze der Explosion aus dem Erz herausgeschmolzen war. Doch als ich meine Hypothese überprüfte, sah ich, dass ich völlig falsch lag. Dieses Metall war etwas gänzlich Neues, für das ich keine Erklärung fand. Ich zerkleinerte die restlichen Proben, die ich vom White Sands Testing Center erhalten hatte, und fand noch mehr von diesem neuen Metall, insgesamt etwa zwanzig Gramm. Nicht besonders viel, aber genug, um mit meinen Forschungen fortzufahren. Hat jemand von Ihnen schon einmal etwas von Invar gehört?«

Mercer war der Einzige, der nicht mit einem verständnislosen Blick dasaß. »Ja, das ist eine Legierung. Sechsunddreißig Prozent Nickel, Spuren von Mangan, Silizium und Kohlenstoff, und der Rest ist Eisen.«

»Eine Eins-plus für meinen Musterstudenten. Es wurde von dem Nobelpreisträger Charles Guillaume erfunden. Sein hervorstechendstes Charakteristikum ist eine extrem geringe, kaum messbare Wärmeausdehnung. Die unglaubliche Temperatur bei der Explosion, fast sechzigtausend Grad, ließ mich während meiner Versuche an Invar denken, und ich fragte mich, ob die beiden Metalle ähnliche Eigenschaften haben. Ich erhitzte meine Proben. Bei etwa viertausend Grad konnte man überhaupt keine Ausdehnung des Metalls feststellen, und bei knapp siebentausend konnte man die Veränderung nur in Angström messen.«

Allmählich konnten die Zuhörer nicht mehr folgen, doch Jacobs schien es nicht zu bemerken.

»Ich experimentierte weiter mit Hitze, konnte den Schmelzpunkt des Materials aber nicht bestimmen.«

Mercer lächelte, denn er glaubte zu wissen, worauf Jacobs hinauswollte. Doch als er fortfuhr, spiegelte Mercers Miene Überraschung.

»Anschließend experimentierte ich mit Elektrizität. Ich schickte nur ein Millijoule elektrischer Ladung durch die Probe und erzeugte ein unidirektionales magnetisches Feld von ungefähr sechstausend Gauß.«

»Guter Gott«, rief Mercer aus.

»Ich kann nicht mehr folgen.« Der Präsident sprach aus, was außer Mercer alle anderen dachten.

»Hätte ich eine Armbanduhr aus Stahl getragen, wäre sie mir durch das magnetische Feld noch in einer Entfernung von drei Metern vom Handgelenk gerissen worden.«

Jetzt wirkten alle erstaunt.

»Nach diesem Experiment war ich in der Lage, für siebzehn Sekunden ein magnetisches Feld von achtzig Millionen Kilogauß aufrechtzuerhalten, bevor ein Kurzschluss meinem Versuch ein Ende setzte. Die Hitze ließ trotz der Kühlung durch flüssigen Sauerstoff die Leitungsdrähte schmelzen, aber ich hatte weder die magnetische Sättigung oder die Curie-Werte der Probe erreicht. Der Curie-Punkt ist der Wert, wo magnetische Substanzen durch Hitze ihren Magnetismus verlieren. Der Curie-Punkt von Kobalt liegt bei etwa tausendsechshundert Grad, der höchste Wert bis zu meinem Experiment. Dieses scheiterte, als bei ungefähr siebentausend Grad Celsius die Leitungsdrähte schmolzen. Zu diesem Zeitpunkt entsprach der magnetische Druck einer Kraft von mehreren hunderttausend Tonnen pro Quadratzentimeter. Vergessen Sie nicht, dass dies nicht mein eigentliches Forschungsgebiet war. Folglich hatte ich nicht die richtige Ausrüstung, um mit meinen Experimenten weiterzumachen. Aber ich bin mir sicher, dass dieses neue Element ein so starkes Feld erzeugen kann, dass es als eine magnetische Urquelle gelten kann.«

»Was soll das sein?«

»So etwas wie ein schwarzes Loch, nur dass Magnetismus an die Stelle der Schwerkraft tritt. Das Feld innerhalb der Quelle ist stark genug, um die Bahn von Licht zu krümmen, und der Ablauf der Zeit würde sich verlangsamen, wenn man sich dem Ereignishorizont nähert.«

»Wollen Sie sagen, dass dieses Zeug genutzt werden kann, um eine Art Zeitmaschine zu erschaffen?«

»Letzten Endes ja, General Morrison, auch wenn es Jahre dauern würde, sie zu entwickeln. Aber für Bikinium gibt es viele Anwendungsmöglichkeiten im Hier und Jetzt. Als ich seine strategische Bedeutung entdeckte, habe ich sofort Kontakt zur Regierung aufgenommen. Ich hatte zuvor schon einige Male das Pentagon beraten und teilte meine Erkenntnis den Leuten mit, die ich bereits kannte. Ein paar Monate später ließ man mich wissen, ich solle die ganze Sache fallen lassen, und seitdem habe ich kaum noch daran gedacht.«

»Bikinium?«

»Auf den Namen habe ich das neue Metall getauft. Zuerst wollte ich es nach mir benennen, aber Jacobinium klang einfach zu lächerlich.« Er lächelte über seinen kleinen Scherz.

»Was für Anwendungsmöglichkeiten sind das?«, fragte der Präsident.

»Mr President, das Metall, das ich gerade beschrieben habe, könnte auf vielfältige Weise in der Rüstungsindustrie, der Raumfahrt oder der Energieerzeugung genutzt werden.«

»Warum passiert es nicht?«

»Das größte Problem, das sich heute vielen führenden Hightech-Unternehmen stellt, sind Einschränkungen durch die Materialien, mit denen sie arbeiten. Sie haben Ideen für wundervolle Erfindungen und wissen auch, wie diese umzusetzen wären, doch unglücklicherweise fehlen ihnen die erforderlichen Materialien.

Technologische Sprünge müssen warten, bis die Materialentwicklung sie eingeholt hat.

Denken Sie daran, wie viel leichter ein Auto sein wird, wenn der Keramikmotor Realität wird. Diese Motoren sind bereits entwickelt, aber das Material ist nicht widerstandsfähig genug für die Verbrennung. Können Sie mir folgen?«

»Ich denke schon.«

»Ich nenne Ihnen einige exotischere Anwendungsmöglichkeiten für Bikinium, was die Umsetzung bereits existierender Ideen betrifft. Man könnte zum Beispiel an die Herstellung eines Behältnisses für den Kern eines Fusionsreaktors denken. Oder an einen Antrieb für Raumschiffe, die weit entfernte Regionen erreichen sollen. Oder an Teilchenbeschleuniger, die man auf einen Schreibtisch stellen kann. An Elektroautos mit quasi unendlicher Aufladung oder Magnetschwebezüge mit Überschallgeschwindigkeit, die keine Supraleitung brauchen. Alle Anwendungen, bei denen starke Magnetfelder benötigt werden oder thermische Verluste durch Reibung entstehen, könnten tausendfach effizienter gestaltet werden.«

»Ich sehe, was Sie meinen.«

»Aber das Beste habe ich mir für den Schluss aufgespart, Mr President.« Jacobs' dunkle Augen glänzten fiebrig. »Als Zugabe.«

»Was meinen Sie?«

»Der Traum der Physiker ist ein System, das mehr Energie erzeugt, als es braucht. Einsteins Theorie besagt, dass das wegen des Gesetzes der Erhaltung von Masse und Energie unmöglich ist, doch der Mensch hat trotzdem stets danach geforscht. Es ist so etwas wie der Heilige Gral der Physiker. Ein modernes Kraftwerk verbrennt Kohle oder Öl oder spaltet Atome, um die darin gespeicherte Energie freizusetzen.«

Die Zuhörer nickten aufmerksam.

»Bikinium, eingesetzt in den Dynamos eines elektrischen

Generators, würde ein viel stärkeres elektrisches Feld erzeugen, als es der Menge der eingegebenen Energie entspräche.«

»Tut mir leid, ich kann schon wieder nicht folgen.«

»Ein Elektromotor und ein elektrischer Generator sind im Grunde gleichartige Maschinen. Versorgen Sie den Motor mit Strom, dann beginnt er sich zu drehen. Wenn ein Generator rotiert, erzeugt er Elektrizität. Beide Maschinen transformieren Energie von der mechanischen zur elektrischen und umgekehrt.«

»Ja, verstehe.«

»Aber aufgrund der abnormalen magnetischen Eigenschaften des Bikiniums wird bei dieser Transformation mehr Energie freigesetzt, als ursprünglich eingegeben wurde.«

»Sie vernachlässigen die Energie, die durch die Atombombenexplosion in das Material kam«, bemerkte Mercer. »Tatsächlich würden Sie dann immer noch innerhalb der Grenzen des Gesetzes der Erhaltung von Masse und Energie bleiben.«

»Spielen Sie hier nicht den Klugscheißer«, mahnte Jacobs, als wäre Mercer immer noch sein Student.

Dick Henna sprach aus, was alle Zuhörer dachten.

»Dr. Jacobs, Sie beschreiben eine unerschöpfliche Energiequelle.«

»Ja, genau«, sagte Jacobs selbstgefällig.

»Dr. Jacobs«, begann der Präsident respektvoll. »Wie würden Sie es anstellen, Bikinium in nützlichen Mengen zu erzeugen?«

»Um diese Frage beantworten zu können, müsste man wissen, wie Bikinium ursprünglich entstanden ist, und meine Erkenntnisse sind nur Theorie. Ich habe Proben aus der Gegend von Atombombenexplosionen in New Mexico analysiert, bis hin zu denen des ersten Tests in Los Alamos. Dabei habe ich kein Bikinium entdeckt, und deshalb muss das alles etwas mit Wasser zu tun haben, da bin ich mir sicher. Ich begann nach Unterschieden zwischen Atombombenversuchen an Land und unter Wasser zu suchen. Spuren von Vanadiumerz fand ich nur bei den Proben aus der Gegend des Bikini-Atolls, wo 1946 der Atombombenversuch durchgeführt wurde. Ich konnte daraus schließen, dass das Vanadium bei der Entstehung dieses neuen Metalls als Katalysator fungieren musste. Es ist bekannt, dass nach einer nuklearen Explosion freigesetzte Neutronen durch Natrium absorbiert werden. Und ich glaube, dass alle bei dem Bikini-Test freigesetzten Neutronen durch das Natrium im Meerwasser absorbiert wurden. Ein weiterer Unterschied liegt in der Dauer der Abkühlung. Das Wasser am Bikini-Atoll hat den Ort, wo die Bombe gezündet wurde, sehr viel schneller abkühlen lassen, als bei den Atomtests an Land. Es besteht eine große Wahrscheinlichkeit, dass schnelle Abkühlung die Entstehung von Bikinium fördert. Auch Druck könnte dabei eine Rolle spielen, aber ich habe keine Möglichkeit, meine Hypothesen praktisch zu überprüfen. Doch um erneut Bikinium zu erzeugen, würde ich eine Atombombe in der Nähe einer Vanadium-Lagerstätte explodieren lassen.«

»Könnte jemand vor Ihnen über diese Geschichte gestolpert sein?«, fragte Mercer seinen ehemaligen Lehrer.

»Ausgeschlossen«, antwortete Jacobs entschieden. »Auch wenn beim White Sands Testing Center ein paar Erzproben verschwunden waren, glaube ich nicht, dass irgendjemand auf der Welt darauf gekommen wäre.«

»Sind Sie sicher?«

»Ja, ziemlich. Nur die Sowjetunion und China haben solche Tests durchgeführt wie wir auf dem Bikini-Atoll. Die chinesischen Wissenschaftler sind nicht qualifiziert genug, um Bikinium zu finden, und der einzige sowjetische Forscher, von dem ich weiß, dass er seltene Metalle getestet hat, ist schon vor Jahren gestorben.«

»Wann?«, fragte Mercer.

»In den Sechzigern, wenn ich mich richtig erinnere. Er hat ein paar brillante Aufsätze über die Veränderung von Metallen nach Nukleartests geschrieben, doch seine Arbeit konzentrierte sich hauptsächlich auf die Auswirkungen auf die Panzerung von Kampfpanzern und Schiffen. Er hieß Borodin, Pjotr Borodin.«

»O mein Gott«, stöhnte Mercer. »Haben wir schon die Infrarotaufnahmen von dem Spionageflugzeug?«

Paul Barnes zog die Aufnahmen aus einem dünnen Umschlag und breitete sie auf dem Schreibtisch des Präsidenten aus. Die Farben waren fantastisch – violett, bläulich-grün, grellweiß, indigoblau, grellgelb. Auf den Fotos waren konzentrische, andersfarbige Kreise zu sehen, die an eine seltsame Zielscheibe erinnerten. Unten auf den Aufnahmen standen die Zeit, die Position und die Höhe, aus der die Bilder aufgenommen worden waren. Mercer bemerkte, dass es eine Höhe von fünfundvierzig Kilometern war, deutlich über der Erdatmosphäre. Er war äußerst beeindruckt von der technischen Ausrüstung des neuen Spionageflugzeugs.

Er fragte sich, warum sich die anderen um den Schreibtisch drängten. Außer Barnes hatte bestimmt noch keiner von ihnen jemals solche Infrarotaufnahmen gesehen. Wahrscheinlich war es die Art von Neugier, die Menschen veranlasste, in Baugruben zu starren.

Er studierte die fast identischen Aufnahmen, bis er diejenige entdeckte, die er suchte. Der Computer, der die Kamera kontrollierte, hatte Längen und Breitengrade über die Aufnahme gelegt.

Er murmelte leise etwas vor sich hin.

»Was haben Sie gesagt?«

»Die Verhandlungen in Bangkok«, flüsterte er. »Die Konferenz von Bangkok, habe ich gesagt.«

»Was …«

»Diese Gespräche laufen zurzeit und könnten Einfluss darauf haben, wer über die größte Entdeckung des Jahrhunderts verfügen wird.« Mercer wandte sich Jacobs zu. »Hatte dieser Dr. Borodin Kinder?«

»Ich sehe nicht, was das mit …«

»Antworten Sie, verdammt«, sagte Mercer aggressiv.

Jacobs erbleichte. »Ja, einen Sohn.«

Mercers Blick verriet Respekt für den Mann, der dieses Projekt geplant hatte.

»Worauf wollen Sie hinaus?«, fragte Jacobs.

»Dr. Borodin lebt, Gentlemen, und er ist uns um vierzig Jahre zuvorgekommen.« Mercer sprach langsam, während sein Geist das vier Jahrzehnte alte Rätsel zu entwirren begann. »Hören Sie jetzt für ein paar Minuten gut zu. Lassen Sie uns annehmen, dass dieser Borodin in den frühen Fünfzigern Bikinium entdeckt hat und sich vornimmt, es selbst zu erzeugen. Er überzeugt die Sowjets, ihm eine Atombombe zur Verfügung zu stellen. Davon gab es damals nicht viele, und deshalb muss das Projekt hohe Priorität gehabt haben. Er belädt einen Erzfrachter mit hochwertigem Vanadium, fährt damit zu einer Stelle, wo vulkanische Aktivitäten zu registrieren sind, und versenkt das Schiff dort zusammen mit der Bombe. Sobald diese auf den Meeresboden gesunken ist, zündet er die Nuklearwaffe. Dann täuscht er seinen eigenen Tod vor, damit niemand eine Verbindung zu ihm sieht.«

»Gibt es Informationen über einen gesunkenen Erzfrachter?«, fragte Jacobs.

»Von der *Grandam Phoenix* fehlt seit dem 23. Mai 1954 jede Spur«, antwortete Mercer. »In den Unterlagen steht, dass sie Bauxit aus Malaysia in die Vereinigten Staaten bringen sollte, aber Gott allein weiß, was sie tatsächlich geladen hatte.«

Mercer schwieg und schien einen Augenblick zerstreut. Dann wirkte er wieder voll konzentriert, entschlossen. »Ich brauche sofort ein Telefon.«

Er sollte sich für den Rest seines Lebens daran erinnern, dass der Präsident der Vereinigten Staaten ihm gehorchte und ihm den Hörer eines der Telefone auf seinem Schreibtisch reichte. Mercer nannte der Vermittlung des Weißen Hauses eine Nummer und wartete geduldig auf die Verbindung, ohne sich um die neugierigen Blicke der anderen zu kümmern.

»Berkowitz, Saulman und …«

Mercer schnitt der Sekretärin das Wort ab. »Schon gut, verbinden Sie mich sofort mit Dave Saulman. Es ist dringend.«

Das hörte die Sekretärin in dieser Kanzlei ständig, und sie stellte den Anruf zu Saulman durch, der gerade auf einer anderen Leitung telefonierte.

»Hier Saulman«, meldete sich der alte Rechtsanwalt.

»Ich bin's, Mercer.«

»Oh, haben Sie die Quizfrage endlich gelöst?«

Er antwortete umgehend. »Der Kapitän der *Amoco Cadizo* war Pasquale Bardari.«

»Dreckskerl.«

»Ich muss wissen, wem die *Grandam Phoenix* gehörte.«

»Der Name sagt mir nichts.«

»Sie stand auf der von Ihnen gefaxten Liste der Schiffe, die nördlich von Hawaii verschwunden sind.«

»Ach ja, stimmt«, erinnerte sich Saulman erleichtert. »Es könnte zwei Tage dauern, bis ich weiß, wer der Eigentümer war. Ich habe alle Hände voll zu tun mit einem Vertrag für einen Exxon-Tanker, der vor der Küste von Namibia treibt und abgeschleppt werden muss. Der Wert des Tankers und der Ladung beträgt etwa hundertdreißig Millionen Dollar.«

»Ich will ja nicht angeben«, sagte Mercer mit einem diabolischen Lächeln, »aber ich sitze hier mit dem Präsidenten, dem Vorsitzenden der Vereinigten Stabschefs und den Chefs vom FBI und der CIA im Oval Office. Wir warten alle auf Ihre Antwort.«

Für einen Augenblick herrschte am anderen Ende Schweigen. Mercer fiel auf, dass die Telefonleitung des Präsidenten kein bisschen knisterte. Nicht schlecht, dachte er.

»Sie machen Witze, oder?«, fragte Saulman.

»Möchten Sie mit einem von ihnen reden?«

»Nein. Ich brauche ein paar Minuten, um an die Information heranzukommen. Soll ich zurückrufen?«

»Ich glaube nicht, dass es AT&T schert, wie lange der Präsident telefoniert. Ich bleibe dran.«

»Worum geht's hier eigentlich?«, fragte der Präsident, der keinen Anstoß daran nahm, dass Mercer auf der Kante seines Schreibtischs saß.

»Um schlüssige Beweise«, antwortete Mercer.

Der Präsident tauschte Blicke mit den anderen Anwesenden aus, doch niemand sagte ein Wort. Fünf lange Minuten verbrachte man damit, sich zu räuspern, mit den Füßen zu scharren und mit Papieren zu knistern, doch niemand wandte den Blick von Mercer ab.

»Ich hab's.« Saulman war ganz außer Atem. »Die *Grandam Phoenix* gehörte Ocean Freight and Cargo.« Der Anwalt sprach noch weiter, doch Mercer hatte bereits aufgelegt.

»Der 1954 gesunkene Erzfrachter und das Schiff, das Tish Talbot gerettet hat, haben denselben Eigentümer, Ocean Freight and Cargo. Das ist die Reederei, in deren Büros ich letzte Nacht eingebrochen bin.«

»Das Unternehmen, das vermutlich eine Scheinfirma des KGB ist?«

»Genau.«

»Sie sagten, der Erzfrachter sei über einem Gebiet mit unterseeischen Vulkanen gesunken«, sagte Henna. »Warum?«

Mercer wandte sich an Jacobs. »Korrigieren Sie mich, wenn ich mich irre, aber ist das Bikinium nicht von umso höherer Qualität, je tiefer die Atombombe gezündet wird und je höher der Wasserdruck ist?«

Jacobs nickte. »Zumindest ist das meine Theorie.«

»Im Jahr 1954 gab es noch keine Möglichkeit, irgendwelche Bodenschätze aus einer nennenswerten Wassertiefe zu fördern. Selbst wenn man heute das Frasch-Verfahren anwendet, bei dem überhitzter Wasserdampf in den Meeresboden gepresst wird, klappt das nur bis zu einer Tiefe von sechzig Metern. Dr. Borodin hat sich am Koran orientiert und wie Mohammed den Berg zu sich kommen lassen. Indem er die Atombombe in einem vulkanischen Gebiet zündete, löste er eine Eruption aus, und die Lava transportierte das Bikinium an die Oberfläche.«

»Mein Gott, das müsste funktionieren«, sagte Jacobs anerkennend. »Auf die Idee wäre ich im Traum nicht gekommen.«

»Aber das Wachstum von Vulkanen dauert Millionen von Jahren«, bemerkte der Präsident.

»Ja, normale geologische Prozesse verlaufen so langsam«, stimmte Mercer zu. »Aber Vulkane – wie Erdbeben – sind äußerst dynamisch. Ein Vulkan im mexikanischen Paricutin erhob sich im Sommer 1943 aus dem Feld eines Bauern. Nach einer Woche war daraus ein hundertfünfzig Meter hoher Berg geworden, der ständig weiter wuchs. Borodins Vulkan hatte mehr als genug Zeit, um die Wasseroberfläche zu erreichen.«

»Was tun wir jetzt?« Der Präsident blickte die Anwesenden nacheinander an.

»Zuerst müssen wir die Verhandlungen in Bangkok stoppen«, antwortete Mercer.

»Was hat das mit …«

»Mr Henna, wenn Sie sich dieses Foto ansehen, werden Sie erkennen, dass Borodins Vulkan sich genau dort befindet, wo Hawaiis Zweihundert-Meilen-Grenze verläuft. Ich würde darauf wetten, dass Borodin im Moment dort vor Ort ist, um das Epizentrum des Vulkans zu studieren. Sobald er weiß, dass es sich außerhalb der Zweihundert-Meilen-Zone befindet, wird er Kontakt zum russischen Botschafter aufnehmen, der an der Konferenz in Bangkok teilnimmt, und ihm sagen, er solle das Abkommen unterzeichnen.«

»Damit könnte jeder auf den Vulkan Anspruch erheben, oder?«, fragte Admiral Morrison.

»Er gehört dem, der ihn zuerst sieht.«

»Und was ist, wenn der Vulkan innerhalb der Zweihundert-Meilen-Zone liegt?«

Niemand antwortete auf Dr. Jacobs' Frage. Alle kannten die Antwort, doch keiner traute sich, sie in Worte zu fassen. Mercer schaute seinen alten Lehrer an und sah, dass der die Frage gestellt hatte, weil er es wirklich nicht wusste.

»Dann ziehen wir in den Krieg«, sagte Mercer.

Sobald das Wort heraus war, begannen alle auf einmal zu reden, und der Präsident musste mit der Faust auf den Schreibtisch hauen, um seine Gäste zum Schweigen zu bringen.

Als er dann sprach, war seine Stimme ruhig. »Dr. Mercer hat recht. Wir dürfen es nicht zulassen, dass ein so unbezahlbarer Rohstoff in andere Hände fällt als in unsere. Jetzt wissen wir, was auf dem Spiel steht, und Takahiro Ohnishis Drohungen bekommen eine noch viel unheimlichere Dimension. Wir wissen nun, warum er so agiert. Wenn der Vulkan innerhalb von Hawaiis Zweihundert-Meilen-Zone durch die Wasseroberfläche bricht und Ohnishis Umsturzversuch erfolgreich verläuft, kann er den womöglich wertvollsten Rohstoff der Welt verkaufen. Ich kann's einfach nicht fassen, dass die Sowjets immer noch in diese Geschichte verstrickt sind. Unsere Beziehungen zu ihnen waren nie besser als heute.«

Mercer fiel auf, dass der Präsident sich in die Zeit des Kalten Krieges zurückversetzt zu fühlen schien. Statt von der Gemeinschaft Unabhängiger Staaten oder den Russen sprach er jetzt wieder von den Sowjets.

Der Präsident wandte sich an den Chef der CIA. »Versuchen Sie alles, um mehr über Pjotr Borodin herauszufinden. Wir müssen wissen, für wen er arbeitete, bevor er verschwand, und was aus seinen alten Vorgesetzten geworden ist.« Dann schaute er den FBI-Direktor durchdringend an. »Und sie befassen sich weiter mit Ohnishi. Ich will wissen, warum er zum Verräter wurde.«

»Dazu kann ich bereits einiges sagen.« Henna kramte in seiner Aktentasche. »Ah, da haben wir es. Sein Vater und seine Mutter wurden in Japan geboren und wanderten während der Dreißigerjahre in die Vereinigten Staaten aus. Während des Zweiten Weltkriegs kamen sie in eines der Internierungslager in Kalifornien, wo beide starben, die Mutter am 13. Juni 1942 und der Vater nur sechs Monate danach. Ohnishi wurde von einer Tante und einem Onkel großgezogen, die während des Krieges auch in einem Internierungslager eingesperrt waren.

Sein Onkel war dem FBI wegen seiner antiamerikanischen Proteste und Petitionen bekannt. Er wurde zweimal verhaftet, einmal, weil er sich Zutritt zum Stützpunkt in Pearl Harbor verschaffen wollte, und ein zweites Mal, weil er im Sommer 1953 während einer pro-japanischen Demonstration in Hawaii einen Polizisten tätlich angegriffen hat. Es sieht so aus, als hätte er nicht viel mit der Vorstellung anfangen können, Hawaii könnte ein Bundesstaat der USA werden. Ich habe eines seiner Pamphlete gelesen. Da wimmelt es von antiamerikanischen Ressentiments, und er fordert Hawaiis japanische Einwohner auf – damals wie heute die Bevölkerungsmehrheit –, gegen das Referendum über den Beitritt Hawaiis zu den Vereinigten Staaten zu kämpfen. Er wollte Hawaii als einen unabhängigen Staat mit engen Bindungen an Japan sehen. Als Hawaii 1959 als fünfzigster Bundesstaat in die USA aufgenommen wurde, nahm sich Ohnishis Onkel das Leben. Wir haben keine Erkenntnisse darüber, ob Ohnishi damals die radikalen politischen Ansichten seines Onkels teilte, aber es könnte durchaus so gewesen sein.«

»Danke, Dick. Ich denke, wir haben jetzt unsere Antwort.« Aber durch die Antwort wurde das Problem nicht kleiner. Der Präsident straffte die Schultern, und als er sprach, klang seine Stimme stahlhart. »Ich weiß nicht, wie Ohnishis nächster Schritt aussehen wird, aber ich will, dass ein detaillierter Schlachtplan ausgearbeitet wird. Damit meine ich nicht nur die Lage in Hawaii, sondern auch diesen Vulkan. Ich weiß nicht, was für Ansprüche wir auf diese neue Vulkaninsel haben, aber wir werden aus dieser Geschichte auf jeden Fall als Sieger hervorgehen. Wenn's sein muss, lasse ich das verdammte Ding mit einer Atombombe in die Luft jagen. Entschuldigen Sie mich jetzt bitte, ich muss unsere Diplomaten in Bangkok anrufen und ihnen untersagen, dieses Abkommen zu unterzeichnen.« Die Besucher standen auf. »Ich will von jedem von Ihnen stündlich über Neuigkeiten informiert werden. Dr. Mercer, halten Sie sich bitte zur Verfügung für den Fall, dass wir Sie

225

brauchen sollten. Vielen Dank, Dr. Jacobs. Wir sorgen dafür, dass Sie sicher nach Hause kommen.«

Mercer verabschiedete sich von Jacobs, gab Joy Craig seine private Telefonnummer und ließ Tish rufen. Während der Taxifahrt nach Arlington wollte sie ihn ausquetschen, doch Mercer schwieg. Während er durch die schmierigen Fenster des Taxis die Stadt vorbeiziehen sah, fragte er sich, wie der Präsident reagieren würde, wenn er gewusst hätte, dass seine Frau den Nachmittag mit einer russischen Spionin verbracht hatte.

Hawaii

Der Jumbojet vom Typ Boeing 747 kam aus Tokio und war das letzte Flugzeug, das auf dem Honolulu International Airport eine Landeerlaubnis erhielt. Ohnishi und Takamora treu ergebene Angestellte hatten die Anweisungen befolgt und die Instrumentenflugregeln und die Computer sabotiert, welche die anderen komplizierten Systeme kontrollierten. Nur jene Flugzeuge, die nicht genug Kerosin hatten, um umgelenkt werden zu können, durften noch landen, doch jetzt war Hawaii völlig von der Außenwelt abgeschnitten.

Die Maschine setzte in einer Rauchwolke und mit quietschenden Bremsen hart auf. Es war gefährlich, ohne elektronische Unterstützung aus dem Tower zu landen. Die Pratt-&-Whitney-Turbinen kreischten laut auf, und der Rumpf des Großraumflugzeugs bebte, als der Pilot auf Schubumkehr schaltete, um das Tempo der Maschine zu drosseln.

Dreihundertsechzig Passagiere hatten keine Ahnung, in welcher Gefahr sie gerade geschwebt hatten. Der Pilot hatte die Anweisung erhalten, die Fluggäste nicht über Probleme bei der Landung zu informieren, was eine grobe Verletzung der obligatorischen Sicherheitsmaßnahmen war.

»Meine Damen und Herren, willkommen in Honolulu«, sagte die Flugbegleiterin auf Japanisch. »Die Temperatur beträgt an diesem wolkenlosen Mittag fünfundzwanzig Grad, und es ist ein Uhr dreißig Ortszeit. Bitte bleiben Sie sitzen, bis das Flugzeug ganz steht und das Signal für die Sicherheitsgurte abgeschaltet wird.«

Ewad Lurbud hatte absolut keine Ahnung, was die Flugbegleiterin gesagt hatte, doch dann wiederholte sie ihre Ansage auf Englisch.

Außer ihm waren alle Passagiere in dem Flugzeug japanische Touristen und vor allem Geschäftsleute, die durch Ohnishis und Takamoras während der letzten paar Monate propagierte bessere Handelsbeziehungen angelockt worden waren.

Obwohl Lurbud seit dem Verlassen Ägyptens elf Zeitzonen durchflogen und mehrstündige Zwischenstopps ertragen hatte, einen in Hongkong und den anderen in Tokio, fühlte er sich entspannt und fit. Dieser letzte Flug hatte fast sieben Stunden gedauert, von denen er sechseinhalb geschlafen hatte. Vor jedem Flug hatte er eine vom KGB erfundene Schlaftablette genommen, bei der man durch die Dosis bestimmen konnte, wie lange man schlafen wollte. Die einzige unangenehme Nebenwirkung des Medikaments war eine leichte Übelkeit, die nach dem Aufwachen noch für etwa eine Stunde anhielt.

Als die Maschine endlich stand, saß Lurbud noch angeschnallt da. Er wollte keine Aufmerksamkeit erregen wie etliche gehetzte Geschäftsleute, die bereits aufgestanden waren. Der Lärm der Turbinen verstummte, die Gangway wurde herangerollt. Die Passagiere begannen auszusteigen.

Lurbud war überrascht von der Anzahl von Sicherheitsbeamten. Außerdem patrouillierten auf dem Flughafen mit M-16-Sturmgewehren bewaffnete Nationalgardisten, die sämtlich japanischer Abstammung waren.

Der gelangweilte Mann an der Zollkontrolle warf nur einen flüchtigen Blick auf Lurbuds gefälschten deutschen Pass und machte sich nicht die Mühe, in seine Aktentasche zu schauen. Lurbud entspannte sich, wurde aber misstrauisch, als durch die

227

Masse der Passagiere zwei Japaner in Anzügen auf ihn zukamen.

»Dürften wir bitte Ihren Pass sehen?«, sagte einer der beiden mit ausgestreckter Hand.

»Ich habe die Zollkontrolle bereits hinter mir«, sagte Lurbud höflich auf Englisch, aber mit einem deutschen Akzent.

Der andere Japaner zückte eine Dienstmarke in einer billigen Kunststoffhülle. »Airport Security. Ihr Pass.«

Lurbud zog ihn aus der Innentasche seines Jacketts und reichte ihn dem Mann. »Worum geht's?«

»Reine Routine, Mr Schmidt.« Der Mann blätterte in dem Pass. »Würden Sie bitte mitkommen?«

Lurbud folgte den beiden Sicherheitsbeamten durch eine Reihe von Doppeltüren und eine Treppe hinab, auf der ihnen zwei Angestellte des Flughafens entgegenkamen. Am Fuß der Treppe bogen sie in einen langen Gang und blieben vor der letzten Tür auf der linken Seite stehen.

Als er über die Schwelle trat, sagte Lurbud sein Instinkt, dass dies ein Verhörraum war. Von wegen Routine. Ein beigefarbener Teppichboden, ein Tisch, drei Stühle. In der Luft hing der Geruch von Zigarettenrauch.

Sobald sich die Tür geschlossen hatte, stieß einer der Männer Lurbud quer durch den Raum. Er knallte gegen die Wand und ließ sich mit einem demonstrativen Stöhnen zu Boden sinken.

Einer der Männer trat zu ihm. Wahrscheinlich wollte er ihn auf den Stuhl hieven und mit dem Verhör beginnen. Als er Lurbuds Schulter berührte, schnellte der in die Höhe. Er hielt ein bei den Sicherheitskontrollen nicht entdeckbares Teflon-Messer in der Hand und stieß es dem Mann durch die Rippen direkt ins Herz.

Er riss das Messer aus der Brust des Sterbenden, ignorierte das aus der Wunde spritzende Blut und stürzte sich auf den zweiten Mann, der gerade eine Pistole aus seinem Schulterholster ziehen wollte. Lurbud presste ihn gegen den Tisch und

228

stach erneut zu, bis er die Halsschlagader des geschockten Mannes durchtrennt hatte.

Der Mann japste und würgte, griff nach seinem Hals. Der Tisch und der Teppich waren blutverschmiert.

Als der Mann tot war, wischte Lurbud das Messer am Anzug seines Opfers ab. Auf seinem eigenen Anzug sah er ein paar kleine Blutflecken, die aber auf dem dunklen Stoff nicht auffielen. Er öffnete die Tür. Der Flur war verwaist. Am Ende des Ganges trat er wieder in den öffentlich zugänglichen Bereich des Flughafens.

Vor dem Terminal kam er an Beeten mit wundervollen tropischen Blumen und an Teichen mit großen Goldfischen vorbei. Er winkte ein Taxi herbei und nannte dem Fahrer eine Adresse in der Innenstadt von Honolulu. Er glaubte nicht, dass er beschattet wurde.

Nach zehn Minuten in dem Taxi wurden seine Hände feucht, und er hatte ein flaues Gefühl im Magen. Er wünschte, es als eine Nachwirkung der Schlaftablette sehen zu können, wusste aber, dass es an der gerade überstandenen Auseinandersetzung mit den beiden Sicherheitsbeamten lag. Jetzt war der Adrenalinstoß abgeebbt, und er fühlte sich ausgebrannt.

Auf dem Flughafen von Kairo hatte ihm ein Botschaftskurier einen versiegelten Umschlag mit Informationen und Anweisungen von Iwan Kerikow ausgehändigt. Auf der ersten Seite wurde die aktuelle Situation in Hawaii skizziert, und daher wusste er, dass über Honolulu das Kriegsrecht verhängt worden war, was mit einer streng kontrollierten Ausgangssperre ab acht Uhr abends einherging. Es war ein Risiko gewesen, den Umschlag nach Hawaii mitzunehmen, aber die Papiere enthielten zu viele Informationen, um sie sich auf die Schnelle einzuprägen. Er studierte einige der Papiere im Taxi. Der Umschlag enthielt auch Kerikows letzte Anweisungen für ihn, Namen von wichtigen Zielpersonen, Informationen über die Stärke des Gegners und Codes für die Kontaktaufnahme mit der *John Dory.* Er vermutete, dass Kerikow in der Umgebung von Ohnishi einen Agenten eingeschleust hatte, denn in den Unterlagen fand sich ein detaillierter Plan von Ohnishis Haus. Außerdem erfuhr er, dass Bürgermeister David Takamora bereits tot war. Kerikow sagte nicht, dass er seinen Agenten verschonen sollte. Lurbud fragte sich, ob Kerikow auch ihn als entbehrlich sehen würde, wenn Ohnishi und der Maulwurf eliminiert waren.

Es war früher Nachmittag, und doch wirkte die Stadt fast menschenleer. Nationalgardisten und bewaffnete Studentengruppen zogen durch die Straßen. Die Bürger versteckten sich in ihren Häusern, ängstlich oder erwartungsvoll, je nach ihrer politischen Einstellung. Was er durch die Fenster des Taxis sah, erinnerte ihn an Beirut während des Bürgerkrieges, wo religiöse Fanatiker die schönste Stadt am Mittelmeer verwüstet hatten.

Mehrere Brände ließen Rauchsäulen in den über der Stadt hängenden Dunst aufsteigen. Der Vulkankrater Diamond Head war nicht zu sehen. Auch in der Nähe des Industriehafens stieg aus zwei brennenden Öltanks dichter schwarzer Rauch auf, dessen Gestank meilenweit zu riechen war. Über Pearl Harbor flogen Helikopter der Airforce und der gegenüber Ohnishi loyalen Nationalgarde.

Nach einer Dreiviertelstunde hielt das Taxi in einem der heruntergekommensten Viertel Honolulus. Lurbud bezahlte den Fahrer, stieg aus und ging zu einem zweistöckigen Gebäude mit einem Schnapsladen im Erdgeschoss. Im ersten und zweiten Stock befanden sich Wohnungen. Als Ohnishi in das Projekt Vulkanfeuer einbezogen wurde, hatte die Abteilung Sieben das Gebäude gekauft, damit man eine sichere Zuflucht in Honolulu hatte und die Lage vor Ort beobachten konnte. Es war das erste Mal, dass Kerikows Leute das Gebäude nutzten.

Lurbud sah die verfallenden Häuser mit der abblätternden Farbe, die unbebauten, mit Abfall übersäten Grundstücke und die leeren Blicke der wenigen Passanten. Hier würde niemand einen sicheren Unterschlupf des KGB vermuten.

Es war feuchtschwül, und das Hemd klebte ihm bereits am Leib.

Im zweiten Stock des Hauses klopfte er zweimal an die massive Stahltür, dann noch einmal.

»Ja, bitte?«

»United Parcel Service, ich habe hier ein Päckchen für Charles Haines.« Das war der Beginn der Parole, die er aus Kerikows Papieren kannte.

»Wer ist der Absender?«, fragte die Stimme hinter der Tür misstrauisch.

»Kyle Leblanc«, antwortete Lurbud, und die Riegel wurden zurückgezogen.

Der Mann, der die Tür öffnete, hielt eine automatische Pistole in der Hand, als Lurbud eintrat. Er steckte sie erst weg, als Feldwebel Dimitrij Demanow das Wort ergriff. »Was tust du so, seit du nicht mehr kleinen Jungs heiße Schürhaken in den Hintern schiebst?« Damit spielte Demanow auf eine von Lurbuds effektiveren Verhörmethoden an, die er angewendet hatte, als er im Auftrag von Kerikow in Afghanistan war.

»Ich schneide respektlosen Feldwebeln die Eier ab«, erwiderte Lurbud. Die beiden Männer umarmten sich und klopften sich auf die Schulter.

»Wie ist es dir ergangen, Dimitrij?«, fragte Lurbud, der zum ersten Mal lächelte, seit er Süleiman umgebracht hatte.

»Ich habe mich in Minsk gelangweilt, bis mich jemand anrief und sagte, ich solle mich hier mit dir treffen«, antwortete Demanow, der seinen Freund auf die traditionelle russische Art küsste. »Es ist schön, dich wiederzusehen, Ewad.«

»Das sehe ich auch so, alter Freund.«

Lurbud und Demanow hatten gemeinsam in Afghanistan gekämpft und waren oft nur knapp mit dem Leben davongekommen.

Nach Lurbuds Beförderung war Demanow in Afghanistan geblieben, und am Ende des Krieges hatten nur zwei sowjetische Soldaten mehr Orden als er. Später war er Ausbilder bei Russlands Eliteeinheit Spetsnaz gewesen, war aber kürzlich in den Ruhestand getreten und hatte ein trostloses Leben geführt. Dimitrij Demanow war ein Krieger im wahrsten Sinne des Wortes.

Der Raum nahm den gesamten obersten Stock des Gebäudes ein und konnte notfalls wochenlang als Unterschlupf genutzt werden. Es gab ein Dutzend Betten, und die Regalbretter in der Küche bogen sich unter dem Gewicht der Konservendosen. Riesige Fässer waren mit Wasser gefüllt für den Fall, dass die Versorgung eingestellt werden würde. Die Fenster waren so schmierig, dass niemand von draußen hineinblicken konnte.

»Ich nehme an, dass alle problemlos durch den Zoll gekommen sind?«, fragte Lurbud.

»Es gab keine Probleme, denn wir sind alle gelandet, bevor der Flughafen geschlossen wurde«, antwortete Demanow.

Lurbud nahm sich einen Moment Zeit, um die Männer in Augenschein zu nehmen, die Demanow mitgebracht hatte. Sie waren sämtlich ehemalige Mitglieder von Spetsnaz, und ihre Loyalität galt eher Demanow als ihrem Vaterland. Es waren die besten Elitesoldaten, die jemals aus der russischen Armee hervorgegangen waren – ihre Ausbildung war sehr viel besser als die von Gregorij Breschnikows KGB-Wachposten, die am Vortag von einem unbekannten Täter ermordet worden waren. Keiner dieser Männer war besonders groß oder ein Muskelpaket, und doch wirkten sie kompetent und Furcht einflößend. Sie hatten eine langjährige Ausbildung und Kampferfahrung.

Ohne es jemals zuzugeben, hatten sowohl die Vereinigten Staaten als auch Russland Elitesoldaten an von Kriegen geplagte Nationen »ausgeliehen«, damit die Männer praktische Erfahrung auf dem Schlachtfeld sammeln konnten. Es hätte Lurbud nicht geschockt, wenn er erfahren hätte, dass diese Männer vor einigen Jahren auf den Bergen um Sarajewo einem Bataillon der amerikanischen Ranger gegenübergestanden hatten.

»Wie konntest du so schnell eine Truppe zusammentrommeln?«

»Der von unserer Armee bezahlte Sold ist nicht mehr, was er

mal war, Ewad. Wie du weißt, gibt es in Russland unzählige arbeitslose ehemalige Soldaten. Elitesoldaten findet man in Russland leichter als Syphilitiker in einem Puff.«

»Hattest du Zeit, sie zu instruieren?«

»Ich habe ihnen gesagt, dass sie an deiner Seite kämpfen würden. Mehr mussten sie nicht wissen.«

»Hast du Bedenken, was sie betrifft, Dimitrij?«

Demanow zündete sich eine Zigarette an und inhalierte tief, bevor er antwortete. »Ich habe Ägypter ausgebildet, um gegen Israelis zu kämpfen, Angolaner, um gegen Südafrikaner Widerstand zu leisten, und Nicaraguaner, um Salvadorianer zu bekämpfen, um nur einige Beispiele zu nennen. Ich wusste von Anfang an, dass es Stellvertreterkriege waren. Jedes Mal stolperte ich über amerikanische ›Militärberater‹, die die modernsten Waffen in ihrem Arsenal hatten. Aber das waren nur flüchtige Kontakte. Einmal in diesem Leben möchte ich gegen die Amerikaner Krieg führen und beweisen, wer mit Propaganda vollgepumpt und wer am besten ist. Jetzt bekomme ich diese Chance, und ich kann mir keine besseren Männer an meiner Seite vorstellen. Das schließt auch dich ein, Ewad.«

Lurbud war beeindruckt von der Hingabe seines alten Freundes. »Sieht so aus, als wärst du zum Philosophen geworden, seit wir uns zum letzten Mal gesehen haben.«

»Mir ist noch nie ein Soldat begegnet, der keiner gewesen wäre«, antwortete Demanow ernst. »Warum bezahlt uns Kerikow so gut dafür, dass wir hier sind?«

»Was hat er dir erzählt?«

»Dass er bestens ausgebildete Elitesoldaten brauchte, um in den Vereinigten Staaten zu kämpfen. Es sei der letzte Akt einer sehr alten Operation.«

»Ja und nein.« Lurbud setzte sich auf eines der Feldbetten. »Du wirst gebraucht, aber deine Anwesenheit ist eine Ablenkung von dieser sehr alten Operation. Die aktuellen Unruhen in Hawaii sind eine direkte Folge des ehrgeizigsten Plans der Abteilung Sieben, eines Plans, der fast aufgegangen wäre. Ha-

waii wäre zu einem Marionettenstaat der Sowjetunion geworden, wenn alles nach Plan gelaufen wäre. Wir sind hier, um
aufzuräumen und unsere Verluste zu begrenzen.«

Demanow war unübersehbar erstaunt. »Ich verstehe nicht,
Ewad.«

»Vor einigen Monaten ist die Abteilung Sieben an den exzentrischen hawaiianischen Milliardär Takahiro Ohnishi herangetreten und hat ihn gebeten, uns bei einer Operation namens
Vulkanfeuer beizustehen. Im Gegenzug für seine Hilfe hat ihm
Kerikow versprochen, seine Umsturzpläne zu unterstützen,
deren Ziel die Abspaltung Hawaiis von den Vereinigten Staaten
ist. Natürlich hatte Kerikow nie wirklich vor, Ohnishi zu helfen,
doch seine Einbeziehung war notwendig. Zwei Optionen
mussten offen gelassen werden, bis bestimmte wissenschaftliche
Daten vorlagen, die eine nördlich von hier entstehende Vulkaninsel betreffen. Jetzt, wo wir diese Informationen haben, ist der
Umsturz genauso überflüssig wie Ohnishi. Unglücklicherweise
hat Ohnishi aber bereits den Startschuss für den Aufstand
gegeben. Wir müssen ihm Einhalt gebieten.«

»Und da kommen wir ins Spiel.«

»Ja. Wir sind hier, um Ohnishi zu eliminieren. Fürs Erste
warten wir darauf, dass Kerikow Kontakt zu uns aufnimmt. Da
ist noch etwas, wovon ich dir nichts erzählt habe, nämlich ein
Unterseeboot, das diesen Vulkan nördlich von hier beobachtet.
Kerikow wartet darauf, etwas von dessen Kapitän zu hören, bevor wir unseren Plan in die Tat umsetzen können.« Lurbud log
seinen alten Freund an. Tatsächlich wartete man an Bord der
John Dory auf ein Wort von ihm. »Es tut mir leid, dich enttäuschen zu müssen, aber du wirst nicht gegen die amerikanische
Armee ins Feld ziehen, sondern nur gegen ein paar Wachposten auf Ohnishis Grundstück.«

»Auch das sind Amerikaner, Ewad. Das reicht mir vollkommen.«

Arlington, Virginia

Als Tish in Mercers Haus in die Bar trat, warf sie sich sofort mit einem erschöpften Seufzer auf das Ledersofa.

»Sehr gesprächig waren Sie nicht auf der Rückfahrt vom Weißen Haus.« Sie blickte Mercer an. »Sie müssen müde sein. Ich habe den halben Tag geschlafen, aber Sie haben seit sechsunddreißig Stunden kein Auge zugetan.«

»Vierzig stimmt eher«, sagte Mercer, der hinter der Bar starken Kaffee kochte. »Möchten Sie eine Tasse?«

»Sind Sie verrückt?« Sie setzte sich auf. »Legen Sie sich ins Bett. Sie können sich ja kaum noch auf den Beinen halten, das sieht doch ein Blinder.«

Er ließ den Kaffee direkt in einen Becher tropfen, bevor er die Glaskanne auf die Heizplatte der Maschine setzte. Als er gerade einen Schluck trinken wollte, hielt er inne und kippte einen Schuss Scotch in den Kaffee. Der erste Schluck war ein Genuss.

»Es wird noch eine Weile dauern, bis ich mich ins Bett legen kann. Wir müssen reden.«

Etwas an Mercers Tonfall ließ Tish aufhorchen. Sie stand auf, durchquerte den Raum und setzte sich vor der Theke auf einen der Barhocker. »Stimmt was nicht?«

»Erzählen Sie mir von Valerij Borodin«, sagte Mercer beiläufig.

»Ich weiß nicht, was das …« Die Frage hatte sie überrumpelt.

»Ich könnte Sie sofort verhaften lassen, weil Sie in diese Geschichte verstrickt sind. Wenn ich es nicht tue, dann deshalb, weil Sie Jack Talbots Tochter sind, aber ich kann nicht versprechen, wie lange ich noch den Mund halten werde.«

»Sagen Sie zuerst, woher Sie von Valerij wissen.«

»Ich habe mit Dr. Baker von der Woods Hole Oceanographic Institution gesprochen.«

»Ja, sie war mit in Mosambik. Sie steckt ständig ihre Nase in die Angelegenheiten anderer Leute. Nicht überraschend, dass sie es ausgeplaudert hat.« Sie richtete ihre tiefblauen Augen auf ihn. »Was wollen Sie wissen?«

»Lassen Sie mich erst ein paar Vermutungen anstellen. Sie wussten, dass er kein Meeresbiologe, sondern Geologe ist, und dass Mosambik für ihn ein Urlaub war. Sehe ich das richtig?«

»Ja. Ich musste ihm schwören, dass ich es niemandem sage. Er hat mir erzählt, er würde bald mit einem neuen Projekt beginnen, und seine Vorgesetzten hätten ihm vorher noch eine Auszeit gegönnt.«

»Hat er gesagt, wer sein Vater ist?«

Die Frage überraschte sie. »Nicht sofort.«

»Hat er erzählt, dass sein Vater seinen eigenen Tod vorgetäuscht hat, als er noch ein Junge war?«

»Woher wissen Sie davon?«

Er wollte nicht zugeben, dass er vermutet hatte, dass Valerij Tish gegenüber aufrichtig gewesen war. Er kaschierte seine Erleichterung durch eine schroffe Antwort.

»Das kann ich nicht sagen. Beantworten Sie einfach meine Fragen.«

»Valerij hat erzählt, sein Vater sei bei einer Explosion im Labor ums Leben gekommen, als er noch ein Kleinkind war. Und dann, etwa einen Monat bevor wir uns kennenlernten, tauchte er wieder auf und tat so, als wäre nichts gewesen. Sein Vater ist ein brillanter Geologe, wie Val, und er brauchte die Hilfe seines Sohnes bei einem geheimen Regierungsprojekt. Valerij hasste seinen Vater, weil er damals spurlos verschwunden ist, und liebte ihn, als er wieder auftauchte. Er war sehr verletzt. Manchmal weinte er nachts. Er war so allein und verletzlich.«

»Was hat er noch über seinen Vater und dieses Projekt erzählt?«

»Nicht viel. Er sagte, er würde mit seinem Vater zusammenarbeiten und sei zugleich fasziniert und verängstigt.«

»Hat er seinen Plan erwähnt, Russland zu verlassen?«

Die Frage ließ sie erbleichen. »Woher wissen Sie …«

»Hat er es Ihnen erzählt?«

»Ja, aber er konnte es erst nach dem Abschluss des Projekts tun.«

Er rieb sich die Augen, weil ihn der Schlaf zu übermannen drohte. Er schenkte sich noch einen Kaffee ein, diesmal jedoch ohne Scotch.

»Erzählen Sie, was in jener Nacht wirklich geschah, als die *Ocean Seeker* explodierte.«

Sie tat so, als wäre sie verwirrt. »Das habe ich doch bereits getan.«

Er wurde wütend. »Lassen Sie mich ein paar Dinge klarstellen, damit Sie wissen, dass das hier kein Spaß ist.«

Noch nie in ihrem Leben war sie mit einer solchen Wut konfrontiert gewesen. Obwohl er die Stimme nicht hob, klang sie bedrohlich, und sie zuckte auf dem Barhocker zurück.

»Ihr Freund und sein Vater sind die Architekten eines Projekts, das mein Land auseinanderreißen könnte. Alles begann im Mai des Jahres 1954, als Pjotr Borodin eine Atombombe zündete und dadurch eine vulkanische Kettenreaktion auslöste, durch die ein neues Metall von unvorstellbarem Wert entstand. Seitdem hat er kaltblütig jeden umgebracht, bei dem die Gefahr bestand, er könnte sein Geheimnis entdecken. Erinnern Sie sich an die Liste der Schiffe, die David Saulman aus Miami gefaxt hat?«

Sie sah aus, als würde es ihr schlecht werden, aber sie nickte.

»Tatsächlich ist das eine Liste von Pjotr Borodins Opfern. Hoffentlich ist Ihnen aufgefallen, dass die *Ocean Seeker* ganz oben auf der Liste stand. Borodin hat auch etwas mit einem geplanten Umsturzversuch auf Hawaii zu tun, der in jeder amerikanischen Stadt zu Rassenunruhen führen könnte. Valerij Borodin und sein Vater sind die Drahtzieher hinter einem Projekt, das mein Land in ein wirtschaftliches und soziales Chaos stürzen könnte.« Er verzog angewidert den Mund, und sein Blick war stahlhart. »Ich bin kein Hardcore-Patriot, der jedes Mal salutiert, wenn er eine Fahne sieht, aber ich möchte auch nicht, dass unsere Regierung in die Knie gezwungen wird. Sie haben die Wahl. Erzählen Sie mir, was ich wissen muss, oder ich benachrichtige das FBI, und Sie verbringen den Rest Ihrer Tage hinter Gittern.«

Jetzt schluchzte sie. Er wollte sie in den Arm nehmen, ihre Tränen wegwischen und sagen, es tue ihm leid, aber es ging nicht. Er musste grausam sein.

»Das hat alles keinen Sinn«, sagte er angewidert, während er nach dem auf der Bar liegenden Telefon griff.

»Halt, warten Sie«, sagte sie mit schwacher Stimme. »Bitte.«

Er schenkte ihr einen Brandy ein und stellte das Glas vor ihr auf die Theke. Sie trank einen kleinen Schluck.

»Also, was geschah in jener Nacht, als die *Ocean Seeker* explodierte?«, wiederholte er schroff.

»Ungefähr um Mitternacht kam ein Mann in meine Kabine, den ich nie zuvor gesehen hatte. Er gehörte weder zu den Wissenschaftlern noch zu der Besatzung des Schiffes.«

»Ein blinder Passagier?«

»Es muss so gewesen sein. Er sagte, Valerij habe ihn geschickt.«

»War es ein Weißer, ein Schwarzer oder ein Asiat?«, unterbrach Mercer.

»Ein Asiat, zwischen fünfunddreißig und vierzig Jahre alt. Etwa Ihre Größe, aber erstaunlich stark. Er sagte, ich sei in Gefahr und müsse mit ihm kommen. Ich versuchte, ihm Fragen zu stellen, aber er meinte, dafür hätten wir keine Zeit. Er hat mich einfach über die Schulter geworfen und nach oben getragen. Am Heck der *Ocean Seeker* war ein aufgeblasenes Rettungsfloß angebunden. Er hat mich hinuntergeworfen und sprang dann hinterher. Er ruderte los, und nach ungefähr fünf Minuten flog das Schiff in die Luft. Ich schwöre, mich danach an nichts mehr erinnern zu können. Ich vermute, dass er mich bewusstlos geschlagen hat.«

»Dann haben Sie weder Russisch gehört, noch den Schornstein des Schiffes gesehen, das Sie gerettet hat?«

»Doch, an den Schornstein erinnere ich mich. Ich muss wie-

238

der zu mir gekommen sein, als wir an Bord des Frachters gezogen wurden.«

»Warum haben Sie mir all das nicht eher erzählt?«

»Da ich Valerijs Fluchtchancen nicht gefährden wollte, habe ich den Mund gehalten. Die Männer, für die er arbeiten wollte und deren Chef sein Vater ist, sind absolut skrupellos. Er sagte, jeder an dem Projekt Beteiligte müsse lebenslange Verschwiegenheit schwören, und wer die Gruppe ohne das Einverständnis seines Vaters verlasse, werde aufgespürt und getötet. Er meinte, sein Vater würde ihn nie gehen lassen, er sei für immer an den alten Mann gefesselt. Aber er war trotzdem entschlossen, die Flucht zu ergreifen. Seinen Worten nach ist sein Vater völlig verrückt, und sie arbeiteten an etwas, wodurch überall auf der Welt das Machtgleichgewicht durcheinandergeraten könnte. Bevor er Mosambik verließ, sagte Valerij noch, er werde direkt vor seiner Flucht Kontakt zu mir aufnehmen. Ich nehme an, die Rettung war dieser Kontakt.«

»Das kann schon sein, aber er hat auch danach noch einmal Kontakt aufgenommen.«

»Wann, wie?«, fragte sie aufgeregt und mit bebender Stimme.

»Dieses Telegramm, von dem ich glaubte, der Absender sei Ihr Vater, muss er geschickt haben. Gott allein weiß, wie er erfahren hat, dass wir uns kennen.« Als sich die Zusammenhänge in seinem Kopf klärten, redete er schneller. »Ihre Rettung hat mich misstrauisch gemacht. Das klang alles zu schön, um wahr zu sein, doch jetzt sehe ich klarer. Valerij muss jemandem befohlen haben, sich als blinder Passagier auf dem Schiff zu verstecken und Ihr Leben zu retten, als er erfuhr, dass die *Ocean Seeker* in Richtung des Vulkans fuhr und dass Sie zu den an Bord befindlichen Wissenschaftlern gehörten.«

Er stand schweigend hinter der Bar und umklammerte mit beiden Händen den Kaffeebecher. Er blickte geistesabwesend auf eine Lithografie von Ken Marschall, die den Zeppelin »Hindenburg« kurz vor der Explosion über Lakehurst in New

Jersey zeigte. Es war eines der ganz wenigen Bilder, die er außer denen in seinem Büro aufgehängt hatte.

»Er beabsichtigt, die Arbeitsergebnisse seines Vaters zu stehlen, wenn er verschwindet, stimmt's? Deshalb ist er nicht einfach mit Ihnen abgehauen, nachdem er Sie in Mosambik kennengelernt hatte.«

»Wie sind Sie darauf gekommen?«

»Es passt zu seinem bisherigen Verhalten und zu der kurzen Beschreibung, die Sie von seiner psychischen Verfassung gegeben haben. Er muss daran denken, Ihren und seinen Lebensunterhalt zu verdienen. Wenn er seinen Vater um die Früchte seiner Arbeit bringt, kann er sich zugleich an ihm rächen, weil er ihn als Kind allein gelassen hat.«

»Das können Sie nicht wissen.« Sie fühlte sich unbehaglich, weil er alles sehr genau sah und es mit einer Beschuldigung verband.

»Der erste Grund liegt auf der Hand. Er wird für Sie und vielleicht für eine Familie sorgen wollen, anders als sein Vater, und wenn Sie beide seine Erkenntnisse zu Geld machen, können Sie bis ans Ende Ihrer Tage bequem davon leben. Der zweite Grund ist mir noch vertrauter. Erinnern Sie sich, dass ich Ihnen erzählte habe, dass ich im Kongo geboren wurde und als Kind in Afrika gelebt habe? Als ich es verließ, war ich Vollwaise. Meine Eltern waren nach Ruanda gezogen, wo mein Vater die Inbetriebnahme einer Kupfermine vorbereitete. Sie kamen 1964 bei einem Aufstand ums Leben. Als sie während der ersten Nacht der Unruhen zu einer Party wollten, gerieten sie in einen Hinterhalt. Beide verbrannten bei lebendigem Leibe. Mein Kindermädchen, das dem Stamm der Tutsi angehörte, nahm mich am nächsten Tag mit in ihr Dorf. Dort lebte ich zwei Monate, bis die bewaffneten Auseinandersetzungen aufgehört hatten, und dann übergab sie mich einem Team der Weltgesundheitsorganisation, das Kontakt zu den Eltern meines Vaters in Vermont aufnahm. Obwohl meine Großeltern gütig und liebevoll waren, hasste ich es, mit ihnen zusammen zu sein, aber noch mehr hasste ich meine Eltern, weil sie mich allein gelassen hatten. Ich fühlte mich betrogen. Ich erinnere mich an Winternächte, in denen ich allein querfeldein Ski fuhr. Ich hielt an einer Lichtung, meilenweit vom nächsten Haus entfernt und schrie meine Eltern an, verfluchte sie, klagte sie an, mich absichtlich allein zurückgelassen zu haben. Es war die einsamste Zeit meines Lebens. Wenn ich meine Eltern, die tatsächlich gestorben waren, so sehr hassen konnte, kann ich mir gut vorstellen, wie sehr Valerij seinen Vater hassen muss, der ihn wegen eines Regierungsprojekts verlassen hat und dann eines Tages wieder auftauchte, als wäre nichts gewesen.«

»Wie sind Sie überhaupt über den Tod Ihrer Eltern hinweggekommen?«, fragte sie leise. Mercers Worte hatten sie zutiefst berührt.

»Als ich ungefähr sechzehn war, hat mich nachts zufällig ein alter Farmer gehört, und wir haben miteinander geredet. Er war der einzige Mensch, dem gegenüber ich mich jemals wirklich geöffnet habe. Als ich ihm meine Geschichte erzählt hatte, sagte er, ich verhalte mich wie ein Dummkopf, und wenn ich weiter herumbrüllen würde, würde er mich verprügeln, weil ich seine Kühe verrückt mache. Vorher war mir so viel Mitgefühl entgegengebracht worden, dass ich mich als das ewige Opfer sah. Indem er rundheraus sagte, ich sei ein Dummkopf, wurde mir klar, dass ich tatsächlich einer war. Meine Eltern waren wehrlos, als sie ums Leben kamen. Sie hatten mich nie allein zurücklassen wollen. Endlich konnte ich das akzeptieren.« Er kippte einen Schuss Scotch in seinen Kaffee und leerte den Becher mit drei großen Schlucken.

Tish sagte nichts, aber sie wirkte entspannter, und der Blick ihrer blauen Augen war verschleiert und sanft.

»Ich muss mich bei Ihnen entschuldigen«, sagte Mercer leise. »Ich habe geglaubt, Sie seien in diese Geschichte verstrickt und wüssten alles darüber.«

»Nein, so ist das nicht.«

»Lieben Sie ihn noch immer?«

»Ich weiß nicht«, antwortete sie zögernd. »Die Zeit, die ich mit Valerij verbracht habe, war die schönste meines Lebens, aber es scheint schon so lange her zu sein. Klingt das kitschig?«

Er wich der Frage aus, setzte sich neben sie auf den Barhocker und ergriff ihre Hand.

»Ich war einmal verliebt«, sagte er bedächtig. »Damals war ich fünfundzwanzig und besuchte Sommerkurse an einer Bergakademie in England. Sie war vier Jahre älter als ich und hatte gerade eine Stelle als Polizeipsychologin in London bekommen. Wir verbrachten jeden freien Augenblick miteinander. Ich fuhr hundertfünfzig Kilometer mit dem Zug, um sie in London zu treffen, und sie feierte oft krank und musste aufpassen, ihren Job nicht zu verlieren.

An einem Wochenende gegen Ende des Sommers brachte sie mich zur Paddington Station. Wir hatten gerade zum ersten Mal darüber gesprochen, dass wir heiraten wollten. Als der Zug gerade losfuhr, hörte ich Schüsse. Ein Mann war auf den Bahnsteig gestürmt und schoss mit einer Maschinenpistole um sich. Durch das Abteilfenster sah ich, wie er das Magazin leerte, die MP fallen ließ und einen Revolver zog. Mittlerweile war die Polizei da. Der Mann packte eine Frau, nutzte sie als menschlichen Schutzschild und presste ihr den Revolver an die Schläfe. Dann begann die Frau, meine künftige Verlobte, mit dem Mann zu reden. Sie versuchte ihn zu beruhigen und ihn dazu zu bringen, sich zu stellen. Das war ihr Job. Später fand die Polizei heraus, dass der Mann ein Terrorist von der IRA und so mit Heroin vollgepumpt war, dass er wahrscheinlich kein Wort von dem verstanden hatte, was sie sagte. Und sie sprach nur kurz. Dann drückte er einfach ab und richtete anschließend die Waffe gegen sich selbst. Als der Zug den Bahnhof verließ, sah ich noch, wie die beiden tot zu Boden stürzten. Ich war zu benommen, um zu versuchen, aus dem Zug zu springen. Ich saß einfach nur da, während der Zug in Richtung Norden raste. In London bin ich nie wieder gewesen. Ich war nicht einmal bei ihrer Beerdigung ...«

»Wie hieß sie?«

»Tory Wilks. Sie sind der erste Mensch, dem ich davon erzählt habe. Ich absolvierte meine Kurse in England und kehrte nach Hause zurück, als wäre nichts geschehen.«

»Es tut mir so leid für Sie.«

Er blickte ihr direkt in die Augen. »Wir hatten nie die Möglichkeit, ein gemeinsames Leben zu beginnen. Ich habe Ihnen von Tory und meinem Verlust erzählt, weil Sie zumindest eine Chance verdient haben. Sie haben Valerij Borodin geliebt und ihn aufgrund von Umständen verloren, auf die Sie keinen Einfluss hatten.« Seine Stimme klang fest. »Ich werde dafür sorgen, dass Sie eine faire Chance bekommen, mit ihm zusammen sein zu können.«

»Ich verstehe nicht.«

»Es ist ganz einfach«, sagte er lächelnd. Er war wieder er selbst, wurde nicht mehr so von heftigen Gefühlen bedrängt wie noch vor ein paar Augenblicken. »Ich werde ihm bei seiner Flucht helfen.«

»Wie denn? Sie wissen nicht, wo er ist.«

»Meinen Sie?« Er hob spöttisch eine Augenbraue. »Ich weiß haargenau, wo er im Moment ist.«

»Wo?«, fragte sie aufgeregt.

»Alles zu seiner Zeit«, antwortete er ausweichend. »Ich muss mir erst ein paar Gedanken machen. Warum legen Sie sich nicht ein bisschen hin und machen die Augen zu?«

Sie begriff, dass sie im Moment nichts mehr aus ihm herausbekommen würde, und legte sich auf das Sofa. Als sie zu Mercer hinüberblickte, sah sie, dass er sich mit einem Füllfederhalter Notizen machte. Sie zog die Decke von der *Normandie* bis unters Kinn und dachte zum ersten Mal seit langer Zeit über ein gemeinsames Leben mit Valerij nach.

Zehn Minuten später setzte sie sich auf. »Mr Mercer?«

Er blickte von seinen Notizen auf. Er war bleich und wirkte mitgenommen.

»Ich habe nachgedacht … Valerij ist ein Risiko eingegangen,

243

als er mich retten ließ und Sie in Kontakt mit mir gebracht hat, oder? Gut, aber wer hat versucht, mich in dem Krankenhaus umzubringen?«

Er starrte sie für einen Augenblick an. Sein müder Geist mühte sich mit ihrer Frage ab. Er riss das oberste Blatt von dem Notizblock, zerknüllte es und warf es in den Mülleimer hinter der Bar. »Zurück an die Arbeit.«

Etliche Stunden später, als die letzten Sonnenstrahlen den Raum in ein bernsteinfarbenes Licht tauchten, legte er endlich den Füllfederhalter hin, leerte seinen Kaffeebecher und stand auf, um seine Glieder zu strecken. Er hatte zwölf Seiten mit Notizen gefüllt und achtzehn Telefonate geführt. Tish schlief noch immer auf dem Sofa.

Er massierte seinen unteren Rücken und kniff die Augen zu, um trotz seiner Übermüdung einen klaren Kopf zu bekommen.

Er fühlte sich schwach und hatte Kopfschmerzen. Er zog Dick Hennas Karte aus seiner Brieftasche und rief in seinem Büro an. Henna nahm selbst ab.

»Hier ist Philip Mercer, Mr Henna.«

»Gibt es etwas Neues?«

Mercer mochte den FBI-Direktor, weil er immer sofort zur Sache kam. »Ich muss nach Hawaii reisen.«

»Tut mir leid, aber das ist unmöglich. Seit zwei Stunden dringt von den Inseln nichts mehr nach draußen. Keine Telefonate, keine Radio- oder Fernsehsendungen. Flugzeuge bekamen keine Landeerlaubnis und mussten umkehren. Pearl Harbor meldet, der Mob habe damit begonnen, aufs Geratewohl auf Soldaten zu feuern. Mir liegen unbestätigte Berichte von Funkamateuren vor, in denen es heißt, Bürgermeister Takamora habe in Honolulu das Kriegsrecht verhängt, und ihm ergebene Nationalgardisten würden auf jeden Weißen schießen, der ihnen über den Weg läuft.«

»Mein Gott«, sagte Mercer. »Dieser elende Verrückte hat den Startschuss gegeben.«

»Sieht so aus. Sie können da nicht hin. Selbst wenn ich es wollte, ist es unmöglich.«

»Hören Sie, wenn meine Theorie stimmt, kann das Problem in vierundzwanzig Stunden gelöst sein, aber ich muss nach Hawaii.« Er wollte sich von Hennas Horrornachrichten nicht entmutigen lassen.

»Dr. Mercer …«

»Mir ist Mr Mercer lieber. Einfach Mercer tut's aber auch.«

»Die meisten Promovierten, die ich kenne, legen Wert auf ihren Titel.«

»Ich benutze meinen nur, wenn ich im Restaurant einen Tisch reserviere.«

Henna lachte leise. »Okay, zurück zum Thema. Wegen Ohnishis Beteiligung an diesem Umsturzversuch hat der Präsident eine verdeckte Operation gegen ihn genehmigt.«

»Mein Gott.« Mercer war geschockt. »Das ist ein dummer Fehler. Ohnishi ist nur eine Marionette bei dieser Geschichte. Es bringt überhaupt nichts, ihn aus dem Verkehr zu ziehen.«

»Wissen Sie etwas, wovon wir keine Ahnung haben?«, fragte Henna müde.

»Ja, aber wenn Sie es wissen wollen, müssen Sie mich auf das Kampflandungsschiff bringen, das in der Nähe von Hawaii liegt.«

»Das ist Erpressung.«

»Erpressung ist so ein hässliches Wort, Mr Henna. Was würden Sie sagen, wenn ich Ihnen die graue Eminenz hinter diesem ganzen Projekt ausliefern könnte?«

»Ich höre.«

»Ich rede nur, wenn Sie mir versichern, mich auf dieses Schiff zu bringen.

»Mein Gott.« Mercer glaubte zu sehen, wie Henna verzweifelt die Arme in die Luft warf. »Okay, ich lasse Sie dahinbringen. Also, was haben Sie mir zu sagen?«

Mercer sprach zwanzig Minuten ohne Pause, und Henna lauschte aufmerksam.

»Haben Sie Beweise für das, was Sie da sagen?«, fragte Henna, als Mercer geendet hatte.

»Nein, aber es passt alles.«

»Auf die Gefahr, mich zu wiederholen, Mercer, aber wenn Sie einen neuen Job brauchen, würde das FBI Sie liebend gern einstellen.«

»Glauben Sie, die Bürgerrechtler von der American Civil Liberties Union fänden Gefallen an einem FBI-Agenten, der solche Beschuldigungen erhebt wie ich gerade? Sie würden uns die Hölle heißmachen.«

Henna lachte erneut. »Sie haben recht. In einer Stunde habe ich einen Termin beim Präsidenten. Ich werde ihm Ihren Vorschlag unterbreiten. Ich kann Sie nur als Beobachter dahinbringen lassen.«

»Das ist schon in Ordnung, mehr kann ich nicht verlangen. Rufen Sie zurück, wenn die Besprechung mit dem Präsidenten beendet ist.«

Nur eine Minute, nachdem er aufgelegt hatte, lag Mercer im Bett. Trotz seiner Müdigkeit warf er sich noch zwanzig Minuten unruhig hin und her. Erst dann schlief er ein.

Pazifik

Im Gegensatz zu den meisten Helikoptern hatte der Kamov Ka-26 keinen stabilisierenden Ausgleichsrotor am Heck, sondern zwei übereinander angebrachte Hauptrotoren, die sich in entgegensetzter Richtung drehten, damit sich die Maschine nicht im Kreis drehte. Aus diesem Grund war der Ka-26 sehr viel lauter als die meisten Helikopter, doch der Lärm der Rotoren war nichts gegen den der zu beiden Seiten außerhalb der engen Kabine angebrachten Maschinen.

Der Ka-26, von der NATO »Hoodlum« genannt, flog mit hundert Knoten an einem klaren Himmel dahin, fast mit Höchstgeschwindigkeit. Das Meer darunter war eine endlose azurblaue Fläche. Die *August Rose,* das Mutterschiff des kleinen Helikopters, war zweihundert Meilen weiter achtern und fuhr nach Taipeh. Das Schiff war ein Geschenk für den taiwanischen Botschafter. Dr. Pjotr Borodin hatte genau berechnet, wo die Vulkaninsel durch die Wasseroberfläche brechen würde, und deshalb wurden die komplizierten technischen Geräte an Bord des Frachters nicht mehr benötigt.

Der Hoodlum war mit zurückgeklappten Rotoren in einer riesigen Lattenkiste an Deck des Kühlschiffes versteckt gewesen, auch dann noch, als der Frachter seine lange Reise nach Westen begonnen hatte. Zurück blieb der Vulkan, der in einigen wenigen Tagen die Wasseroberfläche durchbrechen würde. Schon jetzt schwebten dichte schwefelhaltige Dampfwolken über dem Meer.

Nach dreihundertachtzig Meilen musste der Hoodlum spätestens aufgetankt werden. Erst nachdem die *August Rose* zwei Drittel dieser Distanz zurückgelegt hatte, war der Pilot mit zwei Passagieren vom Deck des Frachters aus gestartet.

Jetzt, drei Stunden später, begann der Pilot zu schwitzen, aber nicht wegen der feuchten Luft, sondern aus Angst. Das überholte Radargerät an Bord des fünfundzwanzig Jahre alten Helikopters konnte die *August Rose* nicht mehr entdecken, und sie hatten vermutlich nicht genug Treibstoff, um sie notfalls wieder zu erreichen.

Sie waren allein, anderthalb Kilometer über dem Meer, auf dem kein Schiff zu sehen war. Der Pilot drehte sich zu seinen beiden Passagieren um. Der ältere Mann schien zu schlafen, der jüngere betrachtete das Meer. Sein Kopfhörer verhinderte, dass sein Haar zerzaust wurde, aber der in die Kabine fegende Wind ließ den Stoff seines olivgrünen Fliegeranzugs flattern. Der Pilot drehte sich wieder um, überprüfte mit einem schnellen Blick den Treibstoffvorrat, die Flughöhe, die Geschwindigkeit und den Kurs und schaute dann erneut in die endlose Weite.

Valerij Borodin wandte den Blick von der offenen Kabinentür ab, und Pjotr öffnete die Augen, als sein Sohn ihm eine Hand auf die Schulter legte. »Wir sind nur noch ungefähr zehn Kilometer weit entfernt.«

Der Pilot hatte den Satz gehört. »Zehn Kilometer entfernt von was?«, fragte er. »Wir sind mindestens dreihundert Kilometer von Hawaii entfernt, und uns geht der Treibstoff aus. Hätten Sie die Güte, mir zu erklären, worum es hier eigentlich geht?«

»Aber natürlich. Verringern Sie erst die Flughöhe auf zweihundert Meter.«

Der Pilot zuckte die Achseln und gehorchte. Er bezweifelte, dass diese beiden Männer Selbstmord begehen wollten, und folglich mussten sie einen Plan haben. Als er die Flughöhe in einem halsbrecherischen Manöver auf exakt zweihundert Meter verringert hatte, blickte er sich um, doch die beiden Passagiere wirkten gelangweilt. Sie wussten sein Können und seine Erfahrung nicht zu schätzen.

»Zweihundert Meter.«

Pjotr Borodin zog einen gelben Kunststoffzylinder aus der Tasche. Er hatte einen Durchmesser von zehn und eine Länge von dreißig Zentimetern. Er drückte auf einen roten Knopf an der Oberseite des Zylinders und warf ihn lässig durch die offene Tür.

»Was war das?«, fragte der Pilot.

»Ein Hochfrequenz-Transponder«, antwortete Valerij anstelle seines Vaters. »Sie werden gleich sehen, was wir vorhaben.«

Kurz darauf sah der Pilot das Meerwasser schäumen, als würde Leviathan aus der Tiefe auftauchen. Der Pilot ließ den Helikopter darüber auf der Stelle schweben.

Aus dem aufgewühlten Meer tauchte der Bug eines Schiffes auf, dann der von Wasser triefende schwarze Rumpf. Kräne auf dem Vorderdeck, ein kastenförmiger Aufbau mit Schornstein, dahinter eine schlaff herabhängende panamaische Flagge. Aus den Speigatts strömte Wasser wie aus Feuerwehrschläuchen, während das Schiff in den aufgewühlten Wellen hin und her geworfen wurde. Aber nach einer Minute lag es auf ebenem Kiel, und die Wellen glätteten sich schnell.

»Mein Gott«, murmelte der Pilot.

»Das ist der Wachhund von Ocean Freight and Cargo«, sagte Pjotr Borodin triumphierend. »Und unser Ziel, der Frachter *John Dory*.«

Der Pilot bereitete sich darauf vor, auf dem Achterdeck dieses außergewöhnlichen Schiffes zu landen. Hätte er Zeit gehabt, einen Blick auf den Schornstein der *John Dory* zu, werfen, wäre ihm ein schwarzer Kreis mit einem gelben Punkt darin aufgefallen.

Der Hoodlum setzte sanft auf dem Deck auf. Der Pilot war wahrlich ein echter Profi. Besatzungsmitglieder schlangen Ketten um die vier Räder des Helikopters und gaben dem Piloten ein Signal, damit er die Motoren abstellte. Kurz darauf standen die Rotoren still.

Valerij Borodin sprang aus dem Hubschrauber, dicht gefolgt von seinem keuchenden Vater. Der alte Wissenschaftler war kurzatmig und bleich. Die beiden Männer warteten darauf, dass der Pilot zu ihnen trat.

»Was zum Teufel ist das hier?«, schrie der Pilot fast, weil seine Ohren immer noch klingelten.

»Warten Sie noch einen Augenblick, dann wird der Kapitän es Ihnen erklären.« Borodin gab einem Besatzungsmitglied ein Zeichen.

Der Mann nickte und löste mit ein paar anderen Besatzungsmitgliedern die Ketten am Landegestell des Helikopters. Dann stießen sie den Hoodlum ins Meer. Der Hubschrauber tanzte ein paar Minuten auf dem Wasser, die Rotorblätter kratzten am Bug der *John Dory*. Dann war die Kabine mit Wasser vollgelaufen, und der Hoodlum ging unter. Der Pilot salutierte ironisch. Wenn ihm die absichtliche Zerstörung seines Helikopters etwas ausmachte, ließ er es sich jedenfalls nicht anmerken.

»Du wirst mich nicht auf diese Weise verlassen, Valerij«, bemerkte Pjotr Borodin beiläufig, als er sich abwandte.

Valerij stand mit weit aufgerissenen Augen und hängenden Mundwinkeln da, ganz so, als wäre er gerade Zeuge eines entsetzlichen Unfalls geworden. Wie ist er bloß darauf gekommen?, fragte er sich. Woher konnte er wissen, dass ich mit dem Helikopter verschwinden wollte?

Pjotr beantwortete die Frage seines Sohnes, als könnte er Gedanken lesen. »Kerikow hat Kontakt zu mir aufgenommen, nachdem du ihn unter Druck gesetzt hattest, damit er diese Frau von dem amerikanischen Forschungsschiff retten lässt.«

Das Schicksal der gestrandeten Wale und die Bemühungen um die Erforschung der Todesursache hatten vor einigen Wochen ein großes Medienecho erzeugt. Das war auch den Männern an Bord der *August Rose* nicht entgangen, welche die Entwicklung des Vulkans beobachteten. Es hatte ausführliche Radioberichte über den Einsatz des NOAA-Teams gegeben, und mit einigen Wissenschaftlern waren auch Interviews geführt worden. Noch immer erinnerte sich Valerij stolz daran, wie brillant Tish geantwortet hatte. Nur er und sein Vater hatten gewusst, dass die *Ocean Seeker* dem Untergang geweiht war, als sie die Anker lichtete. Valerij war völlig verzweifelt gewesen und hatte Kerikow damit gedroht, den Vulkan mit dem an Bord der *August Rose* befindlichen Sprengstoff zu zerstören, falls Tish nicht gerettet werden würde.

»Kerikow hat sich durch deine Drohung so wenig beeindrucken lassen wie ich, Valerij. Aber da ich wusste, dass du versuchen würdest, unsere Mission zu sabotieren, musste sie auf meine Bitte hin gerettet werden. Du wirktest so selbstgefällig, als du im Radio davon hörtest.« Pjotr Borodin lachte kurz auf und blickte über die immer noch nasse Reling der *John Dory* zu der Stelle hinüber, wo der Hubschrauber gesunken war. »Du wirst mich nicht so schnell verlassen. Russland braucht dich noch.«

In dem Jahr nach der Wiederbegegnung mit seinem Vater

hatte der noch nie so viele Worte an seinen Sohn gerichtet. Jetzt war Valerij von blindem Hass erfüllt und hatte den bitteren Geschmack von Galle im Mund. Seine Hände waren zu Fäusten geballt.

Pjotr Borodin bemerkte nichts davon. Er hatte sich dem Kapitän der *John Dory* zugewandt. Valerij trat zu ihnen. Er hatte seine zitternden Hände tief in den Taschen seines Fliegeranzugs vergraben.

Kapitän Nikolaij Zwenkow streckte die Hand aus. »Willkommen an Bord, Dr. Borodin. Es tut mir leid, dass ich Sie nicht direkt nach der Landung des Helikopters begrüßen konnte, aber ich musste mich noch um einiges kümmern.«

Borodin schüttelte seine Hand und stellte dann seinen Sohn und den Piloten vor. Zwenkow stammte aus Georgien und sprach Russisch mit einem starken Akzent. Er war ein energischer, kompromissloser Profi.

»Wir müssen uns beeilen und dann wieder untertauchen. Ich möchte nicht das Risiko eingehen, dass wir von einem amerikanischen Spionagesatelliten entdeckt werden.«

Der Kapitän führte die drei Männer in den Aufbau des Schiffes. Es gab weder Schotten noch Deckfenster, weder Kabinen noch eine Brücke. Der kastenförmige Aufbau war nur Fassade, eine leere Halle, herumgebaut um den Turm eines U-Boots. Auch die Kräne, Winden und Ladebäume an Deck waren nur Attrappen. Auf eine Entfernung von über zweihundert Metern sah die *John Dory* wie ein Frachter aus.

»Das erinnert an ein K-Boot«, bemerkte der Pilot. Damit spielte er auf Schiffe an, welche die Deutschen im Ersten Weltkrieg eingesetzt hatten. Auch diese hatten Frachtern geähnelt, waren jedoch in Wirklichkeit getarnte Kanonenboote gewesen. Man lockte Schiffe mit falschen Notrufen an und fuhr dann die großen Kanonen aus. Alliierte Marinesoldaten bezahlten mit dem Leben dafür, dass sie in diese Falle gegangen waren, und es gingen viele Schiffe und Ladungen verloren.

»Ich denke schon, dass dieses Schiff technisch auf einem

höheren Stand ist«, antwortete Borodin, der die Innenseiten seiner Arme rieb. »Aber das Prinzip ist dasselbe.«

»Kommen Sie mit, Pjotr, der Flug hat Sie ermüdet.« Der Kapitän öffnete eine Luke und führte sie über eine Treppe in das Innere des alten, etwa achtzig Meter langen Atom-U-Boots.

Zwenkow bewegte sich mit traumwandlerischer Sicherheit durch ein Gewirr von Rohren, Leitungen und technischen Geräten. Nach zwanzig Jahren als U-Boot-Kapitän wusste er, wie man es vermied, sich in diesen engen Räumen schmerzhaft zu stoßen. Nachdem er den Piloten bei einem seiner Untergebenen zurückgelassen hatte, führte er die beiden Borodins zu seiner Kabine.

Valerij saß schweigend da, während sein Vater und der Kapitän plauderten. Zwenkow hätte seine geliebte Tish getötet, wenn Kerikow es nicht geschafft hätte, einen Agenten an Bord der *Ocean Seeker* einzuschleusen, der ihr das Leben gerettet hatte. Am liebsten hätte er Zwenkow verprügelt. Doch er konnte nicht nur ihm die Schuld geben, denn Zwenkow war bloß ein Marinesoldat, der seine Pflicht tat und Befehle befolgte. Und diese Befehle kamen von seinem Vater.

Er bekam einen Magenkrampf, als er daran dachte, dass es ihm fast geglückt wäre, mit dem Helikopter aus dieser Welt des Wahnsinns zu fliehen.

Er war Wissenschaftler, glaubte an die Vernunft und die Kraft der Gedanken. Sein Vater hatte diese Ideale verraten und lebte in einer perversen, von Mord, Verrat und unvorstellbarer Grausamkeit beherrschten Welt. Hass stieg in ihm auf, weil sein Vater fast für den Tod jener Frau verantwortlich gewesen wäre, die er liebte. Durch ihn waren in den vergangenen Jahren unzählige Menschen gestorben. Und er hasste seinen Vater, weil er ihn vor all diesen Jahren als verängstigten kleinen Jungen allein zurückgelassen hatte.

Noch ein paar Tage, dann war alles überstanden. Wenn ihm nicht die Flucht gelang, um die Frau wiederzusehen, die ihm seit der Wiederbegegnung mit seinem Vater Kraft gegeben hatte, blieb ihm nichts anderes als der Freitod. Aber er schwor sich, dass er nicht allein sterben würde.

Als er diese Entscheidung getroffen hatte, bekam er wieder einen klaren Kopf. Er beugte sich vor und lauschte dem Gespräch zwischen dem Kapitän und seinem Vater.

»Ich weiß nur, dass Kerikow sich über Funk gemeldet und gesagt hat, wir sollten alle Aktivitäten einstellen und auf weitere Befehle warten. Wir sollen untergetaucht an Ort und Stelle bleiben, aber mit ausgefahrenem Richtantennennetz, bis Kontakt aufgenommen wird.«

»Aber warum? Das ergibt keinen Sinn. Wir sollten uns darauf vorbereiten, den Lohn für unsere Bemühungen zu kassieren.« Dr. Pjotr Borodin sprach eher zu sich selbst als zu den beiden anderen. Er rieb sich geistesabwesend den Hals und die Kehle. »Ich habe von der *August Rose* aus mit Kerikow gesprochen. Er weiß, dass der Vulkan außerhalb von Amerikas Zweihundert-Meilen-Zone durch die Wasseroberfläche brechen wird. Er gehört der ersten Nation, die ihn entdeckt. Er gehört uns!«

»Da ist noch etwas«, sagte Zwenkow fast entschuldigend. »Kerikow hat gesagt, ich solle Ihnen nichts davon erzählen, aber wir kennen uns schon zu lange, um Geheimnisse voreinander zu haben. Er hat mir befohlen, eine SS-N-9-Siren mit einem Atomsprengkopf zu bestücken und die Rakete startklar zu machen.«

Borodin nahm die Neuigkeit emotionslos auf. Es war, als hätte er sich in sich selbst zurückgezogen, als suchte er in seinem Inneren nach Antworten. Für lange Augenblicke war in der spartanisch eingerichteten Kabine nur das Summen des Airconditioners zu hören.

Schließlich blickte Pjotr Borodin erst Zwenkow und dann seinen Sohn an.

»Er muss beabsichtigen, den Vulkan zu zerstören – aber warum?« Borodin schien sich eher um Kerikows Motive zu kümmern als darum, dass sein Lebenswerk durch eine Atombombenexplosion zerstört werden könnte. »Irgendwo bei uns muss es eine undichte Stelle geben. Er müsste das gesamte Projekt zerstören, damit nichts ans Licht kommt.«

»Begreifst du nicht, dass Kerikow ein doppeltes Spiel gespielt hat?«, fragte Valerij wütend. »Er hatte nie vor, unsere Regierung von dem Vulkan profitieren zu lassen. Seit er Chef der Abteilung Sieben wurde, hat er dich benutzt in der Hoffnung, eines Tages selbst den Vulkan verkaufen zu können. Das alte Regime ist Vergangenheit. Die Sowjetunion, für die du dein Leben vergeudet hast, existiert nicht mehr. Die Welt hat sich seit den Fünfzigerjahren verändert, nur hast du es nicht bemerkt. Das Projekt Vulkanfeuer hätte sich nur in einem stalinistischen Regime umsetzen lassen, und das gibt es seit Jahrzehnten nicht mehr. Die ganze Operation war zum Scheitern verurteilt, als Gorbatschow Glasnost und Perestroika ausrief. Gib deine Altherrenträume auf und fang an, in der Realität zu leben. Die russische Regierung würde es nie wagen, mit einer Hand eine Vulkaninsel in solcher Nähe zu Amerika zu besetzen, und die andere auszustrecken, um Wirtschaftshilfe zu erbetteln. Kerikow weiß das und hat irgendeinen Notfallplan geschmiedet.«

»Wie kannst du dir so sicher sein, Valerij? Du bist nur mein Assistent und weißt nicht alles.« Borodin tat die Wahrheit so schnell ab, weil er sie wirklich nicht begriff.

»Gib's auf, Vater«, sagte Valerij traurig. »Es ist vorbei, und wir wissen es beide.«

Zum ersten Mal fiel Valerij auf, wie gebrechlich und schwach sein Vater wirkte. Seine Augen tränten hinter den Brillengläsern, und er war bis aufs Skelett abgemagert. Seine Haut hatte eine ungesunde Farbe.

»Es wird alles funktionieren«, sagte er so leise, dass sich seine Lippen kaum bewegten.

Plötzlich verkrampfte sich sein Körper, und die Augen traten ihm aus den Höhlen. Er öffnete die Lippen, und man sah seine verfärbten und schadhaften Zähne. Man fühlte sich an einen lächelnden Totenkopf erinnert. Er zuckte zusammen und schnappte nach Luft, bevor sein Körper wieder von einem un-

254

glaublichen Schmerz erfasst wurde. Seine Hand griff nach seiner Brust, als wollte er das schwache Herz beruhigen.

Pjotr zuckte noch einmal zusammen und trat aus, als sein Körper sich ein letztes Mal aufbäumte, dann war er tot.

Im Tod hatte sich der Schließmuskel gelöst, und in der engen Kabine roch es nach Urin.

Zwenkow hatte in seinem Leben schon so viele Tote gesehen, dass ihm klar war, dass Borodin nicht zu reanimieren war. Er bekreuzigte sich und beugte sich vor, um die Lider des alten Mannes zu schließen.

»Ich trauere um ihn«, sagte er leise zu Valerij.

Der blickte seinen toten Vater lange an und berührte dann seine faltige Hand. »Ich auch, so merkwürdig das ist.«

Der Tod hatte seinen Hass zum Verschwinden gebracht. Er fühlte sich innerlich rein, wie neugeboren. Mit dem letzten Atemzug seines Vaters hatte sich seine Verbitterung in Nichts aufgelöst, und er wusste, dass es so hatte kommen müssen. Selbst wenn es ihm gelungen wäre, mit den Daten von der *August Rose* zu fliehen, wäre er doch für immer von diesem inneren Dämon geplagt worden. Doch jetzt war es vorbei. Er war für immer von diesem Dämon befreit.

Arlington, Virginia

Das Klingeln des Telefons riss Mercer aus einem tiefen, totenähnlichen Schlaf. Er stieß den Wecker vom Nachttisch, ertastete dann das Telefon und nahm ab.

»Hallo?«

»Ich bin's, Mercer, Dick Henna.«

Jetzt war er etwas wacher, und als er die Augen öffnete, bemerkte er, dass es Nacht geworden war. Durch die beiden Oberlichter über seinem Bett sah er den dunklen Himmel. Aus dem Inneren des Hauses fiel kein Licht in sein Schlafzimmer. Vermutlich hatte sich Tish auch schlafen gelegt.

»Ja, Mr Henna, was gibt's Neues?« Er hatte einen schlechten Geschmack im Mund.

»Der Präsident ist mit Ihrem Vorschlag einverstanden. Und ob Sie es glauben oder nicht, Paul Barnes von der CIA hat ihn ebenfalls unterstützt.«

»Erstaunlich. Ich hatte nicht damit gerechnet, dass er mir am Jahresende eine Weihnachtskarte schickt.«

»Es hat mich auch überrascht, aber Barnes kann sehr wohl zwischen seinem Job und seinen persönlichen Gefühlen unterscheiden. Die vom Präsidenten angeordnete Kommandoaktion wird um mindestens zwölf Stunden verschoben.«

»Und wie geht's jetzt weiter?« Mercer bemerkte, dass er schweißgebadet war. Die Bettwäsche war feucht.

»In anderthalb Stunden wartet auf der Andrews Air Force Base eine Maschine auf Sie. Um fünf Uhr morgen früh sollten Sie an Bord des Flugzeugträgers *Kitty Hawk* sein.«

Mercer blickte auf die Uhr. Viertel nach neun.

»Okay, ich bin in etwa einer Stunde auf dem Stützpunkt.« Er quälte sich aus dem Bett. Ihm war kalt, und er bekam eine Gänsehaut.

»Wir treffen uns dort, und ich gebe Ihnen die Aufklärungsfotos, um die Sie gebeten haben.«

»Danke, Dick.« Es war das erste Mal, das Mercer den Vornamen des FBI-Direktors benutzte.

Er legte auf und wählte Harry Whites Nummer. Er ließ es eine halbe Ewigkeit klingeln, doch niemand nahm ab. Vermutlich war Harry in Tiny's Bar, und er rief dort an. Tiny sagte, er solle einen Augenblick am Apparat bleiben, Harry sei auf der Toilette.

»Harry, willst du noch mal den Babysitter spielen?«

»Bist du das, Mercer?«

»Ja. Kannst du herkommen und auf Tish aufpassen?«

»Warum? Was tut sie?«

»Sie schläft. Nackt.«

»Ja, da würde ich gern mal einen Blick riskieren«, sagte

Harry mit gespielter Lüsternheit. »In einer Viertelstunde bin ich da.«

Nachdem er aufgelegt hatte, hob er den Wecker auf und stellte ihn neben das gerahmte Foto seiner Mutter auf den Nachttisch. Er drückte auf einen Schalter neben dem Bett. Drei runde japanische Lampen gingen an und tauchten das Zimmer in ein milchiges Licht.

Er stöhnte. Während der letzten Tage hatte er einiges einstecken müssen. Die Blessuren an den Schultern, die er sich in dem U-Bahn-Tunnel zugezogen hatte, schmerzten, und seine Füße und Beine taten immer noch weh von dem Sprung in den Potomac. Über den Schnittwunden auf seinen Wangen hatten sich Krusten gebildet, und auch sie schmerzten, wann immer er das Gesicht verzog. Und dann war da noch die bläuliche Strieme an seiner Wade, wo ihn in New York die Kugel gestreift hatte.

»Mein Gott«, murmelte er, als er ins Bad ging.

Nachdem er heiß geduscht hatte, nahm er ein paar Schmerztabletten und zog dann eine weit geschnittene schwarze Hose und ein langärmeliges schwarzes T-Shirt an. Seine Socken und Stiefel waren ebenfalls schwarz. Jetzt fühlte er sich etwas besser. Er stieg die Wendeltreppe aus dem alten Pfarrhaus ins Erdgeschoss hinab.

Da er alles andere als ein passionierter Koch war, waren seine Küchenschränke praktisch leer. Er fand drei Eier, eine Scheibe Käse, ein paar Zwiebeln und eine halbe Büchse Thunfisch und brauchte frustrierende zehn Minuten, um sich ein Omelett zu machen.

Er ging mit dem Teller in sein Büro und strich dort mit der freien Hand über den großen bläulichen Stein auf dem Sideboard. Nachdem er den Teller auf den Schreibtisch gestellt hatte, schaltete er die Lampe mit dem grünen Schirm an. Er schob sich einen großen Bissen in den Mund und zog unter einem mineralogischen Nachschlagewerk in dem Regal hinter dem Schreibtisch einen Schlüssel hervor. Er schloss den neben

257

der Tür stehenden Eichenschrank auf, in dem sich ein feuerfester Safe verbarg. In dem Schrank lag ein deformiertes und geschwärztes Stück Duralumin, das einst Teil eines Stützpfeilers in dem Luftschiff *Hindenburg* gewesen war, und es gab etliche Schubladen, die über hundert wertvolle geologische Proben enthielten, die er im Laufe der Jahre gesammelt hatte. Auf dem Boden des Schrankes stand eine schwere Kiste mit Souvenirs aus dem Irak.

Er zog sie heraus, öffnete den Deckel und nahm eine in Deutschland produzierte Heckler-&-Koch-Maschinenpistole vom Typ MP-5A3 heraus, mit der man in einer Minute mehr als sechshundert 9-mm-Kugeln abfeuern konnte. Nachdem er die Waffe inspiziert hatte, griff er nach einer Beretta. Seit der Ausmusterung des Colts .45 waren auch die Soldaten der U.S. Army mit dieser automatischen Pistole bewaffnet, und sie hatte sich mehr als bewährt. Die Beretta war in einem genauso tadellosen Zustand wie die MP.

Als Nächstes zog er einen Spezialgürtel aus Nylon aus der Kiste. Daran hingen ein Holster für die Beretta, mehrere Taschen für Reservemunition, ein fast zwanzig Zentimeter langes Gerber-Messer, ein Mini-Verbandskasten und ein Kompass.

Er schob die Beretta in das Holster und stopfte den Gürtel zusammen mit der MP und einigen anderen Dingen in eine leichte Nylontasche, zog den Reißverschluss zu, hievte die fast leere Kiste wieder in den Schrank und schloss ihn ab. Dann versteckte er den Schlüssel wieder unter dem dicken Buch, griff nach einer auf seinem Schreibtisch liegenden Pistole und vergewisserte sich, dass sie geladen war. Er aß noch ein paar Bissen und schwor sich, nie wieder ein Omelett mit Thunfisch zu machen.

»Mercer?«, rief Tish aus der Küche.

»Ich bin hier oben.«

Kurz darauf trat Tish ins Büro. Sie trug eines von Mercers Sweatshirts mit dem Logo der Pennsylvania State University. Es reichte ihr bis zur Mitte der Oberschenkel. Mit dem zerzausten Haar und dem schläfrigen Blick wirkte sie zugleich verletzlich und unglaublich sexy.

»Das Sweatshirt steht Ihnen deutlich besser als mir«, bemerkte er grinsend.

»Schauen Sie mich nicht an, ich sehe bestimmt grässlich aus.« Sie strich sich das Haar aus dem Gesicht. Ihr Blick fiel auf die Nylontasche. »Ich habe gehört, dass Sie aufgestanden sind. Was ist los?«

»Ich muss für ein paar Tage weg. Ich hoffe, dass diese Geschichte danach ausgestanden sein wird, und mit ein bisschen Glück schaffe ich es auch, Ihren Valerij mitzubringen.«

Sie strahlte. »Ich habe eben an ihn gedacht und konnte es nicht fassen, wie sehr ich mich danach sehne, ihn wiederzusehen.«

»Geben Sie mir ein paar Tage, dann ist er bei Ihnen.« Er freute sich aufrichtig für sie. »Lassen Sie uns in die Bar gehen, ich brauche einen Kaffee.«

Ihr Blick fiel auf den großen Stein auf dem Sideboard. »Was ist das?«

»Mein Talisman. Es ist ein Stück Kimberlit, das mir der Direktor von DeBeers als Dank dafür geschenkt hat, dass ich ihm bei einem Mineneinsturz in Südafrika das Leben gerettet habe. Kimberlit an sich ist wertlos, aber während der letzten hundert Jahre wurde fast jeder Diamant in einer vulkanischen Kimberlitröhre gefunden.«

Er erzählte ihr nicht, dass sich unten in dem Kimberlitbrocken ein bläulich-weißer Diamant von acht Karat verbarg, der schon ungeschliffen eine Viertelmillion Dollar wert war.

Während Mercer Kaffee kochte, klingelte es. Harry kündigte seine Ankunft an. Er schloss die Haustür auf und betrat die Bar durch die Bibliothek. Er war betrunken und musste sich am Türrahmen festhalten.

»Wo willst du denn hin, doch wohl hoffentlich nicht als Ninja zu einem Kostümfest?«

Mercer blickte an seinen schwarzen Klamotten hinab und

zuckte die Achseln. »Ja, und das Thema heißt ›Umweltkatastrophe‹. Ich bin ein Ölteppich.«

»Du bist ein Schwachkopf.« Harry setzte sich auf einen Barhocker. Wie üblich hatte er eine Zigarette zwischen den Lippen, die sich bei jedem Wort auf und ab bewegte.

»Hallo, Harry.« Tish begrüßte den alten Mann mit einem Kuss auf seine stoppelige Wange.

»Du hast mich angelogen, Mercer. Du hast gesagt, sie sei nackt.« Tish verstand die Bemerkung nicht, kannte Mercer und Harry aber mittlerweile gut genug und nahm keinen Anstoß daran. »Mach mir mal einen Drink.«

Mercer goss Whisky und Gingerale in ein Glas. »Ich werde eine weitere Nadel da reinstecken müssen.« Er zeigte auf die Weltkarte hinter der Bar.

»Welche Farbe?«

»Weiß.«

Harry wusste, dass die beiden weißen Nadeln etwas mit einer verdeckten Operation im Irak und einer schwierigen Episode im Leben seines Freundes in Ruanda zu tun hatten. Sein vom Whisky getrübter Blick wirkte jetzt etwas wacher. »Wo willst du hin?«

»Eigentlich darf ich dir nicht erzählen, dass es nach Hawaii geht.«

»Dann schließt sich vermutlich der Kreis.« Harry blickte zu Tish hinüber.

Mercer schaute auf die Uhr und warf die Nylontasche über die Schulter. »Ich muss los. Gib mir deine Autoschlüssel.«

Harry fischte die Schlüssel für seinen alten Ford-Pick-up aus der Hosentasche und warf sie Mercer zu.

Der fing sie auf. »In ein paar Tagen bin ich wieder da. Pass gut auf alles auf.« Er gab Tish einen Abschiedskuss. »Seien Sie ein braves Mädchen. Der alte Mann darf sich nicht aufregen.«

In der Bibliothek fiel Mercers Blick auf einen Stapel gerahmter Fotos. Das oberste zeigte ihn und einen anderen Mann vor einem riesigen Caterpillar-Bulldozer, und unten auf dem Foto

260

stand, von Hand geschrieben: »Mercer, diesmal stehe ich wirklich in deiner Schuld. Daniel Tanaka.« Das Logo auf dem Bulldozer zeigte einen stilisierten Schutzhelm und einen Schürfbagger von Ohnishi Minerals.

»Nicht mehr, Danny.«

In der finsteren Nacht wirkte das Wachhaus am Eingang der Andrews Air Force Base in Morningside, Maryland, wie eine Mautstation an einem Highway. Mehrere kleine Glasgebäude trugen ein Stahldach, das sich über die ganze Straße spannte und diese in Neonlicht tauchte. Mercer brachte Harrys alten Pick-up zum Stehen, und die alten Bremsen quietschten wie Fingernägel auf einer Tafel. Der Wachposten, ein noch sehr junger Afroamerikaner, blickte misstrauisch auf den ramponierten Pick-up, bis Dick Henna, der hinter ihm stand, ihm eine Hand auf die Schulter legte. Durch das offene Wagenfenster hörte Mercer, wie der FBI-Direktor beruhigend auf den jungen Corporal einredete.

Henna trat aus dem mit Panzerglas geschützten Wachhaus, ging zur Beifahrerseite des Pick-ups, öffnete die Tür und stieg wortlos ein. Mercer fuhr langsam los.

»Wenn ich mich nicht irre, fuhren Sie noch bis vor einigen Tagen ein Jaguar-Cabrio.« Hennas Stimme war wegen des lauten Auspuffs kaum zu verstehen. »Bei Ihnen hatte ich mit einem etwas besseren Zweitwagen gerechnet.«

Mercer hustete, als der Ford eine Fehlzündung hatte und eine Abgaswolke in den Pick-up geweht wurde. Er grinste. »Den Wagen hat mir ein alter Freund geliehen. Als er noch nicht so verrostet war, hatte er eine braune Lackierung.«

Er blickte auf den großen Umschlag in Hennas Hand. »Ist der für mich?«

»Ja.« Henna legte ihn zwischen ihnen auf die Sitzbank. »Darin sind zwei Infrarotfotos, die aus dem Spionageflugzeug aufgenommen wurden, sowie Pläne und Grundrisse der Häuser von Takahiro Ohnishi und seines Assistenten Kenji. Wozu zum

261

Teufel brauchen Sie das Zeug? Sie wissen, dass Ihre Rolle nur die eines Beraters und Beobachters ist.«

»Absolut«, stimmte Mercer schnell zu. »Aber wenn es ernst wird, brauche ich Material, um Ratschläge geben zu können.«

»Biegen Sie da vorne links ab«, sagte Henna, als sie bereits ein gutes Stück auf dem weitläufigen Luftwaffenstützpunkt zurückgelegt hatten. »Sie sind einer der einfallsreichsten Männer, die mir je begegnet sind, Mercer, aber ich habe noch keine Idee, wie Sie die *Inchon* verlassen und nach Hawaii gelangen wollen.«

Mercer schaute ihn mit gespieltem Erstaunen und einem unschuldigen Blick an. »Vergessen Sie es, eine Kreuzfahrt auf einem Kampflandungsschiff war schon immer mein großer Traum. Ich habe nicht die Absicht, mich dem wachsamen Auge der Navy zu entziehen. Aber im Ernst, Dick, Sie brauchen jemanden da draußen, der mit der Lage vertraut ist und auch etwas von Bikinium versteht. Ich glaube nicht, dass Abe Jacobs dem Job gewachsen wäre. Außerdem habe ich einiges über diese ganze elende Geschichte herausgefunden und möchte, dass sie bald ausgestanden ist.«

Henna antwortete nicht.

»Kaufen Sie mir das ab, dass ich nicht auf eigene Faust handeln werde?«

»Nein.«

Mercer blickte Henna an, dessen Gesicht mal dunkel war und dann wieder hell vom Licht der Straßenlaternen beleuchtet wurde. »Wenn Sie wissen, dass ich vorhabe, die *Inchon* so schnell wie möglich zu verlassen und auf die Inseln zu kommen, warum ermöglichen Sie mir dann diesen Flug?«

»Es ist ganz einfach. Ich weiß, dass Sie mir Informationen vorenthalten haben.« Hennas Stimme klang nicht zornig. »Und diese Informationen sind der Schlüssel, um diese Geschichte zu beenden. Sie sind der einzige Mensch, der weiß, was los ist, und offenbar lebensmüde genug, um auf eigene Faust zu handeln.«

»Ich weiß Ihre Aufrichtigkeit zu schätzen«, antwortete Mercer. »Aber eigentlich will ich während meines Urlaubs auf Hawaii noch nicht sterben.«

»Biegen Sie links ab.«

Mercer tat es und fuhr parallel zu einer der von blauen Lichtern gesäumten Startpisten. In der Ferne startete ein Kampfjet und verschwand in der Nacht.

Sie näherten sich mehreren riesigen Hangars, auf deren Wellblechwänden sich grelle Lichter spiegelten. Mechaniker in blauen Overalls schleppten Werkzeuge in die Flugzeughallen.

»Fahren Sie in den ersten Hangar«, sagte Henna.

Mercer bremste ab. Sie kamen an mehreren mobilen Generatoren vorbei, die als Starthilfe für die Zündung der Triebwerke der Kampfjets benötigt wurden. Er steuerte den Pick-up in den Hangar und hielt an einer Stelle, auf die ein grauhaariger Chief Master Sergeant zeigte. Die Ärmeltressen auf seinem Uniformärmel reichten von der Manschette bis zur Schulter und verrieten, dass er schon sehr lange im Dienst der Navy stand.

Henna schüttelte dem Master Sergeant die Hand. »Alles startklar?«

»Ja, Sir.« Der Master Sergeant sprach das ehrerbietige »Sir« so leise aus, dass man es kaum hörte. »Im Büro liegt ein zusätzlicher Fliegeranzug. In Omaha ist ein Tankflugzeug startbereit, und eine weitere KC-135 wartet in der Nähe von San Francisco. Warum die Airforce den Flug eines Zivilisten in einem Kampfjet der Navy bezahlt, wird mir für immer ein Rätsel bleiben.«

Mercer hatte den Kampfjet gesehen, als er in den Hangar fuhr, nahm sich aber jetzt einen Moment Zeit, um ihn genauer zu betrachten. Der Jet vom Typ McDonnell Douglas F/A-18 Hornet ruhte auf seinem Fahrgestell und wirkte wie ein zum Sprung bereiter Leopard. Unter den Flügeln hingen zwei Abwurfbehälter wie fette Blutegel. Mercer bewunderte die elegante Form des Kampfjets, die spitze Nase, die beiden abgeschrägten, nach oben zeigenden Schwänze und die sechs kurzen Läufe des General-Electric-Maschinengewehrs unter der durchsichti-

263

gen Kabinenhaube. Das Kampfflugzeug hatte zwei Sitze, was hieß, dass es für die Pilotenausbildung benutzt wurde.

»Schon mal in so einem Ding geflogen?«, fragte der Master Sergeant Mercer mit einem etwas herablassenden Lächeln.

»Nein.«

»Oh, Bubba wird Sie mögen.«

Der Master Sergeant war einen Kopf kleiner als Mercer, aber ein kräftiger Mann mit breiten Schultern.

»Bubba?«

»Howdy«, sagte jemand, der von einer Farm im Süden Georgias zu stammen schien.

Mercer drehte sich um. Der Mann stand vor einem verglasten Büro an der Wand des Hangars. Sein Hightech-Fliegeranzug wölbte sich durch Polster und Luftblasen, die seinen Körper zusammenpressen würden, damit er bei den hohen Beschleunigungswerten des modernen Kampfjets nicht das Bewusstsein verlor. Der Pilot hatte ein Babygesicht und dünnes, strähniges Haar, und als er lächelte, bemerkte Mercer, dass ihm ein Vorderzahn fehlte. Auf dem Helm, den er in der Hand hielt, stand zwischen roten, weißen und blauen Streifen »Bubba«.

Der Mann sah ganz und gar nicht so aus, wie Mercer sich den Piloten eines Kampfjets vorgestellt hatte.

»Billy Ray Young.« Der Pilot streckte lächelnd eine knochige Hand aus. »Nennen Sie mich einfach Bubba.«

Mercer sah, dass er Tabak kaute.

»Mercer.« Sie schüttelten sich die Hand. Henna musste lächeln, als er sah, dass Mercer bleich geworden war. Ihm schien der Pilot etwas unheimlich zu sein.

»Ich bin glücklich, dass Sie mir bei dem Flug Gesellschaft leisten«, sagte Bubba. »Ich war für eine Weile im Bau und hab da nicht mit vielen Leuten geredet.«

Mercer blickte zu Henna hinüber. Der FBI-Direktor sagte nichts, aber seine Augen funkelten belustigt.

»Kommen Sie mit, ich staffiere Sie aus.«

Mercer folgte dem Piloten in das Büro. Billy Ray erzählte, er sei ins Militärgefängnis gekommen, weil er mit seinem Kampfjet unter der Golden Gate Bridge hindurchgeflogen sei. Sein Akzent war so stark, dass Mercer ihn manchmal kaum verstand. Billy Ray zeigte ihm, wie er den Fliegeranzug anziehen musste.

Als sie wieder bei den anderen waren, hielt Henna Mercers Nylontasche in der Hand. »Ein bisschen schwer für Unterwäsche zum Wechseln.«

»Mein Kulturbeutel ist kugelsicher mit Blei gepanzert.« Mercer nahm ihm die Tasche aus der Hand und reichte sie einem Mechaniker, der sie dort verstaute, wo normalerweise die Munition für das Bordgeschütz untergebracht war. Er tätschelte liebevoll den Rumpf des Flugzeugs und verschwand.

»Kommen Sie, Mr Mercer, wir müssen den Zeitplan einhalten.« Billy Ray Young saß bereits in seinem Pilotensessel.

»Machen Sie sich wegen ihm keine Sorgen«, sagte Henna zu Mercer. »Er ist einer der besten Piloten der Navy. Seine Leistungen im Golfkrieg waren beispiellos.«

»Soll ich mich deshalb besser fühlen?«

Henna lächelte und streckte die Hand aus. »Sobald Sie auf dem Flugzeugträger sind, bringt Sie ein Helikopter zur *Inchon.* Ich melde mich dann bei Ihnen. Viel Glück.«

»Danke, Dick.« Mercer stieg die Metallleiter hinauf und kletterte ins Cockpit.

Der Master Sergeant drückte ihn in den Schleudersitz und schnallte ihn an, wobei er Mercer noch Anweisungen gab, was er in dem Kampfjet nicht tun oder berühren durfte.

»Noch was, Master Sergeant?«

»Ja. Wenn Sie das Cockpit vollkotzen, wird der Offizier an Deck auf der *Kitty Hawk* dafür sorgen, dass Sie hier sauber machen.« Er schlug zum Abschied auf Mercers Helm und stieg die fahrbare Leiter hinab.

»Startklar?«, fragte Billy Ray über die Bordsprechanlage.

»Los geht's, Bubba«, sagte Mercer müde. Plötzlich kam es ihm so vor, als seien die fünf Stunden Schlaf nicht genug gewesen, und er bezweifelte, dass er während dieses Flugs viel Schlaf nachholen konnte.

Billy Ray schloss die Kabinenhaube und zündete die beiden Turbinenstrahltriebwerke vom Typ GE F404, die an Todessirenen denken ließen, als er sie voll aufdrehte, bevor er den Schub wieder zurücknahm.

Aus dem nächtlichen Dunkel tauchte eine niedrige Zugmaschine auf, und ein Mann befestigte die Abschleppstange an der Vorderseite des Fahrgestells. Mit einem leichten Ruck zog die Zugmaschine den Kampfjet auf das Vorfeld des Stützpunkts. Durch die Lautsprecher in seinem Helm hörte Mercer das Geplauder zwischen dem Tower und den Piloten mehrerer Flugzeuge, die in der Nähe unterwegs waren. Als Billy Ray dann mit der Bodenkontrolle sprach, war von seinem starken Akzent praktisch nichts mehr zu hören. Seine Stimme klang deutlich und professionell, und Mercer hatte ein etwas besseres Gefühl hinsichtlich des Fluges und des Piloten. Wenn auch kein viel besseres.

Die Zugmaschine hielt kurz vor der Startbahn. Der Fahrer sprang heraus und entfernte die Abschleppstange. Der fünfundzwanzig Tonnen schwere Kampfjet vibrierte durch die Kraft seiner mächtigen Triebwerke. Sie rollten zum Rand der Piste und warteten darauf, dass der Tower die Starterlaubnis gab. Die Startbahn war ein drei Kilometer langes Band, das in der Finsternis verschwand. Die blauen Lichter der Pistenbeleuchtung zu beiden Seiten schienen in der Ferne zusammenzulaufen.

Als die Starterlaubnis erteilt wurde, stieß Billy Ray einen ohrenbetäubenden Schrei aus, schob die beiden Schubregler bis zum Anschlag nach vorne und aktivierte zugleich die Nachbrenner.

Zehn Meter lange blaue Flammen schossen aus den beiden Triebwerken, als unverbrannter Treibstoff in ihren Auspuff gelangte. Die Hornet rollte auf ihrem pneumatischen Fahrgestell über die Startbahn und gewann schnell an Tempo. Mercer wurde durch die Beschleunigung tief in seinen Sitz gedrückt.

Bei zweihundert Knoten riss Billy Ray den Steuerknüppel zurück, und der Kampfjet stieg in den dunklen Himmel auf. Mercers Druckanzug presste automatisch seine Brust zusammen, um zu verhindern, dass das Blut aus seinem Kopf entwich und er das Bewusstsein verlor. Er hielt sich an den Armlehnen des Sitzes fest, als er die Nadel des Höhenmessers rotieren sah wie den Zeiger einer außer Rand und Band geratenen Uhr.

Erst bei zehntausend Metern hielt Billy Ray eine konstante Flughöhe, und es dauerte ein paar Minuten, bis Mercers Magen sich an die irrwitzige Geschwindigkeit gewöhnt hatte. Eine Minute später hörte er ein markerschütterndes Krachen, und der donnernde Lärm der Triebwerke verstummte abrupt. Er war sich sicher, dass Billy Ray ein schwerwiegender Fehler unterlaufen war, doch dann begriff er, dass sie gerade die Schallmauer durchbrochen hatten.

»Na, was halten Sie von dem Vogel?«, fragte Billy Ray in der unheimlichen Stille.

»Nicht übel. Hat er einen Namen?«

»Aber sicher«, sagte Billy Ray stolz. »Mabel.«

»Heißt so Ihre Mutter?«

»Nein, die preisgekrönte Kuh meines Vaters.«

Mercer versank so tief wie möglich in seinem Sessel und lehnte den Kopf an die Kabinenhaube. Als er die Augen schloss, glaubte er, dass man in einem Kampfjet vielleicht doch besser schlafen konnte, als er zunächst geglaubt hatte. Störend war nur, dass Billy Ray schief die Melodie von »Dixie« vor sich hin summte.

Irgendwo zwischen Washington und der Westküste wurde er abrupt aus dem Schlaf gerissen und hatte in seinem Leben noch nicht solche Angst empfunden. Draußen war es immer noch dunkel, und er erkannte deutlich die Lichter eines anderen Flugzeugs, das so nah war, dass er die Spitzen der Flügel nicht sehen konnte. Billy Ray schien mit ihm kollidieren zu wollen. Sie flogen mit Unterschallgeschwindigkeit, doch durch die Kabinenhaube sah man nichts als das andere Flugzeug. Er machte sich auf den bevorstehenden Zusammenstoß gefasst, aber Billy Ray manövrierte die F-18 im letzten Moment unter die andere Maschine.

Erst dann sah er fasziniert, dass der Kampfjet während des Fluges aufgetankt wurde. Es dauerte eine Weile, bis die KC-135 die Tanks der F-18 gefüllt hatte.

»Danke, dass ihr ihr die Brust gegeben habt, mein Baby war wirklich hungrig«, sagte Billy Ray zu dem Piloten des Tankflugzeugs.

Er flog unter der KC-135 hindurch und beschleunigte. Einen Augenblick später war das Tankflugzeug weit hinter ihnen zurückgeblieben. Kurz darauf durchbrach die F-18 erneut die Schallmauer, und im Cockpit wurde es wieder still. Es dauerte ein paar Minuten, bis Mercers Herzschlag sich so weit beruhigt hatte, dass er wieder einschlafen konnte.

Frachter John Dory

Der Funker des »Frachters« warf seinen Kopfhörer auf den grauen Stahlschreibtisch unter den aufeinandergetürmten Kommunikationsgeräten. Er nickte seinem Assistenten zu und eilte mit einer hastig hingekritzelten Seite in der Hand aus dem engen Raum. Auf der *John Dory* war während des größten Teils dieser Operation nur die rötliche Notbeleuchtung eingeschaltet, doch in seinem kleinen Reich war es wegen der Anzeigen seiner elektronischen Funkausrüstung ziemlich hell. Es dauerte ein paar Augenblicke, bis sich seine Augen an das Schummerlicht im anderen Teil des umgebauten Unterseebootes gewöhnt hatten.

Er öffnete eine wasserdichte Tür und betrat den Kontrollraum des U-Boots. Links saßen zwei Männer, welche die Tiefen- und Seitenruder kontrollierten. Ihr Arbeitsplatz mit den zahllosen Schaltern und Reglern erinnerte an das Cockpit eines Flugzeugs. Hinter ihnen standen vor einer Tafel mit zwei

Dutzend Reglern und Druckmessern drei Männer, die für die Ballasttanks zuständig waren. Die Technik war archaisch und ging zurück auf die frühesten U-Boote aus der Zeit des Ersten Weltkriegs, war aber immer noch effektiv. Erst die allerletzten sowjetischen U-Boote waren mit modernen Computern zur Ballastkontrolle ausgerüstet, die bei den Amerikanern schon seit den Sechzigerjahren Standard waren.

Das modernste Gerät an Bord war ein zwölf Jahre alter Rechner, der Nachbau eines amerikanischen UYK-7-Computers. Dies war der erste Befehls- und Kontrollcomputer, der von den Amerikanern bei den Angriffs-U-Booten der *Los-Angeles*-Serie eingesetzt wurde. Der russische Nachbau war während des Umbaus der *John Dory* in Wladiwostok an Bord gebracht worden.

Im hinteren Teil des Kontrollraums überwachten vier Ingenieure den alten, am Heck des U-Boots eingebauten Reaktor. Sie blickten auf eine verwirrende Masse von Lämpchen und Anzeigen, Reglern und Schaltern. Im Reaktorraum befand sich eine identische Schalttafel, die elektronisch mit der in dem Kontrollraum verbunden war. Da auch in dem Reaktorraum vier Männer Dienst taten, achteten insgesamt acht Augenpaare auf alle denkbaren Gefahren, die von dem radioaktiven Feuer hinter der angegriffenen Abschirmung aus Blei und Beton ausgehen konnten.

Von der niedrigen Decke des Kontrollraums hing wie ein stählerner Stalaktit das Periskop herab, die einzige Erinnerung daran, dass auch nach dem Untertauchen des U-Boots noch etwas wie eine Außenwelt existierte. Die Sonargeräte registrierten nur die Echos der wirklichen Welt.

»Käpt'n, eine Nachricht von Maruschka.« Das war der Codename von Iwan Kerikow.

Kapitän Zwenkow diskutierte gerade mit einem Offizier die Möglichkeit, dass die Siren-Atomrakete auf den zwanzig Meilen entfernten Vulkan abgefeuert werden musste.

»Gute Arbeit, Boris.« Zwenkow klopfte dem Offizier auf die

Schulter und wandte sich dann dem schlaksigen Funker zu. »Was gibt's?«

»Wir haben eine Nachricht von Maruschka, Käpt'n.« Der Funker reichte Zwenkow das Blatt Papier und wartete dessen Reaktion ab.

Zwenkow hielt das Blatt unter eine der durch ein Drahtgitter geschützten rötlichen Lampen und blinzelte, um die Seite lesen zu können. Während er das tat, stöhnte er ein paar Mal. Dann faltete er das Blatt ordentlich zusammen und steckte es in die Tasche seiner Uniformjacke.

»Bugmann, bringen Sie uns auf Periskophöhe«, sagte Zwenkow leise, aber deutlich. »Regeln Sie das nur mit den Maschinen, ohne Entleerung der Ballasttanks. Zwei Knoten. Wir haben es nicht eilig.« Er wandte sich an den Mann am Sonargerät. »Schalten Sie das aktive Sonar aus, und sichern Sie es. Ich möchte nicht einen einzigen Ton von dem Signalgeber hören.«

Zwenkow blickte sich auf der trübe beleuchteten Brücke um. Alle Männer gingen ihrer Arbeit nach. Er griff zufrieden nach dem Mikrofon und wandte sich über die Bordsprechanlage an den Rest der Besatzung.

»Hier spricht der Kapitän«, sagte er so leise, dass alle, die nicht direkt neben einem Lautsprecher standen, ihn nur mit Mühe verstehen konnten. »Seit Langem sind wir dazu verurteilt, keinerlei Geräusch zu verursachen, doch diese Vorsichtsmaßnahme wird in absehbarer Zeit überflüssig sein. Innerhalb von vierundzwanzig Stunden werden wir von hier aufbrechen und nach Hause fahren. Aber bis dahin dürfen wir nicht nachlässig sein und müssen uns voll konzentrieren. Ein amerikanischer Flugzeugträger und ein Kampflandungsschiff sind in der Nähe. Ich muss nicht eigens daran erinnern, dass der Flugzeugträger von einem schnellen Angriffs-U-Boot begleitet sein wird und dass ihre Sonargeräte auf zweihundert Meilen Entfernung einen Hammerschlag registrieren. Sie wissen nicht, dass wir hier sind, und ich will nicht, dass sie uns jetzt noch entdecken. Alle Gespräche werden nur im Flüsterton geführt. Es wird keine Musik gehört, und jede erforderliche Reparatur muss von mir persönlich genehmigt werden. Wenn ich sie nicht ausdrücklich anordne, sind alle geplanten Wartungsarbeiten vorläufig gestrichen. Das war's.«

Er schob das Mikrofon wieder in die Halterung. Die Mienen der Männer auf der Brücke drückten zugleich Vorfreude und Aufregung aus. Abgesehen davon, dass sie vor einer Woche das NOAA-Forschungsschiff versenkt hatten, lag eine lange und monotone Zeit hinter ihnen. Der Druck, wochenlang praktisch keinerlei Geräusch verursachen zu dürfen, konnte die Nerven der besten Männer ruinieren, und all das dauerte schon sieben Monate.

Jetzt hatte der Kapitän versprochen, dass sie bald die Heimreise antreten würden, und diese Aussicht ließ die Männer lächeln. Die Bedrohung durch ein amerikanisches U-Boot heizte diese Vorfreude eher noch an. Sie waren Soldaten der russischen Marine, und deren Job war es, zu kämpfen, nicht zu warten.

Kapitän Zwenkow wandte sich dem jungen Funker zu. »Stellen Sie Ihr System auf Kanal B ein. Ab Mitternacht werden Sie alle zwei Stunden eine Nachricht erhalten, bei der für fünf Sekunden das Wort ›Grün‹ wiederholt wird. Irgendwann morgen Abend ist das Codewort dann ›Rot‹. Da es möglicherweise nicht ganz pünktlich nach genau zwei Stunden kommt, müssen Sie ständig gut aufpassen. Wenn eine Nachricht eintrifft, sagen Sie mir jedes Mal Bescheid. Haben wir uns verstanden?«

»Ja, Käpt'n.« Der Funker salutierte und verschwand.

»Periskophöhe erreicht«, berichtete der Bugmann.

»Alle Maschinen stopp.«

»Verstanden, Käpt'n.«

»Fahren Sie die Antenne für extrem niedrige Frequenzen aus, aber achten Sie darauf, dass sie nicht aus dem Wasser hervorschaut.«

»Fahre ULF-Antenne bis auf einen Meter unter der Wasser-oberfläche aus.«

»Reaktorraum, fahren Sie den Reaktor auf fünf Prozent Leistung herunter.«

»Verstanden, fünf Prozent.«

Obwohl ein Atomreaktor sehr viel leiser war als ein Diesel-motor, gaben die zur Kühlung erforderlichen leistungsstarken Pumpen ein schwirrendes Geräusch von sich, das ein erfahrener Mann an einem Sonargerät mühelos identifizieren konnte. Indem er die Leistung des Reaktors auf ein Minimum redu-zierte, minimierte Zwenkow die Chancen, dass sie von dem amerikanischen U-Boot entdeckt wurden.

Zwenkow fuhr sich mit einer Hand durch das kurz geschnit-tene graue Haar und wandte sich an einen hinter dem Periskop stehenden Offizier. »Anton, suchen Sie den jungen Dr. Boro-din und schicken Sie ihn in meine Kabine.«

»Wird gemacht, Käpt'n.« Der Mann verließ die Brücke und ging zur Offiziersmesse, wo er den Wissenschaftler vermutete.

Zwenkow ging in seine Kabine, die sich direkt vor der Brücke befand. Dort holte er aus der stets abgeschlossenen Schreibtischschublade eine halb volle Flasche Wodka und ein billiges Glas hervor, ein Souvenir, auf dem ein Bild des Fern-sehturms in Ostberlin prangte. Es erinnerte ihn an den ein-zigen Urlaub, den er im Ausland verbracht hatte, in einer Me-tropole, die genauso trostlos und deprimierend war wie seine Heimatstadt Tiflis in Georgien. Er schenkte sich Wodka ein, stürzte ihn mit einem Schluck hinunter und ließ die Flasche und das Glas wieder in der Schublade verschwinden.

Natürlich war der Konsum von Alkohol auf allen russischen Schiffen strikt verboten, besonders auf U-Booten, aber er glaubte, als Kapitän ein paar Privilegien zu haben. In der Regel gestattete er sich nur ein Glas pro Woche, doch in dieser waren es drei gewesen. Das zweite hatte er getrunken, nachdem zwei Männer die Leiche von Pjotr Borodin in die fast leere Ge-frierkammer des U-Boots geschafft hatten.

»Herein«, sagte er, als es an der Tür klopfte.

Valerij trat ein. Er trug eine geliehene Offiziersuniform und sah aus wie einer jener attraktiven, schlanken Männer auf den Plakaten, mit denen die russische Marine um Nachwuchs warb. Nach dem Tod seines Vaters war es nur verständlich, dass Zwenkow nicht viel von ihm gesehen hatte.

»Nehmen Sie bitte Platz«, sagte Zwenkow. »Darf ich Ihnen eine Tasse Tee anbieten?«

Valerij lehnte mit einer Handbewegung ab und setzte sich auf einen Stuhl, der neben jenem stand, auf dem sein Vater gestorben war. Nachdem er den Stuhl für ein paar Augenblicke betrachtet hatte, wandte er sich dem Kapitän zu. »Sie wollten mich sprechen?«

Zwenkow glaubte, dass es immer am besten war, sofort zur Sache zu kommen. »Kerikow hat sich eben gemeldet. Er hat die Zerstörung des Vulkans befohlen.«

Valerijs Miene war nicht anzumerken, dass ihn die Neuigkeit überraschte. Er hatte etwas Derartiges erwartet und nahm es emotionslos hin. Sein Vater, der ihn als Kleinkind im Stich gelassen hatte, war sein Leben lang einem Traum nachgejagt, der sich nie erfüllen sollte. Ein bisschen erfüllte ihn sein Scheitern mit Schmerz, aber sein Gesicht glich einer versteinerten Maske.

»Ich warte auf Nachricht von einem Kommandotrupp in Hawaii«, fuhr Zwenkow fort. »Sobald ich etwas höre, wird der Vulkan durch eine Atomrakete vernichtet. Dann fahren wir Richtung Hawaii, um den Kommandotrupp abzuholen.«

»Hat er einen Grund dafür genannt?«, fragte Valerij leise.

»Entschuldigen Sie, Dr. Borodin, ich habe Sie nicht verstanden.«

Valerij räusperte sich. »Ich habe gefragt, ob Kerikow einen Grund für seine Entscheidung genannt hat.«

»Ich bin ein Mitglied der russischen Streitkräfte, die mit dem KGB zusammenarbeiten, Dr. Borodin. Wenn ich Befehle erhalte, frage ich nicht nach Erklärungen.«

»Ihnen ist bewusst, dass es ein Fehler ist, oder?«

»Das ist nicht meine Sache«, antwortete Zwenkow gereizt.

»Ich habe gehört, was Sie der Besatzung über das amerikanische U-Boot gesagt haben. Wenn Sie diese Rakete abfeuern, wissen sie sofort, wo wir sind.«

»Sie mögen sich mit Geologie auskennen, Borodin, ich hingegen kenne die Amerikaner. Wenn der atomare Sprengkopf den Vulkan zerstört, werden sie dort hinfahren, um alles zu untersuchen, und wir verschwinden heimlich. Wegen der akustischen Nachwehen der Explosion wird man uns selbst dann nicht hören, wenn wir etwas aufdrehen.«

Er hatte Valerij aus Höflichkeit von dem bevorstehenden Raketenangriff erzählt, denn der junge Wissenschaftler und insbesondere sein Vater hatten so viel Mühe und Zeit in das Vulkan-Projekt investiert. Das hieß aber nicht, dass er Borodin mochte oder dass er es zulassen würde, dass dieser seine Befehle in Zweifel zog.

Seit dem Tod seines Vaters hatte Valerij alle Selbstmordgedanken aufgegeben, die ihn in einem Zustand der Schwäche heimgesucht hatten. Jetzt begriff er, dass es ihm nie gelingen würde, Zwenkow die Zerstörung des Vulkans auszureden. Aber er hatte immer noch die Chance, mit der Aktentasche seines Vaters zu flüchten.

Wenn die *John Dory* den Kommandotrupp abholte, würde er eine Möglichkeit finden, sich von Bord zu stehlen, und notfalls würde er nach Hawaii schwimmen. Er würde entkommen. Dann würde der Vulkan bereits nicht mehr existieren, aber die Notizen seines Vaters waren den Amerikanern mit Sicherheit einiges wert.

Zwenkow riss ihn aus seinen Gedanken.

»Da wir möglicherweise in eine kriegerische Auseinandersetzung geraten, werden Sie Ihre Kabine nicht verlassen. Sie stehen nicht unter Arrest, aber ich werde eine Wache vor Ihrer Tür postieren, die dafür sorgen wird, dass Sie mir nicht in die Quere kommen.«

Zwenkow drückte auf den Knopf der Bordsprechanlage auf

seinem Schreibtisch, und die Brücke meldete sich sofort. »Ja, Käpt'n?«

»Schicken Sie jemanden her, der Dr. Borodin zu seiner Kabine bringt, und beauftragen Sie einen Mann damit, vor seiner Kabine Wache zu schieben. Er braucht aber nicht bewaffnet zu sein.«

Einen Augenblick später tauchte ein Mann in der Kabine des Kapitäns auf, um Valerij Borodin abzuholen. Vor dessen Kabinentür stand bereits ein stämmiger Wachposten.

Nachdem sein Begleiter übertrieben leise die Tür geschlossen hatte, warf Valerij sich frustriert auf seine Koje.

Er hatte sich seinem Ziel so nahe gewähnt. Die *John Dory* würde vor der hawaiianischen Küste den Kommandotrupp abholen, und er wäre im Schutz der Dunkelheit unbemerkt ins Wasser gesprungen.

Es war vorbei. Er hatte keine Chance mehr. Es würde ihm nie gelingen, den Wachposten vor seiner Tür zu überwältigen und von dem U-Boot zu flüchten.

Er hatte verloren.

Er trommelte mit den Fäusten auf die dünne Matratze und versuchte, nicht daran zu denken, dass er fest von einem baldigen Wiedersehen mit Tish ausgegangen war. Sein Schmerz war so groß, dass er stöhnte und sich auf der schmalen Pritsche hin und her warf. Er dachte an die wundervollen Wochen in Mosambik. Die Bilder liefen vor seinem inneren Auge ab wie ein Film. Sie waren gemeinsam schwimmen gegangen, hatten gelacht und sich geliebt, fröhlich und unbeschwert. Er glaubte fast zu fühlen, dass sie genau in diesem Moment an ihn dachte, die unauflösliche Verbindung zwischen ihnen empfand. Er kniff vergeblich die Augen zu, um die Bilder gewaltsam zu verdrängen.

»Verdammt.« Er biss die Zähne so fest zusammen, dass es wehtat. »Verdammter Mist.«

Umgebung von Hawaii

Als das Dröhnen der Triebwerke Mercer aus dem Schlaf riss, wusste er, dass die F/A-18 Hornet wieder mit Unterschallgeschwindigkeit flog. Er blinzelte und drehte seinen steifen Hals. Der Druckanzug schnitt schmerzhaft in das Fleisch seines Unterleibs und unter den Achseln, doch es war unmöglich, im Cockpit die Glieder zu strecken. Es war immer noch Nacht, der Mond fast voll.

»Wo sind wir?«, fragte er Billy Ray.

»Ungefähr fünfzig Meilen von der *Kitty Hawk* entfernt. Sie sehen uns jetzt auf dem Radar.«

Hätte man den Piloten einer Linienmaschine nach dem schwierigsten Manöver gefragt, hätte er unweigerlich geantwortet: eine Notlandung mit ausgefallenen Triebwerken auf rauem Terrain. Hätte man die Frage einem Flieger der Marine gestellt, würde die Replik lauten: eine nächtliche Landung auf einem Flugzeugträger bei rauer See. Da er dies wusste, hielt es Mercer für klug, den Mund zu halten und Billy Ray seinen Job tun zu lassen.

Aber Billy Ray »Bubba« Young sah das anders. Er redete ohne Punkt und Komma über die Arbeit auf einer Farm, über das Fliegen und alles andere, was ihm sonst noch so durch den Kopf ging. Mercer fiel auf, dass er den Steuerknüppel losließ und wild gestikulierte, während er sprach. Erst als sie sich dem Flugzeugträger auf zehn Meilen genähert hatten, wurde er wieder zu einem ruhigen Profi, der sich ganz auf seine Aufgabe konzentrierte.

»Hier ist Ferryman One-One-Three.« Dann nannte Bubba sein Ziel. »Ich sehe die *Kitty Hawk* jetzt.«

Mercer brauchte in der Dunkelheit fast zwanzig Sekunden, um die Lichter des Flugzeugträgers zu erkennen, die nur trübe Lichtpünktchen auf dem schwarzen Meer waren. Es stand außer Zweifel, dass Billy Ray außergewöhnlich gute Augen haben musste.

Die Hornet verlor konstant an Flughöhe und hatte nur noch eine Geschwindigkeit von etwa zweihundert Knoten. Als sie sich dem riesigen Flugzeugträger näherten, sah Mercer die Fahrlichter am Heck, die hell leuchtenden Markierungen zu beiden Seiten der Landebahn und ein weiteres Licht, das anzeigte, wie stark das Schiff rollte. Er vertraute darauf, dass Billy Ray wusste, was er tat.

»Noch eine Meile«, gab der Fluglotse durch.

»Verstanden«, antwortete Billy Ray lässig.

Mercer hörte ein mechanisches Knirschen, als unter dem Rumpf das Fahrgestell herabgelassen wurde.

Durch die wenigen Lichter des Flugzeugträgers wirkte das Meer noch dunkler und unheimlicher. Als Mercer auf den Bug der *Kitty Hawk* blickte, sah er, dass hoher Seegang herrschen musste, denn das Schiff schlingerte bedrohlich. Es erschien ihm unmöglich, unter diesen Bedingungen auf dem Deck des Flugzeugträgers zu landen.

Billy Ray versuchte, das Schlingern der *Kitty Hawk* richtig einzuschätzen. Als er glaubte, die Lage erkannt zu haben, justierte er das Mikrofon und sagte: »Setze zur Landung an.«

Jetzt lag alles in Billy Rays Händen. Er flog noch immer mit einer Geschwindigkeit von hundertfünfzig Knoten und versuchte, stets die gleiche Neigung wie der Flugzeugträger anzunehmen.

Als sie noch etwa dreihundert Meter von der *Kitty Hawk* entfernt waren, ertönte ein Warnsignal, das auf die Gefahr eines Sackflugs hinwies. Bei dem langsamen Tempo lieferten die Flügel nicht mehr genug Auftrieb. Bei zweihundert Metern riss Billy Ray die Nase des Kampfjets hoch, und bei hundert Metern Abstand wurde die ganze Maschine brutal durchgeschüttelt, doch dem Piloten gelang es, sie in der Luft zu halten. Das Deck war ein dunkler Flecken unter ihnen.

Die Lage schien außer Kontrolle zu geraten. Mercer hatte so etwas noch nie erlebt – das Heulen des Alarms, das irre Schlingern des Kampfjets und Billy Rays begeisterte Schreie.

Die Räder setzten mit einem lauten Kreischen auf. Billy Ray stieß die Schubregler bis zum Anschlag nach vorn und aktivierte die Nachbrenner, aber selbst die Kraft der Triebwerke reichte nicht aus, um die Hornet vom Fangkabel auf dem Deck der *Kitty Hawk* loszureißen. Billy Ray schaltete die Triebwerke aus, und durch die plötzliche Tempominderung von hundertfünfzig Knoten auf null wurde Mercer tief in seinen Sitz gedrückt.

Als die Triebwerke verstummt waren, atmete Mercer befreit auf. Er glaubte, für zwei Minuten den Atem angehalten zu haben.

»Ich hätte Sie vorwarnen sollen, dass ich bei der Landung das Tempo noch einmal voll aufdrehen würde. Das musste sein. Wenn ich das Fangkabel verfehlt hätte, hätte ich noch einmal aufsteigen müssen.«

»Kein Problem.« Mercer war zu erleichtert, um sich jetzt noch zu beschweren.

»Welches Fangkabel?«, fragte Billy Ray über Funk.

»Nummer zwei, Ferryman One-One-Three«, antwortete der Fluglotse.

Billy Ray schrie triumphierend auf. »Ich bin seit zwei Monaten nicht auf einem Flugzeugträger gelandet, setze aber immer noch genau richtig am mittleren Fangkabel auf.«

Und das wurde von Marinepiloten auch erwartet. Wenn sie ihre Maschine an dem ersten oder dritten über Deck gespannten Fangkabel einhakten, war der Anflug zu hoch oder zu niedrig gewesen, und wenn das häufiger vorkam, durften sie vorläufig nicht fliegen und mussten eine Zusatzausbildung über sich ergehen lassen. Aber Billy Ray hatte eine perfekte nächtliche Landung hingelegt.

Während die F-18 von einer kleinen Zugmaschine in Richtung der Flugzeuglifts geschleppt wurde, öffnete sich die Kabinenhaube, und Mercer atmete tief die feuchte, aromatische Meeresluft ein. In der Luft hing aber auch der Geruch von Kerosin, und er war überrascht, wie viel auf dem Flugdeck los war. Männer eilten geschäftig umher, Flugzeuge manövrierten hin und her. Eine F-14-Tomcat erhob sich in den Himmel, in der Nähe wurde ein Helikopter startklar gemacht.

Zwei Besatzungsmitglieder schoben eine Leiter vor das Cockpit der Hornet, kletterten hinauf und halfen Mercer und Billy Ray beim Aussteigen.

»Schön, dich wieder mal zu sehen, Bubba«, sagte einer der beiden. »Der Befehlshaber deines Geschwaders will dich sofort sehen.«

»Wie schön«, knurrte Billy Ray. »War mir ein Vergnügen, Mr Mercer.«

Mercer lächelte. »Wenn Sie meinen. Tut mir leid, dass ich während des Flugs kein guter Unterhalter war. Ich brauchte den Schlaf.«

»Was, Sie haben die ganze Zeit geschlafen?« Billy Ray lachte. »Kein Wunder, dass Sie nicht eine meiner Fragen beantwortet haben.«

Der andere Mann reichte Mercer seine Nylontasche. Als er auf dem Flugdeck stand, streckte er seine müden Glieder. Es war ein gutes Gefühl, wieder festen Boden unter den Füßen zu haben. Ihm fiel auf, dass der Flugzeugträger kaum schlingerte. Es hatte nur von oben schlimm ausgesehen während ihres Anflugs.

»Dr. Mercer, Commander Quintana möchte Sie sehen«, sagte ein Besatzungsmitglied. »Ich gehe vor. Bitte halten Sie sich hinter mir, Sir, auf dem Flugdeck kann es ganz schön gefährlich werden.«

Als der Kampfjet mit dem Lift in den unter dem Flugdeck liegenden Hangar befördert wurde, folgte Mercer dem Mann zu dem sechsstöckigen Aufbau des Flugzeugträgers. Er sah die Fenster der Kommandobrücke und einen Wald von Antennen. Da die *Kitty Hawk* keinen Nuklearantrieb hatte, gab es einen Schornstein über der Reling auf der Steuerbordseite.

Es war sehr windig auf dem Flugdeck. Als sie auf den Aufbau zugingen, sah Mercer die Silhouette einer Gestalt in der Eingangstür. Aus näherer Entfernung erkannte er einen Hispa-

279

nic mit dunklem Haar. Das musste Commander Quintana sein. Er trug eine gestärkte Khakiuniform und hielt sich sehr aufrecht. Typisch Navy, dachte Mercer.

»Willkommen auf der *Kitty Hawk*. Ich bin Commander Juan Quintana. Warum gehen wir nicht rein?« Quintana machte keine Anstalten, ihm die Hand zu geben, und sprach, als sei jedes seiner Worte von größter Bedeutung.

Mercer folgte ihm. Die grau gestrichenen Wände und die grelle Beleuchtung erinnerten ihn an den Keller des Hauses seiner Großeltern in Vermont. Die Gänge waren makellos sauber, aber es roch nach Heizöl und Salzwasser. Im zweiten Stock führte ihn Quintana durch ein verwirrendes Labyrinth von Gängen, in dem man leicht die Orientierung verlieren konnte.

Quintanas Büro war klein, doch auf einem Flugzeugträger mit fünftausend Mann Besatzung war Raum ein wichtiger Faktor. Die Wände waren billig getäfelt, und im Gegensatz zu den Stahlböden in den Korridoren gab es hier einen Teppichboden. Der hölzerne Schreibtisch glich dem Modell, das man in jeder Regierungsbehörde sah. Tatsächlich erinnerte er Mercer an seinen eigenen Schreibtisch in seinem Büro bei der USGS. Da er der Meinung war, ein aufgeräumter Schreibtisch sei ein sicheres Anzeichen für einen Verrückten, glaubte er, dass mit Quintana etwas nicht stimmen konnte. Auf dem Schreibtisch standen nur eine Lampe und ein schwarzes Telefon.

»Sie können hinter dem Vorhang da den Fliegeranzug ausziehen und ihn dort liegen lassen«, sagte Quintana.

»Danke.« Mercer lächelte und trat in die Toilette.

Ein paar Minuten später saß er vor dem Schreibtisch und probierte den Kaffee, den Quintana ihm dankenswerterweise eingeschenkt hatte.

»Normalerweise hätte Sie der Kapitän persönlich begrüßt, Dr. Mercer, aber er hat eine Aversion gegen die CIA. Und wenn ich ehrlich sein soll, ist es bei mir genauso.«

»Schön, dass wir das vorab geklärt haben«, sagte Mercer grinsend. »Ich mag die Schlapphüte auch nicht.«

»Ich verstehe nicht. Ich dachte, Sie wären …«

»… von der CIA. Nein, ich arbeite für die USGS.«

»Nie gehört.«

»Für die United States Geological Survey, Commander Quintana«, sagte Mercer. »Ich bin Bergbauingenieur.«

»Es ist schon schlimm genug, wenn mit einem Kampfjet der Navy überhaupt Zivilisten befördert werden, aber das ist einfach lächerlich«, sagte Quintana säuerlich. »Sie sind also nur ein Ingenieur. Worum geht's hier eigentlich, Dr. Mercer?«

Quintanas Arroganz ärgerte Mercer. »Tun Sie nicht so, als müssten Sie den Flug aus Ihrer eigenen Tasche bezahlen, Quintana. Die Initiatoren meiner Mission stehen weit über ihnen, ihre Namen lesen sich wie das *Who's who* der obersten politischen und militärischen Elite. Ich glaube nicht, dass es einem von ihnen gefallen würde, wie Sie sich hier aufspielen. Für mich ist Ihr Flugzeugträger nur ein Zwischenstopp zum Umsteigen. Hören Sie auf mit dem Gequatsche, ich bin wirklich nicht in der richtigen Stimmung.« Normalerweise hätte er nicht so mit dem Commander geredet, aber er war genervt und musste Dampf ablassen. Dieser Quintana war wirklich ein Arschloch. »Ihr Job ist es, mich auf die *Inchon* bringen zu lassen, und das war's dann.«

Quintana starrte ihn hasserfüllt an. »Na schön, Dr. Mercer. Wir haben jetzt halb fünf, in etwa zwei Stunden wird es hell. Dann wird Sie ein Helikopter zur *Inchon* bringen.«

»Prima. Wo bekomme ich in der Zwischenzeit etwas zu essen?«

Quintana stand auf, nur mühsam seinen Zorn beherrschend. »Ich bringe Sie zur Offiziersmesse.«

»Ach übrigens, erzählen Sie dem Kapitän, dass Admiral Morrison beste Grüße ausrichten lässt«, sagte Mercer, als sie das Büro verließen. Der beiläufige Hinweis auf den Vorsitzenden der Vereinigten Stabschefs war kindisch, aber Mercer sah zufrieden, dass Quintana vor Wut kochte.

Honolulu

Ewad Lurbud wachte immer zornig auf, selbst nach einem kurzen Nickerchen. Der Zorn war ein integraler Teil seiner Persönlichkeit und gehörte zu ihm wie seine dunklen Augen oder die muskulösen Arme. Es war eine unklare, heftige Emotion und doch sehr wichtig für ihn. Nur dieser Zorn gab seinem Leben einen Sinn. Wenn er jeden Tag nur ein bisschen Dampf ablassen konnte, fühlte er sich lebendig.

Als er sich auf die Kante des Feldbetts setzte, fragte er sich, wie es sein würde, wenn er eines Tages aufwachte und sein Zorn für immer verraucht war. Er war sein permanenter Begleiter gewesen seit den Tagen, als er von seinem Vater brutal verprügelt und anschließend von seiner Mutter und Tante getröstet worden war. Wenn er eines Tages ohne das Gefühl des Zorns aufwachte, würde er sich vermutlich eine Kugel in den Kopf jagen.

Auf den anderen Pritschen in dem schwach beleuchteten Raum schliefen die Mitglieder seines Teams. Über ihm bog sich das Bett unter dem Gewicht von Feldwebel Demanow. Das Schnarchen der Männer war fast ohrenbetäubend.

Die Männer waren nur einen Tag vor ihm eingetroffen, und es war besser, wenn sie die Möglichkeit hatten, sich zu akklimatisieren und sich an die hawaiianische Zeitzone zu gewöhnen. An diesem Abend mussten sie topfit sein. Er blickte auf die Uhr. Halb sieben. Er selbst war etwas länger als vierundzwanzig Stunden in Hawaii, und als er jetzt seine Muskeln dehnte, wusste er, dass er startklar war.

In einer Ecke des Raums spielten zwei Männer, die alle zwei Stunden zur *John Dory* Kontakt aufnehmen mussten, eine Partie Rommé nach der anderen, um sich die Langeweile zu vertreiben. Als sie sahen, dass Lurbud in ihre Richtung blickte, sprangen sie sofort auf und salutierten. Lurbud lächelte und bedeutete ihnen, sie sollten sich wieder setzen. Er wandte sich zu den Pritschen um und weckte die schlafenden Soldaten.

Die Männer wachten auf, sprangen aus ihren Betten und salutierten ebenfalls. Sie reagierten so schnell, dass selbst Lurbud beeindruckt war. Demanow trat zu ihm. Er war nackt, wirkte aber kein bisschen befangen. Sein stämmiger Körper war dicht behaart.

»Nicht schlecht, was?« Demanow griff nach einer Zigarette und einem Feuerzeug.

»Redest du von deinen Soldaten oder von deinem verschrumpelten besten Stück?«

Demanow lachte und blies durch die Nase den Rauch aus. »Bessere Soldaten wirst du auf der ganzen Welt nicht finden.«

Lurbud lächelte. »Ich denke, dass du diesmal nicht übertreibst, Dimitrij. Ich möchte, dass sie um halb acht startklar sind. Es wird mindestens eine Stunde dauern, bis wir um Ohnishis Haus herum Position bezogen haben.«

»Hast du über meinen Plan nachgedacht?«

»Ja, eben, als ihr geschlafen habt. Ich halte es nicht für eine gute Idee, dass wir uns aufteilen. Wir haben nicht die nötige Kommunikationselektronik, um einen gleichzeitigen Angriff auf Ohnishi und Kenji koordinieren zu können. Wir werden sie nacheinander attackieren. Wenn wir Glück haben, ist Kenji bei seinem Boss, und in diesem Fall wäre der zweite Teil der Operation überflüssig. Es ist entscheidend, dass wir den vereinbarten Kontakt zur *John Dory* aufrechterhalten. Falls sie nicht auf uns wartet, wenn wir die Küste erreichen … Nun, du kennst die Konsequenzen.«

Während Demanow und seine Männer die Ausrüstung und die Waffen überprüften, die schon vor Monaten von einem Mitarbeiter der russischen Botschaft als Diplomatengepäck in den sicheren Unterschlupf gebracht worden waren, überflog Lurbud die Berichte, die ihm in Kairo übergeben worden waren.

Ohnishis Haus wurde von zwanzig Wachposten beschützt, die sämtlich vom Militär oder der Polizei ausgebildet worden und professioneller waren als in den meisten Ländern die Elitesoldaten. Lurbud bezweifelte nicht, dass seine Männer mit ihnen fertig werden würden, aber es würde in seinen Reihen mit Sicherheit Opfer geben. Ohnishi war alt, gebrechlich und an den Rollstuhl gefesselt. Mit ihm würde es keine Probleme geben, wenn seine Wachposten erst einmal ausgeschaltet waren.

Das mit Kenji war eine andere Sache. Er hatte keinen Plan seines Hauses und wusste nichts über die dortigen Sicherheitsvorkehrungen. Selbst die Angaben zu seiner Person waren lückenhaft. Er war vierundfünfzig, sah aber auf dem beigefügten verwackelten Foto, das vor einem Jahr aufgenommenen worden war, zwanzig Jahre jünger aus. Er beherrschte Kendo, Taekwondo und etliche andere Kampfsportarten, die Lurbud nicht einmal dem Namen nach kannte.

In dem KGB-Dossier über ihn stand, er sei ein Meister darin, andere selbst mit alltäglichen Haushaltsgegenständen zu töten oder zu verstümmeln. In einer Notiz hieß es, ein ähnlich gut ausgebildeter Killer habe es einst geschafft, einem ungarischen Dissidenten mit einer aus dem Telefonbuch herausgerissenen Seite Papier die Kehle durchzuschneiden.

Lurbud hoffte inständig, dass sie Kenji bei Ohnishi antreffen würden. Sich ohne zusätzliche Informationen bei ihm zu Hause in die Höhle des Löwen zu begeben wäre selbstmörderisch gewesen.

Um halb acht verließen Lurbud und seine Männer den sicheren Unterschlupf. Zuvor hatten sie sich vergewissert, dass nichts Verdächtiges zurückblieb. Trotz der Ausgangssperre konnten sie die Stadt ungehindert in einem Lieferwagen verlassen, der in einer nahe gelegenen Garage geparkt gewesen war. Wenn Honolulu diese Krise überlebte, konnten allenfalls noch die leere Wohnung und ein stehen gelassener Lieferwagen – beide waren von Ocean Freight and Cargo gemietet worden – auf ihren Aufenthalt schließen lassen. Und seit dem Einbruch in die New Yorker Büros gab es OF & C nicht mehr.

Knapp siebzig Kilometer entfernt wehte kühle Abendluft durch die offenen Fenster von Takahiro Ohnishis Haus aus

Glas und Stahl. Ohnishi saß in seinem Rollstuhl auf dem offenen Balkon hoch über den welligen Rasenflächen und nickte feierlich, als Kenji ihm die aktuelle Lage auf den Hawaii-Inseln beschrieb.

»Obwohl ich ihn schon vor vier Tagen erledigt habe, glauben viele Einheiten der Nationalgarde noch immer, dass ihre Befehle direkt von David Takamora kommen. Sie wissen nicht, dass Honolulus Bürgermeister tot ist. Der zum Stützpunkt Pearl Harbor führende MacArthur Boulevard wird durch mit Jagdgewehren bewaffnete Studenten und bestens ausgerüstete Nationalgardisten blockiert. Der Flughafen ist geschlossen. In den Gebäuden halten sich nur noch die von mir angeheuerten Söldner auf. Start- und Landepisten sind durch Fahrzeuge aus dem Wagenpark des Flughafens blockiert, die nur durch einen Befehl unsererseits fortgefahren werden dürfen. Die Relaisstationen sind ebenfalls geschlossen und werden bewacht. Das Telefonieren über Festnetzleitungen ist unmöglich. Hawaii ist praktisch von der Außenwelt abgeschnitten.«

»Gab es Widerstand seitens der Medien?«

»Ja.« Kenji blickte auf die Uhr. »Die Chefs der Fernsehsender fordern ein Interview mit Takamora, der die Ängste der Bevölkerung beschwichtigen soll. Einer hat damit gedroht, Berichte über die Gewalt auf unseren Straßen aufs Festland zu senden, wenn Takamora nicht bald wieder auftaucht.«

»Was hast du mit ihm vor?« Ohnishis Stimme klang nicht übermäßig besorgt.

»Sobald er sein Studio verlässt, wird einer meiner Männer auf ihn warten und ihn aus dem Verkehr ziehen.«

»Gut. Wie sieht die Lage auf den Straßen wirklich aus?«

»Laut den Berichten meiner in den Krankenhäusern postierten Männer scheint es bisher etwa zweihundert Tote und um die fünfhundert Verletzte zu geben. Die meisten wurden Opfer spontaner Gewaltakte, wie wir sie von den Unruhen in Los Angeles im Jahr 1992 kennen. Jugendbanden verprügeln unschuldige Passanten oder rächen sich an den Mitgliedern anderer Gangs. Einige Opfer gehören zu den Leuten, die wir gezielt ins Visier genommen haben. Auf der Liste der Personen, die uns potenziell gefährlich werden können, stehen dreihundert Leute. Davon sind sechsundachtzig mit Sicherheit tot, aber wahrscheinlich wurden sehr viel mehr eliminiert. Dafür habe ich nur noch keine Bestätigung.«

»Es beunruhigt mich, dass Süleiman sich noch nicht wegen der Waffenlieferung gemeldet hat«, sagte Ohnishi plötzlich.

Statt zu antworten, blickte Kenji auf seine Rolex.

»Diese Waffen müssten in ein paar Stunden hier sein, aber wir wissen nicht, was für Flugzeuge sie bringen. Außerdem brauchen wir die Codes, welche die Piloten uns schicken werden. Ohne diese Codes können wir die Landepisten nicht räumen.«

»Wir nähern uns einem kritischen Punkt. Es wird nicht mehr lange dauern, bis der Fanatismus der Leute nachlässt und sie sich wieder ein Ende der Gewalt wünschen. Wir brauchen diese Waffen und neue Söldner. Ich bin mir sicher, dass der Präsident der Vereinigten Staaten bald reagieren wird. Die Soldaten in Pearl Harbor mögen sich bis jetzt zurückhalten, können aber sehr schnell zurückschlagen.«

»Der Präsident wird es nicht wagen, ihnen zu befehlen, das Feuer zu eröffnen. Damit würde er riskieren, dass auch auf dem Festland Revolten ausbrechen. Jede ethnische Minderheit in Amerika würde hinter uns stehen. In jeder Stadt und jeder Straße würde Anarchie ausbrechen.«

»Er hat noch andere Optionen, Kenji, zum Beispiel eine gezielte Attacke auf mich. Er weiß, dass ich in diesen Umsturz verwickelt bin. Er könnte mich allein ins Visier nehmen und darauf warten, dass mit meinem Tod auch die Gewalt ein Ende nimmt. Ein solcher Mob bleibt nur aktiv, solange er von jemandem kontrolliert wird. Wenn wir keinen Kontakt zu unseren Stellvertretern auf den anderen Inseln halten, wird es mit ihrem Fanatismus bald vorbei sein.«

»Stimmt«, pflichtete Kenji bei. »Und wir müssen auch über Kerikows Reaktion nachdenken.«

»Um den mache ich mir keine Sorgen. Seine Macht ist sehr begrenzt.«

»Aber dieser Umsturz war seine Idee und sollte nur auf seinen Befehl hin beginnen. Er hat mit Sicherheit einen Plan, ihn zu stoppen. Wir gefährden seine Kontrolle über den Vulkan. Er muss einen Weg finden, diese Kontrolle in so einer Situation aufrechtzuerhalten.«

Ohnishi lächelte väterlich. »Du hast immer nur daran gedacht, mich zu beschützen, Kenji. Das ist bewundernswert, aber ich denke, dass wir auf der sicheren Seite sind. Kerikow hat keine Möglichkeit, uns zu stoppen.«

Kenji schien angesichts der Zuversicht seines Herrn erleichtert zu sein. »Wir können Takamora nicht wieder zum Leben erwecken, damit er sich an die Spitze des Volkes setzt«, sagte er. »Was sollen wir tun?«

»Senator Namura versteckt sich gegenwärtig außerhalb von Washington, D. C. Wenn Takamora abgelehnt hätte, wäre ich dafür gewesen, dass er den Umsturz initiiert. Dann wird er eben jetzt der neue Anführer. Er hat mein Angebot bereits akzeptiert. Einer meiner Privatjets wird ihn so bald wie möglich nach Hawaii bringen.«

»Und Takamoras Tod?«

»Den schieben wir dem amerikanischen Militär in die Schuhe. Mach dir nicht solche Sorgen, Kenji. Alles wird gut. Süleimans Waffen werden gemeinsam mit den Söldnern eintreffen, und Namura wird wahrscheinlich innerhalb von vierundzwanzig Stunden hier sein, um dem Umsturz den Anschein von Legitimität zu verleihen. Weder der Präsident noch Kerikow werden die Zeit oder den Mut haben, eine nennenswerte Gegenoffensive zu starten.«

Aus dem Augenwinkel sah Kenji eine dunkle Gestalt über den Rasen in Richtung Haus rennen, dicht gefolgt von zwei weiteren Männern. Er schlug lässig die Beine übereinander und legte eine Hand auf sein Fußgelenk.

»Vielleicht haben wir tatsächlich alle Risiken bedacht«, sagte er. »Ich hätte nie gedacht, dass wir es tatsächlich so weit schaffen würden. Noch vor ein paar Monaten erschien ein Umsturz in Hawaii als eine völlig unrealistische Idee.«

»Das stimmt nicht. Hawaii war reif dafür, der Rassismus und die Spannungen nahmen zu. Wir haben durch unsere Aktionen nur nachgeholfen und halten jetzt, wo die Entwicklung ihrem Höhepunkt entgegentreibt, die Zügel fest in der Hand.«

Die Explosion war nicht stark genug, um die dicken Glaswände des Hauses zu zerstören, aber der Balkon erzitterte, und ein paar Pelikane flogen aufgeregt davon. Ohnishi wirbelte in seinem Rollstuhl herum und blickte sich ängstlich um. Als er sich wieder Kenji zuwandte, war der bereits aufgesprungen und hielt einen kleinen Revolver in der Hand.

Er zielte direkt zwischen Ohnishis weit aufgerissene Augen. »Keine Bewegung, alter Mann.«

Takahiro Ohnishi machte sich vor Angst in die Hose. Auf dem Stoff seines Armani-Anzugs zeigte sich ein dunkler Fleck.

Weißes Haus, Washington, D.C.

Staff Sergeant Harold Tompkins war extrem nervös. Er hatte Dienst im Situation Room, der Krisenzentrale tief unter dem Weißen Haus. Auf dem hochauflösenden Bildschirm waren gerade die Videobilder aus Pearl Harbor erloschen. Er spielte an seinen Reglern für die Satellitenübertragung herum, während die Anwesenden ihm ungeduldig zuschauten. Zugegen waren der Präsident, der Vorsitzende der Vereinigten Stabschefs, der Außen- und Verteidigungsminister sowie die Direktoren der CIA, des FBI und der National Security Agency.

Für Augenblicke waren die Bilder aus Pearl Harbor scharf, dann wurde der Bildschirm wieder schwarz. Wäre dies eine Fernsehsendung gewesen, hätte man die Zuschauer mit einem »Bitte haben Sie einen Augenblick Geduld« bei Laune zu halten versucht, und diese hätten sich Knabbereien geholt oder

wären auf die Toilette gegangen. Aber dies war kein Fernseh-
programm. Als die Übertragung abriss, war Pearl Harbor gerade angegriffen worden, und die Männer erwarteten, dass
Tompkins die Panne behob.

»Geht's bald weiter?«, fragte Admiral C. Thomas Morrison.

»Nein, Sir, leider noch nicht«, brachte Tompkins mühsam
hervor.

»Mein Gott.«

Eine dicke bläuliche Rauchwolke hing in der Luft. Die
Männer rauchten Zigaretten, was sie in der Öffentlichkeit nie
zugegeben hätten. Selbst im Mundwinkel des Präsidenten, der
zusammengesunken am Kopf des Tisches saß, klebte eine
Marlboro.

»Meine Frau würde mich umbringen, wenn sie das sehen
würde«, sagte er, um die Atmosphäre zu entspannen, doch das
Gelächter der anderen klang schrill und nervös.

Die Hände der unrasierten Männer waren zittrig von den
Zigaretten und unzähligen Tassen Kaffee, und doch waren sie
noch so konzentriert wie vor zwölf Stunden, als die Krisensit-
zung im Situation Room begonnen hatte. Ein Berater trat aus
dem einzigen Lift und ging direkt zu Sam Becker, dem Chef
der NSA.

»Sir, hier sind die jüngsten Aufnahmen des KH-11.« Er
reichte Becker einen Stapel Infrarotaufnahmen, die von dem
Spionagesatelliten gemacht worden waren. »Es ist wie mit den
Aufnahmen der SR-1 Wraith. Es tut mir leid, aber unsere Ana-
lysten konnten nicht viel damit anfangen. Die Hitze des Vulkans macht es unmöglich, andere Wärmebilder zu lokalisieren.«

»Verdammter Mist.« Becker blätterte die Aufnahmen durch.
»Ich verstehe nicht, warum Mercer ein russisches Atom-U-
Boot gesehen haben soll und meine Männer nicht. Die NSA
hat die besten Fotoanalysten weltweit. Ich hoffe, Sie haben
recht mit Ihrer Meinung über Mercer, Dick.«

Henna blickte von seinen Papieren auf. »Garantieren kann

ich für nichts, doch bisher hat mich der Mann nicht enttäuscht. Er hat mir am Telefon erzählt, er habe die *John Dory* in der Nähe des Vulkans entdeckt.«

»Wenn das stimmt, sollten wir ihm einfach befehlen, uns zu sagen, wo das war«, sagte Paul Barnes.

»Mein Gott, Paul, Sie haben ihn selbst erlebt. Glauben Sie, er würde uns alles erzählen, was er weiß?«

»Da bin ich ganz Dicks Meinung«, sagte der Präsident, der seine blutunterlaufenen Augen rieb. »Wir brauchen hier einen kompetenten Mann, keinen schwerfälligen Stümper.«

»Ich denke, ich hab's«, unterbrach Tompkins.

Auf dem Bildschirm war ein attraktiver Mann japanischer Abstammung in einem Tarnanzug zu sehen. Hinter ihm hatten Marines hinter Sandsäcken Deckung gesucht, und sie feuerten auf einen unsichtbaren Feind. Die Geschütze von zwei Abrams-Panzern waren auf den Haupteingang von Pearl Harbor gerichtet. Aus ihnen wurde nicht gefeuert, dafür aber aus daneben angebrachten Maschinengewehren. Die Szene wirkte makaber, da der Ton fehlte.

Nachdem Tompkins noch auf ein paar weitere Knöpfe auf seiner Konsole gedrückt hatte, ertönte Gefechtslärm.

»Wiederholen Sie Ihre Worte, Colonel«, sagte Morrison. »Hier war für ein paar Minuten die Übertragung abgerissen.«

»... vor ungefähr zehn Minuten, Sir«, hörte man den Offizier sagen.

»Colonel Shinzo, hier ist Admiral Morrison, bitte wiederholen Sie Ihre Worte.«

»Sir, vor ungefähr zehn Minuten brach hier die Hölle los. Nationalgardisten und Einwohner Honolulus haben vor dem Tor des Stützpunkts ohne Vorwarnung das Feuer eröffnet. Meistens mit Handfeuerwaffen, aber die Nationalgardisten haben auch Raketenwerfer und TOW-Panzerabwehrraketen. Bis jetzt deutet noch nichts auf einen direkten Angriff hin, aber es ist nur noch eine Frage der Zeit, Sir.«

Colonel Shinzo brüllte etwas Unverständliches und ging

hinter ein paar Sandsäcken in Deckung. Die Kamera musste auf einem stabilen Stativ stehen, denn das Bild wackelte nicht, als zwanzig Meter weiter eine Granate explodierte. Dann wurde der Bildschirm doch kurz schwarz, aber nur für einen Moment. Schließlich war Shinzo wieder zu sehen.

»Was tun Sie, um sie aufzuhalten, Shinzo?«

»Ich befolge meine Befehle. Wir feuern über ihre Köpfe hinweg, aber wir haben schon zu viele Opfer zu beklagen, um noch lange passiv bleiben zu können, Sir.«

»Erinnern Sie sich an meine Stimme, Colonel Shinzo?«, fragte der Präsident, ohne sich seine Erschöpfung anmerken zu lassen.

»Ich denke schon, Mr President.«

»Sie leisten gute Arbeit, Colonel, aber ich möchte, dass Verluste unter Zivilisten und Nationalgardisten auf ein Minimum begrenzt werden. Haben Sie mich verstanden?«

»Ja, Mr President«, sagte Shinzo resigniert. Dies bedeutete, dass er viele seiner Männer verlieren würde.

Der Gefechtslärm wurde deutlich lauter. Shinzo wandte sich schnell um, und die Übertragung riss erneut ab.

Wieder wandten sich alle Tompkins zu, der frustriert an seinen Reglern drehte. »Es tut mir leid, aber die Übertragung ist am anderen Ende abgebrochen. Ich kann nichts tun.«

»Schon in Ordnung«, sagte Admiral Morrison. »Machen Sie Feierabend.«

Tompkins eilte dankbar aus dem Raum.

»Können wir Shinzo vertrauen?«, fragte Paul Barnes. »Immerhin ist er ein Schlitzauge.«

»Halten Sie die Klappe, Sie rassistischer Dreckskerl.« Morrison sprang auf. »Colonel Shinzo trägt die Uniform des Marine Corps der Vereinigten Staaten. Wenn Sie noch einmal die Loyalität eines meiner Männer infrage stellen, poliere ich Ihnen die Fresse.«

»Immer mit der Ruhe, Gentlemen«, sagte Dick Henna. »Aber Admiral Morrison hat recht. Wenn wir anfangen, an unseren eigenen Leuten zu zweifeln, können wir genauso gut nach Hause gehen und auf die Katastrophe warten.«

»Vermutlich war das der Anfang«, sagte der Präsident bedächtig. Alle wussten, dass er von einem Bürgerkrieg sprach. »In dem großen Schmelztiegel hat es zweihundert Jahre lang gebrodelt, und nun kocht er über. Wenn dieses Problem nicht in ein paar Stunden gelöst ist, wird durch die Neuigkeiten aus Hawaii in jeder Großstadt ein Pulverfass explodieren. Die Rassenunruhen, die wir 1992 in Los Angeles erlebt haben, werden sich dagegen harmlos ausnehmen.«

Der Präsident schwieg für volle fünf Minuten, und seine engsten Berater wussten, dass er eine Entscheidung traf, durch welche die Vereinigten Staaten womöglich in den blutigsten Bürgerkrieg hineingezogen werden konnten, der jemals in der westlichen Hemisphäre ausgetragen worden war. Ihr Mitgefühl für ihn konnte dem Präsidenten die Entscheidung nicht leichter machen.

Er saß mit gesenktem Kopf da, und seine Lippen bewegten sich schweigend. Betete er, oder suchte er Rat beim Geist von Abraham Lincoln, der angeblich im Weißen Haus herumspukte?

Er hob den Kopf, straffte die Schultern und wandte sich an Admiral Morrison, der ihm fest in die Augen blickte und seine Befehle erwartete. »Ich möchte, dass eine Tomahawk-Cruise-Missile mit einem Atomsprengkopf auf diesen Vulkan abgefeuert wird. Wenn dieser von einem russischen U-Boot bewacht wird, wird es durch die Explosion zerstört.«

Also herrschte Krieg. Die Vereinigten Staaten zogen in den Kampf und würden vielleicht alles verlieren, was ihre Demokratie aufgebaut hatte. Wieder würde die Rassenfrage Amerika in einen Bürgerkrieg stürzen, doch dieses Mal würde es keinen Norden und keinen Süden mehr geben, keine Mason and Dixon Line. Nun verliefen nicht mehr so klare Grenzen durchs Land. Heute würden die Schlachten in jedem Bundesstaat und in jeder Stadt ausgefochten werden.

»Dann befehlen Sie der *Kitty Hawk* und der *Inchon,* alle Flüge abzublasen und die Gegend zu verlassen. Ich will sie nicht in der Nähe von Hawaii sehen, ist das klar? Sagen Sie dem Befehlshaber von Pearl Harbor, dass sie die Waffen niederlegen und den Stützpunkt aufgeben sollen.«

Die anderen Männer seufzten.

»Ich opfere lieber Hawaii, als einen Krieg zu riskieren. Vielleicht löst diese Abspaltung eine Kettenreaktion aus, und dieses Land wird auseinanderbrechen, aber ich bin bereit, dieses Risiko einzugehen. Wie immer die Konsequenzen aussehen werden, ich kann unseren Soldaten nicht befehlen, Amerikaner zu töten.«

Tränen rannen über die Wangen des Präsidenten.

Dick Henna brach als Erster das Schweigen. »Was ist mit Mercer, Sir? Wir haben ihm noch nicht mal eine Chance gegeben.«

»Was soll er als Einzelner schon ausrichten? Wir haben es hier mit einer echten Revolution zu tun. Gott allein weiß, wer sie alles unterstützt.«

»Aber was ist, wenn er mit seiner Annahme recht hat, dass diese Revolte irgendwie von außerhalb gesteuert ist?«, beharrte Henna. »Wenn er das unterbinden kann, gibt es keinen Aufstand mehr.«

»Vor gerade mal zwei Stunden habe ich mit dem russischen Präsidenten gesprochen, Dick. Er hatte keine Ahnung, wovon ich redete. Mercer hat sich geirrt, als er sagte, die Russen seien involviert. Hinter dieser Geschichte steckt ausschließlich Takahiro Ohnishi.«

»Könnte es nicht sein, dass die russische Regierung diese Operation nicht autorisiert hat?«

»Das scheint mir ein bisschen weit hergeholt. Dies ist eine groß angelegte Operation. Ich halte es für ausgeschlossen, dass der Präsident des Landes nichts davon wüsste.«

»Fragen Sie mal Ihre Vorgänger nach der Iran-Contra-Affäre«, erwiderte Henna sarkastisch.

Der Präsident ignorierte die Bemerkung.

»Vielleicht ist es doch nicht so weit hergeholt, dass die russische Regierung die Operation nicht genehmigt hat«, sagte Paul Barnes, der gerade seine Brillengläser putzte.

»Was meinen Sie?«

»Heute Nachmittag wurde die Leiche von Gennadij Perschenko in Bangkok aus einem Fluss gefischt. Vielleicht erinnern Sie sich daran, dass Perschenko der russische Delegierte bei den Bangkoker Verhandlungen war, der uns ausgetrickst hat. Durch die Unterschrift unseres Abgesandten haben wir auf jeden rechtlichen Anspruch auf den neuen Vulkan verzichtet.«

»Gab es Indizien für Mord?«

»In meinem Geschäft kommt das praktisch nie vor, aber ich würde trotzdem darauf wetten, dass er aus dem Verkehr gezogen wurde. Außerdem weiß ich von einem Informanten, dass Iwan Kerikow ein paar Tage vor Perschenkos Tod mit dem Flugzeug nach Thailand gekommen ist.«

»Wer ist Iwan Kerikow?«

»Ein äußerst gerissener KGB-Funktionär. Meine Kontakte in Moskau sagen, dass im Moment mit großem Aufwand nach ihm gefahndet wird. Es sieht so aus, als hätte er schon häufiger auf eigene Faust gehandelt, und er wird gesucht, weil er Geld veruntreut, technisches Gerät entwendet und Personal für seine Zwecke eingespannt hat. Dazu kommt noch ein Dutzend weiterer Anklagen, unter anderem wegen Mordes. Im Laufe der Jahre ist er der CIA ein paarmal aufgefallen. In Afghanistan war er während der frühen Achtzigerjahre der Kopf einer Gruppe von Mördern und Folterern, und er hatte auch etwas damit zu tun, dass im September 1983 ein Jumbojet der Korean Air abgeschossen wurde. Seit einiger Zeit ist er beim KGB-Chef der Abteilung Sieben. Über diese Abteilung wissen wir nur sehr wenig. Sie scheint weder aktive Agenten noch wirkliche Ziele zu haben. Soweit wir wissen, ist sie eher eine Art Thinktank. Wenn Perschenkos Tod mit Kerikow in Verbindung gebracht werden kann, haben wir definitiv auch eine Verbindung zwischen dem Vulkan und der Abteilung Sieben beim KGB.«

Sam Becker hatte die Akte gelesen, die ihm zusammen mit den Infrarotaufnahmen übergeben worden war, und blickte plötzlich auf. »Wir haben die Verbindung.«

»Wovon reden Sie?«, fragte der Präsident, dem Beckers energischer Tonfall nicht entgangen war.

»Auf Pauls Bitte von gestern Abend hin habe ich unsere Archive in Fort Meade nach allem durchforsten lassen, was etwas mit russischen Geologen der Fünfziger- und Sechzigerjahre zu tun hat. Wir hatten Glück.«

Seit ihrer Gründung sammelte die National Security Agency praktisch jede Information, die sich auf dieser Welt herbeischaffen ließ. Die Computer in dem weitläufigen Gebäudekomplex in Fort Meade hatten eine Rechenleistung, wie man sie nirgends sonst auf diesem Planeten fand. Sie entschlüsselten die kryptischsten Botschaften und dunkelsten Anspielungen, gleichgültig, ob sie von Verbündeten oder Feinden kamen. Alles, was einmal gedruckt, bei Telefonaten gesagt oder von Spionagesatelliten aufgeschnappt worden war, die NSA wusste davon. Von Kleinanzeigen im *Johannesburg Star* über alltägliche Telefongespräche zwischen zwei Schwestern in Madrid bis hin zu den letzten Atemzügen dreier Kosmonauten, die 1974 an Bord des Raumfahrzeugs Sojus gestorben waren, auf den Magnetbändern der NSA war schlechthin alles gespeichert.

Becker hielt seine dünne Akte hoch. »Die kommt von Oliver Lee, unserem Archivdirektor. Laut Lee geht aus den Personalakten aus einem Forschungslaboratorium in der Nähe von Odessa hervor, dass Olga Borodin seit dem 20. Juni 1963, als ihr Mann bei einem Arbeitsunfall starb, eine anständige staatliche Rente bezogen hat. Da er wusste, wonach wir suchten, fiel ihr Name Lee auf, und nach ein paar weiteren Nachforschungen fand er heraus, dass das Labor zur Abteilung Sieben gehörte. Offenbar weiß die CIA mehr über diese Abteilung als wir, aber die Verbindung ist offensichtlich. Olga Borodin ist die Witwe eines Geologen namens Pjotr Borodin.«

»Sie reden von diesem russischen Bikinium-Spezialisten?«, fragte Henna.

»Dann hatte Mercer also doch recht. Die Russen sind involviert, allerdings nicht ihre Regierung.« Der Präsident war wirklich geschockt. »Kerikow muss die graue Eminenz im Hintergrund sein, und Ohnishi ist nur eine Marionette. Aber dieses Wissen hilft uns nicht weiter. In Hawaii gibt es einen Umsturzversuch, und dieser Kerikow wird bald über einen wichtigen Rohstoff verfügen ...« Er wandte sich dem FBI-Direktor zu. »Was schlagen Sie vor?«

»Geben Sie Mercer wenigstens bis zum Morgengrauen Zeit. Wenn er einen Plan hat, braucht er die. Bevor die Übertragung aus Hawaii abbrach, haben Sie gesehen, dass es dort schon fast dunkel ist. Heute Nacht sollte es relativ ruhig bleiben. Die Nationalgardisten haben nicht die richtige Ausrüstung, um nachts kämpfen zu können. Wenn wir bis zum Sonnenaufgang nichts gehört haben, setzen Sie Ihren Plan um. Sie jagen den Vulkan in die Luft und überlassen die Inseln Ohnishi.«

Der Präsident lehnte sich zurück und starrte an die schalldicht isolierte Decke. Er brauchte nicht lange, um seine Entscheidung zu fällen. »Okay, Mercer bekommt seine Chance, bis sieben Uhr hawaiianischer Ortszeit. Danach wird der Vulkan zerstört.«

Henna stand auf, um den Situation Room zu verlassen. Mercer war seit zehn Stunden auf der *Inchon,* und er hatte versprochen, sich bei ihm zu melden.

»Dick?«

»Ja, Mr President?«

»Warum vertrauen Sie Mercer so sehr?«

Henna blieb mit seinen Papieren und Akten in der Hand vor der Tür des Lifts stehen. »Im Grunde bin ich Polizist, Sir, und Cops lernen, ihrer Intuition zu vertrauen.«

Obwohl die Kommunikationszentrale des Weißen Hauses technisch auf dem neuesten Stand war, dauerte es zwanzig frustrierende Minuten, bis die Verbindung zur *Inchon* stand, und weitere zehn, bis man Mercer auf dem über zweihundert Meter langen Kampflandungsschiff gefunden hatte.

»Wurde auch Zeit, dass Sie anrufen?«, sagte Mercer, als er am Apparat war.

Henna kam sofort zur Sache. »Der Präsident gibt Ihnen bis sieben Uhr morgen früh Zeit. Hoffentlich haben Sie sich in Ihrem machiavellistischen Gehirn schon einen teuflischen Plan zurechtgelegt.«

»Und was passiert nach sieben?«

»Dann jagt eine Cruise-Missile Borodins Vulkan in die Luft, und der Präsident gibt die Hawaii-Inseln kampflos auf.«

»Eine ziemlich knappe Deadline.« Mercer nahm sich einen Augenblick Zeit, um die jüngste Information zu verdauen. »Dann mache ich mich wohl besser auf den Weg. Gibt's sonst noch was?«

»Ja. Pearl Harbor ist ein Kriegsschauplatz, und wir müssen davon ausgehen, dass das Pulverfass auf den anderen Inseln auch schon explodiert ist.«

»Ich bin eher überrascht, dass es so lange ruhig geblieben ist. Das war's?«

»Nein, noch nicht. Wir sehen jetzt definitiv eine Verbindung zwischen dem Umsturzversuch und einem russischen KGB-Funktionär namens Iwan Kerikow. Er ist die graue Eminenz im Hintergrund. Zuletzt gesehen wurde er in Thailand, aber er könnte mittlerweile in Hawaii sein. Noch etwas. Meine Leute haben sich während der letzten Tage darum gekümmert, was die Funkamateure aus Hawaii berichten. Ein Mann namens Ken Peters, der für einen der dortigen Fernsehsender arbeitet, vermutet, dass eine Journalistin namens Jill Tzu von Ohnishi entführt worden ist. Als sie verschwand, arbeitete sie gerade an einem Hintergrundbericht über ihn. Aber seien Sie vorsichtig. Ohnishis Haus wird von echten Fanatikern bewacht.«

»Keine Sorge, Dick. Ohnishis Haus interessiert mich nicht. Er ist nur ein williger Komplize, nicht der Drahtzieher im Hintergrund.«

Die Verbindung brach ab, und Henna wusste, dass Mercer einfach aufgelegt hatte.

Auch er legte den Hörer auf die Gabel. Wenn Mercer nicht zu Ohnishis Haus wollte, wohin dann? Und wer war der Boss dieser Operation, wenn Ohnishi nur eine Marionette war?

Hawaii

Der Lärm einer Explosion hallte über die Rasenflächen um Ohnishis Haus. Ewad Lurbuds Sinne waren so überwach, dass er zurückzuckte, als hätte ihn jemand geschlagen.

Demanow legte ihm beruhigend eine Hand auf die Schulter. »Was zum Teufel war das?«, fragte er leise.

»Keine Ahnung.« Lurbud beobachtete durch das Nachtsichtgerät die Vorderseite von Ohnishis Glashaus. »Ich sehe nichts Ungewöhnliches.«

Demanow, Lurbud und zwei der ehemaligen russischen Elitesoldaten kauerten hinter ein paar blühenden Rhododendronbüschen, die auf dem Rasen vor dem Haus wie eine Insel wirkten. Die restlichen Mitglieder des Teams waren an anderen Stellen in Deckung gegangen.

Sie hatten Ohnishis Grundstück erreicht, als es zu dämmern begann. Es war umgeben von einem Dschungel, der es ihnen erlaubt hatte, sich dem Haus unbemerkt bis auf zweihundert Meter zu nähern. Dann waren sie über den Rasen gerannt, immer wieder hinter Büschen Deckung suchend.

Als sie die Explosion hörten, waren sie nur noch fünfzig Meter von dem marmornen Schutzdach vor dem Haus entfernt. Gleichzeitig mit der Detonation war ihnen an der Seite des verdunkelten Hauses ein greller Lichtblitz aufgefallen.

»Ich sehe niemanden in dem Gebäude«, sagte Lurbud.

Mithilfe des Nachtsichtgeräts konnte er in das Glashaus hineinblicken, aber in der großen Eingangshalle, auf der Treppe sowie in den Zimmern links und rechts daneben war niemand zu sehen. Als er gerade den Männern hinter ihm das Zeichen zum Vorrücken geben wollte, hielt er inne, weil ihm in dem Haus eine Bewegung aufgefallen war. Jemand ging durch die Eingangshalle auf die Treppe zu, wobei er sich immer wieder vorsichtig umschaute. Als er am Fuß der Treppe angekommen war, konnte Lurbud deutlich erkennen, dass er mit einem Schnellfeuergewehr bewaffnet war.

»Wir haben Gesellschaft«, sagte er zu Demanow.

Er sah, wie eine zweite Gestalt durch die Halle eilte und die Treppe hinaufstieg. »Bis jetzt sind es zwei«, bemerkte er. »Irgendwas stimmt hier nicht. Es sieht so aus, als würden diese beiden das Haus nicht kennen. Also gehören sie bestimmt nicht zu Ohnishis Sicherheitspersonal. Und ich glaube jetzt zu wissen, warum wir auf dem Grundstück keinem von Ohnishis Leibwächtern begegnet sind.«

»Du glaubst, dass uns Amerikaner zuvorgekommen sind?«, fragte Demanow.

»Das ist meine Vermutung.«

»Soll mir nur recht sein.«

»Was ist denn los, Kenji?«, jammerte Ohnishi.

»Dies ist das Szenario, das Sie nie vorausgesehen haben.« Der Revolver in Kenjis Hand zitterte nicht. »So wie Kerikow Sie und Sie Kerikow verkauft haben, habe ich euch beide verkauft.«

»Ich verstehe nicht, Kenji«, greinte Ohnishi.

»Es ist ganz einfach. Vor acht Monaten hat Iwan Kerikow mich angeheuert, damit ich hier spioniere und ihm über alle Ihre Aktivitäten berichte.«

Ohnishi sackte tiefer in seinem Rollstuhl zusammen. Er wusste bereits, was Kenji sagen würde, und die Wahrheit lastete schwer auf seinen schmalen Schultern.

»Kerikow musste seine Operation in jeder Hinsicht voll unter Kontrolle haben, und Sie waren der einzige Beteiligte, den er nicht direkt kontrollierte. Folglich hat er mich engagiert. Damit ich ihm mitteile, was Sie vorhaben.«

»Ich kenne dich von Kindesbeinen an, Kenji, du bist für mich wie ein Sohn. Warum? Wie konntest du so etwas tun?« Vielleicht konnte Ohnishi sich mit dem Verrat abfinden, aber er musste den Grund kennen.

»Sie wissen über mich nur, was ich Ihnen erzählt habe. Es ist wahr, anfangs habe ich Sie als meinen Herrn und Meister gesehen, als meinen Vater, aber wie jeder Sohn musste ich meinen eigenen Weg suchen. Und ich habe ihn gefunden.«

»Durch Kerikow?«

Kenjis Lachen war so kalt und höhnisch, dass es an das Bellen eines tollwütigen Hundes erinnerte. »Kerikow ist genau so ein Narr wie Sie, alter Mann. Kaum hatte er mir sein lukratives Angebot gemacht, da trat schon eine Gruppe von Männern an mich heran, die mir noch mehr gaben.« Er erzählte von seiner Mutter, die während der japanischen Besatzung Koreas gezwungen worden war, als Prostituierte zu arbeiten, von seiner Geburt, von seinem Verkauf an seinen leiblichen Vater. »Ich bin zur Hälfte Koreaner, Ohnishi. Mein Vater wollte von diesem Erbe nichts wissen, aber ich konnte es irgendwann nicht mehr ignorieren. In den Jahren nach Kerikows erster Kontaktaufnahme mit Ihnen musste er seine Pläne ändern, weil seine Regierung zusammenbrach. Vor gar nicht so langer Zeit – aber bevor Sie versuchten, Ihren absurden Traum in die Tat umzusetzen – hat Kerikow Sie verraten und den Vulkan an eine Gruppe von Investoren verkauft. Jenen Vulkan, von dem Kerikow Ihnen versprochen hatte, er würde Hawaii zu einem lebensfähigen unabhängigen Staat machen. Aber Kerikow wusste nicht – oder konnte nicht wissen –, dass diese südkoreanischen Investoren dann Kontakt zu mir aufnahmen. Ich weiß nicht, wie sie das mit meiner koreanischen Abstammung erfahren haben, aber sie gaben mir die Chance zu beweisen, wem meine Loyalität gilt. Von da an habe ich im Auftrag meiner neuen Wohltäter Kerikow und Sie ausspioniert. Sie hatten überhaupt keine Chance, Ohnishi. Jeder Ihrer Schritte wurde durch einen meiner Verbündeten konterkariert. Sie wollten von Süleiman el-aziz Süleiman Waffen kaufen, aber ich habe den Ägypter an Kerikow verraten. Diese Waffen, auf die Sie so sehnsüchtig gewartet haben, werden nie eintreffen, so wenig wie weitere Söldner. Kerikow bat mich, eine bestimmte Frau von dem NOAA-Forschungsschiff zu retten, doch ich sagte meinen Verbündeten, sie sollten sie in Washington ermorden lassen. Kerikow hat Sie gezwungen, den Brief an den Präsidenten zu schreiben, aber ich habe ihn gestohlen und an das Weiße Haus geschickt, weil ich wusste, dass es zu der Anarchie führen würde, die nun auf diesen Inseln herrscht.«

»Du hast den Brief abgeschickt?« Ohnishi gab sich keine Mühe, sein Erstaunen zu kaschieren.

»Ja. Bürgermeister Takamora war ein bequemer Sündenbock, dem Sie den Diebstahl des Briefes in die Schuhe schieben konnten, aber ich habe ihn an mich genommen und abgeschickt. Der Vulkan war schon bis dicht unter die Wasseroberfläche gewachsen und durfte nicht entdeckt werden. Ihr Brief war die beste Ablenkung für die Amerikaner, damit sie ihn nicht fanden. Die *Ocean Seeker* hätte unsere Pläne fast durchkreuzt, aber Kerikow meisterte die Situation mit einer typisch russischen Reaktion. Nachdem sein Befehl, das NOAA-Schiff zu zerstören, in die Tat umgesetzt worden war, wusste ich, dass die Amerikaner ihr Augenmerk auf Sie richten würden, vielleicht auch auf die Russen, wenn sie einen Geistesblitz hatten, was ja gelegentlich vorkommen soll. Aber uns, die Koreaner, würde niemand verdächtigen. Der Vulkan würde uns gehören, ohne dass wir ihn geschaffen oder verteidigt hatten. Während Sie und Kerikow und die Vereinigten Staaten sich noch um die Hawaii-Inseln und den Vulkan stritten, konnte Hydra Consolidated diesen an sich reißen.«

Kenji lachte den gebrechlichen alten Industriellen aus, als

301

ein mit einem Sturmgewehr bewaffneter Mann auf den Balkon stürmte.

»Es ist alles in Ordnung«, sagte Kenji zu ihm auf Koreanisch. »Das hier ist Ohnishi. Er wird keine Schwierigkeiten machen. Ist alles gut gelaufen?«

»Ja«, antwortete der Koreaner. »Wir haben Ohnishis Wachposten problemlos aus dem Verkehr gezogen. Die Explosion war das perfekte Ablenkungsmanöver. Von meinen Männern wurde keiner verwundet.«

»Gut. In ein paar Minuten brechen wir von hier zu meinem Haus auf. Vergewissere dich, dass der restliche Sprengstoff richtig platziert wird.« Der Koreaner sprach in sein Walkie-Talkie. »Sie sehen, Ohnishi, wem meine Loyalität wirklich gilt. Als ich den Koreanern von Ihrem Umsturz erzählte, hielten sie das für den perfekten Zeitpunkt, um den Vulkan an sich zu reißen. Sie glaubten, dass die Vereinigten Staaten und Kerikow zu sehr damit beschäftigt sein würden, die Gewalt einzudämmen und Sie zum Schweigen zu bringen, um uns zu bemerken.«

Schüsse aus einer automatischen Waffe zerrissen die Stille. Kenji warf sich zu Boden und richtete seine Pistole auf die Balkontür. Der Koreaner folgte seinem Beispiel. Für einen langen Augenblick war es totenstill.

»Das kam von unten«, sagte Kenji. »Ihr müsst einen von Ohnishis Wachposten übersehen haben. Geh runter und schaff das Problem aus der Welt.« Er wartete, bis der Koreaner verschwunden war. Dann riss er Ohnishi aus seinem Rollstuhl und zerrte ihn in Richtung seines Schlafzimmers.

Lurbud gab eine kurze Salve aus seiner Maschinenpistole ab, als eine Gestalt von der Eingangstür zu den Büschen links daneben rannte. Er wusste, dass seine Kugel ihr Ziel verfehlt hatte, aber es würde seinen Gegner für ein paar entscheidende Momente festnageln.

Feldwebel Demanow folgte Lurbud und zwei anderen Russen, als diese über den Rasen das letzte Stück bis zum Haus rannten. Lurbud schleuderte eine Granate gegen die dicke Glaswand. Nach der Explosion sah man zuerst nur Sprünge in dem Glas, doch eine Sekunde später explodierte die Wand in einem Scherbenregen. Lurbud ging voran durch das knapp zwei Meter breite Loch. Unter den Stiefelsohlen der Männer knirschten Scherben, mit denen die geflochtene Schilfmatte in dem Raum übersät war.

Die restlichen Mitglieder von Lurbuds Team waren ähnlich vorgegangen und hatten vier weitere Löcher in die Glaswände gesprengt. Was nun folgte, war ein regelrechter Krieg, bei dem beide Seiten fälschlicherweise annahmen, ihr Gegner sei ein amerikanischer Kommandotrupp.

In der Eingangshalle hing der dichte Rauch von Schießpulver in der Luft. Lurbud zwängte sich vorsichtig durch die Tür eines großen Zimmers in der Nähe der Wand. Wegen des Rauchs war nur schwer zu erkennen, wer zu seinen Männern gehörte und wer nicht. Ein Mann sprang hinter einer großen Terrakottavase hervor und richtete seine Waffe auf Lurbud, doch Demanow zog den Angreifer mit einer Salve aus seiner MP aus dem Verkehr.

Lurbud nickte Demanow anerkennend zu und setzte die Durchsuchung des Hauses fort. Schüsse hallten durch das riesige Gebäude, und durch die Glaswände sah man Leuchtspurmunition, die an Kometenschweife denken ließ. Als er die halbe Treppe hinaufgestiegen war, geriet Lurbud unter heftigen Beschuss. Direkt neben ihm schlugen Kugeln in das marmorne Treppengeländer.

Er sprang über das Geländer und gab für einen Moment eine gute Zielscheibe für den versteckten Schützen ab, landete aber wieder auf dem harten Marmorboden des Erdgeschosses. Als er sich abrollte, pfiffen weitere Kugeln um ihn herum durch die Luft. Er feuerte auf den vagen Umriss eines Mannes am anderen Ende der Eingangshalle. Die Kugeln schlugen in dessen Unterleib ein, und er wurde durch eine ebenfalls von Kugeln durchsiebte Glaswand geschleudert.

Irgendwo explodierte eine Granate, und das ganze Haus erzitterte. Danach hörte man erneut das Splittern von Glas und zu Boden fallende Scherben.

Lurbud sprang auf, rannte los und wechselte in vollem Lauf geschickt das Magazin seiner MP. In dem stinkenden Rauch sah er schemenhaft eine Gestalt, und er hätte sie fast unter Feuer genommen, sah aber noch rechtzeitig, dass es Demanow war.

»Was schätzt du, wie viele es sind?«, fragte Lurbud.

»Zehn bis fünfzehn, vielleicht auch zwanzig. Man kann es schwer sagen, weil das Haus so verdammt groß ist.«

Kugeln pfiffen über ihre Köpfe hinweg, und sie warfen sich in dem großen Wohnzimmer hinter einem Sofa zu Boden. Demanow erwiderte das Feuer umgehend, aber ein weiterer Kugelhagel nagelte sie auf den weiß gestrichenen Bodendielen fest.

Sobald das Feuer eingestellt wurde, sprang Lurbud auf und rannte quer durch den Raum. Wieder geriet er unter Beschuss. Direkt hinter ihm explodierte eine zwei Meter große Kristallglasskulptur aus Waterford. Er warf sich zwischen zwei Ledersofas zu Boden.

Als das feindliche Feuer wieder für einen Augenblick verstummte, sprang er auf. Der Schütze war deutlich zu erkennen, und jetzt eröffnete Lurbud das Feuer. Er durchlöcherte ein großformatiges Gemälde von Roy Lichtenstein, bevor seine Kugeln ihr Ziel fanden. Der Mann ging tödlich getroffen zu Boden.

Lurbud rannte zu ihm. Er hatte einen Weißen oder Japaner aus Ohnishis Security-Truppe erwartet, glaubte aber jetzt eher, einen Chinesen oder vielleicht auch Koreaner vor sich zu haben.

»Was zum Teufel ist hier los?«, fragte er sich.

In diesem Moment schlug eine Kugel in die Leiche des Mannes, nur Zentimeter von seiner Hand entfernt. Er riss die MP hoch und feuerte instinktiv, aber seine Kugeln trafen nichts als Glas. Der Angreifer ging hinter einer Glasvitrine mit einer japanischen Rüstung in Deckung. Dahinter führte ein Korridor zu einigen der Gästezimmer.

Lurbud sprang auf, die MP schussbereit in den Händen. Er feuerte eine Salve auf die unbezahlbare Rüstung, die unter dem Kugelhagel in Stücke sprang. Dahinter war niemand mehr. Er rannte dicht an der Wand den Gang hinab, in dem die Leiche eines seiner Männer lag. Der Kopf des Mannes war einmal komplett herumgedreht worden.

»Mein Gott«, murmelte er. Er erinnerte sich daran, dass Ohnishis rechte Hand Kenji ein Meister aller nur erdenklichen Kampfsportarten war. Der Russe musste sein Opfer sein.

Lurbud umklammerte den Griff der MP fester. Jetzt wusste er, mit wem er es zu tun hatte. Er durchsuchte nacheinander die großen Gästezimmer und versuchte, das Feuergefecht im restlichen Teil des Hauses zu verdrängen. Die Tür am hinteren Ende des Korridors führte in ein Treppenhaus für Angestellte und Lieferanten.

Er stieg vorsichtig die Stufen hinauf. Vor Angst brach ihm der Schweiß aus. In dem Treppenhaus hallten die Schüsse von unten so laut, dass man sonst nichts hören konnte.

Kurz darauf hatte er das Ende der Treppe erreicht, doch von Kenji war nichts zu sehen. Da waren nur der trübe beleuchtete Treppenabsatz und eine feuerfeste Tür.

Er riss sie auf, blieb dabei aber in Deckung. Als die erwarteten Schüsse ausblieben, blickte er vorsichtig um die Ecke. Das Zimmer war klein, etwa sechzehn Quadratmeter groß, aber geschmackvoll eingerichtet mit einem niedrigen Bett, einer alten Frisierkommode und Damaszenerarbeiten an den Wänden. Ein großer Spiegel nahm fast die gesamte hintere Wand ein. Durch die Pläne, die sein Team besorgt hatte, wusste er, dass man von der anderen Seite hindurchblicken konnte.

Statt seine Zeit damit zu vergeuden, den geheimen Ausgang zu suchen, durch den Kenji verschwunden sein musste, schoss er den Spiegel in tausend Stücke. Dahinter lag Ohnishis Schlafzimmer und auf dem großen Bett Ohnishi selbst.

Er war nackt, und sein Kopf war vom Körper abgetrennt worden, wie auch seine Arme und Beine. Jeder Körperteil lag in seiner korrekten anatomischen Position da, aber ein paar Zentimeter vom Rumpf des toten Milliardärs entfernt.

Ewad Lurbud war passiv und aktiv bei einigen der grausamsten Folterungen dabei gewesen, die sich Menschen je ausgedacht hatten, doch angesichts dieses Anblicks musste er sich erbrechen.

Der Täter hatte Ohnishi auch den Penis abgeschnitten und ihn zwischen die Beine gelegt. Weil dort so viel Blut war, wusste Lurbud, dass dies zuerst geschehen sein musste.

Er versuchte, die Fassung zurückzugewinnen, dachte dann einen Moment nach und begriff, dass so ein Mord mehr Zeit erforderte, als sie dem flüchtenden Kenji zur Verfügung gestanden hatte. Entweder war ihm jemand zuvorgekommen, oder Kenji hatte es getan, bevor er mit seinem Team das Haus gestürmt hatte.

Schon die Anwesenheit koreanischer Wachposten war verwirrend, Ohnishis Tod dagegen wahrhaft verstörend. Kenji war für viele Jahre Ohnishis rechte Hand und stets loyal gewesen. Warum hatte sich das plötzlich geändert? Warum hatte er seinen Arbeitgeber getötet? Er schob diese Fragen vorerst beiseite, weil er seine Durchsuchung des Hauses fortsetzen musste.

Hinter dem Schlafzimmer lag ein Raum, dessen Größe der Wohnfläche der meisten Eigenheime in der Vorstadt entsprach. Die Einrichtung war sehr modern, der Boden aus weiß gestrichenem Kiefernholz. An den Wänden hingen abstrakte Bilder mit geometrischen Formen, andere waren dem Informel zuzurechnen. Von der pyramidenförmigen Glasdecke hing ein Mobile von Alexander Calder herab, eine kleinere Version des Werks, das sich im Ostflügel der National Gallery in Washington befindet.

Lurbud rannte zu der hohen Doppeltür am hinteren Ende des Raums. Sie öffnete sich auf einen Balkon, der den hinteren Teil von Ohnishis Grundstück überblickte. Er war glücklich,

306

das verräucherte Haus verlassen zu haben, und atmete ein paarmal tief durch.

Kenji stand im Mondlicht auf dem Rasen hinter dem Haus. Als Lurbud ihn sah, riss er die Maschinenpistole hoch, aber Kenji war zu weit weg. Zu seiner Linken sah Lurbud eine am Balkongeländer festgemachte Strickleiter, über die Kenji entkommen sein musste.

Unten auf dem Rasen streckte Kenji die Hände über dem Kopf aus, und Lurbud hätte schwören können, Gelächter zu hören. Er konnte es nicht sehen, aber als sich Kenjis Hände berührten, drückte der auf den Knopf eines kleinen Funksenders.

Ein dumpfes Donnern erschütterte das ganze Haus. Einige der wenigen noch intakten Glasplatten wurden aus den Halterungen gerissen und fielen auf den Rasen. Das Grollen wurde tiefer, und das Haus erbebte noch stärker, als eine Kette von Sprengladungen nacheinander explodierte, die Kenjis Männer am Fundament des Hauses platziert hatten.

Lurbud hielt sich am Balkongeländer fest, als das Haus immer heftiger zu schwanken begann. Die Stützpfeiler, die das massive Glasdach trugen, zerbarsten durch die Wucht der Explosionen, und das Dach brach hinab und explodierte in einem Scherbenregen. Die Seitenwände stürzten ein. Tonnen von Glas und Scherben fielen herab und begruben alle unter sich, die sich in dem Haus aufgehalten hatten. Niemand überlebte. Eben noch hatten sich Koreaner und Russen einen erbitterten Kampf geliefert, und einen Moment später waren alle tot.

Der Balkon hatte heftig geschwankt, als die Stützpfeiler einbrachen. Die gläserne Pyramide über Lurbud zerbrach, als wäre direkt darunter eine Bombe gezündet worden. Er konnte gerade noch unter Ohnishis Frühstückstisch kriechen, bevor die Scherben durch die Luft flogen. Trotzdem wurde seine linke Hand getroffen, und er zog sie schnell an seine Brust. Drei Finger fehlten, und eine große Scherbe hatte seinen Handteller durchbohrt. Als er gerade aufschrie, stürzte der freischwebende Balkon in die Tiefe. Noch bevor der Schmerz seinen ganzen Körper erfasste, befand er sich im freien Fall.

USS Inchon

Als er nach dem Telefonat mit Henna aufgelegt hatte, bedankte sich Mercer höflich bei dem Mann in der Kommunikationszentrale der *Inchon*. Seine Miene war gleichgültig, nur ein aufmerksamer Beobachter hätte eine leichte Anspannung bemerkt. Der Blick seiner grauen Augen war hart, emotionslos.

Eine Frau, mit der er vor ein paar Jahren zusammen gewesen war, hatte gesagt, wenn man wissen wolle, was er denke, habe man nur die Möglichkeit, ihn zu fragen. Seine Miene, hatte sie geklagt, verrate nie etwas, und seine Augen, angeblich doch die Fenster der Seele, seien wie verspiegeltes Glas, durch das man nur von innen, aber nicht von außen hindurchschauen könne.

Er hatte das abgetan, doch die Besatzungsmitglieder des Schiffes, die jetzt an ihm vorbeikamen, hätten ihr zugestimmt.

Da er für eine unbestimmte Anzahl von Tagen auf die *Inchon* geschickt worden war, hatte man ihm eine Kabine zugewiesen. Die Einrichtung war ungefähr so luxuriös wie die eines billigen Motels an einem Highway, doch immerhin war er hier ungestört. Er verschloss die Tür und zog sich aus. Nachdem er kalt geduscht hatte, um richtig wach zu werden, zog er sich wieder an und legte den Spezialgürtel mit den Waffen und der sonstigen Ausrüstung an.

Durch ein kurzes Schattenboxen vergewisserte er sich, dass alles fest saß und dass die Schulterriemen seine Bewegungsfreiheit nicht beeinträchtigen würden. Seine Bewegungen waren schnell und effizient, sein Geist hundertprozentig konzentriert. Er atmete ein paarmal tief durch und steckte die Beretta unter dem schwarzen Hemd in den Hosenbund. Dann griff er nach der Nylontasche mit der Maschinenpistole und verließ die Kabine.

Auf dem Weg zum Flugdeck des Kampflandungsschiffes kam er an ein paar Dutzend der tausendneunhundert Marines vorbei, die auf der *Inchon* Dienst taten. Ihre grimmigen Gesichter verrieten, dass sie sich nicht mit dem Gedanken anfreunden konnten, eine Invasion innerhalb der eigenen Landesgrenzen zu starten.

Mercer behagte diese Vorstellung ebenso wenig.

Das Flugdeck war knapp hundert Meter kürzer als das der *Kitty Hawk*, doch ging es dort nicht weniger geschäftig zu. Ein Harrier-AV-8B-Düsensenkrechtstarter hob sich gerade in den Himmel, als Mercer das Deck betrat. Die Rolls-Royce-Pegasus-Triebwerke wirbelten Staub auf, der ihm in die Augen drang.

Mehrere Helikopter vom Typ Sea Stallion und Sea King standen auf dem Deck, die großen Rotorblätter hingen schlaff herab. Mechaniker eilten umher und bereiteten alles für den eventuell bevorstehenden Einsatz vor. Es war offensichtlich, dass der Präsident die höchste Alarmbereitschaftsstufe noch nicht aufgehoben hatte. Mercer vermutete, dass sich der Oberbefehlshaber bis zum letzten Moment alle Optionen offenhalten wollte.

Wegen des heftigen Windes beschirmte er die Augen mit den Händen und blickte sich um, bis er den Helikopter sah, der ihn am frühen Morgen auf die *Inchon* gebracht hatte.

Ein Sikorsky Sea King. Der Pilot war Lieutenant Edward Rice vom United States Marine Corps.

Der große Helikopter stand direkt vor dem Aufbau des Schiffes. Mercer erkannte Bewegungen im Cockpit.

Eddie Rice hatte ihm erzählt, auf dem Rückflug zur *Kitty Hawk* direkt nach Sonnenuntergang werde er Ausrüstungsgegenstände transportieren. Mercer war dankbar, dass Henna vor dem Rückflug angerufen hatte. Da er den Piloten kannte, würde es etwas leichter sein, den Helikopter zu entführen.

Es ist sinnlos, einem Fremden den Tag zu verderben, dachte er, als er auf den Helikopter zuging und befriedigt sah, dass die

309

Tür der Kabine offen stand. Er zog die Beretta aus dem Hosenbund und warf die Nylontasche auf die Stufe unter dem Cockpit.

Er steckte die Nase hinein, aber so, dass der Pilot die Pistole nicht sah.

Eddie Rice lächelte. »Wollen Sie sich verabschieden, Mercer?«

Er hatte ohne Zweifel die schlechtesten Zähne, die Mercer bei einem Schwarzen je gesehen hatte. So viel zum Thema Klischees, dachte er.

»Der Trip mit Ihnen hat mir so gut gefallen, dass die Navy meinte, ich solle gleich wieder mit zurückfliegen«, antwortete er.

»Man hat Sie zur *Inchon* geschickt, nur damit Sie zur *Kitty Hawk* zurückkehren?« Rice schüttelte den Kopf. »Ich habe von der chaotischen Bürokratie gehört, aber das ist einfach verrückt. Steigen Sie ein, ich erwarte jeden Moment die Starterlaubnis.«

Mercer steckte die Pistole weg und kletterte auf den Sitz des Kopiloten. Wieder überraschte ihn die Unmenge von Reglern und Schaltern. Er saß nervös da, während Rice vor dem Start noch einmal alles überprüfte. Das Warten war nervenaufreibend, und er schaute immer wieder auf die Uhr. Bis zu dem Atomschlag blieben noch elfeinhalb Stunden.

»Haben Sie ein Date?«, fragte Rice, der Mercers Aufregung bemerkte.

»Ja, irgendwas in der Art«, antwortete Mercer grimmig.

»Noch zwei Minuten, dann sind wir hier weg.« Rice griff nach dem Mikrofon und sprach mit dem Fluglotsen. Einen Augenblick später begannen die Nadeln auf der Instrumententafel zu zittern und aufzusteigen, als die General-Electric-Motoren warm liefen. Rice betrachtete aufmerksam die Anzeigen.

Als er Antrieb auf den Rotor gab, heulte der Motor kurz auf und arbeitete gegen die Trägheit der fünf großen Rotorblätter an. Der Rotor begann sich zu drehen, und der Lärm im Cockpit war so groß, dass Mercer einen Helm aufsetzen musste. Rice gab noch mehr Gas, und kurz darauf stieg der schwere Helikopter in den trüben Himmel über dem Pazifik auf.

»Kinderspiel.« Rice grinste, als die *Inchon* unter ihnen zurückblieb. Er wandte sich Mercer zu, in der Erwartung, dass der lächelte, doch stattdessen blickte er in die Mündung der Beretta. Sein Lächeln löste sich auf.

»Sorry, Eddie.« Mercers Stimme klang blechern über die Bordsprechanlage. »Aber wir fliegen nicht zur *Kitty Hawk*.«

»Nein, vermutlich nicht.«

Mercer umfasste den Lauf der Pistole und schlug mit dem Griff das Funkgerät ein. Jetzt war der Helikopter von der Außenwelt abgeschnitten. Er richtete die Waffe wieder auf Rice.

»Hören Sie, ich bin in einer geheimen Mission unterwegs. Die Entführung Ihres Helikopters im letzten Moment war meine einzige Chance.«

»Was Sie nicht sagen«, bemerkte Rice misstrauisch.

»Sie wissen, warum die Navy diese Schiffe nach Hawaii geschickt hat.« Das war eine Feststellung, keine Frage. »Die Navy könnte gezwungen sein, eine Invasion im eigenen Land zu starten und amerikanische Bürger zu töten. Vielleicht kann ich den Lauf der Dinge aufhalten. Ich muss unbedingt nach Hawaii, und deshalb brauche ich Sie. Es spielt keine Rolle, ob Sie mir glauben oder nicht, aber Sie werden mich nach Hawaii bringen.«

»Ich halte es für ausgeschlossen, dass Sie für die CIA arbeiten. Die paar Agenten, die mir über den Weg gelaufen sind, hätten einfach die Waffe gezogen und Befehle gegeben. Sie geben keine Erklärungen ab. Wer zum Teufel sind Sie?«

»Ich arbeite nicht für die CIA, Eddie. Ich bin Geologe, das war keine Lüge. Aber ich bin der Einzige, der diese Krise lösen kann.«

»Sie wissen, dass ich nichts tun kann. Ich brauche beide Hände, um diesen Vogel in der Luft zu halten. Machen Sie sich also um mich keine Sorgen. Aber vielleicht haben meine Passagiere keine Lust auf einen Sightseeing-Trip.«

»Passagiere? Ich dachte, Sie befördern Ausrüstung.«

»Vergewissern Sie sich, wenn Sie mir nicht glauben.«

Da Rice weder seinen Pilotensessel verlassen noch Kontakt zu einem Flugzeug oder Schiff aufnehmen konnte, stand Mercer auf und machte ein paar Schritte, bis er in den Laderaum des Sea King sehen konnte. Dort saßen fünf Männer.

Es waren Mitglieder der Navy SEALs, der am besten ausgebildeten Elitesoldaten innerhalb der amerikanischen Streitkräfte, wenn nicht der Welt. Sie saßen schweigend und mit stoischen Mienen da, ohne sich an dem Lärm des Helikopters oder an den durch die offene Tür hereinströmenden Windböen zu stören. So wie es im binären System eines Computers nur Nullen und Einsen gibt, kannte der Commander der SEALs nur gefährlich und ungefährlich. Der kalte Blick seiner hellblauen Augen war unergründlich. Innerhalb eines Sekundenbruchteils hatte er entschieden, dass Mercer ungefährlich war, und er wandte gleichgültig den Kopf ab.

Mercer glaubte, noch nie solche gefühllosen Kampfmaschinen gesehen zu haben, die kaum noch etwas mit dem Rest der Menschheit zu verbinden schien.

Er ging ins Cockpit zurück, ließ sich in den Sessel des Kopiloten fallen und setzte sein Headset auf.

Eddie grinste. »Ich persönlich habe kein Problem damit, nach Hawaii zu fliegen. Nennen Sie mir einfach ein Ziel, und ich bringe uns hin. Oh, es war übrigens überflüssig, das Funkgerät zu zertrümmern.«

»Tatsächlich? Warum?«

Rice lächelte schief. »Zwei Minuten, bevor Sie an Bord kamen, erhielt ich eine Nachricht. Sieht so aus, als wäre mein Commander vom Direktor des FBI angerufen worden. Der sagte, er hätte sich schon gedacht, dass Sie den Helikopter kapern würden, und die Einbeziehung der SEALs sei ein Kompromiss zwischen Ihrem Plan und dem des Präsidenten. Die

Jungs haben den Befehl, Ihren Anweisungen zu folgen. Er meinte, Sie könnten sie heute Nacht bestimmt gut brauchen.«

Mercer bekam einen Lachkrampf. »Dieser Dreckskerl«, sagte er anerkennend. »Kein Wunder, dass er der Boss des FBI ist. Ich entführe zum ersten Mal in meinem Leben einen Helikopter, und die Opfer stellen sich als Komplizen heraus. Tut mir leid, dass ich Sie mit der Waffe bedroht habe.«

»Macht nichts. Ich komme aus einer üblen Gegend. Ist nicht zum ersten Mal passiert. Und wahrscheinlich auch nicht zum letzten Mal.«

Anderthalb Stunden später flog der Helikopter nur fünfzehn Meter über der Brandung an den Nordküsten der Hawaii-Inseln entlang, keine hundert Meter von den Kliffs entfernt. Mercer hatte einen großen Teil des Flugs im Laderaum verbracht, wo er mit den SEALs die Pläne von Kenjis Landsitz studiert und mit ihnen einen Plan ausgearbeitet hatte. Alle waren zuversichtlich, dass er sich erfolgreich in die Tat umsetzen ließ.

Mercer ging zurück ins Cockpit. Rice' Miene war konzentriert, verriet aber auch, dass er an dem Abenteuer ein bisschen Gefallen fand.

Maui, Moloku und die Große Insel lagen hinter ihnen, und nun flogen sie vor der Nordküste von Oahu. Mercer dachte an die toten Wale, die dort vor nur einem Monat entdeckt worden waren – ein Fund, der eine Kettenreaktion und eine der größten Krisen ausgelöst hatte, der sich Amerika jemals gegenübergesehen hatte.

»Haben Sie die Koordinaten?«, fragte Rice, ohne den Blick von den vom Mondlicht beschienenen Wellen unter ihnen abzuwenden.

Mercer las ihm die Koordinaten von Kenjis Landsitz von der Karte vor, die Dick Henna ihm gegeben hatte. Eddie Rice gab sie in den Navigationscomputer ein und blickte nach kurzem Warten auf das Display. Er brachte den Helikopter in Schräglage, riss ihn hoch und flog mit einer Geschwindigkeit von fast einhundertvierzig Knoten landeinwärts, zuweilen dicht über dem Boden.

Mercer vertraute dem Piloten vorbehaltslos. Aber es blieb ihm auch nichts anderes übrig.

Sie flogen über Berge, um auf der anderen Seite wieder in die Tiefe zu stoßen. Der Helikopter flog nie höher als dreißig Meter über dem Boden.

»Sind Sie schon häufiger so geflogen?«, fragte Mercer möglichst lässig, obwohl er krampfhaft die Armlehnen seines Sitzes umklammerte.

»Klar«, antwortete Rice. »Aber das war ihm Irak. Da gab's nicht so viele Berge, Bäume oder Gebäude, die einem im Weg standen. Haben Sie schon mal so einen Flug erlebt?«

»Klar.« Mercer imitierte Rice' tiefen Bariton. »Aber das war im Irak. Da gab's keine so großmäuligen Piloten.«

Rice lachte und riss den Helikopter hoch, um den Kronen einiger hoher Bäume auszuweichen.

Als das Terrain unter ihnen ebener wurde, begann Rice zu pfeifen. Mercer erkannte die Melodie von Wagners »Walkürenritt«. Er wusste genau, wie Rice sich fühlte.

»Noch ungefähr zehn Meilen«, verkündete Rice ein paar Minuten später.

»Das Grundstück mit dem Haus liegt mitten in einer alten Ananasplantage. Zwei Meilen weiter nördlich gibt es eine Lichtung. Am südlichen Rand steht ein alter Schuppen, wo Geräte gelagert wurden, als die Plantage noch betrieben wurde. Da landen wir.«

Rice antwortete nicht. Er betrachtete das Laubdach der Bäume unter ihnen und verlangsamte die Geschwindigkeit auf dreißig Knoten.

»Da«, sagte er, als er die Lichtung erblickte.

Einen Augenblick später sah sie auch Mercer. Die Lichtung war etwa einen Morgen groß. Der Metallschuppen stand an ihrem hinteren Ende, das Wellblechdach hing in der Mitte durch.

»Noch dreißig Sekunden«, informierte Mercer über sein Mikrofon die SEALs im Laderaum.

Über der Lichtung wirbelten die Rotoren so viel Staub auf, dass man fast nichts mehr sehen konnte. Rice verließ sich ganz auf sein Gefühl und landete möglichst dicht vor dem Schuppen.

Als Mercer aus dem Cockpit sprang, hatten die SEALs den Schuppen und die Umgebung bereits gesichert. Es war niemand in der Nähe.

Es war heiß und die Luftfeuchtigkeit unglaublich hoch. Mercers Kleidungsstücke klebten an seinem Leib. Nach Stunden in dem Helikopter wirkte das Zirpen der Grillen in der Stille jetzt übernatürlich laut. Er schnallte den Kampfgürtel um seine schmale Taille und justierte die Schulterriemen so, dass sie seine Bewegungsfreiheit nicht beeinträchtigten. Nachdem er die Maschinenpistole aus der Nylontasche gezogen hatte, warf er sie in den Helikopter.

Er wandte sich Rice zu. »Sie wissen, was Sie zu tun haben?«

»Ich warte hier, bis Sie Kontakt aufnehmen.« Rice hielt ein kleines Walkie-Talkie hoch, das ihm einer der SEALs gegeben hatte. »Wenn ich bis fünf Uhr morgens nichts gehört habe, bin ich weg.«

»Genau.«

Mercer blickte auf die Uhr. Fünf nach halb zehn. In neuneinhalb Stunden würde der Präsident den Atomschlag anordnen, durch den der zweihundert Meilen entfernte Vulkan zerstört werden würde. Ein paar Minuten danach würde Hawaii ein unabhängiges Land sein.

John Dory

Obwohl sie sich zwölf Meter unter der Wasseroberfläche befand, schlingerte die *John Dory* durch die Brandung hin und her. Der Funker hielt sich an einem Stützpfeiler fest, während er darauf wartete, dass Kapitän Zwenkow Zeit für ihn fand. Zwenkow sprach zum zehnten Mal mit dem zuständigen Offizier über den Einsatz der im Bug untergebrachten Siren-Rakete mit dem Atomsprengkopf.

»Eine neue Blitznachricht, Käpt'n«, unterbrach der Funker.

Zwenkow wandte sich um und blickte ihn fragend an.

»Die Botschaft lautete ›Grün‹ und wurde für fünf Sekunden wiederholt.«

»Sehr gut.« Zwenkow blickte auf die Uhr. Zweiundzwanzig Uhr.

Das war die elfte Nachricht dieser Art. Eigentlich hatte er diesmal mit dem Codewort »Rot« gerechnet, das ihn autorisiert hätte, die Rakete abzufeuern, doch noch war es nicht so weit. Wenn sich in den nächsten beiden Stunden immer noch nichts tat, würde er es kaum noch bis zur hawaiianischen Küste schaffen, um den russischen Kommandotrupp abzuholen.

Er wandte sich wieder an den Offizier. »Also, lassen Sie uns alles noch einmal durchgehen.«

Ewad Lurbud schob die Antenne zusammen und schaltete das Funkgerät aus. Unter dem hastig angebrachten Verband um seine verletzte linke Hand sickerte Blut hervor. Sie tat so weh, dass er die Zähne zusammenbeißen musste, um nicht zu schreien.

Dass er die vier Stunden seit dem Angriff auf Ohnishis Haus überlebt hatte, hatte er hauptsächlich seiner Ausbildung beim KGB zu verdanken. Und dass er bei dem Einsturz des Hauses nicht ums Leben gekommen war, grenzte an ein Wunder.

Als die Sprengladungen explodierten und die Scherben durch die Luft flogen, hatte ihm der Hechtsprung unter den Frühstückstisch auf Ohnishis Balkon das Leben gerettet. Während das Haus zusammenbrach, war auch der Balkon in die Tiefe gekracht. Er war zwölf Meter weiter unten auf den Rasen gestürzt und fragte sich erstaunt, wie er das überlebt hatte. Aber er war keinesfalls ohne schwere Blessuren davongekommen.

Sein rechtes Schultergelenk war ausgerenkt, und seine Beine, der Oberkörper und das Gesicht waren mit Schnittwunden übersät. Das rechte Auge war von einem Splitter durchbohrt worden.

Bei schweren Verletzungen versetzt sich der Körper aus Selbstschutz in einen Schockzustand. Aber es gibt viele Varianten des Schocks, abhängig von der Stärke der betroffenen Person.

Während Endorphine und Adrenalin ausgeschüttet wurden, kämpfte Lurbud darum, bei Bewusstsein zu bleiben und sich zu konzentrieren. Nach fast zwanzig Minuten begann er sich zu bewegen, zunächst langsam. Er richtete sich auf Händen und Knien auf, rappelte sich dann mühsam hoch. Von Ohnishis imposantem Haus waren nur noch Scherben und ein Skelett von stählernen Stützpfeilern übrig. Er stolperte durch die Scherben, um ein Funkgerät zu suchen, mit dem er Kontakt zur *John Dory* aufnehmen konnte.

Die Scherben waren an vielen Stellen blutverschmiert. In dem schwachen Mondlicht wirkte das Blut schwarz.

Er überprüfte systematisch jede Leiche. Koreaner wie Russen waren durch den Scherbenregen so entstellt, dass eine Identifizierung unmöglich war.

Nur fünfzehn Minuten vor dem nächsten vereinbarten Kontakt fand er die verstümmelte Leiche eines seiner Männer. Sein Funkgerät steckte in einem Schutzgehäuse und hatte den Einsturz des Hauses unbeschadet überstanden.

Er nahm Kontakt auf und wiederholte das Wort »grün« für fünf Sekunden. Als er fertig war, sank er auf die blutige Leiche. Splitter bohrten sich in sein Fleisch, ohne dass er etwas davon bemerkt hätte.

Verzweifelt kämpfte er gegen die durch den Blutverlust verursachte Erschöpfung an. Er verband notdürftig seine verletzte Hand, wischte behutsam die Höhle des Auges ab, mit dem er nichts mehr sehen konnte. Um den Kopfschmerz abzutöten, setzte er sich eine Morphiumspritze, die er in einem kleinen

Verbandskasten fand, den der Mann mit dem Funkgerät ebenfalls dabeigehabt hatte.

Sofort begriff er, wie schnell man von dieser Droge abhängig werden konnte. Sie nahm ihm den Schmerz und richtete ihn seelisch auf. Er würde überleben und sich an Kenji rächen. Alles andere war jetzt unwichtig, das Unterseeboot, der Vulkan, selbst sein eigener Zustand. Der Lieferwagen, mit dem er und seine Männer zu Ohnishis Grundstück gefahren waren, war in etwa anderthalb Kilometern Entfernung geparkt. Er würde zu Kenjis Haus fahren und ihn für seine Taten teuer bezahlen lassen.

Er konnte klar genug denken, um im Kopf zu behalten, dass er weiterhin regelmäßig Kontakt zur *John Dory* aufnehmen musste. Wenn er es vergaß, konnte die Reaktion des Kapitäns seine Chance gefährden, sich an Kenji zu rächen.

Er brauchte fast zwei Stunden, um sich zu dem Lieferwagen zu schleppen.

Die knapp fünfundzwanzig Kilometer lange Fahrt in Richtung Norden kostete ihn weitere anderthalb Stunden. Alle zehn Minuten musste er anhalten und warten, bis er wieder halbwegs sehen konnte.

Jetzt lag er hundert Meter von Kenjis Haus entfernt in einem flachen Graben und spähte durch sein Nachtsichtgerät. Er konnte nur noch mit einem Auge sehen, und der Schmerz und die Auswirkungen des Morphiums ließen alles verschwimmen.

Das einstöckige Haus war nicht annähernd so groß wie das von Ohnishi, aber sehr beeindruckend. Es war im Kolonialstil erbaut und in einer längst vergangenen Zeit das Heim eines Plantagenbesitzers gewesen.

Hinter einem riesigen Swimmingpool stand ein Gästehaus. Nachdem er sich bei der *John Dory* gemeldet hatte, blieben ihm zwei Stunden, um sich einen Plan zurechtzulegen. In seinem Zustand hatte er keine Chance gegen diesen Killer. Da Kenji ein Meister aller nur erdenklichen Kampfsportarten war, blieb ihm nichts anderes übrig, als ihn mit einem Gewehrschuss aus großer Distanz zu erledigen.

Er hoffte, dass sich bald die Gelegenheit ergeben würde.

Hawaii

Way Hue Dong war der Chef von Hydra Consolidated, jenem südkoreanischen Konsortium, das von Iwan Kerikow den Vulkan gekauft hatte. Sein Enkel, Chin-Huy, saß vor Kenjis Schreibtisch und rauchte eine wohlriechende Havanna. Er war jung, knapp über zwanzig, hatte aber die Augen eines alten Mannes, die schon viel gesehen hatten. Als sein Großvater ihm befohlen hatte, mit einem fünfzig Mann starken Kommandotrupp nach Hawaii zu fliegen, hatte er keine Fragen gestellt, sondern einfach gehorcht.

Seine stets nur auf Profit bedachte Familie hatte ihn und seine älteren Brüder schon an einige der gefährlichsten Orte auf dieser Welt geschickt. Im vom Bürgerkrieg zerrissenen Angola hatte Chin Wilderern Elfenbein abgekauft, in den Dschungeln Zentralamerikas Dieben indianische Kunst.

Diese Mission des jungen Chin, obgleich potenziell gefährlich, hatte sich als ziemlich unkompliziert herausgestellt. Sein Mann vor Ort, Kenji, hatte dafür gesorgt, dass seine Familie keine Probleme bekommen würde, wenn sie den Vulkan in Besitz nahm. Chins Männer hatten mit der Hilfe hawaiianischer Nationalgardisten den Flughafen von Honolulu unter ihre Kontrolle gebracht, und es war nicht schwierig gewesen, die vor dem Luftwaffenstützpunkt Pearl Harbor versammelten Studenten dazu zu bringen, das Feuer zu eröffnen. Schwierigkeiten hatte es nur um und in Ohnishis Haus gegeben, wo mehr als zwanzig seiner Männer niedergemäht worden waren, vermutlich von einem amerikanischen Spezialkommando.

Alles in allem hatte Chin dabei keine besonders exponierte Rolle gespielt. Jetzt wartete er nur noch auf die Nachricht von

Bord des Spezialschiffes, dass der Vulkan in Sicht war. Das würde noch etwa zehn Stunden dauern. Sobald seine Familie den Vulkan in Besitz genommen hatte, würde er seine Männer zurückziehen und dafür sorgen, dass ein Ende der Unruhen herbeigeführt wurde. Die gewalttätigen Ausschreitungen in Hawaii hatten ihren Zweck erfüllt. Sobald sie den Vulkan übernommen hatten, war es am besten, wenn die Inseln wieder zur Ruhe kamen.

»Man wird Sie großzügig entlohnen, Kenji. Was werden Sie mit dem Geld tun?«

Kenji mochte Chin nicht. Er war taktlos, ungehobelt, einfach widerlich.

»Seien Sie nicht zu voreilig. Noch ist nicht alles überstanden.«

»Das Spezialkommando ist auf Ihre Finte hereingefallen. Es hat das falsche Haus angegriffen, ganz wie Sie es geplant hatten.« Chin machte eine wegwerfende Handbewegung. »Der Vulkan gehört uns, Sie müssen sich keine Sorgen mehr machen.«

»Iwan Kerikow hat auch gedacht, der Vulkan gehöre ihm, und Takahiro Ohnishi glaubte, Hawaii in der Hand zu haben. Beide haben sich getäuscht. Ich werde erst an den Erfolg dieser Mission glauben, wenn das Schiff bei dem Vulkan vor Anker geht.«

Chin antwortete nicht darauf, sondern erzählte erneut eine seiner Geschichten, in denen er immer seine Tapferkeit im Angesicht des Feindes unterstrich.

Schon am Nachmittag, bevor Kenji sich auf den Weg gemacht hatte, um Ohnishi zu töten, hatte er ein Dutzend dieser Storys erzählt. Kenji hatte seine eigene Meinung über diese Heldengeschichten, da Chin sich davor gedrückt hatte, mit seinen Männern an der Erstürmung von Ohnishis Haus teilzunehmen. Kenji kannte seinen wahren Charakter. Er hatte genug von diesen Geschichten, tat aber so, als wäre er hingerissen. Es wurde von ihm erwartet.

»Kurzum, wenn ich das überlebt und die Diamanten behalten habe«, schloss Chin, »werde ich diese Geschichte bestimmt mit heiler Haut überstehen.«

Kenji ballte die Fäuste. Er hätte Chin mit bloßen Händen umbringen können, ohne dabei ins Schwitzen zu geraten. Das war eine verlockende Idee, aber er durfte der Versuchung nicht nachgeben. Wenn er Hawaii verließ, lag sein Schicksal in den Händen von Chins Großvater, und mit dem durfte er es sich nicht verscherzen, indem er seinen Enkel umbrachte.

»Wie Sie sicherlich wissen, ist jede Operation anders«, sagte Kenji. »Dass Sie in der Vergangenheit viele überlebt haben, heißt noch lange nicht, dass Sie jetzt in Sicherheit sind.«

Kenjis Bemerkung stimmte Chin keineswegs nachdenklich, und er antwortete nicht.

Kenji lehnte mit vor der Brust verschränkten Armen an der holzgetäfelten Wand des Büros und betrachtete den rauchenden Chin. Er hatte gelernt, in jeder Situation die Ruhe zu bewahren. Die innerliche Anspannung hätte einen schwächeren Mann nervös auf und ab gehen lassen, aber er stand einfach nur da, reglos und gefährlich.

Nach einigen Minuten brach Chin das Schweigen. »Was ist mit der Frau?«, fragte er. »Mit dieser Journalistin, die Sie in dem Schuppen eingekerkert haben?«

»Was soll mit ihr sein?«

»Sie hat sich geweigert, uns zu helfen. Dafür muss sie mit dem Leben bezahlen.«

»Ja, vielleicht«, sagte Kenji traurig.

»Ich werde es tun«, erbot sich Chin.

»Tun Sie, was Sie nicht lassen können«, antwortete Kenji beiläufig.

Zuerst hatte Kenji daran gedacht, Jill Tzu mitzunehmen, wenn er Hawaii verließ. Der Trotz dieser schönen Frau erregte in ihm den Wunsch, sie zu beherrschen. Lag es vielleicht daran, dass sie von seiner koreanischen Abstammung wusste? Er wusste, dass sie nie freiwillig mit ihm kommen würde. Natürlich konnte er sie unter Drogen setzen, wie die Amerikanerin, die er vor einer Woche gerettet hatte.

Doch ihm war bewusst, dass das keine Lösung war. Jill Tzu musste eliminiert werden, aber er hatte es nicht über sich gebracht, es zu tun. Dass Chin sich jetzt freiwillig erboten hatte, sie zu töten, war die perfekte Lösung. Jill würde sterben, doch ihr Blut würde nicht an seinen Händen kleben.

Chin nahm die Füße von Kenjis Schreibtisch und stand auf. Kenji erwartete, dass er den Raum verlassen würde wie ein verzogenes Kind, dem man seinen größten Wunsch erfüllt hatte. Aber er stolzierte mit einem arroganten Blick hinaus, ganz so, als wäre Kenji sein Handlanger.

Jill war sich nicht sicher, aber es kam ihr so vor, als wäre es wieder Nacht geworden, zum fünften Mal, seit man sie in dem Schuppen eingesperrt hatte. Wenn sie ihr Ohr gegen den Spalt unter der Tür presste, hörte sie das Zirpen der Grillen. Der Schlitz war zu schmal, um hindurchgucken zu können, doch eigentlich war es egal. Was spielte es schon für eine Rolle, dass es wieder Nacht war?

Sie hatte daran gedacht, mit einem scharfkantigen Stein auf dem Boden eine Strichliste zu führen, um das Vergehen der Zeit festzuhalten, doch auch das war überflüssig, denn sie machte sich keine Illusionen. Schon bald würde sie tot sein. Wieder und wieder fragte sie sich, warum sie eher bereit war zu sterben, statt Propagandameldungen zu senden, wie Kenji es von ihr erwartete. War ihr journalistisches Berufsethos mehr wert als ihr Leben? Setzte sie falsche Prioritäten?

Nein, dachte sie. Sie hätte es tun, hätte alles senden können, was er von ihr verlangte. So hätte sie ihr Überleben gesichert, doch danach wäre dieses Leben nicht mehr lebenswert gewesen. Nicht, weil sie diesem Ungeheuer Kenji geholfen und die Öffentlichkeit betrogen hätte. Sie wäre von sich selbst enttäuscht gewesen, und das wollte sie sich ersparen.

Ihr Leben lang hatte sie sich an ihre persönlichen Standards gehalten und nicht einmal dagegen verstoßen. Hätte sie es getan, hätte sie sich selbst belogen. Sie erinnerte sich an einen Beitrag für ihren Fernsehsender, in dem es um Heroinabhängigkeit von Teenagern in Hawaii gegangen war. Ein Junkie, ein sechzehnjähriges Mädchen, das sich das Geld für ihre Sucht durch Prostitution verdiente, stritt ab, überhaupt drogenabhängig zu sein. Sie beschuldigte Jill, ein Foto manipuliert zu haben, das zeigte, wie sie sich hinter einer billigen Absteige eine Spritze setzte. Das Mädchen hatte sich selbst so sehr belogen, dass es nicht einmal die physischen Merkmale seiner Sucht sehen wollte. Zu Jill hatte es gesagt, die Einstiche in ihren Armbeugen seien Tattoos.

Jill hatte Angst, sich selbst zu betrügen wie dieses süchtige Mädchen, wenn sie gegen ihre selbst gesetzten Standards verstieß. Und wenn sie Kenji geholfen hätte, wäre es ein grober Verstoß dagegen gewesen. Sie konnte und würde es nicht tun, selbst wenn sie es mit dem Leben bezahlen musste.

Durch die Einsamkeit der letzten Tage waren ihre Sinne geschärft worden. Dahinter standen dieselben Instinkte, welche den ältesten Vorfahren des Menschen im prähistorischen Afrika das Überleben gesichert hatten. Wie ein Tier kann auch der Mensch eine Gefahr wittern, bevor er sie sieht oder hört. Und Jill wusste, dass sie wieder in Gefahr schwebte, spürte es fast physisch.

Es schien eine bedrohliche Anspannung in der Luft zu liegen. Bald wurde ihr Wissen um die Bedrohung konkreter.

Sie hörte, dass mehr Wachposten auf Kenjis Grundstück patrouillierten, hörte ihre Schritte auf dem Kiesweg neben dem Schuppen. Ihr Gang wirkte entschlossener. Doch seit einer Stunde hatte sie immer seltener Schritte gehört, ganz so, als seien die neuen Wachposten in der Nacht verschwunden. Es hatte sich so angehört, als würden sie zum Rand des Dschungels gehen, doch sie waren nicht zurückgekommen.

Wieder hörte sie energische Schritte, und sie wusste intuitiv, dass sie Besuch bekommen würde.

Jemand blieb vor der Tür stehen, und sie hörte das Klingeln von Schlüsseln. Der Schlüssel drehte sich im Schloss, die Tür öffnete sich. Sie sprang auf und wich so weit wie möglich zurück.

Der Mann war jung, gerade mal zwanzig, doch seine nachlässige Art erinnerte an die eines lebensüberdrüssigen Soldaten. Er war mit einer Pistole bewaffnet, und sein Mund verzog sich zu einem lüsternen Grinsen.

Er wird mich vergewaltigen und dann töten, dachte sie, als würde sie über etwas berichten, das einem anderen widerfuhr. Bald werde ich tot sein.

Chin-Huy trat näher, rieb sich in nervöser Vorfreude die Hände. Seine Augen waren dunkle Pünktchen, ganz so, als hätte sie ein Cartoonist gezeichnet. Ihr Blick war kalt. Er griff sich lüstern zwischen die Beine.

Der Mann war klein und wog höchstens zehn Kilogramm mehr als sie. Vielleicht hätte sie sich gegen ihn wehren können, doch da war die Pistole. Ungläubig sah sie, wie er seinen Gürtel öffnete, und die Pistole fiel mit der Hose zu Boden.

Die Tür hinter ihm stand offen. Vielleicht konnte sie entkommen, bevor er die Pistole aufgehoben hatte. Sie blickte über seine Schulter in die dunkle Nacht, doch da versetzte er ihr einen brutalen Schlag ins Gesicht. Sie fiel zu Boden, als wäre sie von einem Baseballschläger getroffen worden.

Fast hätte sie das Bewusstsein verloren.

Eine Hand knetete schmerzhaft eine ihrer Brüste, verdrehte brutal die Brustwarze. Durch den Schmerz war sie nun wieder voll da. Sie blickte ihn an. Seine Zähne waren schief und gelb. Sie spürte seinen heißen Atem. Seine Pupillen hatten sich verengt, und die sexuelle Gier hatte sein Gesicht rot anlaufen lassen.

Es ist nicht wahr, dachte sie. Die Frau, die er anfasst, das bin nicht ich.

Tränen traten ihr in die Augen, und in diesem Moment legte sich ein Arm um den Hals des Angreifers und riss ihn hoch.

Als Chin begriff, was los war, bekam er schon fast keine Luft mehr. Er wollte herumwirbeln und sich von dem Griff befreien, wurde aber weiter unerbittlich stranguliert. Sein Körper begann zu zucken, als wäre er die Marionette eines durchgedrehten Puppenspielers. Er stieß mit dem Ellbogen nach hinten, doch seine Kräfte verließen ihn bereits. Der Würgegriff wurde noch brutaler, und nun bekam er gar keine Luft mehr. Seine Lippen öffneten sich, die Zunge hing aus dem Mund. Und dann brach ihm der Unbekannte hinter ihm das Genick.

Jill sah den Angreifer zu Boden stürzen. Dann glitt ihr Blick am Körper des Mannes hoch, der hinter der Leiche des Angreifers stand. Sie sah das Gesicht ihres Retters. Er lächelte und hatte wundervolle graue Augen.

»Da dieser Konkurrent jetzt ausgeschaltet ist, können Sie ja morgen Abend mit mir essen gehen.« Mercer grinste, bückte sich und sah sich Jills Wange an. Sie würde einen hässlichen blauen Fleck bekommen und zwei Wochen damit leben müssen, aber es war nichts Ernstes. Er glaubte nicht, dass sie eine Gehirnerschütterung hatte. Ihre dunklen Augen waren so faszinierend, dass Mercer kaum den Blick abwenden konnte. Dann legte sie ihren Kopf an seine Schulter und begann zu weinen.

Sie hatte fünf schlimme Tage hinter sich. Er redete beruhigend auf sie ein und streichelte ihr dichtes schwarzes Haar.

»Sie sind jetzt in Sicherheit, Miss Tzu.«

»Woher kennen Sie meinen Namen?« Noch immer liefen Tränen über ihre Wangen.

»Sie sind da in eine üble Geschichte hineingeraten.«

»Sie wissen von Takahiro Ohnishi und seinem Umsturz?«, fragte sie.

»Ich weiß alles darüber.« Mercer löste die Umarmung. »Ich muss Sie für eine Weile hier zurücklassen, bin aber sicher, dass Sie nicht noch einmal jemand behelligen wird.« Er zeigte auf die Leiche. »Der Typ wollte Sie umbringen, und deshalb glauben jetzt alle, Sie seien tot. Wenn Kenji eliminiert ist, komme ich zurück, und wir verschwinden von hier. In etwa drei Kilometern Entfernung wartet ein Helikopter.«

»Verstehe«, sagte sie ruhig. »Wie heißen Sie?«

»Mercer.«

Sie schenkte ihm ein bezauberndes Lächeln. Selbst in ihrem jetzigen Zustand war sie wunderschön.

Einer der SEALs schleppte die Leiche aus dem Schuppen. Mercer machte die Tür zu, schloss aber nicht wieder ab. Dann betrachtete er das Gesicht des Toten.

»Ein Koreaner«, rief er aus. »Ich frage mich, wer das war.«

Auf dem Weg zum Schuppen hatten er und sein Team acht asiatische Wachposten ausgeschaltet, die teils Uniform, teils Zivil trugen. Im Dschungel hatten sie sich nicht die Zeit genommen, sich die Gesichter ihrer Opfer genauer anzuschauen. Sie hatten sie für Kenjis Männer gehalten. Die Entdeckung, dass die Toten Koreaner waren, ließ die Situation in einem neuen Licht erscheinen.

»Ich weiß nicht, zu wem diese Typen gehören, aber für Verbündete sollten wir sie nicht halten. Das heißt, es bleiben immer noch Kenjis Wachposten und diese Koreaner.« Mercer sprach eher zu sich selbst als zu den SEALs. »Ich bezweifle, dass sie mit unserem Kommen rechnen. Also haben wir das Überraschungsmoment auf unserer Seite. Doch wie viel ist das wert, wenn man nicht weiß, wie stark die Gegenseite ist?«

Er führte die Männer über das Grundstück, bis sie hinter dem Gästehaus Deckung fanden. Der azurblaue Swimmingpool wurde matt durch Unterwasserscheinwerfer beleuchtet. Zwanzig Meter dahinter stand Kenjis Haus. Er betrachtete die Rückseite des großen, einstöckigen Gebäudes durch ein Nachtsichtgerät, das ihm einer der SEALs geliehen hatte. Nur in ein paar Zimmern brannte Licht, doch mit dem Nachtsichtgerät konnte man auch in die dunklen Räume blicken. In dem grünlichen Licht sah er mindestens fünfzehn Männer, die langsam durch das Haus patrouillierten und auch das weitläufige Grundstück im Blick behielten.

Nachdem er fünf Minuten das Haus observiert hatte, gab er den Elitesoldaten ihre Befehle. Sie stellten keine Fragen und verschwanden in der Nacht.

Es dauerte einige Zeit, bis die SEALs Position bezogen hatten, und das Warten war nervenaufreibend. Angst und Zweifel nagten an Mercers Entschlossenheit, aber er verdrängte die Gedanken. Er hatte schon zu viel hinter sich, um jetzt noch Angst zu empfinden. Während er sich auf alles gefasst machte, tauchte vor seinem geistigen Auge das Bild von Jill Tzu auf. Er musste lächeln. Ausgerechnet jetzt dachte er an Sex. Als die ersten Schüsse fielen, schüttelte er den Kopf und rannte los.

Die SEALs waren um das Haus herum zu dessen Vorderseite geschlichen und hatten das Feuer eröffnet. Mercer rannte über den Rasen hinter dem Gebäude und hoffte, dass die Aufmerksamkeit der Männer darin durch den Lärm davor abgelenkt wurde. Trotzdem musste er damit rechnen, aus dem ersten Stock heraus unter Beschuss zu geraten.

Er legte die Strecke bis zum Haus in Rekordzeit zurück.

Er entdeckte eine Palme und kletterte geschickt wie ein Affe an ihrem Stamm hoch. Der noch junge Baum bog sich unter seinem Gewicht, und er konnte sich problemlos auf einen unbewachten Balkon im ersten Stock fallen lassen. Der Lärm des Feuergefechts vor dem Haus war ohrenbetäubend.

Er trat die Balkontür ein und warf sich zu Boden für den Fall, dass er erwartet wurde. Er richtete sich auf den Knien auf, die MP schussbereit in den Händen. Aber es war niemand zu sehen.

Er nahm das Nachtsichtgerät ab und atmete ein paar Mal tief durch, um sich zu beruhigen. Trotz der dicken Wände des Hauses waren die Schüsse sehr laut. Als er nach dem Messingtürknauf griff, spürte er, dass dieser sich unter seinen Fingern drehte. Er riss die Tür auf und hob die Maschinenpistole. Der Wachposten war völlig überrascht. Mercer zerrte ihn in das Zimmer, presste ihm den Lauf der MP in den Bauch und drückte ab.

Er riss seine blutverschmierte Waffe zurück, als der Mann tot zusammenbrach, und trat in den Flur.

In einer Tür sah er einen Koreaner in einem Kampfanzug, und er feuerte eine kurze Salve ab. Eine Kugel war tödlich, die anderen waren in den Türrahmen geschlagen.

Nacheinander überprüfte er die anderen Räume im ersten Stock, doch die eleganten Gästezimmer in beiden Flügeln des Hauses waren leer. Noch nie war er Zeuge eines so heftigen Feuergefechts gewesen, die Schreie von Sterbenden drangen bis zu ihm hinauf. Seine Erfahrungen im Irak und in Washington waren nichts dagegen. In beiden Fällen war er in einen Hinterhalt geraten und hatte keine Zeit zum Nachdenken gehabt. In dem Bürogebäude von Ocean Freight and Cargo in New York hatte er geglaubt, die Dinge eher unter Kontrolle zu haben. Aber das hier – diese Hölle – war etwas anderes. Er war drauf und dran, sich freiwillig in dieses Gemetzel zu begeben, und der Gedanke ängstigte ihn. Er ging die Mahagonitreppe hinab, mit dem Finger am Abzug der MP. Nur ein bisschen mehr Druck würde einen Kugelhagel auslösen.

Auf dem Treppenabsatz lagen zwischen den Scherben der herausgeschossenen Fensterscheibe zwei Leichen. Einer der Toten trug einen Kampfanzug, der andere, einer von Kenjis Männern, einen dunklen Anzug. Dichter Rauch hing in der Luft und brannte in Mercers Augen. Kugeln und Granatsplitter schossen durch die Luft. Die SEALs feuerten weiter aus allen Rohren. In einem angrenzenden Zimmer schrie jemand vor Schmerz auf.

Als er den Fuß der Treppe fast erreicht hatte, geriet er unter Beschuss. Ein Kugelhagel zerstörte das Treppengeländer. Er nahm mit eingezogenem Kopf die letzten Stufen, warf sich auf den Marmorboden und nahm den in der Tür des Esszimmers stehenden Mann ins Visier. Er drückte ab, doch nach einem Schuss war das Magazin leer. Die Kugel war in die Schulter des Koreaners geschlagen, aber er lebte noch und richtete seine Uzi auf Mercer.

Der stürzte sich mit einem Hechtsprung auf den Mann, zog zugleich die Beretta und drückte vier- oder fünfmal ab.

Dann steckte er die Beretta weg, griff nach der MP und wechselte das Magazin. In der Diele kauerten drei Männer unter den zerschossenen Fenstern, und er zog sie sofort aus dem Verkehr.

Durch die Pläne, die Dick Henna besorgt hatte, wusste er, dass sich Kenjis Büro auf der anderen Seite der Diele befand, ein gutes Stück hinter dem Esszimmer.

Als er durch die Diele rannte, feuerte der nächste Wachposten auf ihn. Kugeln schlugen direkt hinter seinen Hacken in den Marmorboden. Mercer rettet sich mit einem Sprung ins Esszimmer, wo er auf einem riesigen Tisch landete, an dem zwanzig Personen Platz fanden. Er war sorgfältig gedeckt, und Mercer riss sündhaft teures Royal-Doulton-Porzellan herunter. Er stürzte auf der anderen Seite des Tisches zu Boden und warf dabei drei Stühle um. Als er sich auf den Knien aufrichtete, schnitten Porzellanscherben durch den Stoff der Hose in seine Haut.

Eine von den SEALs geworfene Granate explodierte und riss die massive Haustür aus den Angeln. Der Koreaner, der gerade auf ihn gefeuert hatte, taumelte in den Raum, eingehüllt in eine Rauchwolke. Er musste in der Nähe der Tür gestanden haben, denn sein Körper war von Holzsplittern durchbohrt. Mercers Kugel erlöste ihn von seinem Elend.

In der Küche sah es aus wie in einem Schlachthof. Zwei Leichen lagen in einer Blutlache unter den zerschossenen Fenstern, auch die Kacheln waren rot. Auf die SEALs war Verlass. Er kehrte ins Esszimmer zurück und öffnete vorsichtig die Tür. In dem angrenzenden Raum roch es nach Rauch, ein Fernseher brannte vor einem großen Ledersofa.

Einer von Kenjis Wachposten lag am Boden und versuchte, seine Waffe zu heben, aber er hatte eine große Wunde an der linken Schulter.

Mercers Kugeln trafen ihn zwischen den hasserfüllten Augen. Der andere Mann in dem Raum, ein uniformierter Koreaner, war bereits tot.

Er atmete ein paar Mal tief durch, während er das Magazin wechselte. Als er auf die Uhr blickte, war er überrascht, dass erst sechs Minuten vergangen waren, seit er von der Palme auf den Balkon gesprungen war. Durch den Adrenalinstoß schien es eine Ewigkeit her zu sein, und doch erinnerte er sich an jeden Moment, als würde er ein Foto vor sich sehen. Das Feuergefecht vor dem Haus schien zu enden. Entweder waren die SEALs oder die Wachposten tot, er wusste es nicht.

Hinter dem Wohnzimmer erstreckte sich eine von Fenstern gesäumte Galerie über die gesamte Länge des Nordflügels des Hauses. Da die SEALs alle Fenster herausgeschossen hatten, hing kein Rauch in der Luft. Auf der anderen Seite des Ganges führten hohe Türen in eine Bibliothek, ein Billardzimmer und ein kleines Kino, das um die Jahrhundertwende bestimmt das Musikzimmer gewesen war. Die letzte Tür war die von Kenjis Büro.

Auf dem Weg dorthin blickte Mercer schnell in jedes Zimmer. Die Tür vor Kenjis Büro stand offen, und als Mercer sich näherte, wurde er von einem brutalen Fußtritt getroffen. Er konnte die Maschinenpistole nicht festhalten, und dann versetzte ihm jemand einen Fausthieb unterhalb des Herzens, der ihm den Atem nahm.

Er taumelte ein paar Schritte zurück und betastete seine Rippen. Kenji trat in den Flur, schwarz gekleidet und ohne Schuhe. Seine dunklen Augen waren hasserfüllt.

»Ich weiß nicht, wer Sie sind, werde Sie aber mit dem größten Vergnügen umbringen.« Seine Stimme schien tief aus seinem Inneren zu kommen, von dort, wo man bei den meisten Menschen die Seele vermutete, aber er hatte keine.

Mercer versuchte, seine Pistole zu ziehen, doch Kenji war sofort bei ihm und trat ihm die Waffe blitzschnell aus der Hand. Kenji war fast zwanzig Jahre älter als er, aber Mercer hatte keine Chance gegen ihn.

»Sind Sie auch einer von Kerikows Laufbuschen«, fragte Kenji sanft, während er Mercer mit dem Fuß gegen die Wand stieß.

Mercer musste sich an dem Stuck festklammern, um sich auf den Beinen zu halten. Es fühlte sich so an, als hätte ihm jemand mit einem Baseballschläger gegen die Brust geschlagen.

»Wovon reden Sie?«, keuchte er.

Kenji versetzte ihm einen Tiefschlag in den Magen, und er kippte vornüber, doch da traf ihn schon Kenjis Knie unter dem Kinn. Er brach zusammen. »Hat Kerikow Sie mit diesen Killern zu Ohnishis Haus geschickt?«

Mercer würgte, Galle stieg ihm in den Mund und die Nase. Benommen von den Schlägen und Tritten, wusste er nicht, ob er Kenji richtig verstanden hatte. »Ich gehöre nicht zu Ihren russischen Verbündeten.«

Kenji trat erneut zu, aber Mercer gelang es, den Tritt mit dem Arm abzublocken. Kenji verlor das Gleichgewicht, und Mercer gewann wertvolle Sekunden, um wieder fest auf die Beine zu kommen.

»Wo sind denn Ihre russischen Sponsoren?«, stieß er zwischen zusammengebissenen Zähnen hervor.

Kenji lachte verächtlich. »Sie sind genauso tot wie Ohnishi.«

Er schlug erneut zu. Der erste Hieb traf Mercers Kopf, der nächste brach ihm zwei weitere Rippen. Trotz des Schmerzes schaffte es Mercer zurückzuschlagen, doch Kenji schien nichts davon zu merken.

»Wie Ohnishi waren auch die Russen nur Marionetten, die ich und meine wahren Verbündeten benutzt haben. Dann haben wir uns ihrer entledigt.«

»Sind Ihre wahren Verbündeten die Koreaner?«, fragte Mercer, der allmählich einiges zu verstehen glaubte.

»Sie haben mich seit Monaten gegen Iwan Kerikow und Ohnishi unterstützt.« Kenji war kein bisschen aus der Puste, während Mercer verzweifelt nach Luft schnappte. »Wir haben Ohnishis und Kerikows armseligen Umsturzversuch ausgelöst und so die Aufmerksamkeit der Amerikaner von dem Vulkan abgelenkt. Für Kerikow war der Coup ein Mittel zu einem Zweck, für Ohnishi die Erfüllung eines lebenslangen Traums. Für uns war diese Revolte nur ein Ablenkungsmanöver.«

»Sie haben sich an Kerikows Plan drangehängt, seine Idee geklaut und seine Leute für sich eingespannt. Dann waren Sie das also, der Tish Talbot von Bord der *Ocean Seeker* geholt hat?«

»Auf Kerikows Befehl hin. Vermutlich wegen Valerij Borodin. Aber sie spielte keine Rolle in meinem Plan. Also haben meine Verbündeten ein paar Killer angeheuert, um sie in Washington eliminieren zu lassen.«

»Hat nicht ganz geklappt«, brachte Mercer mit einem trockenen Grinsen hervor. »Sie ist gesund und munter.«

»Haben Sie die Frau aus dem Krankenhaus herausgeholt?«

»Ja.«

»Spielt keine Rolle. Ich lasse sie später trotzdem umlegen.«

»Den Teufel werden Sie tun.« Hass verzerrte Mercers Gesichtszüge.

Er stürzte sich auf Kenji, rammte mit der Schulter seine Brust. Beide Männer knallten so hart gegen die Wand, dass Putz herabrieselte.

Mercer fing sich einen Augenblick vor Kenji und versetzte ihm drei brutale Fausthiebe. Der ältere Mann stöhnte auf, hatte aber noch genug Kraft, um Mercer von den Füßen zu reißen und ihn durch den Raum zu schleudern. Mercer rappelte sich so schnell wie möglich hoch, konnte sich aber wegen der gebrochenen Rippen nicht ganz aufrichten.

»Sie zu töten macht noch mehr Spaß als der Mord an Ohnishi«, sagte Kenji drohend, während er auf Mercer zukam.

Kenji legte seine ganze Kraft in den Tritt. Mercer riss sofort den Oberkörper zurück, auch wenn die Bewegung den Schmerz in seiner Brust explodieren ließ. Er zog das Gerber-Messer aus seinem Gürtel.

Mit aller ihm verbliebenen Kraft schlug er mit dem Stahlgriff des Messers auf Kenjis Fuß. Kleine Knöchel brachen wie

Glas. Mercer riss verzweifelt das Messer hoch und bohrte es Kenji durch das Zwerchfell in die linke Lunge.

Kenji taumelte zurück und starrte mit einem irren Blick und von Panik gepackt auf das in seinem Körper steckende Messer.

Er spuckte Blut.

Mercer war nach dem Angriff zu Boden gefallen und zu schwach, um wieder aufzustehen. Als Kenji das Messer aus seinem Fleisch zog und die blutige Klinge gegen ihn richtete, war er wehrlos.

Kenji hatte schon sehr viel Blut verloren, aber immer noch genug Kraft, um ihn zu töten.

Als er ihm den tödlichen Stich versetzen wollte, fiel ein Schuss, kurz danach ein zweiter. Die Kugeln durchbohrten Kenjis Herz und die bereits zerfetzte Lunge. Eine dritte Kugel traf ihn in den Hinterkopf.

Mercer wirbelte herum und sah einen der SEALs blutverschmiert zu Boden fallen. Es dauerte eine Minute, bis Mercer wieder genug Kraft hatte, um nach dem verwundeten Elitesoldaten zu sehen. Als er ihn auf den Rücken drehte, war er völlig verblüfft. Der Mann, der ihm das Leben gerettet hatte, war kein Amerikaner.

Er öffnete mühsam ein blutverschmiertes Auge und sagte etwas auf Russisch.

Für einen Moment war Mercer geschockt, doch dann glaubte er zu begreifen.

»Kerikow.«

»Nein.« Der Mann hustete und spuckte Blut. »Ich bin Ewad Lurbud, Major beim KGB, Abteilung Sieben, und Kerikows Assistent. Besten Dank, dass Sie es mir überlassen haben, dieses Schwein umzulegen.«

»Wo ist Kerikow?«, fragte Mercer scharf.

»Als ich das letzte Mal von ihm gehört habe, war er auf dem Weg nach Europa. Aber wer weiß? Gehören Sie zu dem amerikanischen Spezialkommando?«

»Ich bin der Mann, der Ihre ganze Operation vereitelt hat.«

Lurbud lachte unter Schmerzen. »Das bezweifle ich. Wir haben für jede Eventualität vorgesorgt.«

»Und doch haben Ihre Männer in New York mit dem Leben dafür bezahlt.«

»Das waren Sie?«

Mercer lächelte bescheiden. »Das war wirklich keine große Sache. Aber sie führte mich zu allerlei interessanten Entdeckungen. Zu einem U-Boot namens *John Dory,* einem von Menschen geschaffenen Vulkan und einem längst verstorbenen Wissenschaftler, der plötzlich wiederauferstand.«

Lurbud war sichtlich geschockt, weil Mercer so viel wusste.

»Mehrere kleine Fehler der Gegenseite haben es mir erlaubt, hinter diese Geschichte zu kommen.« Mercer zählte sie an den Fingern ab. »Als Tish Talbot an Bord der *John Dory* gezogen wurde, hat sie das Symbol auf dem Schornstein gesehen und Besatzungsmitglieder Russisch sprechen gehört. Dann wurde für ihre ›offizielle‹ Rettung ein Schiff von Ocean Freight and Cargo benutzt. Dadurch war es leicht, die Verbindung zur *Grandam Phoenix* zu entdecken, jenem Schiff, das gleich zu Beginn des ganzen Projekts versenkt wurde. Und Sie haben Valerij Borodin nicht gut genug im Auge behalten, denn er hat es geschafft, jenes Telegramm abzuschicken, durch welches ich in die Geschichte hineingezogen wurde. Vermutlich können Sie ihn für Ihr Scheitern verantwortlich machen. Ohne dieses Telegramm hätte niemals jemand Verdacht geschöpft. Zu schade, dass Ihre Agenten hier in Hawaii sich gegen Sie gewendet haben. Wenn man sich Verbündete sucht, ist es ratsam, ihre wahren Motive zu kennen. Für Ohnishi war ein unabhängiges Hawaii wichtiger als der Vulkan, und Kenji muss seine Gründe dafür gehabt haben, diese Koreaner hinzuzuziehen.«

Mercer hatte seine Waffen aufgehoben und richtete die MP auf Lurbuds Brust.

»Sie können mich nicht töten.«

»Und warum nicht?«

»Wenn ich in anderthalb Stunden keinen Kontakt zur *John*

Dory aufgenommen habe, feuern sie eine Atomrakete auf den Vulkan.«

Mercer packte die Nylonschlaufe des Funkgeräts, zog es unter Lurbuds Körper hervor, griff nach der Beretta und feuerte zweimal. Ein paar Funken schlugen aus dem rauchenden Funkgerät.

Er ließ es neben Lurbuds Kopf zu Boden fallen. »Glauben Sie, sonst noch was in der Hand zu haben?«

»Als Major des KGB bin ich für die CIA viel wert.«

»Wie kommt nur alle Welt darauf, dass ich für die CIA arbeite? Sie sind schon die dritte oder vierte Person, die so denkt. Wie man sich irren kann.« Er zielte mit der Beretta auf Lurbud. »Ich bin Geologe«, sagte er, während er abdrückte. »Kein Schlapphut.«

Er schleppte sich müde zur Haustür. Was die Atombombe betraf, hatte Lurbud bestimmt recht gehabt. Wenn Kenji und seine koreanischen Verbündeten Kerikow hereingelegt hatten, würde der sich bestimmt rächen, und da waren die Zerstörung des Vulkans und des Bikiniums naheliegend. Anderthalb Stunden, das war verdammt eng.

Als er gerade an dem letzten zerstörten Sprossenfenster vor dem Wohnzimmer vorbeikam, sprang ein Mann ins Haus. Mercer warf sich zu Boden und riss die MP hoch, doch der andere richtete bereits seine Waffe auf Mercers Kopf. Er war einen Sekundenbruchteil zu langsam gewesen.

»Tut mir leid, dass ich Ihnen Angst eingejagt habe, Dr. Mercer«, entschuldigte sich der Anführer der SEALs. »Von draußen habe ich Sie nicht erkannt.«

»Mein Gott.« Mercers Herz schlug heftig. »Ich war zu konsterniert, um Angst zu haben.«

Die Uniform des Elitesoldaten war völlig zerfetzt. Er hatte eine stark blutende Schulterwunde, und sein Gesicht war mit Dreck und getrocknetem Blut verschmiert. Trotz seiner offenkundigen Schmerzen war sein Blick emotionslos.

»Wie ist die Lage?«, fragte Mercer.

»Die Wachposten sind alle tot, aber ich habe meine gesamte Einheit verloren.«

»Mein Gott.«

»Wir tun unsere Pflicht, Sir.«

»Nehmen Sie über Funk Kontakt zu dem Helikopter auf. Der Pilot soll hinter dem Haus landen. Ich habe heute Nacht noch etwas vor.«

Mercer schlenderte durchs Esszimmer in die Küche. Er ignorierte die beiden Leichen auf dem Boden und durchsuchte drei große Kühlschränke. Kirin-Bier war nicht gerade seine Lieblingsmarke, aber er stürzte zwei Flaschen in Rekordzeit hinunter. Eine Minute später ging er hinter dem Haus um den Swimmingpool herum.

Nach dem Ende des Feuergefechts hatte Jill Tzu den Schuppen verlassen. Sie versteckte sich in der Nähe des Gästehauses, als sie Mercer über den Rasen auf sich zukommen sah. Das große Haus hinter ihm brannte an mehreren Stellen, und im grellen Licht der Flammen wirkten seine Gesichtszüge scharf und entschlossen.

Der Helikopter tauchte auf, und der gleißenden Lichtstrahl eines Suchscheinwerfers glitt über das Grundstück. Eddie Rice suchte nach einem geeigneten Platz für die Landung.

Mercer nahm Jill in die Arme, und die drückte sich so fest an ihn, dass Mercers gebrochene Rippen noch mehr schmerzten. »Jetzt ist alles gut. Sie sind in Sicherheit. Kenji ist tot.« Sie schmiegte den Kopf an seine Schulter. »Jill, ich muss Sie für eine Weile mit einem meiner Männer hier zurücklassen.«

Der Blick ihrer wunderschönen Augen wirkte verängstigt. »Kann ich nicht mit Ihnen kommen?«

»Ausgeschlossen. Ich muss noch einiges zu Ende bringen.« Er küsste sie zärtlich. »Jetzt wissen Sie, wie gern ich Sie mitnehmen würde, wenn ich könnte. Ich komme zurück.«

Mercer löste die Umarmung und nickte dem Elitesoldaten zu. »Versuchen Sie Kontakt zur *Inchon* aufzunehmen, vielleicht über Pearl Harbor. Sie sollen eine neue Einheit herschicken.

Den örtlichen Sicherheitsbehörden dürfen Sie nicht vertrauen. Passen Sie gut auf die Frau auf.«

Er lief zu dem wartenden Helikopter und kletterte in den Laderaum. Eddie hob sofort ab.

Im Cockpit setzte Mercer den Helm auf und justierte sofort das Mikrofon. »So schnell wie möglich Richtung Norden.«

Eddie grinste ihn an. »Da ich Sie nicht für schwul halte, müssen Sie da gerade eine Frau geküsst haben. Wie zum Teufel haben Sie in dem Chaos eine Frau gefunden?«

»Man muss nur wissen, wo man suchen muss.« Mercer lächelte, öffnete in dem schwach beleuchteten Cockpit zwei Bierflaschen und reichte Eddie eine.

»Nicht, wenn ich im Dienst bin.«

»Keine Sorge, ich komme nicht von der Federal Aviation Administration oder der Navy.«

»Stimmt.« Er trank einen großen Schluck.

»Hatten unsere Kampfschwimmer Taucherausrüstungen dabei?«

»Ja. Da hinten liegen Sauerstoffflaschen, Tauchermasken, der ganze Krempel.

»Gut.« Mercer zog einen Zettel aus der Tasche und reichte ihn Rice.

»Was haben wir da?«

»Das sind die Koordinaten eines russischen U-Boots, das bald eine Atomrakete abfeuern wird.« Mercer hatte anhand der Infrarotaufnahmen der NSA auf die Position der *John Dory* geschlossen.

Eddie gab die Koordinaten in den Navigationscomputer ein. »Es gibt da ein Problem. Wir haben genug Treibstoff, um da hinzukommen, aber nicht genug für den Rückflug.«

»Gut möglich, dass es keinen Rückflug gibt.«

»Woher wusste ich nur, dass Sie das sagen würden?«, murmelte Eddie.

***

Eine Stunde später flog der Helikopter über dem aufgewühlten Meer. Es regnete so heftig, dass die Scheibenwischer nutzlos waren. Hin und wieder fiel das grelle Licht eines Blitzes in das Cockpit.

Mercer saß schweigend neben Eddie Rice. Er hatte einen der eng anliegenden Neopren-Anzüge der Kampfschwimmer angezogen. Unbewusst strich seine Hand über den Lauf der Maschinenpistole, ganz so, als würde er zu Hause ein Stück Eisenbahnschiene polieren. Hunderte von Fragen gingen ihm durch den Kopf. Sie betrafen Kenji, die Koreaner, Kerikow und Lurbud, doch er durfte sich jetzt nicht davon ablenken lassen. Er musste sich ganz und gar auf die Gegenwart konzentrieren. Was die Vergangenheit betraf, so würden sich die Teile des Puzzles später schon zusammenfügen.

Es war ein Wettlauf mit der Zeit. Der Atomschlag stand unmittelbar bevor. Wenn er versagte, war das nicht nur ihr sicherer Tod. Dann würde auch eine der größten Entdeckungen der Menschheit verloren gehen. Das Potenzial des Bikiniums war zu groß, um seinen Verlust zu riskieren. Er würde es nicht zulassen, dass er jetzt noch scheiterte. Er hatte während der letzten Woche schon zu viel einstecken müssen, um im letzten Moment aufzugeben. Er würde die Geschichte zu einem erfolgreichen Abschluss bringen.

»Wie lange noch?«

»Ungefähr zehn Minuten.«

Mercer blickte auf das Leuchtzifferblatt seiner Uhr. »Laut Lurbud soll die Atomrakete in dreißig Minuten abgefeuert werden.«

»Für dieses Wetter fliege ich schon jetzt zehn Knoten zu schnell.«

»Legen Sie noch zehn drauf, dann gebe ich später einen aus.«

»Mein Gott, einen Drink könnte ich jetzt schon gebrauchen«, antwortete Eddie deprimiert, während er weiter beschleunigte.

Der Helikopter wurde in dem Sturm brutal durchgeschüttelt. Um eine Entdeckung durch den Radar der *John Dory* zu vermeiden, flog Rice so niedrig, dass die Unterseite des Sea King beinahe die weiße Gischt auf den Wellen berührte.

»Bingo!«, rief er eine knappe Minute später. »Wir sind fast da.«

»Was heißt fast?«

»Noch eine Meile.« Eddie blickte auf den bläulich leuchtenden Radarschirm.

»Das muss die *John Dory* sein. Ich schwimme den Rest des Weges. Wenn ich rausgesprungen bin, verschwinden Sie, aber halten Sie sich bereit, mich abzuholen, wenn das Schiff in die Luft fliegt. Nähern Sie sich von hinten. Ich werde noch einen Mann dabeihaben.«

»Ich habe doch gesagt, dass wir nicht genug Treibstoff für den Rückflug nach Hawaii haben.«

»Spielt keine Rolle. Irgendjemand wird schließlich herausfinden, wo wir sind.«

»Sie sind verrückt, wissen Sie das?«

»Das ist der Hauptgrund dafür, warum mich niemand eine Lebensversicherung abschließen lässt.«

Der Abwind der Rotoren wühlte das Meer auf, als Rice auf dem Wasser landete. Mercer wartete in der offenen Kabinentür. Er schwitzte in dem Schwimmanzug, die beiden Sauerstoffflaschen waren schwer. Er trug einen Gewichtsgürtel, an dem eine wasserdichte Tasche mit Ausrüstungsgegenständen der SEALs hing. In einer Scheide an seiner rechten Wade steckte ein rasiermesserscharfes Messer. Während er den Taucheranzug anlegte, hatte er sich daran zu erinnern versucht, was Spook ihm vor all diesen Jahren in der Mine im Bundesstaat New York über das Tauchen erzählt hatte.

Als der Rumpf des Sea King das aufgewühlte Wasser berührte, biss Mercer auf sein Mundstück, atmete tief die kühle Luft ein und sprang.

Das Wasser war wärmer als erwartet. Unter der Oberfläche löste er eines der Bleigewichte von seinem Gürtel, schaute auf den Kompass an seinem Handgelenk und schwamm auf die *John Dory* zu.

Es gab zwei Hypothesen. Eine ging davon aus, dass sie auf dem Radar tatsächlich die *John Dory* gesehen hatten, aber es war gut möglich, dass es sich um ein völlig anderes Schiff handelte, das zufällig in der Gegend unterwegs war. Die zweite Überlegung betraf den Rumpf des umgebauten Schiffes. Wenn es keine Lücke zwischen der Seitenwand des U-Boots und dem täuschenden Rumpf des »Frachters« gab, hatte er keine Chance, an Bord gehen zu können. Wenn er sich in einem der beiden Fälle irrte, würde er schon tot sein, bevor die Atomrakete abgefeuert wurde.

Nach ein paar Minuten spürte er Vibrationen – die stampfenden Maschinen eines großen Schiffes.

Er stieg zur Wasseroberfläche auf und sah durch den strömenden Regen in zweihundert Metern Entfernung die Fahrlichter eines großen Frachters. Regen und Gischt schlugen gegen seine Tauchermaske. Seine Luftzüge machten ein zischendes Geräusch in dem Atemregler.

Er tauchte wieder unter und schwamm auf die *John Dory* zu. Seine Beine begannen zu schmerzen, das Atmen war mühsam.

Er hörte das Geräusch der Schiffsschrauben, doch die *John Dory* selbst war noch nicht zu sehen. Er zögerte, die Lampe in seinem Helm einzuschalten, weil er dann möglicherweise vom Deck des Schiffes aus entdeckt werden konnte, doch schließlich ging er das Risiko ein.

Der spitz zulaufende Bug der *John Dory* war nur noch drei Meter entfernt und kam schnell auf ihn zu. Er wollte ausweichen, doch seine Reaktion kam zu spät. Die Stahlplatten des Bugs schrammten an seinem Körper entlang, zerfetzten den Neoprenanzug. Rostiger Stahl schnitt in seine Haut.

Sein Schrei wurde von dem Mundstück verschluckt. Sein ganzer Körper wurde von einem entsetzlichen Schmerz erfasst, und er glaubte, das Bewusstsein zu verlieren. Durch reine Willenskraft schaffte er es, weiter klar denken zu können. Er würde es nicht zulassen, dass der Schmerz ihn jetzt noch aufhielt. Innerhalb der nächsten Sekunden musste er etwas finden, woran er sich festhalten konnte, sonst war das Schiff weg. Wenn das geschah, war alles vorbei.

Im Licht der Lampe in seinem Helm erkannte er jetzt den Rumpf eines Unterseeboots. Wenigstens war es das richtige Schiff. Er drehte sich, sah eine Lücke zwischen dem U-Boot und der Seitenwand des Frachters und schwamm durch den Spalt.

Als er durch die Wasseroberfläche brach, spuckte er das Mundstück aus und atmete tief die feuchte Luft ein, eingeklemmt zwischen den Stahlplatten des Frachters und dem U-Boot.

Da er keine Zeit hatte, ersparte er sich den Blick auf die Uhr. Er war sich sicher, dass das U-Boot Position bezog, um die Atomrakete abzufeuern. Sofort machte er sich an die Arbeit, und kurz darauf klebten am Bug des Schiffes etliche magnetische Haftminen, die er unter den Ausrüstungsgegenständen der SEALs entdeckt hatte. Die Timer waren eingestellt.

Nachdem die Sprengladungen platziert waren, kletterte er die Stahlträger hoch, die das U-Boot und den »Frachter« zusammenhielten. Es war mühsam, nicht nur wegen der gebrochenen Rippen, sondern auch, weil er noch die zweite Taucherausrüstung und die schweren Sauerstoffflaschen mit sich schleppte. Er wünschte, sich der Taucherausrüstung entledigen zu können, doch wenn er mit Valerij Borodin entkommen wollte, brauchte er sie noch.

Als er auf dem obersten Stahlträger stand, warf er doch einen Blick auf die Uhr. Noch vier Minuten, dann wurde die Rakete abgefeuert.

Mist.

Scharfe Stahlkanten hatten sich in seine Hände gebohrt, und aus den Wunden tropfte Blut auf das Deck. Er stand direkt vor dem Kommandoturm des U-Boots, zehn Meter über ihm erhob sich der leere Aufbau des Frachters, in dem das

Geräusch der Schiffsschrauben nachhallte. Es war stockfinster, in der Luft hing der Geruch von Dieselöl und Salzwasser. Er verstaute den Neoprenanzug und die Flossen in einer Ecke.

Noch zwei Minuten.

Er kletterte die Leiter des Kommandoturms hoch. Oben angekommen, hörte er gedämpfte Stimmen, und es konnte kein Zweifel daran bestehen, dass die Männer Russisch sprachen.

Er schaute über den Rand des Turms und lächelte freundlich zwei geschockte Offiziere an, die vor einem offenen Lukendeckel standen. Die beiden zogen blitzschnell ihre Pistolen und zielten auf Mercers Kopf. Einer rief etwas in das Innere des U-Boots. Mercer verstand kein Russisch, glaubte aber, dass der Mann den Kapitän informiert hatte. Er zeigte mit der Pistole auf den Lukendeckel, und Mercer stieg die Leiter ins Innere des russischen U-Boots hinab.

Unten angekommen, schaute er sich in dem Kontrollraum um. Die entspannten Gesichter der reglos dastehenden Männer ließen ihn vermuten, dass der Start der Rakete noch einmal aufgeschoben worden war.

»Hallo, hier kommt der Pizzaservice«, sagte Mercer leutselig.

Kapitän Zwenkow trat mit finsterem Blick auf ihn zu. »Wer sind Sie?« Sein Englisch hatte einen starken Akzent, war aber verständlich. Er wandte sich an seine Männer und sprach wieder Russisch. Mercer konnte sich denken, was er sagte. »Schafft ihn hier raus und sperrt ihn ein.«

Zwei bewaffnete Männer stießen Mercer aus dem Kontrollraum. Einer bohrte ihm den Lauf einer Pistole in die Niere. Er wurde zum Heck gebracht. Glücklicherweise, denn am Bug hatte er die Minen angebracht.

Nachdem einer der Männer ihn gründlich gefilzt hatte, schloss er ihn in einer kleinen Kabine ein.

In dem spartanisch eingerichteten Raum saß ein Mann auf einer der Kojen. Er war einige Jahre jünger als Mercer und sah gut aus. Mercer nahm an, dass es Valerij Borodin war.

Der Mann sagte etwas auf Russisch.

»Sorry, ich beherrsche Ihre Sprache nicht.«

Als der Mann Mercer Englisch sprechen hörte, wurde er bleich. »Ich habe gesagt, dass Sie nicht zur Besatzung gehören. Wer sind Sie?«

»Ich heiße Philip Mercer und bin der Mann, dem Sie das Telegramm geschickt haben.«

»Wer?«, fragte Borodin verwirrt.

»Philip Mercer. Sie haben mir ein Telegramm nach Washington geschickt, in dem es hieß, Tish Talbot schwebe in Gefahr.«

»Hat Tish Sie geschickt?«, fragte Borodin hoffnungsvoll. »Ich weiß nicht, wer Sie sind, aber Sie kennen Tish?«

»Sie haben nicht unter dem Namen von Tishs Vater dieses Telegramm abgeschickt?«

»Nein.«

»Direkt, nachdem Sie sie von Bord der *Ocean Seeker* retten ließen?«

»Nein.«

»Wenn Sie es nicht waren, wer zum Teufel war es dann?«, murmelte Mercer. »Wie auch immer, ich bin hier, um Sie aus dieser Blechbüchse rauszuholen.«

»Hat Tish Sie gebeten, hierher zu kommen?«

»Ganz so würde ich es nicht sagen, aber sie ist in Sicherheit und wartet in Washington auf Sie.«

»Es gibt keine Möglichkeit zu entkommen. Wir sind Hunderte von Meilen von Hawaii entfernt.«

»Hören Sie, in einer halben Minute hat dieses U-Boot mehr Löcher als ein Schweizer Käse. Machen Sie sich keine Sorgen, wir werden von einem Helikopter abgeholt. Wo ist Ihr Vater?«

»Er ist vor zwei Tagen an einem Herzinfarkt gestorben.«

»Angesichts des Leides, das er verursacht hat, hält sich mein Mitgefühl in Grenzen.«

Mercer blickte auf die Uhr, hob mit gespreizten Fingern die rechte Hand, und zählte den Countdown ab. Bei zwei Sekunden erschütterten mehrere Explosionen die *John Dory*. Sofort ertönten Sirenen. Die Notbeleuchtung flackerte einmal kurz und schaltete sich dann ab. Jetzt brannte nur noch eine winzige weiße Glühbirne. Über dem Heulen der Sirenen und den Schreien von Männern hörte Mercer, dass Wasser in das U-Boot strömte, das bald untergehen würde. Unter Valerijs erstaunten Blicken griff er sich zwischen die Beine.

Wenn man gefilzt wurde, suchten die meisten Männer nicht zwischen dem Skrotum und dem Anus, wo er einen kleinen Derringer versteckt hatte. Die Waffe, die wegen ihrer geringen Größe im neunzehnten Jahrhundert bei Glücksspielern beliebt gewesen war, war ein Geschenk seines Großvaters und hatte jahrelang in seinem Schreibtisch gelegen.

Er riss die Pistole aus der Hose. Es war nur eine Zweiundzwanziger, aber die Patronen waren aufgebohrt und mit Quecksilber gefüllt. Auf eine Entfernung von mehr als drei Metern konnte man mit der Waffe nichts ausrichten. Darunter waren die Kugeln tödlich.

»Kommen Sie?«

Das U-Boot sank bereits.

Valerij griff nach einer billigen Aktentasche. »Ja, ich bin bereit.«

Als sie in den Gang traten, drückte Valerij die Aktentasche an die Brust, wie es eine Mutter mit ihrem Baby tun würde. Von Panik gepackte Seeleute und Offiziere rannten durch den engen Gang, nur noch um die eigene Sicherheit besorgt.

Im Befehlszentrum sah Mercer, dass Kapitän Zwenkow und sein Waffenoffizier immer noch entschlossen schienen, die Atombombe abzufeuern. Zwenkow drehte sich instinktiv um.

Mercer jagte dem Kapitän eine Kugel in den Kopf. Seine Mütze flog durch die Luft. Der Waffenoffizier wirbelte in seinem Stuhl herum, aber eine weitere Kugel zerfetzte sofort seine Halsschlag- und Jugularader. Eine Blutfontäne spritzte auf den Kontrollcomputer.

Ein Besatzungsmitglied packte Mercer von hinten. Er wirbelte herum und rammte dem Mann den Ellbogen gegen das

344

Kinn. Ein anderer Mann griff an, aber Mercer tötete ihn mit einem Schuss ins Herz.

In der kleinen Pistole war nur noch eine Kugel, und er hatte keine Reservemunition. »Los, Valerij.« Sie bahnten sich ihren Weg zu der Luke, stießen Flüchtende beiseite. Dann standen sie am Fuß der Leiter und stiegen hinauf.

An Deck war noch viel offensichtlicher, wie groß die Schieflage der *John Dory* bereits war. Mercer vermutete, dass der Untergang unmittelbar bevorstand. Die verwirrten Männer waren zu sehr mit ihren Rettungsflößen beschäftigt, um sich noch um Mercer und Valerij zu kümmern, die zu dem Versteck eilten, wo Mercer die Taucherausrüstung deponiert hatte. Das Heulen der Sirenen hallte über das aufgewühlte Meer.

»Ich sehe keine Sauerstoffflaschen für mich«, sagte Valerij.

»Dann müssen die Dinger für uns beide reichen«, antwortete Mercer, der die beiden schweren Flaschen über die Schulter hievte.

»Ich bin noch nie getaucht.«

»Bei mir ist es auch erst das zweite Mal, damit bin ich nicht viel besser dran.« Mercer stieß Valerij in den Spalt zwischen dem U-Boot und den Stahlplatten des Frachters und sprang hinterher, wobei er seine Tauchermaske verlor.

Im Wasser schob er Valerijs Hand unter den Gurten der Sauerstoffflaschen hindurch, damit sie in der Verwirrung beieinanderblieben. Explosionen erschütterten das Unterseeboot, und in dem engen Spalt stank es nach brennendem Öl. Mercer dachte flüchtig über die Gefahr eines Reaktorunglücks nach, wenn das kalte Seewasser über die fünfhundert Grad heiße Abschirmung flutete.

»Ein paar Hundert Meter achtern wartet ein Helikopter. Wenn wir unter Wasser bleiben, wird uns niemand sehen.«

Ein paar Zentimeter neben Mercers Kopf schlug eine Kugel ins Meer und wirbelte eine kleine Wasserfontäne auf. Mercer feuerte aufs Geratewohl die letzte Kugel aus dem Derringer ab, packte Valerijs Arm und tauchte unter, wobei er so langsam wie

345

möglich atmete. Knapp fünf Meter unter der Wasseroberfläche zog ihm Valerij den Atemregler aus dem Mund. Nachdem er ein paarmal tief Luft geholt hatte, steckte er das Gummimundstück wieder zwischen Mercers Lippen. Die *John Dory* war nicht mehr zu retten, fuhr aber immer noch mit einer Geschwindigkeit von acht Knoten. Kurz darauf glitt der Rumpf des Schiffes über ihre Köpfe hinweg. Die Explosionen waren schmerzhaft laut, doch sie hatten andere Sorgen. Sie entfernten sich von dem sinkenden Schiff, kamen aber wegen der Strömung und weil sie den Atemregler austauschen mussten nur langsam voran.

Nach fünf Minuten tauchten sie auf. Die *John Dory* war ein paar Hundert Meter entfernt, und man sah sofort, dass sie unterging. Der Bug sank, und die Schiffsschrauben wirbelten weiße Gischt auf, als das Heck aus dem Wasser gehoben wurde. Nur zwei Rettungsboote waren zu Wasser gelassen worden. Die Besatzung schien vollauf damit beschäftigt, Überlebende und Tote zu bergen, und kümmerte sich nicht um den großen Helikopter.

Eddie Rice landete auf dem Wasser. Mercer sah, wie er die Tür des Laderaums aufriss, ein großes Ölfass öffnete und den Inhalt ins Wasser kippte. Unter dem Gewicht des Öls beruhigte sich das aufgewühlte Meer sofort.

Sie schwammen auf den Helikopter zu, wurden durch den Sturm immer wieder unter die Oberfläche gedrückt und mussten Salzwasser schlucken. Als sie noch zwanzig Meter von dem Sea King entfernt waren, kam eines der Rettungsboote auf sie zu.

»Mach alles startklar, Eddie«, schrie Mercer.

Der Pilot musste es gehört haben, denn er verschwand im Cockpit. Mercer hatte im Leben noch nicht so unerträgliche Schmerzen gehabt wie während der letzten fünfzehn Meter. Seine Lungen brannten, die Arme waren bleischwer und wegen des beißenden Salzwassers konnte er die Augen nicht mehr öffnen. Er mobilisierte die letzten Reserven. Valerij war dicht neben ihm.

Der Außenbordmotor des Rettungsbootes wurde lauter, aber weder Mercer noch Valerij wagten es, sich umzudrehen.

Plötzlich wurde das Wasser ruhiger. Sie hatten den Ölteppich erreicht. Die Rotoren des Helikopters wurden lauter. Die letzten paar Meter schafften sie nur durch reine Willenskraft. Valerij warf die Aktentasche seines Vaters durch die Tür des Laderaums und hielt sich verzweifelt an der Seitenwand des Helikopters fest.

Mercer stieß ihn in den Laderaum und warf einen Blick über die Schulter. Das Rettungsboot der *John Dory* war nur noch zwanzig Meter entfernt und kam schnell näher. Mercer wusste, dass er es nicht mehr rechtzeitig schaffen würde, in den Helikopter zu klettern.

»Der Pilot soll starten«, schrie er.

Von Valerij war nichts zu sehen. Mercer vermutete, dass er in der Kabine sofort das Bewusstsein verloren hatte. Er irrte sich.

Valerij tauchte mit einer Maschinenpistole in der Tür des Laderaums auf und feuerte eine lange Salve auf das Rettungsboot ab. Der Lärm der Schüsse und Schreie zerriss die Stille. Als das Magazin leer war, streckte er Mercer die Waffe entgegen.

Der packte den Lauf und zog sich unter tätiger Mithilfe von Valerij in den Helikopter. Er nahm sich nicht einmal die Zeit, zu Atem zu kommen. Er griff nach einem Headset. »Abheben, Eddie, verdammt«, keuchte er in das Mikrofon.

Als der Sea King in die Luft aufstieg und Kurs auf Hawaii nahm, brach Mercer völlig erschöpft zusammen. Valerij setzte sich neben ihn.

»Mein Vater hat mir erzählt, vor vielen Jahren habe er gesehen, wie Männer in einem Rettungsboot von Maschinenpistolenfeuer niedergemäht wurden. Er sagte, die Männer seien zum höheren Ruhm Russlands gestorben, auch wenn es keine Russen gewesen seien. Jetzt habe ich dasselbe getan. Warum?«

»Aus dem besten aller Gründe«, sagte Mercer. »Um Ihren Arsch zu retten.«

Er stand auf und taumelte zu der offenen Tür des Laderaums, durch die es hineinregnete, und schloss sie. Dann kehrte er zu Valerij zurück. »Sind Sie sicher, dass nicht Sie mir dieses Telegramm geschickt haben?«

»Ganz sicher.«

»Wer dann?«, sinnierte Mercer, bevor er das Bewusstsein verlor.

Arlington, Virginia

Mercer saß in der hinteren Nische von Tiny's Bar und drehte das Glas mit dem Wodka-Gimlet, sodass die Eiswürfel leise klirrten. Er trank einen Schluck und stellte das Glas auf die zerkratzte Tischplatte. Seine Bewegungen waren langsam, bedächtig. Drei Wochen waren vergangen, seit der Helikopter fast hundert Meilen vor Hawaii ins Meer gestürzt war. Mercer hatte sich bei dem Aufprall ein Bein gebrochen. Eddie Rice hatte eine schwere Gehirnerschütterung und etliche andere Blessuren davongetragen. Er lag immer noch im Pearl Harbor Naval Hospital. Nur Valerij Borodin hatte kaum einen Kratzer abbekommen.

Er blickte sich in der Bar um. Von Tiny war gerade nichts zu sehen, wahrscheinlich war er im Hinterzimmer und suchte etwas. Außer ihm waren noch vier oder fünf andere Gäste da, Fahrer einer örtlichen Spedition. Mercer glaubte, eigentlich auch eine Baseballkappe tragen oder zumindest eine Zigarette rauchen zu müssen. Das Licht der untergehenden Sonne strömte durch die Fenster.

Er war gerade erst nach Washington zurückgekehrt. Auf der Weltkarte hinter der Theke seiner Bar war Hawaii mit einer neuen weißen Stecknadel markiert.

Er hatte Dick Henna angerufen und mit ihm ein Treffen bei Tiny's vereinbart.

Er leerte sein Glas und bestellte das nächste. Nach drei

348

Drinks spürte er bereits, wie der Alkohol seine Schmerzen linderte.

Als Tiny ihm den Drink servierte, trat Dick Henna ein. Er trug einen dunklen Anzug mit Krawatte und eine dunkle Brille, ganz wie die FBI-Beamten im Kino. Mercer stand langsam auf und stützte sich mit einer Hand auf der Tischplatte ab, als Henna zu ihm trat.

»Immerhin leben Sie noch«, sagte er, als er Mercer die Hand schüttelte. Die beiden Männer setzten sich.

Henna nahm die Brille ab und blickte sich in der nicht eben sauberen Bar um. Mercer selbst hatte einmal in einer öffentlichen Toilette in Istanbul so eine Grimasse gezogen.

»Eine wirklich nette Stammkneipe«, sagte Henna sarkastisch.

»Sie hat ihren Charme.« Mercer grinste. »Sie spülen hier das Bier mit Bourbon hinunter.«

»Ich bleibe lieber bei Scotch.«

»Tiny, einen Scotch mit …«

»Pur. Wo waren Sie, seit die Navy Sie aus dem Meer gefischt hat?«

Die Explosionen, die den Untergang der *John Dory* herbeigeführt hatten, waren vom Sonar an Bord der USS *Jacksonville* aufgeschnappt worden, einem Kampf-U-Boot, das zum Schlachtverband der *Kitty Hawk* gehörte. Von diesem U-Boot aus hatte auch die Tomahawk-Cruisemissile mit dem Atomsprengkopf abgefeuert werden sollen. Das U-Boot fuhr los, um den Explosionen auf den Grund zu gehen, und fand unterwegs den sinkenden Helikopter, dessen Piloten und zwei Passagiere. Nach einer hitzigen einstündigen Debatte mit dem Kapitän, Funkkontakten zum Befehlshaber der Pazifikflotte und einer Intervention seitens Admiral Morrisons brach die *Jacksonville* ihre Mission ab und nahm Kurs auf Hawaii.

»Bis heute Nachmittag war ich noch in Hawaii«, sagte Mercer.

»Haben Sie Urlaub gemacht?«

»So würde ich es nicht sagen.«

»Wie geht es Ihnen?«

»Es könnte schlimmer sein. Gestern ist der Gips abgenommen worden, und mit den Rippen ist alles in Ordnung, solange ich nicht versuche, Opern zu singen.«

Henna lächelte und bedankte sich bei Tiny, als der seinen Drink brachte. »Jetzt weiß ich, warum diese Bar so heißt.«

»Er war mal Jockey«, sagte Mercer. »Also, was ist in Hawaii geschehen?«

»Sie waren dort. Also müssten Sie es besser wissen als ich.«

»Nein, ich war auf der nördlich gelegenen Insel Kauai, in der Nähe einer Stadt namens Hanalei. Da ist man von allen und allem abgeschnitten. Ein paar Neuigkeiten habe ich nur an Bord der Maschine von L. A. nach Washington mitbekommen, aber selbst da habe ich nicht richtig hingehört.«

»Okay, dann erzähle ich Ihnen, was passiert ist.« Henna zog sein Jackett aus und legte es neben sich auf die Bank. »In Hawaii und im ganzen Land waren alle perplex, als wir genau erklärten, was los war. Der Präsident hat die Öffentlichkeit über Ohnishi, Kerikow und das Bikinium informiert. Bei dieser Pressekonferenz in Pearl Harbor hat ihm Valerij Borodin zur Seite gestanden. Die CIA konnte mittels ein paar alter Fotos Ewad Lurbuds Leiche identifizieren. Aber es hat lange gedauert, ihn so hinzukriegen, dass er halbwegs menschlich aussah.

Die Russen bestreiten, jemals etwas von einem Projekt mit dem Codenamen Vulkanfeuer gehört zu haben, mussten aber einräumen, dass Iwan Kerikow bekannt dafür war, auf eigene Faust zu handeln.«

»Sie sagen, ›bekannt dafür war‹. Ist er tot?«

»Nein, verschwunden. Er war in Thailand und dann in der Schweiz, doch danach verliert sich seine Spur. Er ist einfach abgetaucht. Auch die Russen suchen ihn jetzt, genau wie die CIA und Interpol. Irgendwann wird er schon wieder auftauchen.«

»Zählen Sie nicht darauf. Wenn man clever genug ist, eine solche Operation fast durchzuziehen, kann man bestimmt auch völlig anonym irgendwo leben.«

»Vielleicht haben Sie recht, ich weiß es nicht.« Henna nickte bedächtig. »Vergessen Sie aber nicht, dass ihm eine Clique extrem genervter Koreaner im Nacken sitzt.«

»Haben Sie mehr über diese Korea-Connection herausgefunden?«

»Die Untersuchung der Leichen in Ohnishis Haus hat keinerlei Aufschlüsse ergeben, aber der Tote vor Kenjis Schuppen war der Enkel von Way Hue Dong, einem der sieben reichsten Männer der Welt. Am Tag nach Ihrer Rettung traf an dem Vulkan eine kleine Flotte von Spezialschiffen ein, die sämtlich einem von Ways Unternehmen gehörten. Die Koreaner haben nicht schlecht gestaunt, als sie sahen, dass die U. S. Navy bereits mit einem Flugzeugträger und etlichen anderen Schiffen vor Ort war. Way hat bereits beim Internationalen Gerichtshof in Den Haag Klage eingereicht, hat aber keine Chance, uns das Bikinium wegzunehmen. Was Hawaii angeht … Nach den Ereignissen in Kenjis Haus hat es noch für eine Nacht Unruhen gegeben, doch das war's dann. Da Ohnishi und die Koreaner den Mob nicht mehr aufwiegelten, verloren die Leute ihren Kampfeswillen und gingen einfach wieder nach Hause. Die beiden Senatoren Hawaiis sind zurückgetreten, angeblich wegen gesundheitlicher Probleme. Hätten sie sich darauf nicht eingelassen, wären sie wegen Hochverrats angeklagt worden. Alle anderen Beteiligten sind amnestiert worden, und es wurde eine Taskforce gegründet, die sich mit den legitimen Forderungen der Bevölkerung von Hawaii befasst. Der Präsident hielt es für besser, das mit den gewalttätigen Ausschreitungen unter den Teppich zu kehren. Sonst hätte die Nation während monatelanger Prozesse alles erfahren. Insgesamt sind ungefähr dreihundert Menschen bei den Unruhen ums Leben gekommen. Der Präsident möchte vom Kongress Gelder für Programme bewilligt bekommen, durch die die Spannungen zwischen den verschiedenen Bevölkerungsgruppen in unserem Land abgebaut werden sollen. Die Krawalle in Los Angeles und diese jüngste Krise haben die Leute zu Verstand gebracht. Die alte Prophezeiung ›United we stand, divided we fall‹ hätte sich fast bewahrheitet, und das hat vielen genug Angst eingejagt, um das Problem in Angriff zu nehmen. Im Augenblick ist die Stimmung im Kongress versöhnlich, und er wird das Geld bekommen.«

»Man kann die Meinung der Leute nicht durch neue Gesetze und öffentliche Wohltaten ändern.«

»Vor dreißig Jahren haben die Ärzte auch noch behauptet, Rauchen sei gesund.«

»Auch wieder richtig.«

»Es wird Zeit brauchen, aber wenigstens haben wir jetzt den richtigen Weg eingeschlagen. Niemand hat Interesse an ethnischen Auseinandersetzungen, wie wir sie jetzt in Teilen Europas und den Republiken der ehemaligen Sowjetunion sehen. Bei uns leben seit zweihundert Jahren Menschen unterschiedlichster Herkunft zusammen, und das werden wir jetzt nicht aufs Spiel setzen. Amerika ist bekannt dafür, im schlimmsten Augenblick jede Krise zu meistern, und wir werden es auch diesmal schaffen.«

»Hoffentlich haben Sie recht.«

Henna trank einen Schluck Scotch. »Valerij Borodin ist mit unseren Leuten bei dem Vulkan, um zu untersuchen, wo man mit der Förderung des Bikiniums beginnen sollte. Ich glaube, Dr. Talbot ist bei ihm.«

»Ist sie. Der Präsident hat sie vor zwei Wochen dorthin fliegen lassen, um mir einen Gefallen zu tun. Ich habe gestern mit ihr telefoniert, direkt vor meinem Rückflug nach Washington. Sie und Valerij sind immer noch ineinander verliebt und reden schon über eine Heirat.«

Henna lächelte. »Schon komisch, wo Sie doch der Held in dieser Geschichte waren. Ich dachte, dass am Ende immer der Held die Frau kriegt.«

»Wenn Sie eine Fernsehserie über die Ereignisse drehen, werde ich dafür sorgen, dass das Ende geändert wird.«

»Sie stehen auch nicht ganz mit leeren Händen da.« Henna fischte Schlüssel aus der Tasche und warf sie Mercer zu.

»Was soll ich damit?«

»Das sind die Schlüssel für ein brandneues, schwarzes Jaguar-Cabriolet mit Turbolader, Mobiltelefon, CD-Player und allem Drum und Dran. Das war das Mindeste, was wir tun konnten.«

Mercer blickte auf die Schlüssel und lächelte sarkastisch. »Ja, nach dem, was mir widerfahren ist, war das wirklich das Mindeste, was Sie tun konnten. Man hat ein paar Dutzend Mal auf mich gefeuert und mich verprügelt. Dann wäre ich beinahe in der U-Bahn ums Leben gekommen und fast ertrunken. Zu guter Letzt kam noch der Absturz mit dem Helikopter, und einer atomaren Katastrophe bin ich auch nur knapp entgangen.«

Henna wusste, dass Mercer nicht wirklich sauer war, und lächelte. »Der Schlitten steht vor Ihrem Haus. Zwei Dinge wüsste ich gern noch. Woher wussten Sie, dass Sie zu Kenjis Haus gehen mussten? Und wie zum Teufel konnten Sie die Position der *John Dory* lokalisieren, obwohl das den Experten von der NSA nicht gelungen ist?«

Mercer lächelte. »Das mit der *John Dory* war ganz einfach. Auf diesen Infrarotaufnahmen war ein klassischer Schildvulkan mit einer zentralen Austrittsöffnung für das Magma zu sehen, kreisförmig umgeben von kleineren Schloten. Letztere befinden sich normalerweise am Rand eines solchen Vulkans und liegen daher tiefer unter Wasser. Auf all diesen Aufnahmen war knapp eine Meile von der großen Austrittsöffnung ein weißer Fleck zu sehen. Bei der Entfernung hätte das Wärmebild gelb oder orange gefärbt sein müssen, was eine geringere Hitze als die weiße Färbung anzeigt. Dieser weiße Fleck konnte kein natürlicher Vulkanschlot sein, sondern nur eine künstliche Hitzequelle wie etwa der Nuklearreaktor an Bord der *John Dory*.«

Henna war beeindruckt. »Und Kenji?«

»Das war eher eine Vermutung, doch ich war mir ziemlich sicher. Vor ein paar Jahren habe ich in Tennessee als Berater für Ohnishi gearbeitet. Ohnishi Minerals wollte einige aufgegebene Kohlebergwerke kaufen, die der Tennessee Valley Authority gehörten. Die Stützpfeiler in den Stollen entsprachen nicht mehr den Sicherheitsstandards. Unter solchen Umständen ist die Arbeit gefährlich, und es gibt häufig Einstürze, aber wenn man solche Bergwerke nur billig genug kaufen kann, ist die Gewinnspanne extrem groß. Die TVA war erst gegen eine erneute Inbetriebnahme der Bergwerke und berief sich auf potenzielle Probleme mit der Versicherung. Sie beauftragten mich mit einem Gutachten, weil es noch nie einen Einsturz gegeben hatte, wenn ich nach einer gründlichen Prüfung grünes Licht gegeben hatte. Die TVA zögerte immer noch mit dem Verkauf, als mein Bericht vorlag, doch am Ende bekam Ohnishi, was er wollte. Er hat Beamte bestochen, Hunderttausende für Staranwälte ausgegeben und am Ende eine Scheinversicherungsgesellschaft gegründet. Das alles war in einem gewissen Ausmaß gesetzeswidrig, doch im amerikanischen Bergrecht gibt es genügend Gummiparagrafen, und er kam damit durch. Der Vizepräsident von Ohnishi Minerals war damals Daniel Tanaka, der zusammen mit mir an der Pennsylvania State University promoviert hatte. Als das Bergwerk wiedereröffnet wurde, traf ich mich mit ihm und sagte, dass ich in meinem Bericht die Tragfähigkeit der Stützpfeiler absichtlich zu niedrig eingeschätzt hatte. Wie ich richtig vermutet hatte, wollte Ohnishi mehr Kohle fördern lassen, als es unter Sicherheitsaspekten vertretbar war. Tanaka und ich wussten, dass ich durch meinen Bericht Leben gerettet hatte, und so war er mir einen Gefallen schuldig. Direkt vor meinem Flug nach Hawaii habe ich ihn angerufen, und er hat mir im Vertrauen erzählt, Ohnishi habe von den Einzelheiten des Geschäfts mit den aufgegebenen Bergwerken nichts gewusst. Gesetzesverstöße und Korruption seien auf Kenjis Konto gegangen. Als Iwan Kerikow wegen des Bikiniums an Ohnishi herantrat, hat der meiner Meinung nach Kenji damit betraut, sich um die Details zu kümmern. Er hat die Fäden gezogen, nicht sein angeblicher Boss. Erst auf Kenjis Grundstück fand ich heraus, dass auch die Koreaner vor Ort waren. Kenji hat versucht, alle Seiten gegeneinander auszuspielen. Er hat Ohnishi mithilfe der Koreaner betrogen, während Ohnishi Kerikow hinterging, der ihn bereits an dieselben Koreaner verkauft hatte. Und unterdessen legen diese Koreaner Kerikow herein, indem sie sich mit Kenji verbünden. Ich vermute, dass es so gewesen ist, doch ganz sicher bin ich mir nicht. Aber wichtig ist nur, dass Ohnishi und Kenji tot sind. Kerikow ist untergetaucht, und diese gerissenen Koreaner stehen mit leeren Händen da.«

»So ungefähr haben wir uns das auch zusammengereimt«, sagte Henna.

Harry White kam in die Bar getaumelt. An seiner Unterlippe klebte eine fast aufgeraucht Zigarette. Er setzte sich an die Theke und griff nach dem Glas mit Bourbon und Gingerale, das Tiny bereits vor ihn hingestellt hatte.

»Es ist kaum zu glauben, dass diese ganze Geschichte vor vierzig Jahren mit einem an sich so unbedeutenden Ereignis wie dem Untergang eines Erzfrachters begann.«

»Wenn man sich an Bord des Schiffes befand, war es keineswegs unbedeutend.« Mercer blickte weiter zu Harry hinüber.

»Sie wissen, was ich meine. Die Besatzung der *Grandam Phoenix* wurde niedergemäht, ohne dass jemand gewusst hätte, dass dies der Beginn einer Verschwörung war, die beinahe unser Land auseinandergerissen hätte.«

»Seien Sie sich nicht zu sicher.« Mercer rief Harry an ihren Tisch. »Heute keine sarkastischen Bemerkungen auf Lager, Harry?«

»Wenn ich dich mit einem Anzugträger reden sehe, nehme ich an, dass das Finanzamt dich wegen Steuerbetrugs drangekriegt hat. Da erschien es mir besser, mich im Hintergrund zu halten.«

Mercer lachte, während Harry sich neben Henna auf die Bank setzte.

»Richard Henna, Direktor des FBI«, sagte er bedächtig. »Mr Henna, ich würde Ihnen gern Ralph Michael Linc vorstellen, den ehemaligen Kapitän des Erzfrachters *Grandam Phoenix*.«

Die beiden Männer waren gleichermaßen perplex. Nie sollte Mercer den Anblick vergessen, wie Henna und Harry die Kinnlade herunterfiel und wie sie ihn ungläubig anstarrten. Hätte er sich für Jesus Christus ausgegeben, hätten sie es womöglich auch geglaubt.

Bevor einer der beiden etwas sagen konnte, sprach Mercer weiter. »Nach meiner Entlassung aus dem Krankenhaus von Pearl Harbor war ich auf Kauai, weil diese von den großen Inseln dem neuen Vulkan am nächsten liegt. Ich hoffte, dass in jener Nacht des Jahres 1954 vielleicht doch jemand überlebt hatte. Ich lernte Mae Turner kennen, eine lebhafte alte Dame, die sich daran erinnerte, dass vier Tage nach dem Untergang der *Grandam Phoenix* ein Kapitän namens Ralph Linc an Land gespült worden war. Ein Bein hatte ihm ein Hai abgerissen.«

Harry betastete unter dem Tisch unbewusst seine Beinprothese.

»Sie hat ihn gepflegt, bis er wieder gesund war, später aber nie mehr etwas von ihm gehört.«

»Wie bist du darauf gekommen, dass ich das war?«, fragte Harry ruhig.

»Für mich hat dieser ganze Schlamassel mit dem Telegramm begonnen, das angeblich Tish Talbots Vater geschickt hatte. Der war aber bereits tot. Zunächst hatte ich keine Ahnung, wer der Absender gewesen sein könnte, doch dann erfuhr ich von der Beziehung zwischen Tish und Valerij Borodin. Ich glaubte, er habe das Telegramm geschickt, doch er hat es bestritten. Ich habe mich gefragt, wer ein Interesse daran gehabt haben könnte, mich in diese Geschichte hineinzuziehen, und wer wusste, dass ich mit Jack Talbot befreundet war. Dann fiel mir ein, dass wir beide an dem Abend, bevor das Telegramm eintraf, miteinander gesprochen hatten, Harry. Ich erinnerte mich daran, dir erzählt zu haben, er arbeite in Indonesien. Ich fragte mich, ob er wusste, dass seiner Tochter etwas zugestoßen war. Außer dir, Harry, konnte niemand wissen, dass ich ihn in Indonesien glaubte. Ich habe mich gefragt, warum du mich in diese Geschichte hineinziehen wolltest. Dein Motiv schien mir Rache zu sein, und deshalb glaubte ich, du müsstest zur Besatzung der *Grandam Phoenix* gehört haben. Mae Turner hat meine Vermutung bestätigt. Allerdings bin ich nie darauf gekommen, wie es dir gelungen ist, das Telegramm in Jakarta aufgeben zu lassen.«

»Das war kein Problem. Seit 1954 habe ich keinen Fuß mehr auf ein Schiff gesetzt, aber ich kenne noch viele Seeleute in allen Teilen der Welt. Ich habe einfach einen Freund angerufen, der jemanden in Indonesien kannte und ihn damit beauftragt hat, das Telegramm zu senden.«

»Aber warum?«, fragte Henna leise.

»Wir hatten einen Deal mit diesen Dreckskerlen, die *Grandam Phoenix* zu versenken, um Geld von der Versicherung einzustreichen. Sie sollten uns nach dem Untergang des Schiffes abholen. Stattdessen haben sie mit Maschinenpistolen auf die Rettungsboote gefeuert und meine komplette Besatzung umgebracht. Auch ich habe zwei Kugeln abbekommen. Danach verlor ich das Bewusstsein, und als ich wieder zu mir kam, hielt ich mich an einem gekenterten Rettungsboot fest. Dann griff der Hai an. Ich schaffte es gerade noch, mich auf das Boot zu ziehen. Der Hass hielt mich am Leben, und schließlich wurde ich in Hawaii angespült. Nachdem Mae mich gesund gepflegt hatte, habe ich mich auf die Suche nach den Verantwortlichen gemacht. Ich habe meinen Namen geändert, damit niemand erfuhr, dass ein Mann überlebt hatte. Zwanzig verdammte Jahre lang habe ich gesucht und nichts herausgefunden. Wann immer in der Umgebung von Hawaii ein Schiff verschwand, habe ich das überprüft. Oft waren es nur Segelboote, die bei Sturm gekentert waren, doch ich glaubte zu wissen, dass andere Schiffsuntergänge auf das Konto der Typen gingen, die meine Jungs ermordet hatten. Aber ich bin nie auf eine Verbindung zwischen diesen Schiffen und der *Grandam Phoenix* gestoßen. Nach zwanzig Jahren habe ich die Hoffnung aufgegeben und bin nach Washington gezogen. Ich fühlte mich als Versager. Als sie dann das NOAA-Forschungsschiff versenkten, glaubte ich, mich nach all diesen Jahren vielleicht doch noch rächen zu können. Ich glaubte, unsere Behörden würden der Sache auf den Grund gehen und eine Verbindung zu den anderen versenkten Schiffen finden. Ich habe sogar daran gedacht, dabei irgendwie helfen zu können, aber ich bin fast achtzig, und wer würde noch auf mich hören?«

Er wandte sich Mercer zu. »Als du mir erzähltest, die Tochter deines Freundes sei von dem Schiff gerettet worden, habe ich den Lauf des Schicksals begriffen. Ich rief meinen Freund an, und der beauftragte seinen Kumpel in Jakarta damit, dass Telegramm an die Adresse deines Büros zu schicken. Ich habe gehofft, meine Besatzung durch dich rächen zu können. Hör zu, Mercer, es war nicht richtig, dich in diese Geschichte hineinzuziehen, aber ich konnte einfach nicht anders. Es tut mir leid.«

Mercer blickte seinen alten Freund lange mit einem unergründlichen Gesichtsausdruck an. »Nenne ich dich jetzt Harry oder Ralph?«

»Ich war deutlich länger Harry White als Ralph Linc«, antwortete er mürrisch.

»Gut, Harry, wenn du ab jetzt bei mir zu Hause Jack Daniel's trinken willst, musst du ihn selber mitbringen. Ich trinke das Zeug nie.« Mercer grinste und klopfte Harry auf die Schulter.

Harry kamen fast die Tränen. »Danke, Mercer. Ich danke dir dafür, dass du endlich die Jungs gerächt hast, die in jener Nacht gestorben sind.«

»Wenn ich das nächste Mal eine deiner Schlachten schlage«, mahnte Mercer spöttisch, »solltest du darauf achten, dass ich es nicht wieder mit dem KGB zu tun habe, okay?« Er stand auf.

»Wenn die Herren mich jetzt entschuldigen wollen … Ich muss meine private Krankenschwester am Flughafen abholen. Sie hat in meinem Flieger keinen Platz mehr bekommen.«

»Private Krankenschwester?«, fragten Harry und Henna wie aus einem Mund.

»Eigentlich ist sie eher so was wie eine spezielle Physiotherapeutin. Ihr Produzent hat ihr eine Woche Urlaub gegeben, und wir wollen ihn in einem kleinen Hotel in Anapolis verbringen. Sieht so aus, als hätten Sie sich geirrt, Dick. Der Held bekommt am Ende sein Mädchen.«

Mercer verließ die Bar, bevor einer der beiden etwas sagen konnte. Ihm blieb nur noch eine halbe Stunde, um Jill Tzu am Flughafen abzuholen. Die Autofahrt zu dem Hotel dauerte noch mal eine Stunde, und er konnte den Beginn der privaten Physiotherapie gar nicht abwarten.

Chania, Kreta

In der Küstenstadt Chania, einst ein Außenposten des weitläufigen venezianischen Handelsimperiums, findet man noch viele Spuren dieser Vergangenheit. Im Gegensatz zu Venedig gibt es keine Kanäle, und doch kann selbst der erfahrenste Reisende manchmal den Eindruck gewinnen, sich nicht auf der größten griechischen Insel, sondern in der Serenissima aufzuhalten. Chania liegt in einer geschützten Bucht mit einem Leuchtturm. Aus der Zeit der türkischen Besatzung ist noch eine Moschee übrig geblieben. Trotz der vielen Touristen kann man sich in den Cafés und Restaurants am Hafen entspannen und sich zu Hause fühlen.

Chania liegt sechzig Kilometer westlich der Hauptstadt von Kreta. Von der neuen Schnellstraße aus sieht man wunderschöne Strände und Komplexe mit luxuriösen Eigentumswohnungen, wo wohlhabende Gäste aus Deutschland und Skandinavien den Winter verbringen.

Niemand achtete auf einen Neuankömmling, der mit einem Glas Scotch auf der Terrasse eines Cafés saß und die Touristen an den Souvenirständen beobachtete.

Er trug eine beigefarbene Leinenhose und ein Seidenhemd. Hätte ihm einer der Touristen Beachtung geschenkt, hätte er ihn für einen weiteren reichen Deutschen gehalten, der »alles hinter sich lassen« wollte. Es wäre ein schwerer Irrtum gewesen.

Iwan Kerikow hatte sich sehr bewusst für Chania entschieden. Er wusste, dass er vom KGB, der CIA und Way Dongs Männern gesucht wurde. In jedem Versteck musste es mehrere Fluchtwege geben. Wegen der vielen Touristen fiel man in Chania nicht auf, und wenn es eng wurde, erreichte man Libyen mit dem Schiff innerhalb von zehn Stunden.

Kerikow bestellte den nächsten Drink und lehnte sich zufrieden zurück. Er hätte sich keinen besseren Ort vorstellen können, wo er zugleich in Sicherheit war und die Annehmlichkeiten der Zivilisation genießen konnte.

Vor seiner Abreise aus Zürich war es ihm noch gelungen, mehrere KGB-Konten zu plündern, die dort von im Westen tätigen Agenten unterhalten wurden. Er hatte genug Geld, um mindestens ein Jahr davon leben zu können.

Der Kellner brachte den Drink.

Ein Jahr würde ihm reichen, um aus den Unterlagen Kapital zu schlagen, die im Tresorfach einer Bank in der Nähe des Syntagma-Platzes in Athen deponiert waren. Die Informationen, gestohlen aus den Archiven der Abteilung Sieben, würden dem richtigen Käufer Millionen wert sein. Einem Käufer, dessen Ziel es war, Amerika wirtschaftlich in die Knie zu zwingen.